Un cavalier presque parfait

Une famille pour Ivy

KAREN BOOTH

Un cavalier presque parfait

Traduction française de
MORGANE FROGERE

PASSIONS

HARLEQUIN

Collection : PASSIONS

Titre original :
HOW TO FAKE A WEDDING DATE

HARPERCOLLINS FRANCE
83-85, boulevard Vincent-Auriol, 75646 PARIS CEDEX 13
Service Lectrices — Tél. : 01 45 82 47 47 - www.harlequin.fr
ISBN 978-2-2804-8065-9 — ISSN 1950-2761

Composé et édité par HarperCollins France.
Imprimé en février 2023 par CPI Black Print (Barcelone)
en utilisant 100% d'électricité renouvelable.
Dépôt légal : mars 2023.

FSC
www.fsc.org
MIXTE
Papier issu de sources responsables
FSC® C159065

Pour limiter l'empreinte environnementale de ses livres, HarperCollins France s'engage à n'utiliser que du papier fabriqué à partir de bois provenant de forêts gérées durablement et de manière responsable.

- 1 -

Alexandra Gold avait toutes les raisons de ne plus vouloir entendre parler de mariage. Dans le fond, elle avait annulé le sien il y a seulement quatorze mois. La logique lui disait qu'elle était en train de guérir des événements de ce jour-là, mais en vérité elle en gardait très peu de souvenirs mis à part des fragments qui se jouaient comme un mauvais film dans sa tête : son appel sanglotant à sa mère, le long trajet jusqu'aux Hamptons pour retourner cette époustouflante bague de dix carats à son fiancé et, bien sûr, les surnoms dont les tabloïds l'affublaient depuis : *Fuite de la mariée friquée, la Tornade des Fonds de Placement.* Et le préféré d'Alex, *Fiasco à un million de dollars.*

Elle avait raison de mépriser les mariages, pourtant ce n'était pas le cas, car ils prouvaient à ses yeux que l'espoir et l'amour existaient toujours. Peut-être pas dans sa vie, mais encore en tout cas dans celle des autres. Chez sa meilleure amie Chloe Burnett par exemple.

— Ma mère suggère des lanternes flottantes à la piscine. Qu'en penses-tu ? demanda Chloe, la future mariée, au téléphone.

Alex était assise à l'arrière de son SUV noir et avait rendez-vous avec son frère Daniel pour déjeuner. De l'autre côté de la vitre, Manhattan se trouvait dans un brouillard de chaleur. Les températures du mois d'août pouvaient être insupportables dans le centre-ville au moment des vagues de canicule, ce qui était justement le cas.

— J'adore l'idée. Ça donnera une ambiance tellement romantique. Pourquoi n'y ai-je pas pensé toute seule ? Je vais voir ça.

Alex mit Chloe sur haut-parleur et se nota un rappel sur son téléphone.

— Je me demande si ma mère n'en fait pas trop, émit Chloe.

— Les mères sont toutes comme ça.

Alex en avait fait personnellement l'expérience. Sa mère aussi s'était montrée excessive en organisant son mariage, et comme Alex l'avait découvert plus tard, en s'impliquant un peu trop dans la demande en mariage aussi.

— Oh ! excuse-moi, dit Chloe. Je n'aurais pas dû dire ça. J'espère que je ne t'ai pas fait de la peine.

Alex laissa échapper un gros soupir. Oui, elle avait des rapports compliqués avec sa mère, mais ce n'était pas pour cette raison qu'elle avait annulé son mariage.

— Ne t'en fais pas, Chloe. Je vais bien.

— Tu es sûre ? Tu as eu une année chaotique, et ça ne doit pas être facile pour toi de m'aider avec mon mariage.

— Ne t'inquiète pas pour moi. Je t'aime et tu vas te marier. C'est tout ce qui compte.

— Je ne t'aurais pas sollicitée si tu n'étais pas aussi incroyablement talentueuse.

— Ohhh, c'est gentil.

Si Alex avait ce talent, c'était parce que, depuis trente ans, sa mère était l'une des organisatrices de mariage les plus recherchées du nord-est des États-Unis. Sa participation à d'innombrables mariages depuis son plus jeune âge l'avait conduite à la profession de conceptrice florale de luxe. Elle avait monté une affaire florissante en travaillant pour les hôtels, les événements d'entreprise et… des centaines de mariages.

— Ya-t-il la moindre chance que tu viennes accompagnée ? demanda Chloe.

— Aucune.

— Je croyais que tu avais rencontré quelqu'un la semaine dernière.

— Et dès qu'il a compris qui j'étais, la conversation s'est arrêtée net… comme avec tous les hommes ces jours-ci. Ils courent dans la direction opposée sans même me regarder.

— C'est tellement injuste. Ils ne te connaissent même pas. Tu n'as rien à voir avec ce que les tabloïds disent de toi.

— On ne peut pas leur en vouloir. Ils ne tiennent pas à faire la une des journaux et voir leur vie brisée.

— Je suis étonnée que tu puisses en parler avec autant de calme. Tu es si résiliente.

Le suis-je vraiment ?

La plupart du temps, Alex avait l'impression de jouer un rôle.

— J'essaye de l'être.

— Voyons le bon côté des choses : tu as annulé ton mariage avant l'apparition de Petit Carnet Noir.

Petit Carnet Noir était un compte anonyme sur les réseaux sociaux, apparu il y a quelques mois, qui avait dévoilé les secrets de famille de plusieurs connaissances d'Alex, y compris Chloe et sa mère.

— Je préfère ne pas penser à ce qu'ils pourraient trouver sur moi.

— Parker est vraiment inquiet que celui qui se cache derrière ça soit présent à notre mariage.

Parker Sullivan était le fiancé de Chloe, un agent sportif dont le client vedette avait été la première cible de Petit

Carnet Noir. L'agence de relation de crises de Chloe était intervenue, Chloe et Parker étaient tombés amoureux, et tout avait fini par rentrer dans l'ordre. Mais depuis, Parker était en croisade pour démasquer Petit Carnet Noir.

— Ne t'inquiète pas pour ça. La propriété de Taylor est complètement sécurisée désormais.

Taylor Klein était l'autre meilleure amie de Chloe et d'Alex. Le mariage avait lieu chez elle, dans sa résidence familiale située dans le Connecticut.

— De plus ta liste d'invités est restreinte, et seuls des journalistes triés sur le volet y seront, n'est-ce pas ?

— Oui. Je ne pouvais pas faire autrement, sinon la presse aurait fait voler des hélicoptères sur la propriété de Taylor. Mais j'ai toute confiance dans les quelques magazines qui seront présents.

Alex préféra ne rien dire, mais quelques-uns de ces fameux magazines « de confiance » n'avaient pas été tendres avec elle après son mariage annulé. Ils ne l'avaient peut-être pas surnommée la *Méchante Marraine des Mariages*, mais ils l'avaient décrite comme une pauvre petite fille de riches. Alex ne voulait pas être prise en pitié. Elle voulait qu'on la laisse tranquille et c'était justement pour cela qu'elle était très désireuse de trouver un cavalier pour l'accompagner au mariage de Chloe – un homme séduisant avec qui elle pourrait danser, de sorte qu'en la voyant les médias pensent qu'elle avait tourné la page.

La voiture s'arrêta devant le restaurant.

— Chloe, je dois te laisser. J'ai rendez-vous avec mon frère pour déjeuner.

— Tu veux que je demande à ma mère de s'occuper des lanternes ?

— Non. Ça ira. Je vais le faire.

Alex lui dit au revoir, prit son sac et accepta la main

de son chauffeur pour descendre de voiture. Son frère l'attendait devant le restaurant.

— Salut, beau gosse, dit-elle en se dressant sur la pointe des pieds pour l'embrasser sur la joue.

— Je vois que tu continues de porter des lunettes de soleil, même à l'intérieur de la voiture, commenta Daniel en faisant signe à l'hôtesse.

— C'est au cas où quelqu'un me reconnaîtrait. Avec son téléphone, le premier venu peut me prendre facilement en photo de nos jours.– Monsieur Gold, votre table est prête, annonça l'hôtesse.

— Parfait, dit-il en faisant signe à sa sœur de passer en premier.

Alex regarda droit devant en ignorant les clients. Heureusement, il était tard et le restaurant était plutôt calme. L'hôtesse s'arrêta devant une banquette, et Alex s'assit de sorte à tourner le dos à la salle avant de retirer ses lunettes de soleil.

— Que désirez-vous boire en attendant le serveur ? demanda la jeune femme en leur tendant deux menus.

— Alex ? s'enquit Daniel en prenant place en face d'elle.

— Une boisson fraîche et légèrement tonique, répondit-elle.

— Nous avons un magnifique rosé au verre, répondit l'hôtesse.

— Ça sera parfait.

— Je prendrai la même chose, se décida Daniel avant de croiser les mains sur la table et la fixer de ses yeux bleus perçants.

C'était son mode opératoire depuis un an : l'inviter à déjeuner, la questionner pour voir si elle allait bien et faire son rapport à leurs parents. Son père s'inquiétait et sa mère était déçue.

— Quoi de neuf ?

— Je suis débordée au travail. Je sais qu'il fait un million de degrés, mais nous sommes entièrement concentrés sur les vacances. J'ai des tonnes d'arrangements floraux pour des événements d'entreprise, et bien sûr des mariages.

Il lui prit la main et la tapota avec douceur.

— C'est très bien de garder l'esprit occupé, mais j'aimerais quand même que tu fasses moins de mariages.

— Ce sont les risques du métier.

Quand l'hôtesse leur apporta leurs verres de vin, Alex en prit une longue gorgée rafraîchissante. C'était exactement ce qu'il lui fallait.

— Es-tu très impliquée dans le mariage de Chloe ?

— Pas mal. On peut presque dire que je suis l'organisatrice de mariage.

— Avec qui est-ce que tu y vas ?

Alex ouvrit son menu et commença à le parcourir, même si elle savait déjà ce qu'elle allait prendre : salade Cobb sans œufs durs et vinaigrette à part.

— Personne encore. Mais je cherche.

— Comment est-ce que tu cherches ?

— Soit à travers des applications de rencontre, soit parmi mes amis.

— Tu n'es pas inscrite sur des sites de rencontre, n'est-ce pas ? Je déteste l'idée. Et si tu tombais sur un pervers ? Tu ne peux pas te mettre à nouveau en danger. Je ne le permettrai pas.

Daniel avait toujours été protecteur avec elle, ce qui le rendait très attachant. Il fallait dire qu'il se sentait en partie responsable de ce qui était arrivé à Alex car c'était lui qui lui avait présenté son fiancé.

— C'est comme ça qu'on se rencontre de nos jours.

Sinon je vais devoir y aller avec un ami, et pour l'instant je n'ai trouvé personne qui serait prêt à être vu en ma compagnie.

— Je proposerais bien de t'accompagner, mais j'ai une réunion importante à Londres quelques jours avant, et j'avais prévu d'y rester le week-end. Ce serait de la folie de rentrer aussi vite, mais je suis prêt à le faire pour toi.

Alex était sur le point de refuser quand le serveur vint prendre leurs commandes. Elle préféra donc attendre qu'ils soient à nouveau seuls.

— Je t'aime, mais c'est non. Si c'est pour emmener mon frère, autant y aller toute seule. Sans vouloir te vexer.

Daniel poussa un long soupir et s'adossa au dossier de son siège, les lèvres pincées et les sourcils froncés comme s'il essayait de résoudre un puzzle compliqué. Elle détestait avoir l'impression d'être un casse-tête à résoudre.

— Tu as besoin de quelqu'un qui te connaisse. Quelqu'un en qui tu puisses avoir confiance, et en qui je puisse également avoir confiance.

Soudain sa bouche s'ouvrit et ses sourcils retournèrent à leur position d'origine.

— Et Ryder ? Il serait parfait !

— Quoi ? Non ! Ryder ? Vraiment ? Non. Il ne voudra pas m'accompagner à un mariage ! protesta-t-elle avec un gloussement pathétique et nerveux avant de vider le reste de son verre.

Était-elle en sueur ? Pourquoi est-ce que son cœur battait si vite ?

— Et pourquoi pas ?

Parce que Ryder Carson est mon point faible. Parce que c'est l'homme que je désire depuis plus de dix ans. Parce que c'est ton meilleur ami et ton associé, et parce que j'ai secrètement couché avec lui il y a cinq mois et que je ne suis pas sûre que ma fierté s'en remette un jour.

— Je ne sais pas. Parce qu'il refusera sûrement.

— Tu ne devrais pas penser ainsi. On devrait lui demander, dit-il avant de lui saisir soudain l'avant-bras. Oh ! mon Dieu ! Je viens d'avoir une idée : Décidément, Ryder sera vraiment parfait.

— Je ne comprends rien à ce que tu dis, mais arrête ça, répondit Alex en pointant un doigt sur lui.

— Ryder et moi essayons désespérément de signer avec Geoffrey Burnett, l'oncle de Chloe. Je suis sûr qu'il sera au mariage. Si Ryder pouvait le rencontrer dans un cadre plus détendu, il pourrait peut-être le convaincre de nous rencontrer ? On pourrait alors lui faire une présentation et conclure avec lui.

Alex fut tentée de faire une blague de mauvais goût sur le fait qu'elle aussi aimerait conclure avec Ryder. Mais non. L'idée de son frère était terrible. Il y avait une limite aux humiliations qu'elle était capable de subir. Ryder l'avait vraiment blessée en s'enfuyant en plein milieu de la nuit. Quoi de pire que de se faire claquer la porte au nez par l'homme qu'on avait toujours désiré ?

— Tu utiliserais ta propre sœur pour signer un contrat ?

— Si notre cabinet d'architecture pouvait obtenir le projet de centre commercial de Geoffrey Burnett, nos finances seraient à flot pour toute une année. On pourrait déménager dans de plus grands bureaux, embaucher plus de personnel… et plus important encore, on couperait l'herbe sous le pied de nos concurrents.

Mais soudain son regard s'adoucit.

— Il ne s'agit pas que de ça, Alex. Je veux te protéger et je sais que je peux faire confiance à Ryder, puisqu'il ne tentera jamais de te séduire. C'est le scénario idéal pour tout le monde.

Alex s'éclaircit la voix. Son frère ne connaissait pas si bien Ryder visiblement.

— Tu disais … ? demanda-t-il.

— Non. Mais je trouve ton idée absurde.

Douloureuse même, et absolument ridicule.

— Je croyais que tu appréciais Ryder ! C'est bien le cas, non ?

Alex ferma les yeux en priant pour ne pas aller en enfer après un mensonge pareil.

— Il est sympa.

Ryder Carson était assis à son bureau et essayait de se concentrer sur un projet qui lui déplaisait fortement. Ça concernait un ensemble de bureaux à Long Island ; le genre de projet qu'il concevait habituellement les yeux fermés et toujours avec brio. Mais tout ne se passait pas comme il le voulait ces derniers temps. Le client était revenu avec une longue liste de modifications complexes qui ne pouvaient être confiées à un employé, et même si Ryder aimait le défi, il n'était pas content d'avoir échoué. Il faisait toujours son possible pour rendre un projet parfait dès le premier coup afin qu'il n'y ait jamais rien à rattraper.

Alors qu'il sentait poindre un mal de tête, il entendit une voix qui lui fit lever les yeux de ses plans.

— Daniel, c'est une idée complètement loufoque. Oublie ça. J'ai du travail.

Il paniqua en reconnaissant en arrière-plan la voix d'Alex Gold, la sœur de Daniel, son associé. Son cœur se mit à battre violemment. Il n'avait pas revu Alex depuis le mois de mars, quand ils avaient couché ensemble. Personne n'en savait rien, et pour une bonne raison : le frère d'Alex était non seulement son associé, mais son meilleur ami. Le succès de Gold et Carson, leur cabinet d'architecture, reposait sur leur solide relation. Ce qui expliquait pourquoi il était si nerveux à l'idée de revoir Alex, car après leur nuit ensemble, il s'était sauvé en douce.

— Je te promets que ça ne sera pas long, répondait Daniel qui était à présent devant sa porte. Toc-toc ? Tu as une minute ? demanda-t-il en passant la tête dans le bureau.

L'estomac de Ryder fit un plongeon dans des profondeurs qu'il n'aurait jamais cru possible.

— Tu es seul ? demanda-t-il.

Il connaissait la réponse, mais il lui fallait quelques secondes pour se préparer à affronter la femme qui avait toutes les raisons d'être furieuse après lui.

— Non. Je suis avec Alex, dit Daniel en faisant signe à sa sœur d'entrer.

Le menton haut, Alex le suivit à l'intérieur. Elle portait une robe noire sans manches qui épousait ses délicieuses courbes. Ryder peinait à croire qu'il ait pu un jour la toucher. Mais elle lui était complètement interdite car elle était la sœur bien-aimée de son meilleur ami et associé, ainsi que la fille chérie de l'homme qui avait financé le lancement de leur cabinet d'architecture. En aucun cas il ne pouvait la toucher. Et pourtant, il l'avait fait et, bon sang, personne ne devait jamais l'apprendre.

— Alex, dit-il en se levant. Bonjour.

Elle se laissa tomber sur une des chaises en face de son bureau et croisa les jambes, lui offrant une vision tentatrice de ses mollets bronzés et ses jolies chevilles.

— Ryder, rétorqua-t-elle en se forçant à sourire.

Ses yeux brun profond le fixèrent avec une intensité difficile à décrire. Le premier mot qui lui venait à l'esprit était « feu », comme si elle aurait aimé le brûler vif. Ce n'était pas l'Alex qu'il connaissait, la femme douce et gentille. Jamais encore elle ne l'avait regardé ainsi.

— Quel plaisir de te voir, Alex. Qu'est-ce qui t'amène au bureau ? demanda Ryder en essayant de se ressaisir.

— Je pense avoir trouvé un moyen de résoudre notre dilemme avec Geoffrey Burnett, tout en aidant Alex à se sortir d'une situation difficile, déclara Daniel en s'approchant.

Alex secoua la tête avec consternation.

— Je suis sûre que tu trouveras, tout comme moi, que c'est une idée stupide.

Leurs propos intriguèrent Ryder, mais il demeurait surpris par le ton agressif de la jeune femme. Elle était manifestement en colère, ainsi qu'il le craignait. Cependant il était curieux de savoir ce qu'ils étaient venus lui suggérer.

— Si ça peut résoudre notre problème avec Geoffrey Burnett, je suis tout ouïe.

— Je t'explique, dit Daniel. Alex a désespérément besoin d'un cavalier.

— Daniel, dit-elle sèchement, tu es obligé de le formuler comme ça ?

— Oh ! désolé. Alex a besoin d'un cavalier, vraiment besoin !

— Hé ! Ne me colle pas ton idée sur le dos. Je te rappelle que c'est toi qui parlais d'une opportunité professionnelle. Je suis sûre que c'est votre seul objectif à vous deux.

Ryder était effectivement très désireux de faire affaire avec Geoffrey Burnett, mais il avait du mal à comprendre comment ces deux sujets pouvaient être liés.

— Un cavalier ?

— Oui. Au mariage de Chloe Burnett, dit Daniel. Alex craint de faire à nouveau les choux gras de la presse si elle se rend au mariage non accompagnée.

— À t'entendre, on croirait que je suis une pauvre petite fleur fragile, Daniel, et ce n'est pas le cas. Je ne veux tout simplement plus être dans leur ligne de mire. Ma vie serait beaucoup plus agréable s'ils passaient à un autre sujet.

— Et tu as pensé à moi pour cette mission ? demanda Ryder, incrédule.

— Oui. C'est évident, non ? Je ne pourrai pas l'accompagner car je serai à Londres à cette date, expliqua Daniel.

— Il oublie de préciser que je n'emmènerais jamais mon frère, intervint Alex. Ça n'aurait pas l'effet escompté.

— Exact. Je ne suis pas la personne indiquée, déclara Daniel, agacé. Mais je me suis dit qu'on pourrait vraiment avoir une chance avec Geoffrey si tu pouvais passer un peu de temps avec lui dans un cadre détendu. Et je sais que je peux te faire confiance en ce qui concerne Alex.

— Je vois. Bien sûr. Parce que c'est Alex.

Et tu penses que je ne la séduirai jamais. Sauf que je l'ai déjà fait.

— Exactement, confirma Daniel comme si c'était un fait universellement reconnu par tous. Parce que tu sais que je te tuerais et que notre amitié prendrait fin, ainsi que notre partenariat.

— Cela va de soi puisqu'il sera mort, ironisa Alex.

— C'est uniquement parce que je vous aime tous les deux, répliqua Daniel.

Ryder prit une profonde inspiration et les regarda tour à tour, mais ce fut une erreur car il lui fut presque impossible de quitter Alex des yeux. Tous deux se connaissaient depuis longtemps et s'entendaient très bien. En toute honnêteté, il avait rarement nourri des pensées romantiques à son égard, jusqu'à la soirée du nouvel an chez Daniel, lorsqu'elle l'avait embrassé vers la fin. Avant cela, il n'avait jamais permis à son cerveau de prendre cette direction, précisément pour les raisons que Daniel venait d'évoquer. Mais ce baiser avait tout changé ; il avait ouvert les vannes. C'était pour cette raison qu'il avait pris son manteau et s'était sauvé aussi vite que possible… avant de commettre un acteirréversible. Qui ruinerait sa vie.

Après cela, il l'avait revue lors d'une collecte de fonds, en mars. Daniel n'était pas présent, et Alex était d'une beauté enchanteresse. Elle avait été si drôle, charmeuse et séduisante, que ses idées s'étaient embrouillées. Cette nuit-là, ils avaient cédé à la tentation, et cela le hantait toujours. Il avait alors réalisé à quel point elle lui plaisait. Allait-il se créer des ennuis en acceptant ce plan ?

— Qu'est-ce que cela impliquerait exactement ?

— Tu t'efforceras de passer le plus de temps possible avec Geoffrey Burnett, expliqua Daniel avant de se tourner vers Alex. Alex doit être présente pour le dîner de répétition, la cérémonie et la réception. Tu auras donc amplement le temps de lui parler.

Ce n'était pas ce que Ryder avait voulu dire, mais peut-être qu'il valait mieux l'exposer avec deux questions distinctes : une professionnelle destinée à Daniel et l'autre privée pour Alex.

— Je devrais pouvoir y arriver.

Parler de la pluie et du beau temps n'était absolument pas son point fort mais, d'après son expérience, les promoteurs immobiliers aimaient discuter projets et architecture. Ces sujets-là, Ryder pouvait en parler pendant des heures.

— Je crois que tu as raison, ajouta-t-il. Ça pourrait

nous donner un avantage sur les autres cabinets qui le courtisent.

— Un énorme avantage ! renchérit Daniel.

Cet aspect étant réglé, il passa à l'autre problème.

— Je pense que nous devrions également voir quelles sont les attentes d'Alex. C'est plus important que l'aspect commercial.

Il se tourna alors vers Alex et, quand leurs regards se croisèrent, il y vit un reste de la femme qui l'avait séduit par sa douceur et sa vulnérabilité. La femme qui n'était pas en colère après lui. Cet aperçu l'effraya, mais l'émut tout autant. Il se sentait tellement désolé pour tout ce qu'elle avait traversé cette année. Si être son cavalier pouvait l'aider, il était prêt à le faire.

— Merci de me demander enfin mon avis, déclara Alex en jetant un regard agacé à son frère avant de revenir à Ryder. Tu devras faire semblant de m'apprécier pendant trois jours et faire comme si tu étais mon petit ami.

— Rien de trop exagéré, précisa Daniel.

— Je peux finir ? le coupa Alex. J'ai juste besoin que tu sois une présence solide mais discrète. Le beau mec qui me tient la main et m'apporte un verre, mais qui n'attire pas trop les regards.

Ryder masqua son sourire. C'était agréable de l'entendre dire qu'elle le trouvait beau.

— C'est faisable.

— Tu vois ? C'est parfait.

Le téléphone de Daniel sonna à ce moment.

— Je dois y aller, dit-il en sortant l'appareil de la poche de son pantalon. Je vous laisse régler les détails, d'accord ?

— On devrait pouvoir se débrouiller, déclara Alex en

se levant de sa chaise pour embrasser son frère. Merci pour le déjeuner. Et merci de prendre soin de moi.

— C'est normal.

Ryder avait souvent été témoin de leurs démonstrations d'affection fraternelle, et c'était aussi pour cela qu'il avait toujours considéré Alex comme une amie. Ryder était enfant unique et n'avait jamais connu ce genre de relation. En les voyant, il avait souvent le sentiment d'être passé à côté de quelque chose d'important dans sa vie.

Daniel s'excusa et les quitta. Certes, la porte de son bureau était grande ouverte, mais Ryder n'en demeurait pas moins nerveux.

— Je ne m'y attendais vraiment pas.

— Moi non plus, dit Alex en soupirant avant d'étudier son visage. Tu as le droit de refuser. Il n'est pas encore trop tard.

Ryder avait l'impression d'être entraîné dans des directions opposées. Lui et Daniel avaient toutes les raisons de vouloir signer avec Geoffrey Burnett et, de l'autre côté, il ne pouvait pas refuser de venir en aide à Alex. Mais se faisait-il suffisamment confiance pour ne rien tenter ? Ne pas l'embrasser ? Pas vraiment.

— Je ne vais pas me débiner.

— Permets-moi de te rappeler que notre histoire pourrait tout compliquer. Bien qu'à la réflexion le mot que tu m'as laissé en partant en plein milieu de la nuit ferme la porte à ce genre de considération.

Ryder se leva et s'approcha d'elle.

— Je suis désolé d'être parti de cette façon. J'ai pensé que ça serait dans l'intérêt de tout le monde : toi, moi et ton frère. La situation me paraissait trop compliquée et, compte tenu de tout ce que tu as déjà traversé cette année, tu n'as pas besoin de nouvelles complications.

Elle hésita un instant, puis finit par hocher la tête.

— Tu as raison.

— Alors, quelle est la suite du plan ?

— J'y ai réfléchi dans la voiture. Je ne pense pas qu'on puisse arriver au mariage ensemble et se faire passer pour un couple. La presse a le flair pour les fausses relations, et si elle soupçonne quoi que ce soit, elle ne me ratera pas.

— Comment faire alors ?

— Premièrement, soyons vus ensemble en ville pour faire croire au début d'une romance. Je vais demander à Chloe de prévenir la presse.

— Et deuxièmement ?

— Là tout de suite, raccompagne-moi à ma voiture et embrasse-moi pour me dire au revoir. Juste pour lancer le coup d'envoi.

— Très bien…, dit-il, mal à l'aise.

— Allons. Je suis sûre que tu te rappelles comment on fait, dit-elle en prenant son sac à main et se dirigeant vers la porte.

Ryder la suivit jusqu'aux ascenseurs en se demandant comment Alex pouvait savoir aussi précisément ce qu'il convenait de faire ? L' avait-elle prévu ? Cela semblait improbable et n'expliquait pas le rôle de son frère dans l'histoire. La porte de l'ascenseur s'ouvrit et ils montèrent à l'intérieur.

— Procédons par étapes. Entre ça et ensuite la sortie, le mariage ne sera plus qu'une formalité.

— C'est ce que tu espères ? Que ça ne soit qu'une formalité ? demanda-t-il.

— Exactement.

Est-ce que ça pouvait être si facile ?

— Très bien. Rendez-vous où et à quelle heure ?

La porte de l'ascenseur s'ouvrit et ils se dirigèrent vers la sortie.

— Jeudi prochain. La veille du week-end de mariage, déclara Alex. Je t'appellerai pour te donner l'heure et le lieu.

— Tu as mon numéro, n'est-ce pas ?

Il la suivit à travers les portes tournantes de l'immeuble. L'air lourd du mois d'août était insupportable et ne faisait rien pour apaiser sa nervosité à l'idée du baiser. Il lui semblait qu'il faisait de plus en plus chaud.

Alex s'arrêta sur le trottoir.

— Oui, j'ai toujours ton numéro. Même après que tu m'as laissé cet horrible mot.

Il saisit son bras, et eut l'impression d'avoir été frappé par la foudre. C'était comme une sorte de connexion puissante qui le secouait totalement. Ryder regrettait de l'avoir blessée, mais parfois la vie vous obligeait à faire des choix difficiles, et il était certain, dans ce cas précis, d'avoir fait le bon choix.

— Je suis désolé, Alex. Je le suis sincèrement.

— Je n'en doute pas. Finissons-en.

Sans perdre une seconde, elle saisit son bras et posa ses lèvres sur les siennes. C'était comme si le monde était sorti de son axe et avait précipité Ryder à travers l'univers. Juste au moment où il commençait à lui rendre son baiser, elle se détacha de lui et le laissa là, le corps plus brûlant que l'air environnant.

— Je t'enverrai un SMS.

— Alex, ce mot, c'était pour ton bien. Je le dis sincèrement.

Elle sortit ses lunettes de soleil de son sac et les glissa sur son joli visage.

— Dans ce cas, tout va bien. Parce que c'est le cadet de mes soucis.

- 2 -

Au Flora, les jeudis étaient consacrés à la conception florale. L'endroit bourdonnait alors d'une énergie frénétique tandis que ses employés préparaient à la fois la ruée du vendredi, et les commandes pour leur plus grosse source de revenu : les mariages. Mais ce jeudi était spécial. Alex s'était personnellement occupée de tous les bouquets et compositions florales du mariage de Chloe puisqu'elle partait le lendemain dans le Connecticut en compagnie de Ryder. Elle avait passé la journée dans la réserve qui comportait de grands bancs en bois où travaillait son bataillon d'employés. Le matin, le sol était rempli de seaux de fleurs, mais à présent le stock était complètement écoulé. Pourtant le parfum paradisiaque des freesias fraîchement coupés, des roses et des magnolias flottait toujours dans l'air.

La jeune femme était épuisée, mais satisfaite de leur travail. L'ensemble devrait être conservé dans des chambres froides, et le lendemain un chauffeur livrerait le tout au domaine familial des Taylor. À présent elle devait se préparer pour son rendez-vous avec Ryder. Le baiser qu'elle lui avait donné l'autre jour était toujours dans sa tête et sur ses lèvres. Elle n'arrêtait pas de revoir des flashs de ce moment sur le trottoir, et il n'en fallait pas plus pour qu'elle bascule à chaque fois sur les souvenirs de leur unique nuit inoubliable. Pourquoi fallait-il qu'il se montre si inébranlablement dévoué à son frère ?

Jade, l'employée préférée d'Alex, entra dans la pièce.

— Alex, nous avons tout vendu, donc je vais bientôt fermer. À moins que tu aies besoin de quelque chose.

— Quelle heure est-il ? demanda Alex en regardant l'horloge murale.

Il était 16 h 30. Elle croyait qu'il n'était que 16 heures ! Ryder serait ici d'une minute à l'autre et elle n'était absolument pas prête.

— Est-ce que tu pourrais rester du côté boutique le temps que je me change et me maquille ? J'attends quelqu'un qui ne devrait pas tarder.

— Oh. Un rendez-vous torride ?

L'homme l'est en tout cas. Mais ce rendez-vous sera très chaste, sauf quand nous devrons nous faire délibérément surprendre par les journalistes, en nous embrassant.

— Pas exactement.

Le carillon reconnaissable de la porte du magasin retentit. Jade sourit et jeta un coup d'œil dans la boutique avant de se tourner vers Alex.

— Très séduisant. Et grand. J'adore les hommes grands, murmura-t-elle.

— Oh ! mon Dieu ! Il est là ?

— J'imagine, puisque les clients n'entrent généralement pas ici avec des fleurs !

Des fleurs ? Bien qu'elle fût paniquée de ne pas du tout être prête, son cœur fondit à l'idée qu'il ait pensé à apporter un présent. Un présent romantique qui plus était. Peut-être que cette soirée ne serait pas aussi terrible qu'elle le craignait finalement ?

— J'y vais. Tu peux rentrer. Je fermerai.

— Tu es sûre ?

— Absolument.

— D'accord. Mais tu me raconteras.

— Crois-moi, il n'y aura rien à raconter, répondit Alex en se rendant du côté boutique.

Effectivement, Ryder se trouvait là, vêtu d'un costume gris parfaitement coupé qui soulignait sa silhouette musclée, et un bouquet de tulipes blanches, simple mais élégant : une vision tout droit sortie de ses fantasmes.

— Il n'y aura rien à raconter sur quoi ? demanda-t-il en la regardant de ses yeux brun chocolat particulièrement chaleureux.

— Oui, rien.

— Humm, fit-il, sceptique et encore plus beau quand il fronça les sourcils. J'ai apporté des fleurs. Ce qui est probablement – je viens de le réaliser – un mauvais choix compte tenu de ta profession. Mais je ne voulais pas venir les mains vides. De plus, j'avais l'impression que de vraies excuses s'imposaient.

Il lui tendit le bouquet enveloppé dans du papier kraft marron et noué avec un large ruban de satin blanc.

— D'où est-ce qu'elles viennent ?

— Du fleuriste près de notre bureau.

— Elles sont très belles. Merci.

Elle trouva amusant que, malgré sa passion pour les fleurs et sa riche vie fantasmatique s'agissant de Ryder, elle n'ait jamais imaginé une scène pareille.

— Le blanc est un bon choix de couleur. Ça envoie le bon message.

— Je les ai choisies parce que c'était ce qu'ils avaient de mieux.

— Eh bien, la couleur des fleurs a une signification. Le blanc peut vouloir dire pureté et innocence.

Il haussa un sourcil.

— Ça ne semble pas tout à fait approprié compte tenu de notre histoire.

— Mais ça peut aussi signifier respect et humilité, rétorqua-t-elle, les joues rouges.

— Tant mieux. Parce que je suis sincère au sujet des excuses, dit-il avant de lancer un regard vers la porte de l'atelier. Est-ce que nous sommes seuls ?

Elle sourit à cette question. Était-il nerveux ? Tant mieux si c'était le cas. En ce qui la concernait, elle avait souvent l'impression d'être déstabilisée en sa présence.

— Oui.

Il s'éclaircit la voix et croisa les mains devant lui, comme s'il s'apprêtait à plaider sa cause.

— Je n'aurais jamais dû partir comme ça en plein milieu de la nuit. Mais je savais aussi que ce qui s'était passé entre nous n'était pas bien.

Le peu d'optimisme que les fleurs lui avaient procuré s'envola aussitôt. Elle détestait l'entendre présenter leur nuit comme une erreur.

— À cause de mon frère ?

— Oui, mais il n'y a pas que ça. Tu as traversé une année difficile, et je n'aurais jamais dû laisser cela se produire.

— Ça a été une année difficile, mais je ne suis pas brisée, Ryder.

Oui, il l'avait blessée en partant ainsi, mais elle avait survécu à beaucoup de déceptions, surtout au cours des douze derniers mois. Cette histoire n'avait été qu'un élément de plus à ajouter à sa liste. En ce qui la concernait, elle voulait songer à cette nuit comme à un début reporté, plutôt que de voir Ryder rejeter l'idée qu'ils puissent un jour être ensemble. Son frère avait érigé des barrages, mais elle voulait continuer à croire qu'une solution était possible. Comment ? Elle l'ignorait, mais elle n'était pas encore prête à baisser les bras.

— C'est peut-être vrai, mais je ne veux pas non plus être celui qui te brisera.

Alex hocha la tête et repoussa la frustration qui montait en elle. Elle savait qu'elle ne devait pas lui en vouloir d'essayer de se comporter honorablement, sauf que ça l'empêchait d'obtenir ce qu'elle voulait : autrement dit, lui.

— Je vais me changer, dit-elle en posant les fleurs près de la caisse enregistreuse pour dénouer son tablier de travail.

— Pour ce que ça vaut, je te trouve superbe.

Elle baissa les yeux sur sa tenue : un pantalon noir moulant et un débardeur assorti, sa tenue de travail habituelle en été.

— Pas vraiment le summum de la mode, je dirais.

Il s'éclaircit à nouveau la voix avant de préciser :

— Je ne parle pas de ce que tu portes.

Elle se figea alors qu'une vague de chaleur indescriptible lui montait au visage. Cette soirée n'allait pas être si simple s'il comptait lui parler sur ce ton. Elle allait devoir retenir les mots qui lui brûlaient les lèvres, comme par exemple « arrête d'être quelqu'un d'honorable et prends-moi ici même, sur la caisse enregistreuse ».

— J'en ai pour une minute.

— Je t'attends.

Elle se précipita à l'étage de la boutique, prit sa trousse de maquillage dans son sac à main et entra dans la salle de bains. Il faisait trop chaud pour un maquillage approfondi : une simple couche de mascara et un peu de rouge à lèvres suffirent. Pas besoin de blush non plus, étant donné qu'après seulement quelques minutes en compagnie de Ryder ses joues étaient déjà rouges. Elle retira ses baskets et troqua ses vêtements de la journée contre une robe portefeuille noire sans manches avant de s'interroger : est-ce que sa tenue n'était pas trop discrète ? Ce n'était pas qu'elle essayait de le séduire, mais elle voulait lui rappeler à côté de quoi il passait en acceptant les règles de son frère.

Après avoir enfilé des sandales à lanières, elle descendit rejoindre Ryder. En la voyant, une lueur d'approbation brilla dans son regard, ce qui rassura Alex sur son choix vestimentaire.

— Où allons-nous ? demanda-t-il.

— J'aimerais voir les œuvres exposées au Whitney avant la fermeture, avant d'aller prendre un cocktail et manger un morceau sur un toit terrasse, pas loin d'ici. Puis on fera une promenade sur la High Line. C'est là que Chloe a envoyé le photographe. Il sera là vers 20 h 30.

— On dirait que tu as tout prévu.

Si seulement il savait le peu d'effort qu'il lui avait fallu pour organiser cette soirée. C'était le genre de nuit dont elle avait rêvé de nombreuses fois, en compagnie de l'homme de ses rêves. Mais inutile de se lamenter. Il fallait qu'elle se contente de ce qu'elle avait, c'est-à-dire quelques heures avec Ryder Carson. Et ensuite un week-end tout entier tandis que son frère serait à un océan de là.

Ryder et Alex arrivèrent au Whitney une heure avant la fermeture. Une fois à l'intérieur, elle lui prit la main et ne la lâcha plus tandis qu'ils se promenaient dans la galerie et admiraient la vaste gamme d'œuvres modernes.

— Que penses-tu de celui-ci ? demanda Alex en s'arrêtant devant un tableau de Charles Demuth.

L'œuvre était remarquablement contemporaine pour les années 1920. Des rayons de soleil dessinés de manière géométrique sur un bâtiment gris acier sous un ciel bleu, et le même traitement géométrique pour la terre rouillée en dessous.

— J'adore. Est-ce que c'est l'un de tes préférés ?

Elle étudia à nouveau le tableau, la tête penchée sur le côté. Ryder ne put s'empêcher de la contempler.

— J'adore aussi. Je pensais bien que tu apprécierais le contraste entre la lumière et l'obscurité. Tu me parais être du genre noir ou blanc. Avec toi, c'est bien ou mal.

Ryder ne sut s'il devait être offensé par sa remarque. Les gens qui avaient cette vision du monde n'étaient pas toujours les plus ouverts d'esprit, et c'était pourtant ainsi qu'il se voyait.

— Je ne pense pas que ce soit vrai. Pas du tout.

— Eh bien, c'est peut-être que tu aimes l'absolu et les garanties.

Quel était le problème avec ça ? Dans l'esprit de Ryder, il n'y avait rien de plus précieux que les certitudes.

— Si tu veux dire par là que j'aime pouvoir compter sur les choses, alors oui. C'est en partie la raison pour laquelle je me suis lancé dans l'architecture. C'est un mélange de précision et d'art, mais tu finis avec du solide et du concret. Quand je regarde mes conceptions, je me dis que j'ai sorti l'idée de nulle part, mais qu'elles sont conçues pour durer.

Alex lui lança un regard interrogateur.

— Es-tu en train de dire que je ne suis pas fiable ?

Il tira sur sa main pour qu'elle continue d'avancer.

— Non. Ce n'est pas une question de fiabilité, mais je ne veux pas que tu croies que tu m'as complètement cerné.

— Je t'ai au moins un peu cerné.

Il ne put s'empêcher de sourire. La nuit où ils avaient

couché ensemble, elle avait certainement su ce qui le rendait heureux physiquement.

— Rappelle-moi de te surprendre à un moment donné.

Ils quittèrent le Whitney à 18 heures à la fermeture, et se dirigèrent vers le restaurant, qui n'était qu'à un pâté de maisons. Un orage s'était abattu pendant qu'ils étaient dans le musée. Les trottoirs étaient sombres d'humidité tandis que de minces volutes de vapeur provenant de l'asphalte chaud s'élevaient dans l'air. La température avait chuté de près de dix degrés, un répit bienvenu après la chaleur du mois d'août, mais l'air conservait cette douce humidité estivale. Ils se tinrent la main pendant tout le trajet, et Ryder dut admettre qu'il aimait avoir le prétexte de cette comédie pour pouvoir le faire l'esprit tranquille. La sensation était agréable, même si ce n'était pas réel. C'était également confortable, ce qui, il le reconnaissait, n'était pas une description particulièrement séduisante pour une relation de couple. Mais avec elle il n'éprouvait pas le besoin de jouer un rôle, même si c'était précisément ce qu'ils étaient en train de faire.

Arrivés au restaurant, ils montèrent sur le toit terrasse qui disposait d'un incroyable bar à ciel ouvert décoré de guirlandes lumineuses. Ryder aurait préféré un cadre plus calme et intime, mais il connaissait la raison de cette sortie : être vus ensemble. Ils réussirent à obtenir une table d'angle avec une vue quasi panoramique sur le quartier, et après avoir commandé – une margarita pour Alex et une bière pour Ryder, ainsi que quelques amuse-bouche – Ryder décida d'aborder à nouveau le sujet dont il ne voulait pas discuter mais qu'il savait devoir clarifier avant leur week-end. Il leur fallait une base solide avec des limites claires, sans aucune zone grise.

— Alex,nous devons parler de mon mot… et de

notre nuit ensemble. En tout cas, je ressens le besoin de m'expliquer.

Elle haussa les sourcils et s'adossa au dossier de son siège en croisant les bras sur sa poitrine. Une petite brise fit voler une mèche sur sa joue, qu'elle repoussa.

— Vas-y. Je t'écoute.

Il s'éclaircit la voix, se préparant à passer en revue les points auxquels il avait souvent réfléchi.

— Je ne prends pas mon amitié et mon partenariat avec ton frère à la légère. Et ce n'est pas que je regrette ce qui s'est passé entre nous, mais je regrette la faiblesse dont j'ai fait preuve en cédant à la tentation.

— Tu me trouves donc tentante ? l'interrompit-elle.

— Non, dit-il avant de secouer la tête. Je veux dire oui. Bien sûr que tu l'es. Mais ce n'est pas mon propos. Ce que je veux dire, c'est que si je suis parti en catimini, c'est à cause de ce moment de faiblesse. Dans mon esprit, il n'y avait rien à discuter. J'avais franchi une ligne interdite, et le plus vite je rectifiais la situation, le mieux c'était. C'est pour cela que je n'ai pas attendu le matin.

Elle hocha la tête, visiblement sceptique.

— Je vois. Parce que si nous avions eu une conversation, j'aurais pu te convaincre que tu avais tort. Et où ça t'aurait mené ? Tout droit à des ennuis avec Daniel.

— Il ne s'agit pas d'avoir des ennuis, Alex. Je ne veux pas que tu penses que je n'ai pas de personnalité.

Il se pencha plus près pour continuer d'une voix plus douce.

— Tu as subi un traumatisme. Et de mon côté je ne veux pas m'engager. Il n'y avait donc aucune chance que ça finisse bien. Suis-je censé sacrifier ma relation avec ton frère pour quelque chose qui finira probablement mal ?

Elle se plissa les lèvres.

— Je trouve que c'est un point de vue très noir et blanc.

Il but une longue gorgée de sa bière et fit signe au serveur.

— Encore une, s'il vous plaît, dit-il avant de se tourner vers Alex. Sauf si tu n'en veux pas.

— Oh ! je m'amuse tellement, Ryder. J'ai hâte de prendre un autre verre, rétorqua-t-elle d'une voix qui dégoulinait de sarcasme.

Ça n'allait pas du tout.

— Écoute, poursuivit Ryder une fois le serveur parti. C'est la réalité de notre situation. Il n'y a rien de mal à accepter les faits tels qu'ils sont. Si tu y réfléchis, tu verras que c'est vraiment ce qui est intelligent à faire.

— Très bien. Dans ce cas, explique-moi la réalité de ta situation et dis-moi pourquoi tu ne veux rien de sérieux. Parce que ça ne correspond pas du tout à ta personnalité. Tu es un bon ami. Tu es très fidèle. Et tu es également connu pour être fiable. Je sais que tu tiens beaucoup à ta famille. J'ai cru comprendre que tu soutenais financièrement ton père, aussi.

Ryder se figea. Il parlait rarement de sa famille, surtout parce qu'il n'y avait rien d'intéressant à en dire. Il aimait son père, mais c'était un homme difficile. Ryder avait grandi à Boston. Sa mère était décédée juste après sa naissance, et il avait été élevé par sa grand-mère et son père. Celui-ci travaillait dans la construction pendant que sa grand-mère jouait le rôle de mère. Financièrement, ils s'en sortaient bien, même si c'était parfois un peu difficile. Il arrivait que l'électricité soit coupée ou qu'ils ne puissent pas payer l'épicier. C'était aussi pour cette raison qu'il avait été si important pour lui de réussir rapidement, car son plus grand objectif avait toujours été d'aider sa famille. Avec sa grand-mère, ça avait été trop tard car elle était morte quand il venait à peine de régler ses factures médicales. Quant à son père, c'était une autre histoire.

— J'essaie d'aider mon père, mais il est très fier et n'accepte pas toujours l'argent. J'ai dû le supplier pendant cinq longues années avant qu'il me laisse faire des travaux dans sa maison et rembourser son hypothèque.

— Comme je l'ai dit, tu es quelqu'un de bien. Alors pourquoi ne recherches-tu pas une vraie relation ?

— Je n'ai pas vraiment le temps. En ce moment, c'est le travail qui passe avant tout, et avant c'étaient les études.

Daniel plaisantait souvent en résumant la devise de Ryder à un : « aime-les, quitte-les », mais c'était faux. Ryder n'avait tout simplement pas rencontré une femme qui lui donnerait envie de faire passer sa profession au second plan. La seule exception aurait pu être Alex, mais il se l'était interdit, et Ryder tenait toujours les promesses qu'il se faisait.

Le serveur apporta la deuxième tournée, ce qui laissa un court répit à Ryder. La conversation ne se passait pas comme il le souhaitait. Il aurait mieux valu qu'il s'en tienne à des sujets plus légers comme la météo ou la signification de la couleur des fleurs, mais puisque le malaise était déjà installé, il décida d'aborder le deuxième sujet gênant.

— As-tu réfléchi à ce qu'on allait faire pour les nuits pendant ce week-end ?

Il ne voulait pas être pris au dépourvu une fois sur place. L'hésitation d'Alex ne lui laissa malheureusement aucun doute sur ce qu'elle pensait : elle n'avait pas du tout apprécié.

— Je pensais bien que tu me le demanderais.

— C'est une question légitime. La présence de ton frère plane constamment sur nous, Alex.

— Comme si je ne le savais pas.

Elle lécha le sel sur le bord de son verre, et il regretta un instant de ne pas être un grain de sel.

— J'en ai parlé à Taylor et l'une des chambres d'amis possède deux lits. Nous partagerons donc la même chambre, mais il y aura des lits séparés.

Ryder poussa un soupir. Ce n'était pas l'idéal, mais ça ferait l'affaire. Lui et Alex allaient devoir passer pas mal de temps ensemble, mais au moins ils n'auraient pas à dormir dans le même lit.

— Génial.

— As-tu besoin de le signaler à Daniel ? Ou devrais-je le faire moi-même ?

Ryder secoua la tête.

— Ne le prends pas comme ça, Alex. Tu tiens autant à ton frère que moi. Probablement plus même.

Elle remua la glace dans son verre avant de prendre la dernière gorgée.

— Je l'aime à mort, même si je commence à avoir envie de l'étrangler avec ses idées obstinées sur ce qui est bon pour moi, dit-elle en se levant. Allons-y, ou on va rater le photographe.

Ryder réalisa qu'il devait cesser de se torturer l'esprit et demander constamment des éclaircissements. Après tout, ce n'était que de la comédie. Les règles habituelles de l'engagement ne s'appliquaient pas.

Il régla l'addition et ils se dirigèrent vers l'entrée de la High Line, une ancienne ligne de chemin de fer aérienne qui avait été sauvée de la démolition et convertie en voie verte publique de plus d'un kilomètre avec une vue imprenable sur la ville. C'était une oasis de calme et l'un des endroits préférés de Ryder pour se vider l'esprit. La vue était particulièrement saisissante à cette heure-ci, quand le soleil se couchait lentement en jetant des rubans orange et violet dans le ciel. Et, bien sûr, tenir la main d'Alex rendait cette expérience incroyablement romantique.

Ce n'est pas réel, se répéta-t-il pour la cinquantième fois.

Il ne pouvait se permettre d'être hypnotisé par le décor ou par elle. Il devait rester fort et s'en tenir à ses objectifs : préserver sa relation avec Daniel, convaincre Geoffrey Burnett de signer, et aider Alex à traverser une période difficile.

Concentre-toi. Concentre-toi.

Au bout d'une vingtaine de minutes, il sentit une légère traction sur sa main. Alex avait ralenti et semblait hésitante.

— Tout va bien ? demanda-t-il.

— Oui, bien sûr, dit-elle d'un ton incertain.

Elle paraissait anxieuse. D'un hochement de tête, elle désigna un petit bosquet de bambous et de fleurs sauvages sur la droite. Effectivement, un homme se cachait là avec un appareil-photo.

Les instincts protecteurs de Ryder s'éveillèrent immédiatement. Il aurait voulu serrer Alex dans ses bras et la protéger du monde entier. Il savait de quoi la presse était capable, et de la voir aussi anxieuse ne faisait que renforcer ce sentiment chez lui. Elle détestait ces gens, et pourtant elle avait le courage de les affronter.

— Ne t'inquiète pas. Ça va aller. Je te le promets.

— Merci.

Ce n'était pas le monde de Ryder, mais il comprit qu'il devait prendre l'affaire en main, sinon Alex ne réussirait pas à avoir une photo d'elle dans les journaux.

— Regarde ça, mon cœur, dit-il d'une voix un peu trop fort, tu ne trouves pas que c'est une belle soirée ?

Il la mena au garde-corps du côté ouest d'où on pouvait admirer la vue sur le fleuve Hudson. L'eau scintillante avait pris des teintes argentées et noires sous les éclairages de la ville et à la lueur de la lune.

Ils se tinrent côte à côte et il passa lentement un bras autour de ses épaules pour l'attirer contre lui. Elle se mit alors à respirer à toute vitesse, et il imagina les pensées qui devaient l'agiter. Les médias avaient été si brutaux avec elle en s'acharnant sans relâche, et elle se retrouvait à présent dans la position absurde de devoir inventer une histoire afin de leur donner satisfaction. Mais il comprenait la raison de cette mise en scène : elle cherchait simplement à se protéger afin d'aller de l'avant. Quant à lui, il avait promis de l'aider, et il ne comptait pas la laisser tomber.

Il l'étreignit, et pendant un court moment elle posa son visage contre son torse. Il lui caressa les cheveux et inhala son doux parfum en déposant un baiser sur sa tête. Ce n'était pas si évident. Chaque once de son corps trouvait cela bien, tandis que son cerveau lui criait que c'était mal. Si Alex avait su les pensées qui l'agitaient, elle lui aurait fait remarquer que c'était typique d'un raisonnement noir ou blanc. Peut-être qu'elle avait vraiment réussi à le cerner ? En tout cas elle savait comment le toucher. Être auprès d'elle resterait toujours un exercice difficile, car ce sentiment d'attirance-rejet ne disparaîtrait jamais. Il était donc temps de faire ce pour quoi ils étaient là.

Comme si elle avait entendu sa conclusion silencieuse, elle leva la tête et étudia son visage. Son regard trahissait tant de vulnérabilité. Comme il aurait été facile de tomber amoureux d'elle sur-le-champ.

Il prit son visage en coupe et lui inclina la tête pour l'embrasser. À l'instant où leurs lèvres se touchèrent, la connexion se fit et il se laissa aller en fermant les yeux, ne serait-ce que pour être le plus convaincant possible. Ce ne fut guère difficile ; ils se connaissaient déjà et il ne fallut qu'une seconde pour qu'elle se presse contre lui et que le corps de Ryder s'éveille. Elle écarta ses lèvres pulpeuses et sa langue alla à sa rencontre de manière spontanée et naturelle. Puis elle inclina la tête afin d'approfondir son baiser et enfonça ses doigts dans le dos de Ryder en se glissant entre ses jambes. Il sentit aussitôt son corps réagir et déplaça ses hanches de sorte que le photographe ne remarque rien. Si un détail pareil se retrouvait à la une des journaux, il aurait bien du mal à expliquer à Daniel pourquoi il avait eu une érection en embrassant sa sœur.

Finalement il s'écarta, mais en douceur, afin de ne pas laisser entendre qu'il ne la désirait pas, ce qui n'était pas difficile étant donné qu'il la désirait plus que jamais.

— Tu penses que c'était bien ? murmura-t-il. C'était assez convaincant ?

Son cœur battait si fort qu'il fut surpris d'avoir la force de parler. Il y avait également le problème de son érection, mais il s'en soucierait plus tard.

Alex lui caressa la nuque et tira sa tête vers elle, plus près de ses lèvres.

— Encore un baiser. Juste pour être sûr.

- 3 -

Vendredi matin, Ryder ferma sa valise et prit la housse contenant son smoking pour le mariage. Il était sur le point de sortir quand son téléphone sonna. C'était Daniel.

— Salut. Tout va bien ? demanda Ryder. Comment se sont passées tes réunions ?

Daniel était à Londres afin de rencontrer un client potentiel.

— Tout va très bien, mais je t'en parlerai plus tard. Je n'appelais pas pour le travail.

— Que se passe-t-il ? Je n'ai pas beaucoup de temps. Je suis supposé récupérer ta sœur dans quinze minutes.

— Dis-moi juste que ce baiser était faux. C'est tout ce que je veux savoir. Parce qu'il ne m'a pas l'air faux du tout.

Ryder n'était pas près d'oublier ce baiser, mais il n'avait absolument pas pensé que la photo paraîtrait le matin même.

— Tu as fait des recherches pour trouver l'article ?

— Non. J'ai configuré une alerte avec le nom de ma sœur. Avec tout ce qu'elle a traversé l'année dernière, je veux être informé chaque fois que les tabloïds la traînent dans la boue.

— Je n'ai pas vu la photo, mais je peux t'assurer qu'il n'y a rien entre Alex et moi.

Cela le dérangeait de plus en plus de devoir chaque fois insister là-dessus, mais il essaya de se souvenir qu'il contrôlait la situation. Il devait simplement faire en sorte qu'il ne se passe rien entre Alex et lui.

— Tu me fais confiance, n'est-ce pas ?

— Bien sûr. C'est juste que…

— Quoi ?

— Excuse-moi, mais voir cette photo de toi en train d'embrasser Alex me rend fou. Je ne peux pas m'en empêcher.

Il savait que Daniel était formellement opposé au fait qu'il sorte avec sa sœur, mais cette réaction viscérale n'en demeurait pas moins blessante.

— C'était pour de faux, Daniel. Calme-toi. Respire.

— Alex va être tellement bouleversée quand elle verra le titre.

Ryder grimaça en verrouillant la porte de son appartement. Il détestait l'idée qu'Alex soit blessée.

— Est-ce que j'ai envie de savoir ce que ça dit ?

— « Emporté par la Tornade des Fonds de Placement ». C'est toi qui es emporté, j'imagine.

Ryder gémit.

— C'est tellement injuste envers Alex.

Et si vrai en ce qui me concerne.

— Ils disent que tu es l'homme le plus courageux de Manhattan.

Bon sang, c'était encore pire que ce qu'il pensait. Il ne s'estimait pas courageux ; il avait au contraire de la chance d'avoir pu l'embrasser, même si cela ne devait absolument pas devenir une habitude.

— Je déteste ces gens.

— Moi aussi. Mais prépare-toi. C'est impossible qu'elle soit de bonne humeur après ça.

— J'ai compris.

— En plus vous allez à un mariage. Ça sera encore plus déprimant pour elle.

Ryder espérait qu'il serait capable de la réconforter, mais il n'était pas très doué avec les émotions.

— Des suggestions ?

— Distrais-la autant que possible. Et essaye de la faire parler chaque fois que tu le peux. Je sais que ce n'est pas ton fort, mais ça l'aide de pouvoir extérioriser.

Ryder inspira profondément en appuyant sur le bouton de l'ascenseur. Il pouvait penser à plein de façons de distraire Alex que Daniel n'approuverait jamais.

— J'ai compris. Je dois y aller, mais on se reparlera plus tard.

— Oui. Rappelle-toi juste de notre accord : pas touche à ma sœur.

Ryder étouffa un soupir.

— Tu n'as rien à craindre. Je te rappellerai plus tard, d'accord ?

— D'accord. Au revoir.

Ryder raccrocha, conscient qu'il ne pouvait absolument pas trahir Daniel. La nuit dernière avait remis les choses en question, mais c'était peut-être le signal d'alarme dont il avait besoin. Sachant l'effet qu'avait Alex sur lui, il devait simplement garder ses distances et faire en sorte que leurs rapports restent aussi platoniques que possible. Au moins, ils dormiraient dans des lits séparés.

Une fois dans le parking, il monta rapidement dans sa Bentley pour aller chercher Alex. C'était une voiture terriblement chère pour quelqu'un ayant grandi avec aussi peu de moyens que lui. Dans son esprit, c'était un rappel de son travail acharné et de tout le chemin parcouru. Son père, par contre, n'était pas de cet avis, et pensait que Ryder jouait en dehors de sa catégorie avec sa voiture de luxe, son penthouse et ses efforts pour intégrer un monde auquel il n'appartenait pas. L'homme était impossible à satisfaire. Avec lui c'était toujours trop ou pas assez. Cela ressemblait d'ailleurs à un raisonnement noir et blanc… Alex avait peut-être raison finalement.

Après être entré dans le parking de l'immeuble d'Alex, dans le quartier de Chelsea, il lui envoya un SMS.

Je suis en bas. C'est quand tu veux.

Je descends.

Il rangea son téléphone et surveilla la porte par laquelle elle allait sortir avant de réaliser que c'était par cette même porte qu'il s'était enfui la dernière fois, après leur nuit ensemble.

Il se souvenait clairement du moment où ils s'étaient croisés à la collecte de fonds de l'hôpital. Elle était non seulement magnifique, mais elle flirtait avec lui, riant et lui touchant la main et le bras. Il n'avait pas fallu longtemps avant qu'ils soient en train de s'embrasser dans le hall de l'hôtel, et sachant Daniel loin d'eux, il avait été beaucoup plus facile pour lui d'abandonner toute prudence. Il avait donc accepté son invitation à monter dans son appartement, et, la porte à peine franchie, les vêtements avaient commencé à s'envoler. À partir de là, tout devenait flou : le magnifique corps nu d'Alex, ses mains et ses lèvres qui s'activaient sur lui, et réciproquement. Mais après plusieurs orgasmes et le sentiment de béatitude qui s'était ensuivi, la conscience de Ryder s'était activée au moment de sombrer dans le sommeil. Il sut alors qu'il n'en aurait jamais assez d'Alex et qu'il en voudrait toujours plus, ce qui n'était pas possible. Il avait alors ramassé ses vêtements éparpillés au sol, lui avait écrit un mot d'excuse et pris l'ascenseur avant de sortir par la porte qu'il regardait en ce moment.

Juste à ce moment-là, celle-ci s'ouvrit et laissa apparaître Alex. Sa vue le frappa comme un éclair. Il était fichu. Les trois jours suivants – et, plus important encore : les deux nuits – allaient être un véritable défi. Elle n'était pas simplement belle : elle était magnétique, et c'était comme si tout son corps à lui était fait de métal. C'était un vrai miracle qu'il ait pu se détacher de ses lèvres d'elle la nuit dernière. Il lui aurait été tellement facile de donner aux tabloïds bien plus que ce qu'ils avaient négocié.

— Comment ça va ? demanda-t-il en descendant de voiture et tentant de paraître nonchalant.

Comme un ami, rien de plus.

— Aussi bien que possible, je suppose, dit-elle avec un haussement d'épaules.

— L'article dans le journal ? s'enquit-il en lui prenant la valise.

— Je ne sais pas à quoi je m'attendais. C'est ma faute. C'était mon propre plan brillantissime, sauf que j'avais oublié qu'ils écrivent ce qu'ils veulent. Et on peut dire qu'ils s'en sont donné à cœur joie.

Ryder était attristé de la voir aussi démoralisée, mais il craignait qu'un geste affectueux soit une mauvaise idée étant donné ses sentiments pour elle. Il se contenta donc de lui tapoter l'épaule.

— Essayons de voir ça positivement. L'article a rempli son objectif, exactement comme tu le voulais.

Elle parvint à esquisser un demi-sourire.

— J'adorerais être pénétrée par une petite part de ton optimisme.

À peine le mot « pénétré » était sorti de sa bouche,

que le cerveau de Ryder partit dans plusieurs directions affriolantes.

— Allez, monte. Je te laisse choisir la musique, déclara-t-il en lui ouvrant la portière avant de faire le tour et prendre place derrière le volant. Prochain arrêt, le domaine familial Klein dans le Connecticut.

— Prochain arrêt, l'enfer du mariage.

Ryder démarra et sortit de la place de stationnement.

— Je ne veux pas que tu voies la situation comme ça. Je croyais que tu étais heureuse que Chloe se marie.

— Oh ! je le suis. Je l'aime. Elle et Parker vont si bien ensemble. C'est juste que je déteste les sentiments que ça éveille en moi. J'ai beau travailler sur des compositions florales et m'occuper de mariages régulièrement, je suis rarement invitée à ces événements. Là je serai au cœur de tout.

— Écoute. Je veux que tu me considères comme un soutien. Si tu as besoin de quoi que ce soit durant ce week-end, n'hésite pas à me le demander.

— Vraiment ?

— Bien sûr. Un verre. Une épaule pour pleurer. Peu importe ce que c'est.

— Pour être franche, ce que je redoute le plus, c'est de passer du temps avec ma mère. Je sais déjà ce qu'elle va dire. Elle va me répéter en boucle que c'est moi qui devrais être à la place de la mariée, et que si je n'avais pas tout gâché avec Henry je serais heureuse en ce moment.

Le fait était que cette annulation de mariage demeurait un vrai mystère pour Ryder. La veille de la cérémonie, lorsqu'il avait croisé Alex et l'avait vue si bouleversée, il s'était fait la réflexion que si un homme tel qu'Henry n'arrivait pas à la combler, aucun homme ne le pourrait jamais. La fortune d'Henry était telle qu'il n'aurait jamais pu la dépenser, même en le voulant. Et cette fortune ne faisait que croître de minute en minute, même pendant qu'il dormait ou buvait son café du matin, tout comme pour les générations riches et puissantes de Quinn avant lui. C'était la seule vie qu'Henry connaissait, alors que ce monde de luxe et d'influence était encore assez nouveau pour Ryder.

En conclusion, Ryder ne comprenait pas vraiment ce qu'Alex recherchait, mais la barre lui semblait incroyablement haute.

— Je suis sûr que ta mère ne sera pas comme ça.

— Tu dis ça uniquement parce que tu as un faible pour ma famille.

— C'est faux.

— Peut-être en ce qui concerne ma mère, mais certainement pas pour mon père.

— Tout d'abord, je pense que tes deux parents sont formidables. Mais, effectivement, ton père a une place particulière dans mon cœur. Il nous a donné, à Daniel et à moi, le capital nécessaire pour démarrer notre entreprise. Il nous a aussi mis en contact avec beaucoup de personnes influentes, dont certaines sont à présent nos clients. C'est normal de faire tout ça pour Daniel, mais il n'avait aucune raison de le faire pour moi. Ça compte énormément à mes yeux.

En effet, son propre père n'aurait jamais été en mesure de faire ce que Charles Gold avait fait pour lui et, de ce fait, il se sentait très redevable envers la famille Gold. Sans Daniel, il travaillerait certainement dans un petit cabinet inconnu en tant qu'architecte junior. Au lieu de cela, il était associé dans une entreprise extrêmement prospère qui connaissait une croissance fulgurante. Le talent était important, mais Ryder était conscient que les relations l'étaient encore plus. Ce mariage en était l'illustration parfaite, car il lui donnerait l'opportunité d'approcher Geoffrey Burnett, et cela uniquement parce que son amitié avec Daniel lui ouvrait des portes.

— Je sais à quel point l'aide de ma famille a été précieuse pour toi, déclara Alex. Crois-moi, je le sais.

Ryder se raidit et se concentra sur la route. Il ne pouvait ignorer l'insinuation d'Alex comme quoi il faisait passer sa fidélité envers sa famille avant le reste, mais il refusait de tout risquer pour une simple attirance. Alex voulait bien plus que ce que Ryder était capable de lui donner.

Avec la circulation, il leur fallut plus d'une heure pour arriver au domaine Klein. La voiture de Ryder roulait lentement sur l'allée en pierre, entourée d'arbres centenaires, de pelouse verte à perte de vue, et de haies parfaitement taillées. La famille Klein appartenait à une vieille fortune et ça se voyait. Il pouvait sentir leur histoire et leur grandeur alors qu'ils approchaient de l'allée circulaire et de la demeure semblable à un château. Comme dans beaucoup d'anciennes maisons aristocratiques de cette partie du Connecticut, la construction était un savant mélange d'architecture française et anglaise, avec des fenêtres à petits carreaux, des tourelles et des fondations en granit recouvertes de lierre.

Taylor, l'amie d'Alex, élancée et blonde, sortit par la porte d'entrée suivie d'un homme de grande stature que Ryder reconnut comme étant l'hôtelier Roman Scott. Taylor avait l'intention de transformer le domaine en un hôtel de charme, et Roman était venu ici durant l'été afin de la conseiller. L'attirance entre eux avait été immédiate, et les deux étaient rapidement tombés amoureux. Ils étaient désormais inséparables.

— Alex ! s'exclama Taylor lorsqu'ils descendirent de la voiture.

Elle étreignit Alex pendant que Roman s'avançait vers Ryder et lui tendait la main.

— Roman Scott. J'ai beaucoup entendu parler de ton activité. C'est bien de mettre enfin un visage sur un nom.

Ryder lui serra la main, flatté qu'un homme tel que Roman Scott connaisse son occupation. Ryder et Daniel commençaient à acquérir une certaine renommée dans leur métier : une autre raison de rester concentré sur le boulot.

— Roman, quel plaisir de faire ta connaissance. Je sais que c'est le mariage de Chloe et Parker, mais je serais ravi de m'entretenir un peu avec toi, si tu as un peu de temps.

Roman sourit.

— Je pense qu'on devrait pouvoir en trouver durant le week-end.

— Vous parlez travail tous les deux ? demanda Alex.

— Tu es surprise ? s'enquit Taylor d'un ton moqueur.

— Pas vraiment.

Roman passa un bras autour des épaules de Ryder.

— Nous évoluons dans le même secteur. Rien de mal à échanger autour de ça.

— Rentrons que je vous montre votre chambre, dit Taylor.

— Je vais prendre les bagages, dit Ryder en cliquant sur son porte-clés pour soulever le hayon.

— Non non, protesta Taylor en sortant un petit talkie-walkie accroché à sa hanche et parlant dedans. Il nous faut un groom à l'entrée pour les bagages.

Puis elle sourit en rangeant l'appareil.

— J'ai plein de clochettes et de sifflets maintenant

que je pratique mes compétences dans l'hôtellerie. Allez, entrez.

Alex s'éclaircit la voix et tendit la main vers Ryder pour lui rappeler qu'il était désormais son cavalier. En la saisissant, Ryder se demanda s'il cesserait un jour de s'émerveiller qu'elle rentre si parfaitement dans la sienne. Tout en elle était incroyablement doux, chaleureux, et tentateur.

Taylor et Roman ouvrirent la voie vers les larges marches en pierre, puis vers l'entrée. Partout des gens s'affairaient, comme dans une ruche.

— Je dois faire certaines vérifications, déclara Roman. Mais on pourrait prendre un verre si tu veux, Ryder. Disons dans la bibliothèque dans quinze minutes ?

— Avec plaisir, répondit Ryder, heureux d'avoir de la compagnie pendant qu'Alex s'occuperait du mariage.

Roman déposa un baiser sur la joue de Taylor avant de s'éloigner. La jeune femme les guida vers un grand escalier en colimaçon entouré de baies vitrées qui offraient une vue imprenable sur l'entrée du domaine. En haut des marches se trouvaient trois couloirs. Taylor emprunta celui de droite, jusqu'au bout.

— Vous serez ici, déclara-t-elle. Faites-moi savoir si vous avez besoin de quoi que ce soit.

— Merci, ma belle, répondit Alex. Tu peux y aller. Je sais que tu dois être très occupée avec les préparatifs.

— Pas du tout. Je m'amuse énormément.

— J'adore vous voir ensemble, toi et Roman. Tu sembles tellement heureuse, déclara Alex d'un ton joyeux teinté quand même d'un peu de mélancolie.

— Merci. Nous le sommes. J'espère que vous passerez un agréable séjour.

Elle adressa alors un regard éloquent à Ryder avant de

lui faire un clin d'œil. Il prit cela comme un signe qu'elle connaissait la réalité de leur situation.

— Merci, Taylor.

Ryder attendit qu'Alex entre la première. Celle-ci fit quelques pas à l'intérieur et se figea.

— Quoi ? s'exclama-t-elle.

Ryder la suivit et réalisa rapidement ce qui l'avait surprise.

— Il n'y a qu'un seul lit. Tu as dit qu'il y en aurait deux.

— C'est ce que Taylor m'a dit, affirma Alex en se retournant et passant la tête dans le couloir. Taylor ?

Elle l'appela plusieurs fois avant de revenir à l'intérieur.

— Elle est déjà partie.

S'il y avait bien un point dont Ryder était certain, c'était qu'il ne parviendrait jamais à avoir une relation platonique avec Alex s'ils dormaient dans le même lit.

— Il va bien falloir la trouver. Je ne vois pas comment ça pourrait marcher.

— Tu me trouves donc si horrible ?

— Non. Tu es le contraire d'horrible. C'est justement pour ça que j'ai la ferme intention de tenir la promesse faite à ton frère.

Il enfonça ses mains dans ses poches, incapable de détacher les yeux du lit. N'était-il inhabituellement petit ? Il lui semblait que oui. Il commença à imaginer toutes les extravagances qu'il aurait aimé y faire avec Alex avant de penser à la réaction de Daniel s'il le découvrait un jour. Non, lui et Alex ne pouvaient pas coucher ensemble.

— Est-ce que tu lui en parleras quand tu la verras ?

— Bien sûr.

Ryder espérait que ça pourrait s'arranger, sinon il ignorait ce qu'il ferait. Sûrement dormir sur le sol. Il était doté d'une grande détermination, mais il n'était quand même pas un super-héros. Il y avait une limite à la tentation qu'il était capable d'endurer.

— Je vais descendre trouver Roman et me renseigner sur l'heure d'arrivée de Geoffrey. On se retrouve au dîner ?

— Bien sûr, Ryder, répondit Alex, hésitante.

Alex regarda Ryder s'éloigner en songeant aux nombreuses fois où elle s'était demandé à quoi pouvaient bien penser les hommes. Le problème avec Ryder, c'était qu'elle savait exactement à quoi il pensait : ne pas se laisser tenter par elle. Cette idée était risible. Comme si elle pouvait le séduire en usant de son charme irrésistible. Sa vie amoureuse était pourtant bien la preuve qu'elle n'était pas ce genre de femme. Elle savait également que ce qui comptait le plus pour lui en ce moment, c'était son travail. Somme toute, rien de nouveau, mais elle était tout de même déçue.

— Tu vas juste devoir essayer un peu plus fort, marmonna-t-elle avant de retourner dans la chambre et fermer la porte derrière elle.

Ce séjour était peut-être sa seule chance de séduire Ryder. Il fallait qu'elle se montre plus maligne. Pour ce qui était de l'avenir, elle verrait plus tard.

Alex prit sa trousse de toilette et l'emporta dans la salle de bains afin de se rafraîchir rapidement. Elle se regarda dans le miroir et prit plusieurs inspirations avant de se maquiller. L'article paru ce matin la remuait toujours. Comment avait-elle pu être aussi naïve ? Penser qu'il lui suffirait de demander à Chloe d'envoyer un photographe pour que la presse se mette miraculeusement à la présenter sous un meilleur jour ? Sans surprise, ils avaient décrit Ryder comme l'homme le plus courageux de Manhattan, et l'avaient à nouveau surnommée la *Tornade des Fonds de Placement.* Alex était immunisée contre la plupart des horribles commérages écrits à son sujet, mais si la presse s'en prenait à Ryder, est-ce que cela anéantirait ses chances avec lui ? Un homme tel que Ryder, intelligent, ambitieux et évitant farouchement les complications, ne voudrait sûrement pas se retrouver mêlé à ce genre de désagréments. Même si elle réussissait à convaincre son frère, le fait d'être Alexandra Gold resterait toujours un véritable obstacle.

Alors peut-être qu'elle pourrait séduire Ryder durant ce week-end, mais ce serait probablement la seule conquête qu'elle pourrait obtenir. Il fallait donc qu'elle arrête de s'en faire et qu'elle prenne les aléas avec plus de légèreté. Pour l'instant, elle devait se concentrer sur le véritable but de sa présence ici : aider à organiser le mariage de Chloe.

Comme si Taylor devinait ses pensées, Alex reçut un SMS d'elle.

Les fleurs ont été livrées. Près de la piscine. Tu veux venir voir ?

J'arrive.

Alex se dépêcha de descendre, et trouva Taylor dans la cuisine qui donnait sur la cour intérieure et la piscine.

— Tu as une seconde ? Je dois te parler.

— Bien sûr, répondit Taylor.

Alex se dirigea vers l'une des nombreuses tables au bord de la piscine et commença à inspecter la livraison. L'équipe du Flora avait remarquablement bien travaillé, et le livreur avait manifestement traité les fleurs avec le plus grand respect.

— Que se passe-t-il ? demanda Taylor. Tu voulais me parler ?

Alex lança un regard circulaire autour d'elle pour s'assurer que personne n'écoute.

— Elle travaille pour le traiteur ? demanda-t-elle en indiquant une jeune femme aux cheveux noirs et courts vêtue d'un pantalon noir et d'un chemisier blanc.

La femme était occupée à plier des serviettes.

— Oui. Je pense qu'elle s'appelle Ruby.

— Je ne veux pas paraître paranoïaque, mais en es-tu sûre ? Ce n'est pas une journaliste ou une photographe infiltrée ?

Taylor secoua la tête.

— Alex, s'il te plaît. Chloe n'a invité que deux journalistes et ils n'arriveront que demain. Et connaissant les magazines pour lesquels ils écrivent, je ne pense pas qu'ils iraient se déguiser en serveurs.

Alex soupira. Elle devait arrêter de s'inquiéter et se concentrer sur le mariage.

— La chambre que tu nous as attribuée n'a qu'un lit, chuchota-t-elle. Ryder n'est pas content.

Les yeux de Taylor s'arrondirent de surprise. Elle saisit le bras d'Alex.

— C'était sérieux quand tu m'as demandé ça ? Je croyais que tu plaisantais.

— Et pourquoi donc ?

— Parce que tu as toujours eu le béguin pour lui. Je pensais te rendre service.

Alex savait que son amie avait voulu lui donner un coup de pouce, et en d'autres circonstances elle lui aurait témoigné toute sa gratitude d'avoir organisé deux nuits romantiques avec l'homme de ses rêves. Mais Ryder avait été très précis : il voulait deux lits.

— S'il n'était pas aussi déterminé à ce que ce week-end reste platonique, ça aurait été formidable. Malheureusement sa loyauté va à mon frère, et il lui a promis de ne rien tenter. À moins d'un miracle, il ne se passera rien entre nous.

Taylor grimaça.

— Je n'ai nulle part ailleurs où vous caser. Toutes les chambres sont occupées. J'ai donné celle avec deux lits aux cousins adolescents de Chloe, et je ne pense pas pouvoir les déplacer sinon ils iront trouver Chloe. Ils se sont déjà plaints ce matin que je n'ai pas prévu de lait d'avoine pour leur café.

Alex ne voulait pas causer de problèmes, et surtout pas à Taylor ou Chloe. Ryder allait donc devoir se résigner à dormir dans le même lit qu'elle. Ce qui signifiait également qu'Alex allait devoir supporter d'être rejetée.

— Tu sais quoi ? Laisse tomber. On va trouver une solution. Au pire il dormira dans la baignoire.

Taylor lui lança un regard interrogateur.

— Tu plaisantes, n'est-ce pas ?

— Si on veut. Où est-ce que je pourrais stocker les fleurs ? s'enquit Alex en décidant de se concentrer sur les préparatifs de mariage. Nous devons décorer les tables pour le dîner de répétition.

Le talkie-walkie de Taylor grésilla.

— Taylor, tu peux venir à l'entrée de service ? Nous avons une livraison imprévue, crépita la voix.

— C'est Roman ?

— Oui, répondit Taylor en souriant, avant de parler dans l'appareil : J'arrive.

— J'adore le voir aussi investi avec ce domaine. Et avec toi.

Taylor sourit, le regard rêveur. Après toutes les déceptions amoureuses qu'elle avait vécues, elle méritait totalement ce bonheur.

— C'est mon sauveur. Il a été là pour m'aider dans

toutes les étapes. Je ne sais pas ce que j'ai fait pour mériter une telle chance, mais c'est ce que je ressens. Je me sens très chanceuse.

Bien qu'heureuse pour son amie, Alex se demanda si elle connaîtrait un jour un amour pareil. Elle aurait tant voulu pouvoir vivre cela avec Ryder, mais ses chances étaient minces.

— Va voir cette livraison. Je m'occupe des fleurs.

— Je peux vous aider avec les fleurs, déclara une voix derrière elle une fois que Taylor fut partie.

Alex se tourna et vit la femme en uniforme de restauration.

— Génial, dit-elle en lui tendant la main. Bonjour, je suis Alex.

— Alexandra Gold. Je sais qui vous êtes, répondit la femme.

Alex en fut surprise.

— Comment cela ?

— À cause de la presse à scandale. Vous êtes la *Tornade des Fonds de Placement*. Comment ne pas vous connaître ?

— Oh.

Voilà qui était une entrée en matière incroyablement maladroite. Alex ne savait plus quoi dire après cela.

— Les surnoms qu'ils vous donnent sont horribles. Est-ce difficile à gérer ? Ou êtes-vous capable de les ignorer ?

Alex parvint à esquisser un mince sourire.

— C'est certain que je n'en raffole pas.

— Évidemment. Mais vous venez d'une famille riche et puissante. Vous devez avoir l'habitude d'être prise pour cible.

Alex en resta sans voix. Elle était peut-être connue,

mais certainement pas célèbre, et elle détestait qu'une inconnue en sache autant sur elle.

— Croyez-moi, je n'ai pas du tout l'habitude de tout ça, dit-elle, désireuse de changer de sujet. Savez-vous s'il y a un endroit où on pourrait entreposer ces fleurs ?

— Oui. La buanderie près du garde-manger. Il y fait suffisamment frais pour qu'elles ne fanent pas.

— Parfait.

Alex et Ruby commencèrent à déplacer les fleurs. Elles utilisèrent également le réfrigérateur de la cave pour les articles les plus délicats, comme les bouquets et les fleurs à épingler aux corsages. Malgré la maladresse initiale de Ruby, Alex la trouva rapidement inestimable. Elle semblait être partout, connaître tout et tout le monde, ce qui tombait à pic, car la voiture du traiteur était tombée en panne et qu'il n'était toujours pas là. Quand Alex passa le bar en revue pour le dîner du soir, Ruby fut également là, prenant des notes sur les vins et des cocktails particuliers à servir. Quand Alex s'affola au sujet de la livraison des nappes, Ruby se précipita dans une autre pièce et revint avec les bonnes. Elle aida à apporter des modifications de dernière minute au plan de table, s'assura que le DJ soit installé dans un endroit aussi discret que possible et aida Alex à assembler les lanternes flottantes qui devaient décorer la piscine ce soir et le lendemain.

— Ruby, si je pouvais vous cloner, je le ferais sans hésiter. Vous êtes formidable, déclara Alex en admirant le travail accompli.

Dans le patio, les compositions florales d'Alex faites à partir de magnolias blancs et freesias avaient été posées sur les tables rondes ornées de nappes blanches et dorées. Des lanternes carrées en papier de riz et entourées de rubans dorés flottaient à la surface de la piscine, et attendaient le coucher du soleil afin d'ajouter une douce lueur ambiante.

— J'ai simplement fait mon travail, répondit Ruby timidement. Mais merci.

— Je vous en suis vraiment reconnaissante. Ça fait du bien que tout soit terminé. Je reconnais que je courrais un peu dans tous les sens tout à l'heure.

— Comme une tornade ?

Alex accusa le coup. *Une tornade ?* Est-ce que Ruby venait vraiment de lui lancer à la figure ce surnom détesté ?

— Excusez-moi ?

— Je suis désolée. C'était une plaisanterie de mauvais goût. J'essayais d'être drôle.

Certes, ce n'était pas drôle, mais Alex se targuait de ne jamais se prendre trop au sérieux. Et même si Ruby était un peu maladroite, elle avait été d'une aide si précieuse.

— Ce n'est rien. Je ne suis pas offensée.

— Tant mieux. Je ne voudrais pas avoir d'ennuis. J'ai besoin de ce boulot, répondit Ruby en détournant les yeux.

— Ne vous inquiétez pas, Ruby. Je ferai savoir à votre patron à quel point vous avez été formidable.

— Merci, madame Gold. Ça compte beaucoup pour moi. Je ferais mieux de m'y remettre.

— On se voit plus tard alors.

Puisqu'il restait encore une heure avant la répétition, Alex retourna à l'étage pour s'habiller. Une fois dans la chambre, son cœur manqua un battement en reconnaissant l'eau de Cologne de Ryder. Cependant, elle se rendit rapidement compte qu'elle était toute seule. La salle de bains était encore humide et une serviette séchait. Il était manifestement venu prendre une douche et s'habiller pour le dîner, sans même passer la voir. L'évitait-il ? Probablement. Allait-elle laisser cela l'atteindre ? Juste un peu. Elle retourna dans la chambre et vit qu'il avait accroché son smoking dans le placard, mais qu'il n'avait pas défait son sac, ce qui montrait qu'il gardait encore l'espoir d'avoir une chambre avec des lits séparés et où il ne serait pas « tenté » par elle.

Alex enfila une belle robe bustier bleu pâle, confortable et extensible, puis releva ses cheveux en chignon, se maquilla et redescendit. Elle trouva Ryder au bord de la piscine en compagnie de Roman, Parker et Chloe. Il y avait déjà une douzaine d'invités, principalement la famille.

Elle alla immédiatement saluer Chloe, qu'elle n'avait toujours pas vue.

— Comment va la mariée ? demanda-t-elle d'un ton étrange.

Sa question avait commencé dans un cri excité, mais sa voix s'était brisée sur le mot « mariée ». Ce mot était en effet chargé de signification pour Alex. Elle avait été appelée ainsi pendant une année entière avant que sa vie explose.

Chloe, qui portait une magnifique robe argentée, la prit dans ses bras.

— J'essaye de ne pas être trop éreintée.

— Tu n'as pas passé la journée au spa avec ta mère ?

— Si. La partie spa était relaxante. C'est ma mère qui en a détruit tous les bienfaits.

— Je suis désolée, dit Alex en lui prenant la main. Je sais parfaitement à quel point ça peut être stressant.

Des souvenirs des moments passés avec sa mère avant le mariage lui traversèrent l'esprit – l'essayage final de la robe, les manucures et les soins du visage, les déjeuners avec la famille qui était venue de loin. Alex n'était toujours pas entièrement remise de l'erreur qu'elle avait failli commettre en épousant la mauvaise personne. Elle avait également du mal à croire qu'elle en était encore au point mort avec la « bonne personne », plus d'un an après.

— N'oublie pas que c'est ton week-end. Avec Ryder on fera notre possible pour distraire ta mère.

— Qu'est-ce que tu viens de promettre de ma part ? demanda Ryder.

Alex le regarda approcher, incroyablement séduisant dans son costume bleu foncé qui faisait ressortir ses yeux marron. Il venait de se raser et sentait si bon qu'elle voulait se coller à lui pour le respirer. Cette relation factice était on ne peut plus frustrante, mais Alex avait décidé d'en profiter autant que possible.

— J'ai dit à Chloe qu'on allait l'aider à distraire sa mère.

— Oh ! bien sûr, dit-il, visiblement surpris par son geste, avant de se ressaisir rapidement et lui embrasser la tempe.

Puis il se tourna vers Chloe.

— Sais-tu quand ton oncle Geoffrey doit arriver, Chloe ? J'aimerais vraiment le rencontrer.

— Il ne sera pas là avant demain matin. Il était censé venir ce soir, mais il a été retenu par le travail.

— Oh ! fit-il, déçu.

— As-tu besoin que je vous présente ?

— Ce serait formidable.

— Tu l'as déjà rencontré, Alex, déclara Chloe en s'adressant à son amie. À ma remise de diplôme.

— C'est vrai, j'avais oublié, s'exclama-t-elle.

Puis elle confirma à Ryder :

— Si Chloe n'est pas là, je suis sûre que je pourrai faire les présentations.

— Désolée, les amis, déclara Chloe. Parker aimerait que je passe du temps avec son père.

Elle hocha la tête en direction de la piscine, où Parker lui faisait signe d'approcher.

— Vas-y. On se verra dans la clairière pour la répétition.

La cérémonie devait avoir lieu dans un endroit pittoresque, sur une colline de la propriété, entourée de bois sur les trois côtés et offrant une vue imprenable sur Long Island Sound.

Une fois Chloe partie, Alex dit à Ryder :

— J'ai vu que tu n'avais pas déballé tes affaires. Malheureusement, Taylor n'a pas d'autre chambre où nous loger.

— Je vois.

— Je suis désolée.

— Ne t'excuse pas, Alex. Ce n'est pas ta faute. Ce n'est la faute de personne.

— Je ne voudrais pas que tu croies que c'était un coup monté pour te séduire.

Il la passa en revue avant de plonger dans son regard.

— Si tu ne voulais pas me tenter, tu ne porterais pas cette robe.

Un sourire se posa sur le visage d'Alex. Chaque fois qu'il parlait ainsi, elle ne l'en désirait que davantage. En ce qui la concernait, elle trouvait leur alchimie impossible à nier. Peut-être qu'il fallait qu'elle redouble d'efforts pour le séduire et éveiller son désir ?

— Si je voulais vraiment te tenter, Ryder, je ne porterais rien du tout, dit-elle en passant la main sur le revers de sa veste.

- 4 -

La répétition se déroula sans encombre. Chloe, Parker, Alex, Ryder, Taylor et Roman, ainsi que les parents de Chloe se retrouvèrent dans la clairière surplombant Long Island Sound tandis qu'une brise chaude d'été soufflait sur la région. Quant à Alex, elle essaya de se concentrer sur le présent plutôt qu'aux souvenirs des préparatifs d'un mariage qui n'avait jamais eu lieu.

Le dîner qui suivit fut également parfait, que ce soit la nourriture, le vin ou les fleurs. Ruby vint faire le point avec Alex, car le traiteur n'était toujours pas arrivé. Dans l'ensemble Alex était ravie ; une étape de plus qui s'achevait et qui rapprochait un peu plus Chloe de sa nouvelle vie avec Parker. Alors pourquoi avait-elle le sentiment que quelque chose n'allait pas ?

La réponse lui apparut lorsque Parker et Chloe s'enlacèrent sur la piste de danse, leurs regards plongés l'un dans l'autre. Ryder était à quelques mètres d'Alex, discutant tranquillement avec Roman, l'air on ne peut plus détendu, riant, souriant et prenant de temps en temps une gorgée de vin. Sa proximité emplissait Alex de désir. Mais elle ne pouvait pas l'avoir. Elle pouvait, certes, se tenir tout près de lui, lui prendre la main et le persuader de l'embrasser sur la joue ou la tête afin de donner l'illusion qu'ils formaient un couple, mais même si tous ces petits gestes étaient agréables, la frontière entre fantasme et réalité s'estompait un peu plus à chaque instant, et Alex se sentait de plus en plus perdue.

Aussitôt la première chanson terminée, Chloe se tourna vers ses amies et pointa son doigt sur Taylor avant de lui faire signe de la rejoindre sur la piste de danse. Taylor prit la main de Roman et s'exécuta. Alex fut la cible suivante.

— Lève-toi et viens ici, articula Chloe.

Alex regarda Ryder.

— Tu veux danser ?

Elle détestait devoir lui demander, mais il ne montrait pas la moindre initiative.

— Tu n'as pas l'air très enthousiaste.

Je le serais si je pensais que cela pourrait mener quelque part. Je le serais si chaque minute de cette soirée n'était pas un rappel de tout ce qui ne va pas dans ma vie.

— Mais si. Je suis ravie.

Elle lui prit la main et, sans plus de discussion, l'entraîna sur la piste de danse parmi les autres couples. Là, elle se tourna vers lui et posa une main sur son épaule. Elle préféra cependant éviter son regard par peur d'être encore plus irritée.

Quand Ryder l'enlaça, elle gémit intérieurement. Pourquoi fallait-il qu'elle soit si éprise de lui ? Pourquoi devait-il avoir une telle emprise sur elle ? Serait-elle un jour capable de s'en libérer ?

Ils se balancèrent doucement au rythme d'une musique désespérément romantique et appropriée pour un dîner de répétition, mais très agaçante pour Alex.

— J'ai l'impression que ça ne va pas, déclara Ryder.

Elle secoua la tête, toujours décidée à éviter son regard.

— Je vais bien.

— Alex… Qu'est-ce qui ne va pas ?

— Arrête ça, dit-elle en détournant la tête.

— Arrêter quoi ?

— Arrête d'être mignon et concerné.

Il s'éclaircit la voix :

— Tu aurais préféré que je sois laid et distant ? Sache que je suis prêt à tout pour te distraire de ta mauvaise humeur.

— Je ne suis pas de mauvaise humeur. Je suis simplement préoccupée.

— Je crois savoir de quoi il s'agit, dit-il en l'attirant plus près. C'est normal que ce week-end soit éprouvant pour toi. Est-ce que je peux faire quelque chose ?

Alex inspira profondément. Elle ne voulait pas se lancer sur ce sujet, car elle pourrait se mettre à pleurer ou, pire, s'effondrer. Et elle ne voulait pas faire ça à Chloe.

— Danse simplement avec moi. C'est tout.

Elle ferma les yeux et huma son parfum, décidant de le considérer comme un réconfort, comme une couverture enveloppante. Rien d'autre. Et sûrement rien de sexuel.

— C'est dans mes cordes.

Elle oscilla d'avant en arrière dans ses bras, consciente d'avoir les épaules crispées. Malheureusement, plus elle parvenait à se détendre, plus son corps lui rappelait avec qui elle dansait. Une douce vague de chaleur se forma au creux de son ventre et s'épanouit vers ses hanches et son buste. Les deux hémisphères de son cerveau se mirent de la partie et commencèrent à se disputer.

Embrasse-le. Il ne pourra rien faire.

Et son consentement alors ? Lui prendre la main, oui, mais tu ne peux pas profiter de lui comme ça.

Par chance, la chanson prit fin et ses pensées contradictoires avec.

— Ça va aller. Une danse suffit probablement à convaincre tout le monde.

Mais Ryder ne la lâcha pas et au contraire l'attira encore plus près, si brusquement qu'elle en eut le souffle coupé.

— Je ne veux pas te laisser partir maintenant, dit-il. Quelque chose te préoccupe et je veux savoir ce que c'est. Parle-moi. Tu te sentiras mieux après.

— Je ne vois pas en quoi ça t'intéresse. De plus, je ne veux pas en parler ici, sur la piste de danse.

Elle osa enfin lever son visage. Ses yeux étaient si gentils qu'elle en eut le souffle coupé.

— Alors nous en parlerons à l'étage.

— Nous ne pouvons pas quitter la fête.

— Pourquoi pas ? N'as-tu pas terminé ce que tu avais à faire ?

— Si. Mais ne serait-ce pas impoli ?

Il haussa les épaules et l'attira à nouveau près de lui.

— Tu dois être fatiguée, et la journée sera longue demain. Je pense que ça te ferait du bien de te retirer. Et comme tout le monde pense que nous sortons ensemble, personne ne nous reprochera de vouloir être seuls.

Alex était effectivement épuisée et avait mal à la tête. Peut-être avait-il raison ? Peut-être qu'un peu de sommeil l'aiderait à se ressaisir ?

— D'accord.

— D'accord ?

— D'accord, répéta-t-elle en redressant la tête. Allons-y.

— Je pense que c'est la bonne décision.

Alex se dirigea vers Chloe et Parker et les serra dans ses bras avant de leur expliquer qu'elle avait mal à la tête et qu'elle avait besoin de fermer les yeux. Ils semblèrent compréhensifs, même si Chloe lui lança un regard interrogateur.

Aussitôt dans la chambre, Alex retira ses chaussures.

— Merci de m'avoir convaincue de partir.

— Maintenant, tu dois me dire ce qui ne va pas.

Elle se tourna vers lui.

— Tu agis de manière étrange, Ryder. Ce n'est pas ton genre de demander aux autres de dévoiler leurs sentiments.

— Je sais, dit-il en retirant sa veste. Mais je l'ai promis à ton frère. Il m'a dit que tu te sentirais mieux si tu pouvais en parler.

Alex ne put s'empêcher de rire.

— Bien sûr, je comprends. Daniel est derrière ça.

— Tu es injuste. C'est quand même moi qui te pose la question. Ça me rend triste de te voir malheureuse, Alex.

— Je vais bien.

Il fit un pas vers elle. Puis un autre.

— C'est faux.

— Je vais plutôt bien. Ça te va ?

Il secoua la tête et, l'instant d'après, il la prit dans ses bras.

— C'est le mariage, n'est-ce pas ? Tu es heureuse pour Chloe, mais tu trouves néanmoins difficile de la voir débuter une nouvelle étape de sa vie. Tu as déjà été à sa place, et ça ne s'est pas passé comme tu le voulais.

Pour quelqu'un de soi-disant pas doué pour les sentiments, il avait mis le doigt en plein dans le mille. Bien sûr, il avait omis une partie : qu'elle le désirait et que c'était sans espoir.

— Arrête de flirter avec moi, Ryder. Sérieusement.

Il la relâcha, mais garda sa main. C'était de la torture. Elle n'avait plus la force d'endurer sa gentillesse et sa sollicitude.

— Ce n'est pas mon but. Je me montre simplement gentil.

— Non. Tu me donnes envie de t'embrasser. Tu me rends heureuse qu'il n'y ait qu'un seul lit, alors que ce n'est pas ton cas : toi tu aimerais qu'il y en ait deux. Tu aimerais même qu'on soit dans des pièces séparées, dans des bâtiments séparés.

— Mais c'est uniquement parce que je tiens à toi, à ton frère et à ta famille.

— Je sais.

Elle en avait tellement assez de l'entendre répéter cela. Mais le pire c'était de savoir qu'il le pensait réellement, et que ce n'était pas seulement une excuse.

— Je suis sérieux.

— Je sais que tu l'es. Crois-moi, s'il y a bien quelqu'un qui sait à quel point tu es sérieux, c'est moi.

— Si tu ne veux pas parler, je propose qu'on essaye de dormir un peu, chacun d'un côté du lit. Je sais que ça ne sera pas facile pour toi demain.

Elle ne s'était jamais sentie aussi découragée, mais il avait raison. Dormir était une bonne idée. Elle se sentirait mieux demain matin.

— Très bien.

— Tu veux la salle de bains ?

— Je vais prendre un peu de temps. Vas-y en premier.

Ryder prit quelques affaires dans sa valise et s'éclipsa. Alex décida d'en profiter pour se mettre en pyjama. Soit elle pourrait le faire tranquillement, soit Ryder sortirait et, en la voyant nue, changerait peut-être d'avis ? Mais alors qu'elle cherchait dans ses affaires, elle se souvint n'avoir apporté qu'une seule tenue : une chemise de nuit du genre à faire oublier toute idée de sommeil. Elle n'avait rien d'autre. C'était soit ça, soit rien du tout. Elle décida donc de l'enfiler en se disant que s'il devait la tourmenter de sa présence, autant lui rendre la pareille.

— Ryder ? l'appela-t-elle en frappant à la porte de la salle de bains. Tu as bientôt fini ?

— Dans deux secondes.

Elle baissa les yeux sur sa tenue en se demandant si c'était une bonne idée, ou même loyal vis-à-vis de lui. Il avait été clair sur ses intentions et elle ne serait pas une bonne amie si elle essayait de le séduire malgré tout.

— Dis-moi, Ryder, tu n'aurais pas un T-shirt à me prêter pour dormir ?

— Pourquoi ? Tu as oublié ton pyjama ?

Elle enroula ses bras autour de sa taille.

— Disons que je ne pense pas que tu seras content de ce que je porte.

Ryder regarda par l'entrebâillement avec confusion avant d'essuyer le dentifrice du coin de sa bouche avec une serviette.

— Pourquoi serais-je mécontent de ton pyjama ?

— Ce que je porte n'est pas adapté à notre situation.

— Notre situation ? murmura-t-il pour lui-même. Je ne comprends pas.

Pas d'humeur à jouer aux devinettes, il ouvrit la porte. Ce fut une grosse erreur. Une énorme erreur même.

Devant lui se tenait Alex, époustouflante dans une chemise de nuit noire et soyeuse qui effleurait ses courbes séduisantes. Le vêtement laissait très peu de place à l'imagination et, malheureusement pour lui, il l'avait déjà vue dans son plus simple appareil. Il ne fallut donc pas beaucoup de temps pour imaginer les zones couvertes par cette nuisette incroyablement fine. Soudain il ne voulait plus être un type bien. Il voulait rassembler toutes les règles qu'il s'était imposées, et les piétiner jusqu'à les réduire à néant. Il voulait prendre Alex dans ses bras, l'allonger sur ce lit et lui retirer sa chemise de nuit. Il imagina ses mains sur son corps somptueux, sa bouche sur ses seins et ses doigts dans ses cheveux. Puis il s'imagina en elle, la faisant jouir et gémir d'extase. Ils étaient seuls après tout. Personne n'en saurait rien. D'ailleurs, presque tout le monde ici les croyait en couple. Cela ne rendrait-il pas leur alibi plus réaliste si quelques gémissements de plaisir s'échappaient de leur chambre ?

— Tu vois ce que je veux dire maintenant ?

Elle baissa les yeux sur sa tenue et plus précisément sur son décolleté, puis tourna sur elle-même, ce qui fut pire car l'étoffe dévoila davantage ses jambes et porta jusqu'à lui l'odeur paradisiaque de son parfum.

Ryder saisit le chambranle de la porte et tenta de se ressaisir.

— Waouh. Euh. D'accord. Je vois.

Elle étrécit son regard et pencha la tête sur le côté.

— Sauf si tu hésites, dit-elle en avançant d'un pas, les yeux légèrement assombris.

Il déglutit avec peine. Un flot de pensées lui traversèrent l'esprit : des bonnes et des mauvaises, les obligations et les promesses. Et au centre de tout cela se trouvait cette belle femme surprenante qui ne serait jamais à lui.

— On en a déjà parlé, Alex. J'ai fait une promesse et j'ai l'intention de la tenir.

— Je vois. Tu es monsieur Brave Gars.

Il détestait que ce soit toujours à lui d'être raisonnable. Sa vie entière était axée sur le fait d'être responsable et raisonnable.

— Je vais te passer un T-shirt. On sera tous les deux plus à l'aise, et on pourra dormir un peu.

Il fouilla dans sa valise et sortit le T-shirt prévu pour faire son jogging du matin.

— Bien sûr, dit-elle en lui prenant le vêtement des mains. Un T-shirt de l'école MIT d'architecture.

— Quel est le problème ? C'était mon université.

— Et c'est là que tu as rencontré mon frère. J'ai l'impression qu'il est présent partout.

— Désolé, rétorqua Ryder avec nonchalance. C'est tout ce que je peux te proposer.

— Ça ira. Je reviens dans une minute.

Elle entra dans la salle de bains en laissant la porte entrouverte, ce qui illustrait parfaitement leur relation : elle ne semblait accorder aucune importance aux limites qu'il tentait constamment d'imposer.

Ryder s'allongea sur le lit et ferma les yeux, bercé par le son de l'eau qui coulait dans la pièce d'à côté. Finalement, il y eut un clic et il fut plongé dans l'obscurité. Un instant plus tard, elle était dans le lit. Malgré sa fatigue, ses cinq sens furent aussitôt en alerte.

— À quelle heure est-ce qu'il faut se lever ? demanda-t-il.

— Le petit déjeuner est servi à 9 heures. Ça sera un buffet entièrement géré par le traiteur, mais j'aimerais y être à 8 h 30 pour m'assurer que tout se passe comme prévu.

Il trouvait admirable qu'elle se donne autant de mal pour que Chloe ait un mariage parfait, malgré sa propre histoire.

— Je suis désolé que tu sois obligée d'en passer par là. J'imagine à quel point ça doit être difficile de te plonger là-dedans et de ne pas penser à ton propre mariage.

— Merci.

— Ça me va que tu ne veuilles pas en parler, mais je m'inquiète sincèrement pour toi.

Alex poussa un soupir exaspéré.

— Et je t'en remercie. J'apprécie que tu prennes le temps de réfléchir à ce que je ressens. Ce n'est pas facile, mais j'aime Chloe et elle a toujours été là pour moi. Finalement, c'est ça l'amitié, non ? On fait des trucs difficiles pour montrer à ceux qu'on aime qu'ils comptent pour nous.

— Oui, répondit Ryder avec un petit rire. Je suis plus que familier avec ce concept.

— Oui, bien sûr. Désolée, dit-elle avant de se déplacer dans le lit. Tu ressens la même chose pour Daniel, n'est-ce pas ?

Sa voix était toute proche de lui à présent.

— J'espère que ça te permet de mieux comprendre mes motivations.

— Parfaitement, dit-elle en soupirant à nouveau.

Cependant Ryder avait tout de même du mal à comprendre son comportement, et il était désireux d'assembler les pièces du puzzle. Elle n'avait pas voulu parler tout à l'heure, mais peut-être que l'obscurité et l'ambiance plus intime l'encourageraient à se confier ?

— Que s'est-il passé à ton mariage ? Quand on a discuté quelque temps avant, j'ai cru que tu étais simplement stressée et que tu avais besoin de parler un peu. Mais ensuite j'ai appris que tu avais tout annulé.

Il s'était souvent inquiété d'avoir dit quelque chose qu'il ne fallait pas ce jour-là et de l'avoir orientée dans la mauvaise direction. Pourtant il lui avait simplement dit de suivre son cœur : conseil qui, selon lui, aurait dû la conduire dans les bras de son fiancé, Henry.

— Sais-tu pourquoi Henry et moi nous nous sommes fiancés ?

Il ouvrit les yeux, étonné par la question, et se tourna pour lui faire face. Il ne pouvait pas voir tous les beaux détails de son visage dans l'obscurité, mais il distinguait ses yeux. Elle aussi était bien éveillée.

— Parce que tu étais amoureuse ?

— Non. Nous nous sommes fiancés parce qu'il me l'a demandé.

— Je ne comprends pas.

— Tu étais là ce soir-là. À mon anniversaire.

— Bien sûr. Tu m'avais invité. Avec trois cents autres personnes.

— C'était l'œuvre de ma mère. Mis à part pour mes seize ans, je n'ai jamais eu une fête d'anniversaire de cette taille. Je veux dire, j'allais avoir vingt-huit ans. Qui organise une fête pareille pour ça ?

— Elle savait qu'Henry allait faire sa demande en mariage ?

— Oui. Il avait rendu visite à mes parents quelque temps avant pour leur demander leur bénédiction. Je suis sûre que ma mère est devenue hystérique ce jour-là. Elle est obsédée par le statut social, et la famille d'Henry est très haut placée sur cette échelle.

Ryder était bien conscient du statut social d'Henry Quinn.

— Tu penses vraiment qu'elle est obsédée par ça ? Ta mère m'a toujours semblé assez terre à terre.

Alex rit doucement. Malgré la nature sérieuse de leur conversation, ce petit rire allégea le cœur de Ryder et réchauffa son corps.

— Tu plaisantes, j'espère ?

— Non. Je suis sérieux.

— Alors tu n'as pas vu cet aspect de ma mère, dit-elle avant de soupirer. Mais je comprends. C'est l'une des organisatrices de mariage les plus demandées et, de ce fait, elle fréquente ce cercle très fermé. Mais elle reste quand même une étrangère. Du moins c'est ce qu'elle croit... qu'elle n'est pas vraiment à sa place parmi eux. Et je pense que nous voulons tous nous sentir à notre place.

— Pourquoi serait-elle une étrangère ? Je ne veux pas paraître idiot, mais ta famille est très aisée. De plus ta mère est très recherchée pour ses compétences, et ton papa est très respecté dans son domaine.

Charles, le père d'Alex et Daniel, était un homme influent dans le monde de la biotechnologie. Il avait lancé et vendu plusieurs entreprises et gagné des milliards.

— Oh ! mais nous sommes des nouveaux riches, et non une vieille fortune. Même dans le monde des riches, il y a une gradation selon l'origine de ta richesse. C'est quelque chose que j'ai appris en fréquentant l'école Baldwell et en faisant la connaissance de Taylor et Chloe. Elles sont toutes les deux de vieilles fortunes, contrairement à moi.

Ryder se demanda si c'était pour cette raison que la famille d'Alex avait toujours été si chaleureuse et accueillante avec lui. Il ignorait à quoi ils ressemblaient avant que Charles gagne son premier milliard, mais peut-être que leur générosité était due au fait qu'ils avaient les mêmes origines modestes. Bien sûr, les origines de Ryder étaient en deçà de modeste car ses parents étaient de simples ouvriers avec de petits salaires.

— Alors ta mère a organisé cette grande fête d'anniversaire en sachant qu'Henry allait faire sa demande en mariage ?

— Oui. Et je pense qu'elle savait que je ne pourrais absolument pas dire non avec tous ces yeux rivés sur moi qui attendaient un oui.

Ryder n'avait jamais vu cela sous cet angle. Une grande demande en mariage publique lui avait toujours semblé être le geste romantique ultime. Ce n'était pas du tout son style, bien sûr, mais il s'était dit que si Henry avait fait sa demande de cette manière, c'était parce qu'il était certain de sa réponse.

— En plus, il avait déjà la bague. Comment est-ce qu'on peut dire non dans cette situation ? J'aurais probablement dit oui aussi s'il m'avait offert un diamant de cette taille.

Alex lui prit le bras, envoyant une autre agréable vague de chaleur à travers son corps.

— Oh mon Dieu, oui, s'exclama-t-elle. C'était tellement ridicule. Je me sentais tellement gênée de la porter. Qui porte un diamant de dix carats ? Pas moi en tout cas. Ce n'est absolument pas mon genre. C'était vraiment la preuve que nous n'étions pas assortis.

— Dans ce cas, pourquoi es-tu restée avec lui ?

— C'est une histoire toute bête. On s'est rencontrés au mariage d'un ami commun. C'est Daniel qui nous a présentés, et nous nous sommes bien entendus, même si, pour être honnête, je l'ai trouvé un peu prétentieux. Mais nous avons trop bu cette nuit-là et nous avons couché ensemble. Ça a été le début.

Ryder se racla doucement la gorge en essayant de chasser l'image de Henry et Alex couchant ensemble.

— Je vois.

— J'ai cru que ça serait une simple aventure d'un soir, mais le lendemain il m'a invitée à un voyage à Abu Dhabi à bord de son avion privé. À partir de là, tout s'est accéléré. C'était excitant au début, et je l'aimais bien, mais je pensais qu'il finirait par se lasser de moi. À ma grande surprise, ça n'a pas été le cas.

— Pourquoi pensais-tu cela ? C'est terrible que tu puisses avoir une telle image de toi.

— Je ne sais pas. Parce que je me fichais des choses qui lui tenaient à cœur, comme les portefeuilles d'action, ou fréquenter les célébrités et la jet-set. Ce n'est pas vraiment ma tasse de thé. C'est amusant au début, mais ensuite tu réalises que c'est creux, et qu'il y a une limite à la quantité de champagne qu'une personne peut boire. J'avais envie de retourner à ma vie, me remettre au travail et faire quelque chose de constructif. Pas juste me contenter de dépenser de l'argent.

Ryder sourit doucement. Alex était finalement une personne très terre à terre. Lui-même avait toujours trouvé qu'elle et Henry n'étaient pas vraiment assortis, mais il s'était dit que c'était parce qu'il ne la connaissait pas aussi bien qu'il le pensait. C'était agréable de se rendre compte que sa première impression avait été juste finalement.

— On dirait que tu étais à bord d'un train fou.

— C'était tout à fait ça. Ma mère n'avait pas de mauvaises intentions en organisant cette fête. Elle pensait vraiment que j'étais amoureuse, ce qui montre à quel point je faisais bien semblant. Et, bien sûr, dès que les fiançailles ont été annoncées, elle s'est jetée à corps perdu dans les préparatifs de mariage. J'avais constamment l'impression d'être dans une cocotte-minute, et chaque jour qui me rapprochait du mariage augmentait cette pression.

— Jusqu'à ce que tu n'en puisses plus et que tu exploses.

De son pouce, elle lui caressa le bras qu'elle tenait toujours.

— C'était le jour où nous nous sommes croisés. Je suis désolée que tu aies été témoin de ça. Je me suis complètement effondrée.

— Ne t'excuse pas. Je ne suis pas doué avec les sentiments et les émotions, mais je suis content d'avoir pu t'écouter.

Elle garda le silence un petit moment, puis lui lâcha le bras.

— Tu m'as donné un très bon conseil. Tu m'as dit de suivre mon cœur, ce que je ne faisais pas. Jusque-là, je faisais ce que les autres me disaient de faire.

— C'est un conseil plutôt basique. Je ne l'ai pas inventé.

— Il n'avait en effet rien de révolutionnaire, mais tu as été la seule personne à me le dire. Je suppose que ça m'a fait l'effet d'un électrochoc. Grâce à toi, je n'ai pas commis ce qui aurait été la plus grosse erreur de ma vie. Alors merci.

— Je n'y suis pour rien. C'est toi qui as pris cette décision. Ça n'a pas été facile.

— Je ne te le fais pas dire.

— Je suis désolé que tu te retrouves dans une telle situation : devoir apporter un faux cavalier au mariage de ton amie, juste pour calmer la presse à scandale.

— Tu veux que je te dise, Ryder ?

— Quoi ?

— Tant qu'à avoir un faux cavalier, je suis contente que ça soit toi.

Ryder retint son souffle. Il avait l'impression d'être revenu au point de départ, quand elle portait cette chemise de nuit affriolante et qu'il avait failli rompre sa promesse envers Daniel. Elle portait un T-shirt plus couvrant à présent, mais ça ne diminuait aucunement son désir pour elle, au contraire. Il s'était complètement trompé sur sa relation avec Henry, et elle était exactement le genre de femme faite pour lui.

Si seulement elle n'était pas la sœur de son meilleur ami.

- 5 -

Les yeux d'Alex s'ouvrirent au son d'un jet d'eau. Elle se redressa sur son lit et ses pensées volèrent vers Ryder : il était sous la douche. Son premier réflexe fut de se demander s'il avait laissé la porte ouverte. Une invitation, peut-être ?

Mais la réponse était non, hélas. La porte était aussi fermée que possible. Son cœur se serra et elle s'effondra contre son oreiller, puis roula sur le côté, le regard rivé sur le ruban de lumière filtrant par la porte de la salle de bains. Quelque part de l'autre côté, Ryder était nu. De ce côté-ci, Alex n'était que frustration. Elle avait passé toute une nuit dans le même lit que lui, se réveillant sans cesse en entendant le son de sa respiration. Bien sûr, il avait réussi à ne pas l'effleurer une seule fois. Si près et pourtant si loin.

L'univers la torturait et la tourmentait. Il avait été si gentil avec elle la veille, et elle avait adoré pouvoir baisser sa garde et lui raconter ce qui s'était passé avec Henry. Seuls Taylor et Chloe connaissaient la vérité sur la fête d'anniversaire, mais personne ne savait que c'était grâce à Ryder si elle avait trouvé le courage d'annuler le mariage. Elle avait envisagé de lui avouer la nuit dernière, mais ça lui avait paru trop monumental comme confession. Ils avaient une autre nuit à passer ensemble dans ce lit, et ce n'était pas le moment de larguer des bombes qui ne pourraient que créer un sentiment de gêne.

Elle tendit la main vers la table de chevet et tira sur le cordon du chargeur de son téléphone, mais à l'instant où l'écran s'alluma et qu'elle vit une longue liste de messages, elle sentit une appréhension. Sa première pensée fut le mariage. Mais ce n'était pas ça. C'était pire : Petit Carnet Noir l'avait suivie.

Elle se redressa et parcourut les SMS de ses amis. Après en avoir lu plusieurs disant soit : « Je suis tellement désolée » ou « Il faut que quelqu'un les arrête », elle décida de regarder par elle-même. Mais elle n'était pas préparée à ce qu'elle vit sur le compte anonyme. Rien que le titre du post lui donna la nausée.

Retour de la Tornade des Fonds de Placement

L'article revenait ensuite sur le mariage annulé d'Alex et les articles de presse qui avaient suivi, en concluant qu'elle tentait apparemment d'attirer un autre homme dans ses filets : Ryder. Une autre vague de nausée la submergea lorsqu'elle vit la dernière photo : elle et Ryder dansant au dîner de répétition, où il n'y avait que trente-deux invités. Soit une des personnes à ce mariage était Petit Carnet Noir, soit une personne leur fournissait des informations. Les deux pensées lui firent peur.

Elle se leva rapidement et se précipita vers la salle de bains.

— Ryder, dit-elle en frappant à la porte. Nous avons une urgence. Tu peux venir ?

— Tu es blessée ?

— Pas physiquement.

— Attends.

Quelques secondes plus tard la porte s'ouvrit, laissant

place à Ryder, une serviette nouée autour de la taille. Des gouttes d'eau perlaient sur ses épaules et ses cheveux étaient encore humides.

— Qu'est-ce qu'il y a ?

Alex eut soudain envie d'oublier ce qu'elle venait de voir sur son téléphone pour lui arracher sa serviette et écraser ses lèvres sur les siennes. Mais non. Ce n'était pas le moment.

— Regarde.

Elle leva le téléphone au niveau de son visage en essayant de ne plus penser au fait qu'elle aurait voulu que sa serviette soit plus petite. Satanée Taylor et ses généreux draps de bain.

— Mince. Est-ce que ça va ? demanda-t-il avec le même ton familier que la nuit dernière, celui chargé de pitié et qui l'avait apparemment décidé à ne pas coucher avec elle.

— Non. Et non.

— Je suis désolé. Ce n'est pas juste la façon dont tu es traitée.

— Merci. Il faut croire que c'est mon lot pour le moment.

Elle poussa un soupir, ne serait-ce que pour faire retomber un peu la pression.

— Malheureusement, je ne pense pas que ça soit le pire. Cette photo date d'hier. Soit Petit Carnet Noir est parmi nous, soit quelqu'un ici leur refile les informations.

— Parker va être dans tous ses états. Déjà qu'il ne parlait que de ça hier.

— Le jour de son mariage. Chloe non plus ne va pas être contente. Je dois lui parler tout de suite.

Ryder acquiesça.

— Je devrais probablement faire de même avec Parker. Prends la salle de bains et prépare-toi.

Il ouvrit entièrement la porte pour la laisser passer avant d'aller s'habiller. Avoir son torse nu sous son nez était une véritable torture pour Alex. Malgré la situation compliquée et tendue, elle le désirait plus que jamais. Elle se retourna alors qu'il s'éloignait et admira ses fesses parfaites cachées par la serviette. Un soupir de plus pour faire bonne mesure, puis elle referma la porte. Combien de tourments allait-elle devoir endurer au cours de cette journée ? Et il n'était même pas 8 heures.

Après une rapide toilette, elle enfila une robe d'été et des sandales avant d'aller retrouver Chloe qui était dans la cuisine en compagnie de sa mère, Eliza, et de la seule personne qu'Alex n'était pas encore prête à voir : sa propre mère.

— Maman, dit-elle, depuis quand êtes-vous là ?

La mère d'Alex se retourna. Ses cheveux noirs, presque identiques à ceux d'Alex, étaient attachés en queue-de-cheval et faisaient ressortir ses pommettes saillantes.

— Alexandra, s'exclama-t-elle en agitant son téléphone. As-tu vu ce qu'ils disent de toi sur Internet ? J'aimerais vraiment que tu arrêtes de faire la une de la presse à scandale.

— Alex, je suis vraiment désolée, dit Chloe.

— Moi aussi, renchérit Eliza, la mère de Chloe. C'est terrible.

Alex essaya de rester stoïque. Elle essaya également de ne pas se formaliser face à l'accueil horrifié et scandalisé de sa mère : un peu d'empathie ne lui aurait pas semblé superflue.

— Oui, j'ai vu, dit-elle en étreignant sa mère. Moi aussi je suis contente de te voir, maman.

— Dieu merci, ton père n'est pas encore au courant. L'autre jour, il a fallu que j'apprenne que tu sortais avec

Ryder en lisant la presse ! Pourquoi dois-je toujours être la dernière au courant ?

Oups. Alex n'avait pas réfléchi au fait que sa mère demanderait des explications. Elle s'empressa de l'attirer dans un coin de la cuisine.

— C'est platonique. Nous sommes juste amis. Chloe a invité quelques journalistes triés sur le volet avec qui elle travaille de temps en temps, et j'ai pensé que je pourrais changer mon image s'ils pensaient que j'avais un cavalier.

— Hum, fit sa mère en hochant la tête, dubitative. Ce ne serait pas si mal. C'est un garçon formidable, mais je ne suis pas sûr qu'il te convienne. Tu as besoin de quelqu'un de fiable. Quelqu'un qui restera auprès de toi. Ryder n'est jamais resté avec aucune femme. Jamais. Et on voit bien que c'est devenu un mode de vie pour lui.

— Est-ce que tu en as discuté avec Daniel ? Parce que ta dernière phrase semblait sortie tout droit de sa bouche.

Alex avait beau adorer sa mère, elle ne supportait pas d'entendre la moindre remarque désobligeante sur Ryder.

— C'est un homme formidable, point final. Pas besoin de rajouter un « mais ».

— C'est tellement dommage que tu n'arrives pas à mettre de l'ordre dans cet aspect de ta vie, Alexandra. Tu aurais pu vivre une vie de conte de fées et tu as tout rejeté. Tu devrais être mariée maintenant… et enceinte.

Alex leva un doigt pour stopper la litanie de reproches maternels.

— Maman, nous avons discuté de ça des centaines de fois. Je n'aimais pas Henry, donc c'est très bien que nous ne nous soyons pas mariés et surtout que nous n'ayons pas eu d'enfants. Fin de l'histoire. Passons au sujet suivant, s'il te plaît.

— Tout va bien ?

Derrière elle, Ryder posa les mains sur ses épaules.

— Oh ! c'est toi.

Le cœur d'Alex s'emballa aussitôt et pas seulement parce qu'il la touchait. Avait-il entendu ce qui avait été dit sur lui ? Elle espérait vraiment que non.

— Bonjour, madame Gold. Je viens de voir votre mari. Je suis vraiment ravi que vous soyez là.

— Ryder ! Bonjour séduisant jeune homme.

La mère d'Alex souriait et plaisantait, ce qui mit Alex profondément mal à l'aise. N'avait-elle pas soutenu quelques secondes plus tôt que Ryder n'était pas fait pour elle ?

Madame Gold se tourna ensuite vers Parker qui venait tout juste d'entrer dans la cuisine.

— Et vous, vous devez être l'homme qui a conquis le cœur de notre chère Chloe.

Elle passa rapidement Parker en revue, puis lança un regard significatif à Alex qui paraissait dire qu'elle aurait pu avoir un mari de ce genre si elle n'avait pas tout gâché.

— Parker, dit Alex. Voici ma mère, Brigitte Gold.

— Madame Gold, c'est un plaisir de vous rencontrer. Merci d'être venue, répondit Parker en se plaçant près de Chloe avant de s'adresser à toutes les personnes présentes : Puisque nous sommes tous réunis, je propose que l'on discute de Petit Carnet Noir.

Il indiqua alors Alex d'un signe de la tête.

— Ce compte s'en est pris à Alex ce matin. Il est évident que quelqu'un à ce mariage leur a fourni les photos. Ou pire encore, que la personne derrière Petit Carnet Noir se trouve dans cette maison en ce moment même.

— Je ne voulais vraiment pas que notre mariage tourne autour de ça, déclara Chloe, profondément inquiète.

Elle avait longtemps été agacée par l'obsession de Parker pour Petit Carnet Noir, mais le jeune homme avait un passif avec ce compte anonyme. En effet, Parker était agent sportif et son client star avait été leur première cible.

— Moi non plus, mais c'est comme ça. Nous ne pouvons pas les ignorer ou faire comme s'il ne s'était rien passé, déclara Parker en l'embrassant sur la tempe.

— Le moment tombe effectivement très mal, argua Ryder. Mais je suis d'accord avec Parker. On doit découvrir qui se cache derrière tout ça. Je déteste les voir s'en prendre à Alex.

La jeune femme sourit. Au moins une personneprenait sa défense !

— Est-ce que Ruby est là ? Elle connaît tous ceux qui travaillent pour votre traiteur. C'est quelqu'un de très compétent. Je pense qu'elle pourra nous aider à y voir plus clair.

Le cerveau d'Alex devait fonctionner plus lentement que sa bouche, car à peine les mots étaient-ils sortis que ses pensées prirent une tournure différente. Elle s'approcha de Chloe et chuchota :

— À moins que… Tu penses qu'il y a une chance que ce soit Ruby ?

Chloe baissa le menton et fit une petite moue.

— Elle est si gentille et compétente. Elle m'a vraiment été d'une grande utilité hier. Est-ce que ça pourrait être possible ?

— Je sais que ça peut sembler sorti du contexte, mais elle a fait un commentaire hier sur le fait que j'étais la Tornade des Fonds de Placement. Parmi tous les horribles surnoms dont j'ai été affublée, n'est-ce pas une drôle de coïncidence qu'elle ait choisi celui-ci en particulier ? D'autant plus que c'est celui que Petit Carnet Noir a utilisé.

— C'est aussi celui que les tabloïds de New York ont

utilisé l'autre jour, souligna sa mère. Peut-être que c'est tout simplement frais dans l'esprit des gens ?

Alex préféra ne pas commenter. Sa mère n'avait pas tort, mais pourquoi fallait-il qu'elle saute toujours sur la moindre occasion de remuer le couteau dans la plaie ?

— J'aimerais qu'on reste concentré sur Ruby. Je pense qu'elle peut nous aider à mieux comprendre.

— Peut-être que Taylor saura où la trouver ? émit Chloe.

— J'ai entendu mon nom ? lança Taylor en entrant dans la cuisine.

— Nous essayons de démêler le mystère de Petit Carnet Noir et nous nous demandons où est Ruby de l'équipe de restauration, répondit Alex.

— Pas ici, répondit Taylor, inquiète. Elle a plus d'une heure de retard et, d'après son responsable, son téléphone est hors service.

— Ça alors ! lâcha Parker. Il nous est arrivé la même chose à Chloe et moi lorsque nous étions à Miami et que Petit Carnet Noir nous a menacés. Nous avons essayé d'appeler le numéro du SMS, mais il était hors service.

— Mais ça arrive tout le temps ! émit Chloe. J'ai l'impression que nous nous raccrochons à des branches, et je préfère penser à notre mariage. Je ne veux pas que cet événement gâche tout.

Alex était bien obligée de lui donner raison, même si elle allait sûrement passer sa journée à chercher Ruby.

— Chloe a raison. Restons concentrés sur le mariage.

Ryder s'efforça de rester attentif sur ses objectifs, mais tout allait trop vite et dans des directions imprévisibles. En début d'après-midi, il n'y avait toujours aucun signe de Ruby. Alex, grâce à ses incroyables talents de persuasion, avait réussi à faire avouer au responsable de la restauration qu'ils n'avaient pas vérifié les antécédents de la jeune femme, et qu'elle ne travaillait pour eux que depuis deux jours. Tout le monde semblait à présent convaincu que Ruby était soit Petit Carnet Noir, soit qu'elle leur fournissait des informations. Mais pourquoi ? Et pourquoi s'en prendre à Alex ? Elle n'avait rien fait pour provoquer une telle attaque.

Bien sûr, Ryder avait également ses propres préoccupations. Geoffrey Burnett était arrivé durant la matinée, mais il n'avait pas pu lui être présenté, car l'homme d'affaires était immédiatement allé jouer au golf avec sa femme. La fenêtre d'opportunité se rétrécissait. Les invités partaient tous le lendemain, et avec eux les espoirs de Ryder. Daniel lui envoya justement un SMS à ce sujet.

À l'aéroport de Londres pour rentrer. Comment ça avance avec Geoffroy ?

Ryder était assis sur le lit dans la chambre qu'il partageait avec Alex. Il était déjà en smoking et attendait qu'Alex finisse de se préparer.

Je ne l'ai pas encore rencontré. Je suis sûr que je le verrai ce soir.

Qu'as-tu fait tout ce temps ?

Attendre que Geoffrey arrive.

Bien sûr, ce n'était pas tout à fait vrai.

Ce contrat est primordial pour nous. Ça pourrait tout changer.

Je le sais aussi bien que toi.

Il détestait quand Daniel prenait ce ton supérieur, comme si Ryder ne saisissait pas l'importance de gagner un client tel que Geoffrey.

Alex va bien ? Je sais pour Petit Carnet Noir. Pas d'humeur à lui poser la question.

Ryder aimait Daniel comme un frère, mais son sang bouillonna en lisant cela. Alex ne méritait-elle pas un peu de sollicitude de la part de son frère ?

Elle va très bien. Je m'occupe d'elle.

Aussitôt envoyé, il se demanda si cela n'allait pas induire Daniel en erreur.

Comment ça t'occuper d'elle ?

Et voilà. Il avait mal interprété.

Je la traite comme tu voudrais que je le fasse. D'accord ?

Tant qu'il n'y a rien d'autre.

Ryder poussa un grognement. Son meilleur ami et associé ne lui faisait pas entièrement confiance, et c'était dérangeant.

Il n'y a rien d'autre.

Il appuya sur Envoyer, mit son téléphone en sourdine et le rangea dans la poche de sa veste juste au moment où Alex ouvrait la porte de la salle de bains et passait la tête.

— Peux-tu m'aider avec ma fermeture Éclair ? demanda-t-elle timidement. Je jure que ce n'est pas un stratagème. Je n'y arrive vraiment pas toute seule.

Ryder s'esclaffa en se levant du lit. Il avait l'impression qu'ils avaient réussi à arriver à une entente où ils reconnaissaient la tension sexuelle entre eux, mais s'en accommodaient.

— Je sais bien que ce n'est pas un stratagème.

Quand il s'approcha, elle lui exposa le dos. C'était une vue à laquelle il n'était pas préparé – toute cette peau nue allant de sa nuque jusqu'à sa culotte en dentelle noire, le tout encadré par une robe vert émeraude. Il s'éclaircit la voix et s'exécuta en saisissant le bas de la fermeture Éclair d'une main et utilisant l'autre pour la remonter. Il n'avait qu'une envie : la toucher et l'embrasser.

— C'est bon ?

Elle le regarda par-dessus son épaule de ses yeux magnifiques.

— Oui. Merci.

Ryder s'appuya alors contre le chambranle de la porte, surtout pour se laisser le temps de se ressaisir.

— Je suis loin d'être un expert en vêtements féminins, mais il ne faut peut-être pas porter un soutien-gorge avec une robe comme ça ?

Elle se retourna et il vit le profond décolleté et la jolie courbe de ses seins, pareils à la nuit dernière quand elle s'était présentée dans cette nuisette à faire perdre la tête. Alex avait une silhouette pulpeuse dont il connaissait déjà la sensation sous ses mains.

— Ça n'irait pas avec celle-là. Et puis la plupart des robes de haute couture sont conçues pour bien se maintenir. .

— Je vois.

Il hocha la tête en s'efforçant de ne pas y penser de trop près.

— Tu es prête ?

— Oui.

— Avant de descendre, je voudrais te dire que tu as fait un travail incroyable. La façon dont tu as tout géré hier, puis aujourd'hui… Tout ce week-end.

Il s'écarta alors qu'elle passait devant lui pour mettre quelques affaires dans un petit sac à main.

— Je suis impressionné. Entre tes préoccupations avec Petit Carnet Noir, aider Chloe et Taylor et tenir tête à ta mère. Je ne sais pas comment tu arrives à tout gérer de front.

Quand elle lui prit le bras, il sentit sa chaleur à travers sa veste.

— Tu as entendu ma mère ?

— En totalité.

Ce que sa mère avait dit sur lui, sur le fait qu'il ne voulait pas s'engager, le piquait encore. Ce n'était pas qu'il ne prévoyait pas de s'installer un jour, mais il était trop concentré sur sa carrière. Il avait travaillé dur et accompli trop de choses pour abandonner maintenant. Et c'était aussi par respect envers la famille d'Alex et tout ce qu'ils avaient fait pour lui que Ryder était si déterminé à mener Gold et Carson au succès.

— Je suis tellement désolée pour ce qu'elle a dit. Elle parle sans réfléchir.

— Ça n'a pas d'importance. Je m'inquiète pour toi de la voir ressasser constamment ton histoire avec Henry. Ça ne doit pas être facile.

Alex expira par le nez.

— Tu m'as aidée avec ça aussi. En parler hier soir m'a permis d'y voir plus clair, parce que tu as convenu que j'avais pris la bonne décision.

Il se sentait fier d'avoir pu lui être d'une quelconque utilité, elle qui était toujours si désireuse d'aider les autres.

— Tu m'impressionnes, Alex. Vraiment.

Elle pencha la tête sur le côté et l'étudia avec une expression dubitative.

— Tu recommences à flirter avec moi.

Ryder ne put s'empêcher de sourire. Elle réussissait toujours à l'émouvoir.

— Non, je te jure.

— Je déteste devoir te l'avouer, dit-elle en posant un doigt léger sur son torse. Mais ta simple existence est du flirt pour moi.

— Arrête un peu et sois sérieuse.

— Je n'ai jamais été aussi sérieuse de toute ma vie.

Son unique doigt sur son torse devint cinq, puis ce fut sa paume qui se pressa contre lui, là où battait son cœur. Pouvait-elle le sentir ? Savait-elle à quel point elle le rendait nerveux ?

— Mais tu as été clair sur le fait que Daniel passait en premier. J'imagine donc que je vais devoir m'en accommoder, déclara-t-elle en lui tapotant l'épaule. Nous ferions mieux d'y aller. Il ne faudrait pas que je sois en retard au mariage que j'ai organisé.

Ryder déglutit avec peine, une fois de plus partagé entre sa loyauté envers Daniel et son désir pour Alex. Heureusement, ils avaient un endroit où aller.

— Allons-y, dit-il en lui prenant la main.

Ils descendirent le grand escalier en colimaçon et, une fois dans le hall central, ils se retrouvèrent nez à nez avec Geoffrey Burnett et sa femme, Katrina. Geoffrey était un homme grand et svelte avec la tête rasée. D'une élégance discrète, Katrina était également élancée, avec de beaux cheveux argentés qui lui retombaient sur les épaules. Geoffrey était en smoking et Katrina vêtue d'une robe lavande pâle.

— Geoffroy ? dit Alex.

Il leva les yeux, surpris.

— Oui ? fit-il en l'étudiant avec attention. Vous êtes

l'amie de Chloe ? Alexandra ? Nous nous sommes rencontrés à la remise des diplômes de Chloe.

Alex hocha la tête avec enthousiasme tandis que Ryder s'émerveillait de la mémoire de Geoffrey.

— C'est bien moi. Vous pouvez m'appeler Alex. J'aimerais vous présenter mon petit ami, Ryder Carson. C'est un brillant architecte. Lui et mon frère Daniel possèdent un cabinet d'architecture. Peut-être en avez-vous entendu parler ? Gold et Carson.

Geoffrey serra la main de Ryder.

— En effet. C'est un plaisir de vous rencontrer, Ryder.

— Ravi de faire votre connaissance, monsieur. Je suis l'un de vos plus grands admirateurs.

L'esprit de Ryder était en ébullition. Cette entrevue était capitale pour lui mais, étrangement, ce qui le marquait le plus, c'était l'aisance avec laquelle Alex l'avait appelé son « petit ami ». Ce qu'il y avait entre eux n'était peut-être pas réel, mais il trouvait cela si agréable.

— Je vous présente ma femme, Katrina, dit Geoffrey.

— Et si on se rendait ensemble à la cérémonie ? suggéra Katrina.

— Quelle bonne idée, dit Alex en adressant un clin d'œil à Ryder. Je connais le chemin.

Une fois à l'extérieur, un serveur chargé d'un plateau leur proposa une coupe de champagne.

— Avant la cérémonie ? J'adore ça, déclara Katrina.

— Oui, répondit Alex alors que Ryder prenait deux verres, un pour lui et un pour elle. Ça vous plonge tout de suite dans une ambiance plus festive.

Geoffrey leva son verre pour trinquer.

— À l'amour, dit-il en regardant Katrina avec adoration.

— À l'amour, répétèrent-ils tous à l'unisson.

Ryder prit une grande gorgée. Qui aurait cru que

Geoffrey Burnett serait un homme si sentimental ? Rien n'aurait pu le laisser présager d'après sa réputation.

Ils s'avancèrent sur la vaste pelouse, passèrent devant la roseraie, puis le long d'un chemin pavé à travers une étroite étendue de bois, pour finalement déboucher sur une clairière où des dizaines de chaises blanches avaient été alignées des deux côtés d'une allée. Au bout de chaque rangée se trouvait un bouquet de magnolias.

— Katrina, saviez-vous que les fleurs sont l'œuvre d'Alex ? dit Ryder alors que les quatre s'asseyaient du côté de la mariée.

— Vraiment ?

— Tout à fait. Je possède ma propre boutique de conception florale à Manhattan, le Flora, répondit Alex.

Katrina lança un rapide regard à Geoffrey avant de revenir à Alex.

— Vous travaillez sur d'autres événements que les mariages ?

— Bien sûr. Nous faisons de tout : anniversaires, fêtes d'entreprise, œuvres de charité.

— Rappelez-moi de vous demander votre numéro, dit Katrina en lui tapotant le bras. J'aurais peut-être un travail à vous proposer.

— Avec plaisir, déclara Alex en souriant.

L'officiant prit place face aux invités, bientôt rejoint par Parker. Alex avait expliqué la veille à Ryder que Parker et Chloe avaient voulu une cérémonie très simple, sans demoiselles ni garçons d'honneur, ni même de petites filles portant des fleurs. Ils voulaient une simple célébration de l'amour en présence des amis et de la famille sous un grand ciel bleu. Lorsque Chloe apparut au bout de l'allée, tout le monde se leva, ému par sa beauté, et surtout son bonheur. Ryder ne la connaissait pas très bien, mais si

Alex l'aimait, c'était forcément quelqu'un de bien. Pas à pas, elle s'approcha de Parker, et une fois face à lui, elle lui prit le bras et la cérémonie débuta officiellement.

Alors qu'ils se rasseyaient, Ryder remarqua que Geoffrey avait pris la main de Katrina. Il fit donc de même avec Alex. Celle-ci lui adressa un petit sourire, mais il ressentit son conflit intérieur. Il devinait les pensées qui devaient l'agiter face aux reproches incessants de sa mère au sujet d'Henry. Quand il lui serra un peu plus la main et qu'elle fit de même, Ryder eut l'impression que son cœur se compressait en même temps. Il regarda son profil, et ressentit beaucoup de peine pour tout ce qu'elle avait traversé. En la voyant suspendue à chacune des paroles prononcées, il comprit qu'elle croyait encore à l'amour.

Lorsque Parker et Chloe échangèrent leurs vœux, elle sourit à travers ses larmes. Elle était sans conteste heureuse pour son amie, mais il ressentait également sa mélancolie. Lui tenir la main ne lui semblant pas suffisant, il passa son bras autour d'elle. Cela lui rappela le jour où il l'avait réconfortée avant son mariage. Elle se laissa aller contre lui de la même façon.

Quand l'heureux couple dit « oui », tout le monde se leva et applaudit les jeunes mariés qui marchaient dans l'allée avec de larges sourires. Alex était juste devant Ryder, dos contre lui. Il posa ses mains sur ses épaules et se pencha pour lui murmurer à l'oreille :

— Ça va ?

Il garda son visage tout près pour entendre sa réponse.

— Oui. Heureuse. Un peu triste. Surtout soulagée.

Elle tourna la tête pour le regarder et il fut submergé par le besoin de l'embrasser. C'était comme une soif pressante et irrépressible qui grandissait en lui.

Alors il le fit. Ce ne fut pas un baiser long et passionné,

mais plutôt un baiser qui témoignait de leur attachement mutuel. Un baiser pour dire qu'il comprenait à quel point tout cela était dur pour elle. Quand il recula, elle resta un instant les yeux fermés, puis le regarda avec joie.

— J'en prendrais bien un autre si tu les distribues gratuitement, dit-elle.

Il l'embrassa à nouveau, cette fois sur la joue.

— N'abuse quand même pas.

— Si je veux, le taquina-t-elle en lui tapant joyeusement le bras.

— Et si on se rendait à la réception ? suggéra Katrina.

— Oui. J'ai besoin d'un autre verre, déclara Alex.

Ils retournèrent vers la demeure où la réception battait déjà son plein. Le champagne coulait à flots, les hors-d'œuvre circulaient et tout le monde semblait d'humeur joyeuse. Le jeune couple put s'asseoir à la même table que Geoffrey et Katrina après qu'Alex eut apporté quelques modifications au plan de salle, prétextant qu'elle faisait ce qu'elle voulait puisqu'elle était l'organisatrice.

Durant le dîner, Alex aborda le sujet que Ryder n'avait réussi qu'à esquisser jusqu'à présent.

— Alors, Geoffrey, je suis sûre que vous ne voulez pas trop parler affaires, mais je dois vous parler de certains des projets sur lesquels Ryder et mon frère ont travaillé.

Elle dit cela avec un large sourire et un tel aplomb que Ryder ne voyait pas comment Geoffrey pouvait refuser.

— Absolument. Dites-moi tout, déclara en effet celui-ci.

Ryder resta donc là à écouter Alex présenter le discours qu'il avait préparé, et parler des différents projets sur lesquels ils avaient travaillé durant ces dernières années. Ses connaissances étaient stupéfiantes, mais ce n'était pas une surprise puisqu'elle et Daniel étaient très proches. Elle parsema son discours d'adorables anecdotes, des choses que Ryder ne partagerait jamais dans un cadre formel. Ici, à ce mariage, cela paraissait parfaitement naturel.

— Vous devriez vraiment l'embaucher en tant que porte-parole de votre entreprise, déclara Katrina à la fin.

— Et quoi que vous décidiez de la payer, ajouta Geoffrey,doublez-le.

— Croyez-moi, je le sais. Elle est incroyable.

Leurs regards se croisèrent, et il ressentit une nouvelle décharge de désir pour elle. Sa promesse faite à Daniel lui semblait bien loin.

— Vous êtes un homme très chanceux, déclara Geoffrey.

— Sans aucun doute.

Ryder se dit que, s'ils arrivaient à être si convaincants face à Geoffrey et Katrina, peut-être que la question méritait d'être creusée.

— Alex, puisque tu es si incroyable et que je suis un homme si chanceux, voudrais-tu danser ?

— Avec plaisir, répondit-elle avec un doux sourire.

Il lui prit la main et la conduisit sur la piste de danse où il la prit dans ses bras.

— Merci pour tout. Je te dois beaucoup. Je n'arrivais pas à trouver le bon moment pour me lancer. J'essayais de trouver une ouverture, mais nous sommes à un mariage et il me semblait impoli de parler travail ou vanter nos mérites.

Elle haussa les épaules.

— Cela m'a semblé facile de vanter vos mérites à mon frère et à toi.

— Mais il n'y a pas que ça. Tu es si ravissante. Ils sont tous les deux sous ton charme. Ça se voit.

— Et toi ? Que penses-tu de moi, Ryder ?

Je t'adore. Tu es magique. Mais tu n'es pas pour moi.

— Je t'apprécie, Alex. Je me sens vraiment chanceux d'avoir passé ce week-end avec toi. J'ai l'impression que notre amitié est encore plus forte qu'avant.

— Et si je ne voulais pas d'une simple amitié ? demanda-t-elle avec un regard éloquent.

Ryder inspira profondément et regarda un instant au loin, ne serait-ce que pour briser l'attraction qu'elle exerçait sur lui. Il la désirait, mais il n'était pas prêt à lui faire des promesses.

— Alors je vais devoir y réfléchir.

— Je ne demande rien de plus.

Il l'attira un peu plus près et inhala le doux parfum de ses cheveux.

— Je te promets que je ne te ferai pas attendre.

Ils dansèrent sur quelques autres chansons et Ryder savoura sa chance de la tenir dans ses bras. En rejoignant leurs places, ils discutèrent quelques instants avec les parents d'Alex. Ryder remarqua le regard évaluateur de son père, comme s'il essayait de déterminer si ce qui se passait entre sa fille et lui était réel ou pas. Mais même Ryder aurait été incapable de lui répondre. Lui-même était perdu.

Au bout de deux heures, Geoffrey et Katrina déclarèrent qu'ils étaient fatigués et qu'ils désiraient se retirer. Ryder et Alex leur proposèrent de les raccompagner à l'intérieur.

— J'ai été ravie de faire votre connaissance à tous les deux, déclara Ryder en serrant la main de Geoffrey avant d'étreindre Katrina.

— Ça a été un vrai plaisir, répondit Katrina. Vous êtes si mignons tous les deux. Ça faisait longtemps que je n'avais pas vu un couple aussi adorable. N'est-ce pas, Geoffrey ?

— Tout à fait, chérie. Ils me font penser à nous à leur âge, répondit Geoffrey en regardant Ryder comme s'il le jaugeait. Vous savez, Ryder, je pense que nous devrions nous revoir un de ces jours.

— Tout à fait, monsieur. Puis-je vous appeler une fois de retour en ville ?

— Bien sûr. Ou c'est moi qui vous appellerai. J'ai votre numéro maintenant. Bonne nuit.

Sur ce, Geoffrey et Katrina rejoignirent leur chambre.

— Oh ! mon Dieu ! s'exclama Alex en frappant le bras de Ryder. C'était incroyable !

Sa voix sincèrement enthousiaste était contagieuse et il ne l'en désira que davantage.

— C'est toi qui es incroyable. Tout ça, c'est grâce à toi. Je n'aurais jamais pu y arriver tout seul. Je sais que je te l'ai déjà dit, mais tu étais si charmante. Si amusante.

Si adorable. Si belle… Si tout.

Alex balaya son compliment d'un geste de la main.

— Vous êtes si brillants, mon frère et toi. C'était facile, dit-elle avant de tourner son regard vers la fête qui se déroulait toujours dehors.

— Tu veux qu'on y retourne ? demanda Ryder.

Il n'était pas sûr de la réponse qu'il désirait entendre. D'un côté il voulait désespérément l'avoir pour lui tout seul, mais de l'autre il savait que ce serait une erreur. Le problème c'était qu'il était complètement galvanisé par la tournure des événements, et excité par deux jours passés en compagnie d'Alex sans pouvoir la toucher.

Elle se tourna vers lui et secoua la tête.

— Pas vraiment. Chloe et Parker ne vont pas tarder à se retirer, et je pense que Taylor et Roman vont faire pareil.

— Comme tu veux.

Ryder était déterminé à suivre les désirs d'Alex, même si leurs rapports d'aujourd'hui avaient été un crescendo qu'il ne pouvait qu'imaginer menant à l'instant où il déferait sa robe et briserait une grande promesse faite à son frère.

- 6 -

Le cœur battant, Alex entra dans la chambre. La journée avait été longue, et elle était épuisée, mais elle avait surtout l'impression que tout son corps était en alerte. C'était l'effet que Ryder lui faisait : avec lui elle se sentait vivante. Si seulement il pouvait l'embrasser comme il l'avait fait lors de leur sortie arrangée. Si seulement il voulait bien baisser sa garde.

— Ryder, je ne vante pas tes qualités parce que tu es l'ami de mon frère. Je te trouve sincèrement brillant, et tu mérites de travailler avec Geoffrey Burnett.

— Je ne comprends pas ce que j'ai bien pu faire pour mériter toute cette gentillesse. Je n'ai fait que te repousser.

Elle secoua la tête.

— C'est faux. Personne ne m'a jamais soutenue comme tu l'as fait ces deux derniers jours. Tu étais là après la répétition… et hier soir, quand on a discuté. Et puis aujourd'hui, pendant la cérémonie où j'étais si émue.

Elle ne pouvait pas ajouter qu'il avait été également là le jour où elle avait annulé son mariage. Ce n'était toujours pas le bon moment pour partager ce secret. Peut-être même que ça ne le serait jamais.

— Je ne peux pas m'en empêcher. Il y a quelque chose chez toi, Alex… Quelque chose qui me donne envie de te protéger de tout et de tous ceux qui t'ont fait du mal.

— C'est tellement gentil.

C'était la déclaration la plus adorable qu'on ne lui ait jamais faite, mais cela lui rappela également toutes les raisons qui empêchaient Ryder de vouloir une relation amoureuse avec elle.

— C'est la vérité.

Et quel était l'intérêt de cette vérité si elle ne permettait pas d'avoir la personne que l'on désirait ? Quel terrible gâchis.

— Tu sais quoi, Ryder ? Ne dis plus rien, s'il te plaît.

Elle s'approcha de lui, le cœur battant à tout rompre et son corps implorant qu'il la touche.

— J'ai dit quelque chose de mal ?

Elle leva la tête vers son regard incroyablement chaleureux : un kaléidoscope tourbillonnant et difficile à déchiffrer. Voyait-il le désir sur son visage ? Se sentait-il à nouveau en conflit et désespérément lié par sa promesse ?

— Embrasse-moi avant que je devienne folle.

— Alex…

La jeune femme secoua la tête. Vue de l'extérieur elle semblait peut-être sûre d'elle, mais en réalité c'était tout l'inverse.

— Formulons ça autrement : si tu veux m'embrasser, fais-le, sinon je deviendrai folle.

Après quelques secondes de torture, il finit par écraser ses lèvres sur les siennes et saisir son cou pour la forcer à lever le visage. C'était un baiser passionné et divin, et sa langue aussi pécheresse que dans ses souvenirs. Soulagée qu'il se soit enfin décidé, Alex se sentit emplie d'un sentiment de jubilation. N'était-elle pas en train de rêver ? Comment avait-elle pu survivre en sa présence privée de cela ? Comment avait-elle pu supporter de passer autant de temps auprès de lui en se disant qu'elle ne l'aurait jamais ? À présent elle était plus que déterminée à satisfaire sa faim de lui.

Il la prit dans ses bras et tira sur la fermeture Éclair de sa robe. Le simple contact de sa main chaude contre sa peau nue suffit à la rendre folle de désir. Ses terminaisons nerveuses étaient au bord de l'explosion. Mais il lui en fallait davantage. Tout de suite.

Elle lui arracha sa veste et la jeta au sol, puis déboutonna sa chemise pour s'en débarrasser tout aussi vite. Ses souvenirs de son magnifique torse étaient bien fades comparés à la réalité et le fait de pouvoir le toucher.

Il retira les épingles de sa coiffure, et ses cheveux lui retombèrent dans le dos. Puis il l'enlaça avec possessivité, lui embrassant le cou et le point sensible à l'arrière de l'oreille. C'était là une version dominante de Ryder, et c'était si excitant qu'elle avait du mal à y croire. Elle leva les épaules en prévision de ce qui allait suivre, et quand elle les laissa retomber, les bretelles de sa robe s'affaissèrent jusqu'à ses coudes. Il tira alors sur le corsage, révélant ses seins. Ses mamelons se durcirent sous l'effet de son regard attentif : un regard qui n'était pas uniquement empli de désir, mais d'adoration. Il les prit doucement en coupe et les embrassa tendrement avant d'enrouler sa langue autour d'une pointe durcie. Elle sentit sa peau la tirailler, et vit dansses yeux à quel point il prenait plaisir à éveiller son corps au plaisir.

La sensation de ses lèvres sur sa peau était divine, mais elle voulait pouvoir s'étendre auprès de lui. Alors quand il l'embrassa à nouveau, elle commença à reculer vers le lit. À chaque pas, sa robe glissait un peu plus, jusqu'à ce qu'elle soit obligée de l'enjamber maladroitement pour en sortir. Finalement ils tombèrent sur le lit, et Alex se retrouva au-dessus de lui.

Elle avança aussitôt la main vers le bouton et la fermeture Éclair de son pantalon tout en se pressant contre son torse pour réclamer un autre baiser. Après s'être débarrassée du pantalon et du boxer, elle enroula ses doigts autour de son sexe tendu et savoura le fait de le voir si prêt pour elle. Il gémit dans son oreille, puis mordilla son lobe ; c'était le Ryder fougueux qu'elle ne demandait qu'à mieux connaître. L'instant d'après, il lui saisit la taille et la retourna sur le dos. Puis il se pencha sur elle et la parcourut de son regard chauffé à blanc. Il sourit et fit glisser un doigt au bord de sa culotte en dentelle noire avant de déposer de doux baisers sur son ventre.

— Tu es la femme la plus belle que j'aie jamais vue, Alex, dit-il en continuant à parsemer son ventre de baisers.

Alex était sceptique. Si ça avait été le cas, il ne lui aurait pas résisté depuis tout ce temps.

— Je pense que tu sais déjà ce que je ressens pour toi, Ryder.

— Ça ne veut pas dire que je ne veux pas te l'entendre dire, murmura-t-il d'un ton bourru.

— J'ai envie de chaque centimètre de ton corps. Je veux que tu me prennes. Je veux que nous nous perdions l'un dans l'autre.

C'était si bon d'être honnête et de ne pas se retenir.

— Je veux qu'on se perde au point que personne ne puisse nous retrouver.

Alex sourit en savourant l'idée de ne plus jamais avoir à supporter les attentes des autres. Ryder passa les doigts sur ses genoux avant de remonter le long de sa cuisse avec une lenteur presque insoutenable qui emplit Alex d'anticipation. Mais il avait un but bien précis en tête. Elle arqua le dos par réflexe, désireuse qu'il la touche. Enfin !

Quand il taquina ses replis intimes, elle haleta. Il la

caressa en petits cercles du bout des doigts, lui procurant un plaisir si incroyable qu'elle n'arrivait plus à réfléchir. Ses yeux se fermèrent alors que les caresses de Ryder devenaient de plus en plus fermes, rapides et intenses. C'était si merveilleux de revivre enfin ces moments de bonheur, mais elle voulait également lui rendre la pareille. Elle agrippa donc ses épaules afin de les faire tous deux rouler sur le côté et s'empara de son sexe dur comme du roc tout en observant son visage et se délectant de lui faire ainsi perdre la tête.

— Tu me tues, Alex, gronda-t-il. J'ai besoin de toi.

Elle roula sur le dos.

— Si tu n'as pas de préservatif, j'en ai dans ma trousse de toilette.

— J'en ai aussi. Une seconde.

Elle se rallongea en l'attendant et essaya de ne pas penser aux raisons pour lesquelles il avait apporté des préservatifs, car il n'avait certainement pas prévu de coucher avec elle.

Ryder revint de la salle de bains et remonta le long de son corps en lui embrassant à nouveau le ventre et lui caressant rapidement les jambes avant de se positionner entre ses cuisses. Elle remonta ses genoux, impatiente qu'il la remplisse. Quand ils commencèrent à bouger en harmonie, il enfouit sa tête dans son cou, l'embrassant et la mordillant. Alex caressa son dos et le contour des muscles avant de remonter vers ses puissantes épaules, et enfin sur son glorieux torse.

Chaque profond coup de reins de Ryder augmentait le plaisir d'Alex, mais elle voulait tenir le plus longtemps possible afin de profiter de chaque seconde de ce moment tant attendu. Rapidement elle n'y tint plus. C'était trop. Les vagues de plaisir la parcoururent. Elle haleta son nom et sentit son corps se tendre autour de lui alors qu'elle le serrait avec force, jusqu'à ce qu'il se fige dans son propre orgasme. Un instant après, il s'effondra contre elle avant de rouler sur le côté et lui embrasser l'épaule.

— C'était incroyable, dit-il à bout de souffle. Ça valait la peine d'attendre.

Elle se tourna vers lui et lui donna le plus langoureux des baisers.

— Ça valait peut-être la peine d'attendre, mais je ne veux plus attendre maintenant, Ryder. J'en veux davantage.

Aussitôt réveillée, Alex vérifia son téléphone et fut soulagée de ne voir aucun nouveau message de Petit Carnet Noir. Mais cela l'amena à une conclusion fatale : il y avait de fortes chances que ce soit Ruby la coupable. Comment était-ce possible ? Ruby semblait si douce et agréable. Comment une telle personne pouvait être derrière un compte de réseau social aussi tordu et calculateur ? Sans compter que Petit Carnet Noir était partout sans avoir jamais été démasqué, comme une figure mystérieuse tapie dans l'ombre. Était-il plausible qu'une femme travaillant pour un traiteur puisse être derrière tout ça ?

Mais ce n'était pas la plus grande préoccupation d'Alex. Cette nuit avec Ryder avait été encore plus merveilleuse que la précédente. Si ça ne tenait qu'à elle, si elle pouvait forcer les étoiles à s'aligner et son frère à se montrer raisonnable, elle aurait davantage de nuits pareilles. C'était comme un rêve devenu réalité, bien que son cerveau n'ait jamais été capable de faire un rêve érotique aussi excitant que la nuit dernière. Le souvenir résonnerait encore longtemps dans son corps. Très longtemps.

Elle se tourna sur le côté, face à Ryder. Il était toujours là. Il ne lui avait pas laissé de mot et ne s'était pas sauvé au beau milieu de la nuit. Évidemment, il n'aurait eu nulle part où aller, mais là n'était pas la question. Le fait était qu'il était toujours là.

Il était aussi profondément endormi. Elle adorait l'observer si serein, les yeux fermés et la bouche détendue. Elle l'adorait, ça ne faisait aucun doute. Elle avait pu le goûter à nouveau, mais cela n'avait pas étanché sa soif de lui. Au contraire, elle ne l'en désirait que davantage et avec autant de force que lorsqu'elle l'avait embrassé pour la première fois.

Avait-elle un comportement autodestructeur ? Est-ce qu'une part d'elle ne supportait pas de se voir heureuse et ressentait un besoin inconscient de se faire du mal ? Elle ne voulait pas croire une chose pareille, pourtant les preuves étaient là. Entre son mariage annulé et sa nostalgie sans fin pour un homme qui lui avait clairement indiqué qu'il n'était pas intéressé, il y avait de quoi se poser des questions.

Ryder remua dans son sommeil et enfonça sa tête dans l'oreiller. Elle avait envie de crier tellement elle le trouvait adorable et séduisant, mais elle ne faisait que se compliquer la vie pour plus tard en l'observant ainsi. Les prochaines heures seraient décisives. Allait-il paniquer et fuir ou voudrait-il rester auprès d'elle ?

— Comment ça va ce matin ? marmonna-t-il avant d'ouvrir les yeux.

— Je vais bien. Fatiguée, mais soulagée que le mariage soit terminé.

Il hésita un instant, puis hocha lentement la tête.

— C'est vrai. Fini de jouer la comédie avec cette histoire de petit ami.

Ce n'était pas ce qu'elle avait voulu dire, mais probablement qu'il se cherchait une porte de sortie ? Ils avaient couché ensemble, mais c'était manifestement déjà de l'histoire ancienne pour Ryder : elle le voyait sur son visage.

— Oui. Et merci d'avoir rempli ce rôle. C'était très gentil de ta part. Tu as fait un excellent travail. Je trouve même que tu as été très convaincant.

À tel point qu'elle l'avait cru sincère à certains moments.

— Quelle est ton impression au sujet de Geoffrey ? Vous avez vraiment sympathisé. Tu dois être impatient d'en parler à Daniel.

Elle se maudit aussitôt d'avoir mentionné son frère – pourquoi avait-elle prononcé le nom de la personne qui voulait les séparer ?

Il hocha la tête et se pinça l'arête du nez.

— Je suis confiant. Et j'ai effectivement hâte d'en discuter avec Daniel. Bien sûr, nous n'avons encore rien conclu, mais j'ai l'impression d'avoir bien avancé. Je pensais ce que j'ai dit hier soir, Alex. Je te dois beaucoup. Tu as été formidable. Jamais je n'aurais pu faire preuve d'un charme pareil.

C'était agréable d'être admirée pour sa personnalité, mais tout cela ressemblait à une répétition de sujets dont ils avaient discuté la veille. Alex voulait avancer.

— Je me disais qu'on pourrait peut-être rester un jour de plus puisque c'est le week-end de la fête du Travail. Je suis sûre que ça ne dérangera pas Taylor.

Ryder passa une main dans ses cheveux et tourna sur son dos.

— Non, je ne pense pas que ce soit possible. La circulation est terrible le jour de la fête du Travail et je dois vraiment retourner au bureau pour m'entretenir avec Daniel et travailler. D'autant plus que j'étais absent pratiquement tout le vendredi.

Ah oui. Le travail… S'entretenir avec Daniel. Retour

à la même rengaine. Il battait en retraite. Malgré sa déception, Alex était fatiguée de se donner autant de mal pour l'avoir. Après la nuit incroyable qu'ils avaient passée, s'il comptait renoncer à un week-end entier de sexe débridé par peur des embouteillages, elle n'arriverait jamais à le convaincre qu'elle en valait la peine.

Son téléphone bourdonna à l'arrivée d'un message. Il s'agissait de sa mère.

On part. Tu viens nous dire au revoir ?

— Tout va bien ? demanda Ryder.

La question commençait à la lasser, d'autant plus que la réponse était un non catégorique : elle n'avait aucune envie de parler à sa mère.

— Ce sont mes parents. Ils partent et veulent que je descende leur dire au revoir, dit-elle en tapant une réponse.

En bas dans cinq minutes ?

Parfait.

— Je te proposerais bien de t'accompagner, mais je ne suis pas sûr de vouloir voir ta mère après ce qu'elle a dit sur moi.

Alex repoussa les couvertures et traversa la pièce complètement nue. Ryder allait lui manquer, mais elle comptait bien lui laisser un souvenir impérissable. Un souvenir qu'il n'oublierait pas de sitôt.

— Ne t'en fais pas pour ça. Je leur passerai le bonjour.

— Merci. Tu veux partir dans une heure ?

Alex prit une culotte dans son sac et l'enfila.

— Bien sûr. Comme tu veux.

Elle mit un soutien-gorge, puis une robe portefeuille en maille à la fois confortable et sexy. Ainsi Ryder aurait tout le loisir d'admirer ses seins pendant le trajet du retour : tant pis pour lui s'il préférait rester aussi fidèle à son frère. Elle vit alors son T-shirt posé sur ses affaires et le lui lança.

— Tiens, c'est à toi.

— Merci, dit-il, visiblement surpris.

— Je reviens vite.

Elle sortit de la chambre et se dirigea vers le hall d'entrée, puis à l'extérieur, sur le parking où se trouvaient une demi-douzaine de voitures car les invités commençaient à partir. Elle finit par trouver ses parents à l'autre bout de la cour. Sa mère posait son sac à main sur le siège avant pendant que son père chargeait le coffre de sa Mercedes. Ses parents avaient largement les moyens d'acheter le dernier modèle, mais son père était un grand fan des voitures anciennes. Celle-ci datait des années 1970, et était entièrement rénovée et restaurée dans sa beauté d'origine.

— Bonjour vous deux.

Son père leva les yeux et sourit avant de fermer le coffre.

— Bonjour chérie. Je voulais juste faire un gros câlin à ma fille avant de partir, dit-il en l'étreignant avec force et l'embrassant sur la tête.

Sa mère contourna la voiture et s'approcha également en écartant les bras.

— Moi aussi je veux un câlin.

Alex avait mauvaise conscience d'avoir des pensées si négatives à propos de sa mère, mais cette dernière pouvait parfois se montrer si indiscrète.

— Quelle sera la suite pour toi et Ryder ? demanda-t-elle en reculant.

Alex faillit éclater de rire… faillit.

— On rentre. Il doit s'entretenir avec Daniel au sujet du travail. La routine.

— Mais rien de romantique ? demanda son père.

C'était drôle parce qu'il n'avait jamais cherché à connaître la vie amoureuse d'Alex. Même quand elle avait rompu avec Henry, son père avait simplement dit que l'essentiel c'était qu'elle soit heureuse, et l'avait soutenue par la suite.

— Je ne pense pas, répondit Alex.

— Quel soulagement, dit sa mère en posant une main sur sa poitrine et soufflant avec exagération.

— Brigitte ! Ce n'est pas très gentil. Nous aimons Ryder, déclara son père.

— Je sais bien, chéri. Nous adorons Ryder. Mais plutôt comme un deuxième fils, pas comme un petit ami pour Alex. Je ne pense pas qu'il soit fait pour elle.

Alex croisa les bras sur sa taille.

— Eh bien, pas besoin de t'inquiéter pour ça, d'accord ?

— Pour info, je n'étais pas inquiet. Je trouve Ryder formidable, déclara son père.

Alex se rapprocha d'eux afin de ne pas être entendue.

— Cette conversation est ridicule. Vous savez tous les deux que c'est pour faire semblant, et vous savez aussi que Daniel deviendrait fou.

— Je ne sais pas, dit sa mère en se pinçant les lèvres. Ça n'avait pas l'air faux sur la piste de danse. Et je l'ai vu t'embrasser après que Chloe et Parker ont échangé leurs vœux. Ça semblait très réel.

Alex ne pouvait qu'être d'accord. À elle aussi cela lui avait semblé réel.

— Comme je l'ai dit, ne t'inquiète pas pour ça.

— Nous voulons juste que tu sois heureuse, chérie. C'est tout ce qui nous importe, déclara son père en lui serrant la main.

— Merci. Rentrez bien et envoyez-moi un message quand vous serez arrivés.

Ses parents montèrent dans leur voiture et Alex les regarda s'éloigner. Même eux étaient convaincus que ça ne pouvait pas marcher. En vérité son père s'était montré neutre, mais Alex avait besoin d'un avis plus tranché. Elle voulait un oui ou un non, même si c'était un jugement en noir et blanc.

- 7 -

Le téléphone de Ryder sonna quelques minutes après le départ d'Alex. C'était Daniel.

— Merde, marmonna-t-il.

Il se précipita instinctivement vers sa valise et enfila un jean avant de répondre. Comme si Daniel pouvait savoir qu'il était nu et qu'il avait couché avec sa sœur.

— Bonjour. Comment ça va ? répondit-il, légèrement essoufflé.

— Je meurs d'envie de savoir ce qui s'est passé avec Geoffrey la nuit dernière, mais je suis encore à l'heure de Londres. Désolé si c'est trop tôt ou si tu as la gueule de bois.

Ryder se laissa tomber sur le lit.

— Non. C'est bon. Tu seras heureux d'apprendre que ça s'est mieux passé que prévu. Alex et moi étions assis près de lui et sa femme pendant la cérémonie, et ensuite à la même table, grâce à Alex qui a changé le plan de table.

— Quelle bonne nouvelle ! Pourquoi ne pas m'avoir envoyé un SMS juste après ?

Ah, zut.

Mettre Daniel au courant lui était complètement sorti de l'esprit tant son attention était tournée vers Alex.

— Oui. Désolé. J'étais crevé.

— Ça me paraît étrange, mais d'accord.

— Pourquoi est-ce que tu dis ça ?

— Parce que tu es tout autant obnubilé que moi par ça, et qu'un rendez-vous avec Geoffrey Burnett c'est le coup du siècle.

— Eh bien, nous n'avons pas encore fixé de rendez-vous, mais on va bientôt se revoir. Mardi je suppose. J'ai son numéro privé maintenant.

— Tu as pourtant dit que ça s'était mieux passé que prévu.

— Tu ne réalises pas la relation que j'ai réussi à établir avec lui. Je ne crois pas avoir jamais passé autant de temps à discuter avec un client.

Ryder était encore émerveillé de ce qu'Alex avait accompli. Elle méritait des louanges.

— En réalité, nous devons une fière chandelle à ta sœur. Elle a été formidable. Je n'ai presque rien eu à faire pour vendre l'idée de Gold et Carson. Elle lui a expliqué tous nos grands projets des deux dernières années. C'était incroyable.

— Pourquoi as-tu laissé Alex se charger de ça ?

— Parce que ça s'est passé comme ça. Ça s'est fait naturellement. Il n'y a pas eu de forcing et je pense que Geoffrey a sincèrement apprécié. Soyons réalistes, un mariage n'est pas vraiment le lieu indiqué pour discuter affaires. Chloe et Parker venaient de vivre le plus grand jour de leur vie et tout le monde faisait la fête. On ne peut pas tout le temps parler de travail.

— Tu te sens bien ?

— Oui. Pourquoi cette question ?

— Tu ne sembles pas toi-même. Je croyais que tu donnerais le coup de grâce à Geoffrey. C'est ce que tu fais habituellement. Tu fonces et tu vends. Tu nous vends.

Ryder ne sut que répondre. Daniel n'avait pas complètement tort. D'habitude il était concentré sur ses objectifs, qui étaient presque toujours liés au travail. Mais ce week-end, son attention avait été tournée vers Alex. Elle avait non seulement été la star des deux derniers jours, mais elle avait parfois eu besoin de lui. Et il avait adoré ça. Personne n'avait encore jamais eu ainsi besoin de lui.

— J'ai décidé d'opter pour une approche plus discrète, d'accord ? Je pense que ça posera des bases plus solides à long terme. Il va vraiment falloir que tu me fasses confiance là-dessus.

Ryder mit Daniel sur haut-parleur et retourna chercher un T-shirt dans sa valise. Mais le seul qu'il avait apporté était celui du MIT. Celui qui était posé sur le lit, et dans lequel Alex avait dormi. Il alla le récupérer et l'enfila… avant de le regretter. Le vêtement portait l'odeur d'Alex.

— Très bien. Si tout se passe bien, cette histoire en aura valu la peine.

Valu la peine ?

Pour Ryder, ça en avait largement « valu la peine », mais est-ce qu'Alex ressentait la même chose ? Elle s'était quand même retrouvée dans le collimateur de Petit Carnet Noir malgré ses tentatives pour façonner une histoire de son invention. La culpabilité la gagna quand il repensa à ce qui s'était passé ensuite et à leur nuit électrique. Pourtant il était dans l'impossibilité de lui donner ce qu'elle voulait. Il avait non seulement rompu la promesse faite à son meilleur ami, mais également la sienne de ne pas blesser Alex.

— Je pense que ça va marcher.

Du moins il l'espérait.

— En parlant d'Alex, est-ce qu'elle est dans le coin ?

— Elle est en bas en train de dire au revoir à tes parents.

— Oh mec. Ma mère s'est mis en tête que vous étiez en couple. Elle n'arrête pas de répéter à quel point elle t'aime, mais que ça ne marchera jamais entre vous. Bien sûr, je lui ai dit que ça n'arrivera jamais. Toi et moi sommes trop proches. Notre amitié est trop forte pour ça.

Ryder déglutit avec peine.

— Peut-être qu'Alex et moi sommes très doués pour jouer la comédie. Et peut-être qu'elle pense que personne ne sera jamais assez bien pour sa fille.

— Ma mère trouvait qu'Henry était très bien pour elle. Plus que bien même : elle le trouvait parfait.

Un nœud se mit à grossir dans l'estomac de Ryder.

— N'est-ce pas plus important que ce soit Alex qui décide de qui serait parfait pour elle ?

— Je suppose que oui. Mais essaye de convaincre ma mère. Tu verras que ce n'est pas facile, répliqua-t-il avant de s'éclaircir la voix et changer de sujet. Quoi qu'il en soit, j'apprécie ce que tu fais. On peut dire que tu t'es sacrifié pour l'équipe.

Ryder se sentait encore plus mal à présent. Comment avait-il pu se mettre dans un tel pétrin ? Les choses auraient été tellement plus simples s'il n'avait pas dévié de son plan et couché avec Alex. Mais il ne savait pas lui résister. Elle avait ce pouvoir sur lui et ça ne le dérangeait même pas. Peut-être qu'il se ramollissait ?

— On se reverra au bureau.

— Oui. Mais, s'il te plaît, préviens-moi si tu discutes avec Geoffrey avant cela. Et décroche-nous un rendez-vous.

— Compte sur moi.

Ryder lui dit au revoir et raccrocha. Il avait envie de boxer un oreiller. Jamais il ne s'était senti aussi frustré. Il était pourtant si satisfait de ses progrès avec Geoffrey, mais ce n'était manifestement pas suffisant.

Son téléphone sonna à nouveau et il le prit sans regarder, supposant que c'était encore Daniel.

— Oui ?

— Je suis en congé et j'ai eu envie de t'appeler.

C'était son père.

— Bonjour papa, dit-il en se redressant.

Malgré les années, Ryder ressentait toujours le besoin de lui plaire et de gagner son approbation.

— Comment vas-tu ?

— J'irais beaucoup mieux si je n'avais pas vu la photo de mon fils sur Internet en train d'embrasser une fille de riche. C'est la voisine qui me l'a montrée. Tu te rabaisses. Qu'est-ce qui te prend ?

Ryder sentit le découragement le gagner.

— C'est Alex, papa. La sœur de Daniel. Ce n'est pas une fille de riche. C'est une personne très gentille. Tu aimes bien Daniel, et je suis sûr que tu apprécieras également sa sœur.

— C'est du sérieux entre vous ? Tu crois vraiment que tu vas l'épouser ? Parce que je te rappelle qu'elle a largué l'autre gars devant l'autel, donc je ne vois pas comment tu pourrais être à la hauteur. Il serait peut-être temps de voir la réalité en face.

Alex ouvrit la porte et entra dans la chambre. Ryder se leva rapidement et retira le mode haut-parleur.

— C'est mon père. J'en ai pour une seconde.

— Tu veux que je te laisse ?

Il ne voulait pas qu'Alex entende la conversation, mais il n'allait pas non plus la chasser de leur chambre. Il fallait juste faire attention aux mots employés.

— Non. Non ça va.

— Je vais me brosser les dents.

Ça serait toujours quelques minutes de gagnées.

— Super.

Il reprit son téléphone dès qu'il entendit l'eau couler.

— Excuse-moi, papa. Je suis à un mariage, et je devais parler à quelqu'un.

— Oh je comprends. Je suis deuxième dans l'ordre des priorités.

— Ce n'est pas vrai. Pas du tout.

— Eh bien, je voulais aussi te dire que je n'ai pas besoin du chèque de septembre, alors ne t'embête pas à l'envoyer.

— Pourquoi ?

— Parce que je suis tout seul et que la maison est payée et que je n'ai pas dépensé le dernier chèque.

— Et alors ? Fais-toi plaisir. Fais un voyage. Achète une nouvelle voiture. Tu le mérites. Tu as travaillé dur toute ta vie.

— Ça ne m'intéresse pas, fiston. Tu le sais.

Ryder poussa un soupir résigné.

— Oui, je le sais.

— Je n'ai pas besoin de prendre l'avion et d'aller séjourner dans un hôtel chic pour m'amuser.

— Alors, achète-toi une tente et va pêcher. Ou mieux encore, laisse-moi t'acheter un camping-car.

— Non, merci. Ne crois pas que je n'apprécie pas ta générosité. Au contraire. Mais ça ne m'intéresse pas. Je m'ennuierais et ils ont besoin de moi au travail.

Ryder admirait son père malgré son caractère difficile : il savait ce qu'il voulait et il possédait une profonde éthique de travail. Ryder tenait cela de lui – cette volonté de mettre toute son énergie dans sa vie professionnelle et de toujours faire de son mieux.

— Je déposerai le chèque sur le compte épargne que j'ai ouvert pour toi. Il est là en cas de besoin. Tu feras comme tu voudras.

— Je n'en aurai pas besoin. Mais merci. Et fais attention

à toi. Je ne veux pas que tu te mettes avec cette femme qui a largué son fiancé. Tu mérites mieux que ça.

Si seulement il pouvait expliquer la réalité de la situation à son père et lui faire comprendre à quel point il serait chanceux d'avoir Alex. C'était la femme la plus incroyable qu'il ait jamais rencontrée, mais elle n'était tout simplement pas pour lui.

— Je garderai ça à l'esprit.

— Je vais te laisser. J'ai beaucoup à faire à la maison.

Ryder savait que c'était un mensonge. Son père allait probablement regarder le football toute la journée.

— Bien sûr. Bien sûr.

— Au revoir, Ryder. Je t'aime.

— Je t'aime aussi, papa.

Ryder raccrocha et leva les yeux. Alex se tenait devant la porte de la salle de bains.

— Tout va bien ?

Par où commencer ? Non, ça n'allait pas bien. Tout était confus et compliqué, et Ryder détestait cela. Il y avait le positif et le négatif, et au milieu se trouvait Alex, parfaite à tous points de vue. Sauf que ses incroyables qualités la rendaient inaccessible. Son père n'avait pas tout à fait tort ; Alex venait d'un monde différent, et même si Ryder y vivait à présent, il n'y avait pas ses racines. Le travail était sa seule raison d'être, et pour cela Daniel lui était essentiel.

— Oui. Tout va très bien.

— D'accord. Je vais faire mes valises.

— Moi aussi.

Une demi-heure plus tard, ils étaient sur le parking et disaient au revoir aux autres. Il y avait Chloe et Parker, qui ne partaient en lune de miel qu'en janvier quand ils seraient en mesure de poser des congés afin d'échanger la ville en hiver contre une plage sur une île tropicale, ainsi que Taylor et Roman, qui étaient sur le point de démarrer la rénovation du domaine afin d'en faire un hôtel de charme. On parla aussi de Petit Carnet Noir, bien sûr. Parker avait déjà embauché un détective privé pour retrouver Ruby et il assura Ryder qu'il le tiendrait au courant de l'avancement de l'enquête. Ryder, qui avait reçu un accueil très chaleureux de la part de Parker et Roman, les considérait déjà comme des amis. L'argent et les distinctions professionnelles permettaient de créer des relations, et non de nouer des amitiés. Ryder avait beaucoup de relations mais, à part Daniel, son cercle d'amis était relativement restreint.

La première demi-heure du trajet se déroula dans un silence quasi absolu, à part la musique qu'Alex diffusait à partir de sa liste de lecture tout en tapotant sur son téléphone ou regardant par la vitre. Ryder se retrouva donc seul face à ses pensées, ce qu'il trouva inconfortable. Les paroles de Daniel et de son père tournaient en boucle dans sa tête, lui rappelant de ne pas perdre de vue l'essentiel : sa carrière et son amitié avec Daniel. Mais pouvait-il revenir en arrière dans sa relation avec Alex sans la blesser ?

— Comment était ta mère ? Encore à te harceler ?

— Évidemment. Elle ne sait rien faire d'autre. Mais je l'aime quand même.

— J'ai parlé à Daniel ce matin, juste après que tu es descendue, et je l'ai mis au courant pour Geoffrey. Je lui ai dit que nous te devions beaucoup.

— Notre stratagème a donc porté ses fruits.

— Sans le moindre doute.

Ryder s'efforça de trouver la meilleure façon d'aborder le sujet qui le préoccupait. Son esprit était un tourbillon de mots impossibles à prononcer. Il ne souhaitait surtout pas lui faire du mal. Elle avait déjà tant souffert.

— Alex…

Le téléphone d'Alex sonna à ce moment précis.

— Oh ! Waouh.

— Qui est-ce ?

— Katrina.

— Incroyable. Décroche.

— Je vais la mettre sur haut-parleur.

Alex appuya sur le bouton et tendit son téléphone pour que Ryder puisse également participer.

— Katrina ? Comment allez-vous ?

— Geoffrey et moi venons de rentrer à la maison, et nous nous sommes mis à parler de vous deux.

Alex regarda Ryder avec de grands yeux ronds.

— Comme c'est gentil. Ryder et moi avons passé une soirée si agréable. Il est justement dans la voiture avec moi.

— Bonjour, Katrina, dit Ryder.

— Oh ! mais c'est parfait. Je suis si heureuse de pouvoir vous parler à tous les deux. Vous vous souvenez que Geoffrey parlait de se revoir ?

Dieu merci.

Il n'aurait plus Daniel sur le dos. Mais… était-ce bien de cela qu'il s'agissait ? Si Geoffrey voulait parler travail, pourquoi n'appelait-il pas lui-même ?

— Nous serions ravis de vous inviter à dîner cette semaine. Juste nous quatre.

C'était donc cela la proposition de Geoffrey ? « Se revoir » dans le sens de se fréquenter en tant que couple avec Alex, et non discuter affaires avec Daniel ? Ryder n'avait manifestement pas fait les progrès qu'il s'était imaginés. Ça allait être un cauchemar à expliquer à

Daniel, mais il n'avait pas le choix. Il devait se contenter de cela pour le moment.

— Ça me va très bien, dit-il en regardant Alex. Quel est ton emploi du temps, euh, trésor ?

Alex plissa les lèvres, lui signifiant par cette simple expression qu'il était tout sauf naturel.

— C'est une petite semaine, alors peut-être vendredi soir ? Est-ce que ça vous irait ? demanda Alex.

— Moi, ça me va, déclara Ryder.

De toute façon sa vie sociale était plutôt vide et il consacrait la plupart de ses vendredis soir au travail.

— C'est formidable. Geoffrey est à mi-temps les vendredis. Car j'essaie de le pousser doucement vers la retraite. Disons donc 19 heures, chez nous. Je vous enverrai l'adresse par SMS.

Alex et Ryder se regardèrent à nouveau. Il avait besoin de savoir si elle était d'accord. Au final, il n'y avait rien à gagner pour elle dans cette histoire.

— C'est parfait, répondit Alex. Nous y serons.

Ryder expira. D'un côté cela lui permettait de reporter sa conversation avec Alex, mais d'un autre côté cela signifiait passer plus de temps à faire semblant d'être en couple avec elle. C'était cependant un rôle facile à jouer, et c'était bien là le problème. Si tout se mélangeait dans sa tête et son cœur, c'était forcément pareil pour Alex.

— Pouvons-nous apporter quelque chose ?

— Juste vous deux. Geoffrey sera ravi. À vendredi.

— Au revoir, Katrina, dirent-ils à l'unisson.

— Bye bye.

Alex raccrocha.

— Waouh. Ils sont dingues de nous.

Ryder s'esclaffa, soulagé qu'Alex ait allégé l'ambiance par cette simple plaisanterie.

— Nous sommes un couple très amusant.

Elle lui adressa un sourire si adorable qu'il eut envie de l'embrasser.

— Il n'y a pas plus amusant. Qui ne voudrait pas sortir avec nous ?

— Seules les personnes ayant très mauvais goût en matière d'amis.

Alex éclata de rire.

— Comment Daniel va-t-il penser ? Va-t-il se fâcher que tu sois le nouveau meilleur ami de Geoffrey Burnett ?

Ryder secoua la tête sans quitter la route des yeux. Il tentait de digérer la tournure prise par les événements.

— Je ne sais pas trop. Je suppose qu'il ne sera pas content que notre fausse relation se prolonge. Je pense que ça lui allait tant que c'était pour un court laps de temps.

Alex haussa les épaules.

— Je doute qu'il soit fâché. Il sera ennuyé, mais pas fâché.

— Comment cela ?

— Si ça augmente ses chances d'avoir un client tel que Geoffrey, le reste lui sera égal. C'est tout ce qui l'intéresse.

— Ce n'est pas vrai. Il m'a appelé en panique le matin de notre départ après avoir vu cette photo où on s'embrasse. Il a dit que ça semblait trop réel et que ça le mettait très mal à l'aise.

— Vraiment ?

— Oh oui. Il m'a clairement dit que ça lui déplaisait.

Alex soupira et s'enfonça dans son siège.

— C'est son problème, Ryder. On en a parlé une centaine de fois. On ne peut rien faire pour lui s'il n'aime pas ça.

— Sauf, peut-être ne pas s'embrasser ?

— Et tu trouves qu'on a réussi ?

— Pas trop.

L'esprit de Ryder était à nouveau un tourbillon de pensées contradictoires. Il y a quelques minutes encore, il voulait l'embrasser. Et pour être honnête, c'était toujours le cas.

— C'est facile pour toi de rabrouer ton frère, mais ce n'est pas aussi simple pour moi.

— Et pourquoi pas ?

— Parce que tu es sa sœur. La voix du sang est la plus forte et il finira par te pardonner. Il t'aime à mort. Je n'ai pas cet avantage.

— Mon frère t'aime. Je t'assure.

— Je sais bien. Et je l'aime aussi. Mais nous sommes également à la tête d'une entreprise de plusieurs millions de dollars. Des dizaines de salariés comptent sur nous, ainsi que leurs familles. Ça sera très compliqué si nous devions ne plus nous entendre.

— J'imagine que je n'avais jamais vu les choses sous cet angle. Ce n'est pas aussi simple d'envoyer promener Daniel, n'est-ce pas ?

— Malheureusement non. Je perdrais tout s'il se mettait à me détester.

C'était la vérité. Ça serait la fin de Gold et Carson. Et qu'adviendrait-il de Ryder ? Il devrait repartir de zéro.

— J'aurais aimé que tu n'aies jamais fait de promesse pour commencer.

— Peut-être que je n'aurais pas dû. Mais quand ton meilleur ami te demande un service, tu le fais, même si tu sais que ça pourrait te blesser. Tu as accepté d'organiser le mariage de Chloe alors que tu savais ce que ça allait te faire.

— Oui, mais c'était un événement unique. Pas pour l'éternité. Ce que mon frère t'a demandé, c'est trop… évidemment si tu m'apprécies.

— Bien sûr que oui, dit Ryder en serrant un peu plus fort le volant.

— Mais ? Je sens un « mais ».

Il y avait beaucoup de « mais », il ne voulait tout simplement pas se lancer dans leur énumération.

— La nuit dernière a été incroyable. Tout le week-end a été formidable. Je ne me souviens pas de m'être jamais autant amusé.

— Vraiment ?

Il détestait la note d'espoir dans la voix d'Alex. Il avait beau avoir beaucoup d'affection pour elle, il ne voyait pas du tout où cela pourrait les mener étant donné l'obstacle majeur que représentait Daniel.

— Oui, vraiment ?

— Dans ce cas, où en sommes-nous ?

« Nous ». Un mot intéressant.

— Eh bien, pour commencer nous sommes invités vendredi soir. Quant à moi, je vais voir si je peux regarder ton frère dans les yeux sachant que je n'ai pas été honnête avec lui.

— Je suis désolée. J'ai l'impression que c'est ma faute.

— Ne pense pas ça. Ça ne regarde que moi.

Alex retomba dans le silence, et se tritura les ongles en regardant de temps en temps par la vitre.

— Je t'aime beaucoup, Ryder, déclara-t-elle soudain. Je mentirais en disant que ce week-end et surtout la nuit dernière ne signifient rien pour moi.

Ryder ne sut que répondre. Il ressentait le même émoi, mais il ne voulait pas laisser ce sentiment aller plus loin. L'avouer serait une voie sans retour et périlleuse : plus ils s'attacheraient l'un à l'autre, plus ce serait difficile au final. Car il ne voulait surtout pas mettre leur amitié en danger, un bien trop précieux à son avis.

— Écoute, je ne pense pas qu'on devrait se faire des promesses pour le moment. Concentrons-nous sur vendredi soir et détendons-nous. Je ne veux pas voir plus loin.

— Parce que c'est plus facile ?

— Pour être franc, oui.

Alex marqua une pause avant de répondre :

— D'accord. Mais dans ce cas je te laisse décider. Si tu veux plus de ma part, tu devras me le dire clairement. Et il faudra aussi que tu réfléchisses à ta situation avec mon frère. Car je ne peux pas le faire à ta place.

Ryder fut surpris par cette version affirmée d'Alex, mais cela lui plut. Certes, elle le mettait dans une position délicate, mais c'était également stimulant.

— Ça me va.

— Bien. Embrasse-moi ou pas vendredi, Ryder. Ça ne tient qu'à toi.

- 8 -

Ça ne tient qu'à toi.

Cette phrase fut le leitmotiv de Ryder durant les quatre jours qui suivirent son retour au bureau. Daniel avait piqué une véritable crise en apprenant que Geoffrey ne voulait pas discuter travail mais faire plus ample connaissance… sans Daniel. Pour aggraver la situation, Alex devenait une pièce maîtresse du puzzle et, une fois de plus, la relation factice entre elle et Ryder était au centre de la scène.

— Trouve une solution ou toute cette mise en scène ridicule n'aura servi à rien.

Daniel semblait perdre de vue que la raison initiale de cette comédie était de procurer un cavalier à sa sœur et de l'aider à réhabiliter ou, du moins, à protéger sa réputation. Et même si les faits ne s'étaient pas déroulés comme prévu, ils avaient imaginé ce plan pour la bonne cause. Cependant, quand Ryder avait essayé de le lui faire remarquer, cela n'avait fait qu'irriter davantage son ami.

— Tu ne me sembles pas suffisamment préoccupé par les conséquences de cet échec, aboya Daniel.

Ryder l'avait rapidement assuré du contraire. Mais on était vendredi, et la tension de Daniel était à son comble.

— Je ne comprends toujours pas pourquoi Geoffrey n'a pas voulu organiser un rendez-vous d'affaires, demanda Daniel en faisant irruption dans le bureau de Ryder.

Le jeune homme faisait penser à un chien à qui on aurait

retiré son os. Il revenait sans cesse sur le sujet et était de plus en plus grincheux, ce qui ne lui ressemblait pas du tout. Car, d'ordinaire, il était d'un caractère attentionné et compréhensif.

Ryder, qui rangeait son ordinateur portable, jeta un rapide regard à l'horloge. Il fallait qu'il soit chez Alex dans une heure, ce qui signifiait qu'il n'avait pas le temps de ressasser ce sujet pour la cinquième fois. D'ailleurs, il n'en avait aucune envie.

— Daniel,on en a déjà discuté. Alex et moi étions au mariage ensemble quand on a rencontré Geoffrey et Katrina, et il n'y avait pas d'autre solution que de passer la soirée en couple. Je pense quand même qu'il envisage toujours de travailler avec nous et, ce soir, je ferai de mon mieux pour le convaincre.

— J'y ai pensé et nous avons un autre problème.

Un autre problème ? Comment était-ce possible ?

— Qu'est-ce que c'est ?

— À un moment, Geoffrey et sa femme finiront par découvrir que vous n'êtes pas vraiment en couple. Que sommes-nous censés faire alors ?

Ryder n'y avait pas encore songé, et il n'avait pas la concentration nécessaire pour le faire en ce moment.

— Je ne sais pas. Je suppose qu'elle et moi devrons rompre en douceur à un moment donné… Peut-être dans quelques mois ? ajouta-t-il, incertain.

— Dans quelques mois ? Tu es sérieux ?

— Je ne sais pas, Daniel. Tu lances des hypothèses alors que je dois me concentrer sur ce qui m'attend. Je dois rentrer me changer avant d'aller chercher Alex pour notre invitation à dîner.

— Tu veux dire votre fausse invitation à dîner.

— Je t'assure que les Burnett ne serviront pas de faux plats.

— Ne plaisante pas avec ça. C'est sérieux.

Chose curieuse, depuis qu'Alex avait accusé Ryder de penser en noir et blanc, il s'en rendait de plus en plus compte. Parfois, c'était dans sa propre vision, et d'autres fois, comme maintenant, c'était le point de vue de quelqu'un d'extérieur, à savoir Daniel.

— Je dois y aller ou je vais être en retard. Je ne veux pas faire attendre Geoffrey et sa femme.

— Ou ma sœur.

— Ou ta sœur, répéta Ryder en passant devant Daniel et se dirigeant vers le couloir.

Daniel le suivit jusqu'à la réception.

— Alors tiens-moi au courant et envoie-moi un SMS. J'ai laissé des disponibilités dans mon emploi du temps au cas où… Ce serait super si nous pouvions le faire venir ici rapidement. Je sais pertinemment qu'il est courtisé par un tas d'autres entreprises.

— Je ferai de mon mieux. Je te le promets.

— Je sais, affirma Daniel en lui tapotant l'épaule. Je suis désolé si je suis pénible. Je sais que tu travailles d'arrache-pied. Espérons que tout se déroulera comme nous l'espérons.

Ryder n'en était pas si certain, mais il préféra ne rien dire. Il descendit au parking pour prendre sa voiture, et se rendit chez lui, un appartement situé dans le quartier de NoHo acheté il y a six ans, quand il avait compris que Gold et Carson serait un succès. Le quartier avait pris de la valeur depuis, ce qui, d'un point de vue investissement, lui assurait une sécurité supplémentaire.

Après une douche rapide, il enfila un costume gris anthracite et une chemise blanche – rien de trop décontracté ou extravagant pour cette soirée. Alors qu'il terminait de se coiffer, il se demanda ce qu'Alex allait porter… et à quel point il aurait du mal à lui résister. Bien qu'il ait été préférable qu'il conduise lui-même afin d'avoir les yeux rivés sur la route, il avait décidé de réserver une limousine pour l'occasion. Alex méritait le meilleur, et il voulait passer le plus de temps possible avec elle. Ils ne s'étaient pas vus depuis cinq jours et il devait bien avouer qu'elle lui manquait.

Le trajet fut relativement court jusque chez elle, et ce malgré les embouteillages du vendredi après-midi. Cette fois, il évita le parking et demanda au chauffeur de se garer devant l'immeuble avant d'envoyer un message à Alex.

Je suis devant chez toi. Je t'attends.

Pas au parking ?

Non. Nous avons une limousine ce soir.

Quel brillant garçon. J'arrive dans une minute.

En lisant sa réponse, il ne put s'empêcher de sourire. C'était juste un SMS d'Alex, rien d'extraordinaire, pourtant ça le rendait terriblement heureux. Il sortit rapidement de la voiture et entra à grands pas dans l'immeuble pour l'attendre devant l'ascenseur. Lorsque la porte s'ouvrit, elle leva les yeux et le contempla. Il eut l'impression d'être frappé en pleine poitrine par la foudre, et réalisa à quel point elle lui avait manqué tandis qu'il la dévorait du regard. Elle portait une très élégante robe sans manches, blanche et moulante, avec un col haut qui à première vue semblait assez sage, mais qui fit travailler son imagination sur ce qu'il y avait en dessous. À la taille, là où commençait la jupe moulante, se trouvait une petite rangée de perles argentées. Cette soirée allait être un exercice de retenue pour Ryder. Elle lui avait dit que la balle était dans son camp, et il était plus que temps pour lui de prendre les devants.

— Ryder, tu n'étais pas obligé d'entrer, dit-elle alors que la porte de l'ascenseur se refermait derrière elle.

— Quel genre de faux petit ami serais-je dans ce cas ?

— Merci, dit-elle en l'embrassant sur la joue avant de lui prendre le bras. Allons-y.

Ils roulèrent jusqu'à Billionaire's Row, où les Burnett possédaient un appartement dans le même bloc que Roman Scott, le petit ami de Taylor. C'était l'une des adresses les plus selects de la ville et, comme la plupart des immeubles les plus récents de ce quartier, il offrait une vue imprenable sur Central Park. Ryder le trouva incroyable, que ce soit d'un point de vue architectural ou personnel : des tours d'acier et de verre, froides et sans vie projetaient de longues ombres sombres sur l'oasis urbaine du parc en contrebas. Vivre dans un environnement semblable était tout à fait dans les moyens de Ryder, mais il avait choisi de ne pas faire car il ne se voyait pas côtoyer le genre de personnes qui y vivaient. Mais savoir que Roman et le couple Burnett – qu'il appréciait grandement – demeuraient ici lui fit réaliser qu'il était temps de revoir ses préjugés. Son père aimait mépriser les riches, mais il ne fréquentait personne d'autre que Ryder. Tous les gens fortunés n'étaient pas des snobs sans cœur.

En arrivant chez les Burnett, ils furent chaleureusement accueillis par le couple. Katrina prit Alex dans ses bras, tandis que Ryder serrait la main de Geoffrey.

— Votre appartement est magnifique, déclara Alex en tournant la tête vers les fenêtres qui offraient une vue imprenable sur Central Park.

C'était comme être dans les nuages.

— Est-ce que vous voulez que je vous fasse visiter ? demanda Katrina. La décoration est mon hobby.

— Absolument, répondit Alex. Je vous suis.

Katrina commença par le couloir à leur droite. Elle leur montra plusieurs chambres avec salle de bains, puis un bureau et la chambre des maîtres.

— De ce côté, en allant vers la cuisine et le salon, nous avons notre galerie.

— Elle est très fière de la galerie, déclara Geoffrey.

Katrina s'arrêta et posa une main sur sa hanche.

— Et pour une bonne raison. C'est une chronique de notre vie à deux. Comme nous avons décidé d'un commun accord de ne pas avoir d'enfant, c'est un peu comme si nous présentions notre famille.

— C'est vrai. Et j'adore cette idée. Je suis désolé si j'ai eu l'air de m'en moquer au début, déclara Geoffrey.

Katrina s'écarta afin de laisser Alex et Ryder passer les premiers. Des dizaines de photographies soigneusement encadrées étaient accrochées aux murs. À la grande surprise de Ryder, il reconnut de nombreuses personnalités : d'anciens présidents, des acteurs célèbres, des personnalités bien connues de l'Histoire et même des stars de rock. Katrina et Geoffrey connaissaient beaucoup de monde. Ryder ne put s'empêcher de penser aux photographies qui ornaient sa maison d'enfance à Boston. Il n'y en avait que deux : une de Ryder et sa grand-mère à son huitième anniversaire, et une autre de la mère de Ryder, morte peu après sa naissance et qu'il n'avait jamais connue. Il avait souvent l'impression de vivre replié sur lui-même sans trop de contact avec la société, et c'était la raison pour laquelle Daniel et sa famille, y compris Alex, comptaient tant pour lui.

Une sonnerie retentit dans la maison.

— Oh ! c'est le dîner. Geoffrey, est-ce que tu pourrais me donner un coup de main ? demanda Katrina.

— Veuillez nous excuser quelques instants, déclara Geoffrey. Continuez la visite sans nous.

— Tu ne trouves pas ça impressionnant qu'ils connaissent autant de monde ? demanda Ryder dès qu'ils furent seuls.

— Oui. Mais j'essaie de ne pas être trop en extase. Ce ne sont que des gens après tout.

Il la regarda alors qu'elle examinait les photographies. En ce qui le concernait, il était en admiration devant elle, ou à tout le moins impressionné. Être avec elle rendait le monde différent. Il avait remarqué un changement en lui cette semaine au bureau, quand il rêvait d'elle ou qu'il se sentait moins tendu. Il s'était même surpris à ralentir le rythme – juste un petit peu, ce qui n'était pas rien chez lui – et prendre le travail un peu moins au sérieux. Alex lui faisait cet effet – elle le forçait à remettre les choses en perspective, y compris ses priorités.

— C'est vrai. Ou peut-être que c'est juste que tu as grandi dans un monde qui te permet de voir les célébrités de cette façon.

— Et pas toi, dit-elle en posant une main sur son dos.

Il appréciait qu'elle n'occulte pas ou ne rabaisse pas sa vie avant qu'il rencontre sa famille. Elle ne le jugeait jamais non plus d'avoir des origines modestes.

— C'est vrai. Mais je n'en suis pas triste. C'est juste une vision de la vie très, très différente.

Alex essuya une peluche de sa veste.

— Pour info, j'adore ta vision. J'adore voir comment fonctionne ton cerveau.

C'était amusant, mais il venait de se dire la même chose à son sujet. Et bien que le mot « amour » puisse paraître incroyablement puissant, il résonnait dans son corps tel un bourdonnement bas et chaleureux, impossible à ignorer.

— Ah oui ?

— Crois-le ou non, je ne t'apprécie pas uniquement pour ton magnifique corps, Ryder, mais aussi pour ton intelligence.

Hypnotisé par ses lèvres, il sourit en cherchant une réponse appropriée.

— C'est cette part de toi qui met la balle dans mon camp ?

— Je dirais plutôt que je jette la balle dans ton camp. Comme ces machines à cracher des balles de tennis.

Message reçu cinq sur cinq.

— D'accord. Alors, laisse-moi te renvoyer le service.

Il enroula un bras autour de sa taille et la serra contre lui avant de lui donner un baiser qui, il l'espérait, lui procurerait le même bourdonnement qu'à lui. Ce fut un baiser passionné qui lui fit tout oublier, y compris l'heure et le lieu où ils se trouvaient, et qui lui donna l'impression d'avoir trouvé sa place.

— Geoffrey, regarde-moi ces deux tourtereaux, commenta Katrina derrière eux.

Ryder se retourna brusquement, mais sans lâcher Alex.

— Veuillez nous excuser.

— Mais ne vous sentez pas gênés. Geoffrey et moi étions pareils, déclara Katrina. Allez, laissez-moi vous montrer la cuisine.

Le dîner fut raffiné et délicieux – filet mignon, haricots verts au poivre noir concassé et à l'ail, et gratin de pommes de terre le plus décadent qu'Alex ait jamais goûté. Geoffrey possédait une importante cave à vin contenant quelques millésimes impressionnants qu'il ouvrit avec plaisir. Quant à Alex, elle apprécia grandement la compagnie de Geoffrey et Katrina, mais son esprit était tourné vers le baiser reçu et l'attente à endurer avant d'en savoir plus sur sa signification. C'était un baiser chargé de sens dont elle avait une petite idée, mais elle préférait ne pas s'avancer par peur de se faire des illusions. Elle voulait vraiment que Ryder se montre plus clair.

— Alex, annonça Katrina en apportant le dessert – une crème brûlée aux fruits rouges – j'ai adoré vos créations florales pour le mariage de Chloe, et j'aimerais vraiment vous parler d'une collecte de fonds que je coordonne. Seriez-vous intéressée ?

Alex prit d'abord une bouchée de son dessert, une douceur onctueuse à la vanille et au sucre brûlé. La proposition l'intéressait, mais elle était trop gourmande pour ne pas goûter en premier.

— Je suis très intéressée. Venez me voir dans ma boutique afin qu'on en discute.

— La semaine prochaine ? Est-ce que le vendredi à 13 heures vous irait ?

La jeune femme fut surprise par l'empressement dont Katrina faisait preuve, mais elle n'allait pas s'en plaindre.

— Absolument. Je vais l'inscrire dans mon agenda.

— Formidable. C'est réglé dans ce cas, déclara Katrina avant de lancer un regard significatif à Geoffrey.

Celui-ci s'éclaircit la voix :

— Ma femme aimerait que je discute affaires avec vous, Ryder, mais je préfère que ce soit au bureau. Peut-être la semaine prochaine ?

— Bien sûr, aucun problème, répondit Ryder avec une nonchalance qu'Alex savait feinte.

— Ce n'est pas aussi simple que des fleurs, ajouta Geoffrey.

— Hé, protesta Alex pour détendre l'ambiance, les fleurs ne sont pas aussi simples qu'elles y paraissent.

Elle détestait que Geoffrey ait de nouveau repoussé Ryder, mais elle était convaincue que cela finirait par aboutir.

— Alex a raison, déclara Ryder en lui souriant, les fleurs sont assez compliquées. Et en ce qui concerne notre prestation, je sais que nous saurons vous donner entière satisfaction. De toute façon, si ça doit se faire, ça se fera.

Alex se figea en se demandant si elle avait bien entendu. M. Noir-ou-Blanc semblait si… philosophe et disposé à laisser les choses se faire. Elle admirait ce nouveau côté de lui.

— Vous marquez un point, déclara Geoffrey. Et ça me plaît.

Katrina changea rapidement de sujet, évoquant une exposition d'art qu'elle était ravie de voir, ce qui les amena à reparler de leur appartement et à quel point la ville avait changé durant les dix dernières années. C'était l'occasion idéale pour Ryder de parler de son savoir-faire, mais il ne mordit pas à l'hameçon et se contenta de lécher le dos de sa cuillère après sa dernière bouchée de dessert en lançant un regard pénétrant à Alex. Elle sentait la chaleur qui émanait de lui et ne demandait qu'à s'y noyer. Elle voulait aussi comprendre comment il faisait pour avoir autant de maîtrise de soi : elle avait englouti sa crème brûlée depuis un bon quart d'heure.

— Alors, Ryder, dit Geoffrey, quand allez-vous mettre une bague au doigt d'Alex ?

Alex ne s'y attendait pas du tout, mais elle sentit qu'elle devait éclaircir :

— Nous ne sommes pas ensemble depuis si longtemps, Geoffrey. De plus, si vous lisez la presse, vous devez savoir que je suis la personne à fuir en ce qui concerne le mariage.

— Ne dites pas ça, Alex, intervint Katrina. Ryder aura de la chance de vous avoir pour femme. Vous formez un couple vraiment adorable.

Ryder regarda Alex avec une expression indéchiffrable.

— C'est vrai. J'aurais de la chance.

Désireuse de partir, Alex imita un bâillement en mettant la main devant sa bouche.

— Je suis vraiment désolée, mais je suis épuisée. Ça a été une journée harassante au Flora. Nous allons devoir vous quitter, expliqua-t-elle avant de se tourner vers Ryder. Tu es prêt ?

— Tout à fait, dit-il en se levant aussitôt.

Son empressement lui fit plaisir, car elle avait hâte de retourner dans la limousine.

Ils se dirent au revoir à la porte, puis Ryder et Alex se dirigèrent vers l'ascenseur. Quand la porte se referma sur eux, le cœur d'Alex tambourinait comme celui d'un animal sauvage. Elle se retint de le plaquer contre la paroi et de l'embrasser jusqu'à en perdre la tête, car elle s'était promis de le laisser prendre les devants.

Et soudain Ryder fit un pas et se plaça derrière elle. Il posa une main sur son épaule tandis que de l'autre il repoussa ses cheveux pour l'embrasser sur la joue, tout près de l'oreille, avant de continuer vers sa mâchoire, et enfin son cou. Sa bouche était chaude et paradisiaque contre sa peau, et elle se retrouva à souhaiter que le trajet en ascenseur ne se termine jamais. N'y avait-il pas un bouton sur lequel appuyer qui les ferait monter et descendre toute la nuit pendant qu'il continuerait à l'embrasser ?

Il posa ensuite la main sur la taille d'Alex, et descendit plus bas pour effleurer son sexe à travers sa robe. Un courant électrique la parcourut et elle gémit doucement. L'ascenseur s'arrêta à ce moment et Ryder se redressa en s'éclaircissant la gorge. Étourdie, Alex tenta de se ressaisir. Heureusement, il lui prit la main dès que la porte s'ouvrit et la conduisit jusqu'à la voiture qui les attendait. Alors qu'ils s'installaient sur le siège arrière, Alex se demanda à nouveau ce qui l'attendait. Elle n'avait jamais fait l'amour dans une limousine, et elle n'était pas sûre que Ryder soit du genre à le faire, mais s'il voulait essayer, elle serait partante.

— Alex, où allons-nous ? lui demanda-t-il. Chez toi ?

Elle n'y tenait pas. La fois où ils y avaient fait l'amour, il l'avait terriblement blessée.

— Chez toi. Je n'y suis jamais allée.

Ryder tendit la main vers le bouton qui abaissait la cloison de séparation entre eux et le conducteur.

— Nous allons chez moi, dit-il.

— Oui, monsieur.

Ryder souleva à nouveau la cloison et se tourna vers Alex. Il enfonça les doigts dans ses cheveux et leva sa bouche vers la sienne.

— La galerie n'était qu'un début, Alex. J'ai envie de toi, dit-il avant de l'embrasser lentement et passionnément.

Elle aimait qu'il prenne les devants, mais elle voulait garder la tête froide. Elle n'avait jamais osé dire ce qu'elle pensait quand elle sortait avec Henry et elle ne comptait pas réitérer cette erreur.

— J'ai aussi envie de toi, mais j'ai besoin d'être sûre que nous irons de l'avant. Je refuse de rester un secret, Ryder. Si nous allons plus loin, je considérerai que nous sortons ensemble. Et ça implique qu'il y aura des complications. Es-tu prêt pour ça ?

Elle le regarda droit dans les yeux, et étudia son expression, cherchant à comprendre ses pensées.

— Tu sais à quel point je déteste les conflits. Mais s'il y a bien une personne pour qui je suis prêt à le faire, c'est toi.

- 9 -

Une fois arrivé chez lui, Ryder ne perdit pas de temps. Il verrouilla la porte, jeta sa veste et posa la pochette d'Alex sur la table de l'entrée.

— Je propose qu'on commence la visite par ma chambre. Si ça te va.

Alex émit un petit rire.

— C'est exactement ce que j'aurais suggéré, mais si ça vient de toi, c'est encore mieux.

— Dans ce cas c'est tout droit, au bout du couloir, dit-il en souriant.

Elle avança d'un pas avant de lui lancer un regard malicieux par-dessus son épaule.

— Par ici ?

— Tu as tout compris. Continue.

Il attendit quelques pas de plus avant de la suivre. En fait il voulait admirer son déhanché et ses fesses moulées dans cette robe blanche. Elle entra dans sa chambre et s'arrêta au centre de la pièce pour le regarder avec éloquence. Ryder abandonna tout contrôle.

— J'aime bien ce que j'ai vu jusque-là.

— Et j'aime bien ce que j'ai vu de toi dans cette robe, rétorqua-t-il alors qu'il brûlait de la toucher. Mais je veux en voir plus.

Elle se tourna vers lui, le corps éclairé par les douces ombres du clair de lune.

— Je t'ai offert cette réplique sur un plateau, n'est-ce pas ?

— Oh ! je l'aurais dit même sans ton introduction parfaite. Les mots étaient sur mes lèvres toute la nuit.

— Mais tu t'es dit que ça serait étrange de sortir ça à table ? demanda-t-elle en passant ses bras autour de ses épaules.

Les mains de Ryder furent immédiatement sur sa taille, puis sur ses hanches.

— Je sais que les Burnett nous adorent, mais je ne voulais pas pousser le bouchon trop loin.

Elle rit doucement et, malgré la pénombre qui les entourait, il aurait juré avoir vu ses yeux pétiller.

— Tu m'as surprise ce soir, Ryder. Je n'en reviens pas que tu n'aies pas été plus insistant avec Geoffrey. Le Ryder d'il y a une semaine n'aurait pas hésité. Et il n'aurait rien lâché tant qu'il n'aurait pas eu ce qu'il voulait.

— Ah, ne te méprends pas. Je suis toujours aussi déterminé à obtenir ce que je veux. Mais après quatre jours sans te voir, cette réunion me passe clairement au-dessus de la tête. Ce que je veux, c'est toi.

Elle secoua lentement la tête, d'un côté puis de l'autre.

— Tu es incroyable. Tu dis toujours ce qu'il faut.

Ryder n'était généralement pas sensible à la flatterie, mais les paroles emplies de gentillesse d'Alex avaient beaucoup de valeur pour lui.

— C'est toi qui es incroyable. Tu es résiliente et dure.

— Je ne suis pas tout à fait dure, dit-elle en remontant sa robe jusqu'à ses hanches. Certaines parties de mon corps sont toutes douces.

Il n'avait pas besoin d'autre invitation, mais savoura l'idée de la surprendre à nouveau. Il se laissa donc tomber à genoux et remonta lentement sa robe jusqu'à sa taille.

Chaque centimètre de peau dévoilée était comme un cadeau, même s'il connaissait déjà son magnifique corps. Tout semblait si nouveau et spécial. Il tira sur sa culotte soyeuse, puis effleura doucement son sexe, un peu comme dans l'ascenseur. Il voulait la pousser vers le plaisir et lui faire perdre la tête. Elle haleta quand il recommença, puis il se pencha et l'embrassa à cet endroit, goûtant sa douceur alors qu'il faisait tourner sa langue et enfonçait ses doigts dans sa toison soyeuse. Tout chez Alex l'excitait, mais lui donner du plaisir était au-dessus du reste. Son sexe devint rapidement dur et brûlant.

Il se leva et se plaça derrière elle avant de baisser la fermeture Éclair de sa robe avec la sensation de révéler un trésor. Le corps pressé contre elle, il nicha sa féroce érection entre eux, en guerre contre lui-même. D'un côté il était pressé de retirer leurs vêtements, mais d'un autre il voulait savourer ces délicieux instants de désir. Il tira sur les épaules de la robe jusqu'à ce que le vêtement glisse le long de ses hanches et finisse par tomber au sol, puis enroula ses bras autour de sa taille nue et l'attira contre lui avant de prendre ses seins pleins et appétissants en coupe. Quand il passa ses lèvres sur la peau douce de son cou, elle inclina la tête comme dans l'ascenseur et gémit de plaisir pour l'encourager.

Après s'être débarrassé de son soutien-gorge tout en continuant ses baisers, il la retourna et saisit ses seins nus. Sa peau était incroyablement chaude sous son toucher. Il baissa la tête pour lécher et sucer ses mamelons durs qui se resserraient à chaque passage de sa langue. Alex se mit en charge de lui retirer sa chemise de ses doigts fébriles tandis qu'il restait concentré sur ses seins. Il aurait pu les caresser pendant des heures, mais il dut les lâcher le temps de déboutonner ses poignets et retirer sa chemise. Quand il voulut reprendre ses caresses, Alex le surprit en adoptant le même mouvement que lui quelques instants avant : elle tomba à genoux et pressa une main sur son membre. Il dut fermer les yeux car ce simple contact le rendait encore plus dur, un exploit qu'il n'aurait pas cru possible.

Quand elle détacha sa ceinture, le bruit métallique résonna dans la chambre, puis elle abaissa la fermeture Éclair de son pantalon. Il s'en débarrassa promptement et le jeta de côté. Toujours à genoux, elle glissa ses doigts sous son boxer et l'enleva avant d'enrouler ses doigts autour de son érection. Sa caresse donna un avant-goût à Ryder du bouleversement qu'il ressentirait au moment de la délivrance. Elle leva alors un regard intense vers lui dans un geste de pure séduction. Puis elle se lécha les lèvres et baissa la tête.

Quand elle le prit dans sa bouche, il ne savait plus s'il devait la regarder ou fermer les yeux pour se laisser envahir par la sensation de ses lèvres brûlantes. Rien ne lui avait jamais procuré une sensation pareille. Elle prit son temps, uniquement concentrée à lui donner du plaisir. Ryder enfonça ses doigts dans ses cheveux soyeux et les caressa doucement. Ses lèvres enroulées autour de lui étaient une expérience excitante, mais aussi excitant que cela fut, il avait d'autres idées en tête pour leur soirée : il avait besoin d'elle. Tout d'elle.

Il se pencha et la saisit par les bras pour l'aider à se relever afin de la conduire jusqu'au lit où elle s'allongea sur la couette gris pâle. Elle s'arqua en guise d'invitation alors qu'il se dressait devant elle, permettant à Ryder de se délecter de la vision de ses courbes somptueuses. Il était prêt à se perdre en elle.

— Viens ici, dit-elle en recourbant son doigt.

— Tu te souviens quand j'ai dit que je voulais en voir plus ? Je suis exaucé.

Elle rit et recula jusqu'au centre du lit.

— Va donc prendre un préservatif.

— Quelle autorité !

Il fouilla dans le tiroir de sa table de chevet et sortit un sachet qu'il déchira et déroula sur son sexe. Puis il posa un genou sur le matelas, ensuite l'autre et se positionna entre ses cuisses soyeuses. Quand il s'enfonça en elle, s'abandonnant aux vagues de plaisir… et étonnamment d'émotion, il fut soudain saisi par la signification de son acte : il faisait un pas dans l'inconnu en lui faisant l'amour ce soir, et il allait devoir affronter des obstacles. Il ignorait s'il en était capable, mais Alex lui donnait de la force. Elle était un trophée qui valait la peine de se battre pour.

Ryder ferma les yeux et se concentra sur l'ici et maintenant – la sensation de chaleur à son entrejambe et son ventre, la respiration d'Alex qui s'accélérait et la façon dont son corps accueillait le sien. C'était magnifique d'être en elle, d'avoir ses jambes enroulées autour de lui, et de savoir qu'elle était si désireuse de se donner à lui. Il pressentait l'orgasme monter, mais il le combattait, attendant le moment où elle s'abandonnerait enfin au plaisir. Elle ondula ses hanches contre lui, lui rendant chaque coup de reins et enfonçant ses doigts dans ses épaules et ses talons à l'arrière de ses cuisses. Elle était si proche… il pouvait la sentir. Il baissa donc la tête et suça un de ses mamelons avec force. Ce fut suffisant pour la faire céder. Il la suivit dans le plaisir en donnant un dernier puissant coup de reins avant de tenter de reprendre son souffle, le visage niché dans son cou et inhalant son parfum capiteux. Il ne pouvait se détacher du sentiment qu'entre eux c'était bien plus que l'attirance ou la luxure. Et il voulait croire qu'il était prêt à la revendiquer.

Quand le soleil du petit matin tira doucement Alex de son sommeil, elle vit que Ryder était toujours allongé près d'elle. Elle pouvait à peine y croire. Son cœur réagit en premier en battant plus vite, suivi de son cerveau qui se mit à réfléchir à ce qui allait suivre. Dans l'immédiat, un petit déjeuner serait parfait car elle mourrait de faim. Et après cela, peut-être un retour au lit et un après-midi entier à faire l'amour ? Tout ce dont elle n'avait jamais osé rêver était à présent à portée de main.

Comme s'il avait entendu ses réflexions intimes, Ryder roula sur le côté et posa une main sur sa taille pour la tirer vers lui. Elle nicha son visage contre son torse, pas encore prête à ouvrir les yeux tant son plaisir était intense d'être dans ses bras. Son parfum réconfortant de cèdre et d'agrume remplissait ses narines et sa chaleur se diffusait en elle. Elle ne put s'empêcher de sourire. Alex ne se souvenait pas d'avoir été aussi heureuse de sa vie, pas même lorsqu'elle avait obtenu son diplôme universitaire, ou le jour où elle avait ouvert le Flora, bien que ça ait été une époque optimiste et emplie d'un grand sentiment d'accomplissement. Être avec Ryder était beaucoup plus important. Peut-être parce que, pour la première fois depuis plus d'un an, son avenir semblait à nouveau ouvert et lumineux.

— Bonjour, murmura-t-il contre sa tête en lui caressant le dos et éveillant son corps.

— C'est un très bon jour, en effet.

— Tu as faim ?

— Je meurs de faim.

Il rit doucement.

— Je peux commander à livrer.

— Des bagels ?

— Tout ce que tu veux.

Avec Ryder, même les petits riens la comblaient. Leurs rapports étaient tellement naturels. Ça n'avait jamais été ainsi avec Henry. Celui-ci aurait passé son temps à planifier sa prochaine extravagance : champagne hors de prix et caviar importé de la mer Caspienne. Chaque instant devrait forcément être plus excitant que le précédent. C'étaient des montagnes russes perpétuelles, et Alex n'était tout simplement pas faite pour ça. Bagels au lit avec Ryder : voilà son rythme idéal.

— Je m'en occupe, dit-il en l'embrassant sur la joue avant de se lever.

Alex se motiva à s'asseoir et à ouvrir les yeux, ne serait-ce que pour admirer la vision de ses longues jambes et ses fesses parfaites en mouvement.

Il sortit un pantalon de pyjama bleu marine de sa commode et l'enfila, puis passa ses doigts dans ses cheveux épais en regardant autour de lui. C'était le meilleur spectacle de tous les temps. Elle aurait pu l'admirer ainsi pendant des heures.

— Un problème ?

— Je cherche mon téléphone.

Il récupéra son pantalon resté au sol depuis la nuit dernière et sortit l'appareil de la poche.

— J'ai dû éteindre ma sonnerie, dit-il en regardant l'écran. Geoffrey a appelé il y a environ une demi-heure.

— Je me demande ce qu'il veut. Tu as oublié quelque chose chez eux ?

— La seule chose que j'avais apportée, c'était toi, dit-il en souriant.

— Alors, rappelle-le. C'est peut-être une bonne nouvelle.

— Tu crois ?

— C'est une possibilité certaine. Appelle-le.

Ryder appuya plusieurs fois sur l'écran, puis se rassit sur le lit près d'elle.

— Bonjour Geoffroy. Je suis désolé d'avoir manqué votre appel, dit-il avant d'adresser un sourire amusé à Alex. Jc travaillais…

Elle ricana et lui donna un coup de coude dans les côtes.

— Formidable, oui. Nous avons également passé une très agréable soirée. Je sais, Alex est merveilleuse. Je ne peux que vous approuver.

Alex sourit encore plus largement. Cette conversation était un vrai régal.

— Fantastique. C'est une nouvelle incroyable. J'ai hâte de le dire à Daniel. Il en sera ravi.

Ce fut au tour de Ryder de donner un coup de coude à Alex. Celle-ci lui saisit le bras et mima un cri de joie.

— Vendredi matin sera parfait. Merci, Geoffrey. Je dirai à Alex que Katrina lui passe le bonjour, dit-il avant d'écouter un instant et conclure : Moi aussi. Au revoir.

Il appuya sur le cercle rouge de son écran et jeta le téléphone sur le lit en regardant Alex avec des yeux ronds.

— Il veut nous rencontrer. Il veut qu'on lui fasse une présentation. Nous avons décroché un rendez-vous !

— C'est sensationnel. Mais ça ne m'étonne pas puisque vous êtes brillants. Évidemment qu'il veut travailler avec vous !

— Rien n'est encore décidé. Et je ne vais pas te contredire sur notre brillance, mais je n'y suis pour rien, ni Daniel d'ailleurs, ou notre cabinet. Tout cela, c'est surtout grâce à toi. C'est toi qui as attiré Geoffrey et Katrina. Ils ont tout de suite été sous ton charme. Tu rends tout amusant.

Tu es si chaleureuse et accueillante, contrairement à moi. Je sais que je ne suis pas assez ouvert.

Elle lui prit la main.

— Ce n'est pas vrai. Tu es juste un peu moins sociable que moi. Mais à l'instant où tu es sorti de ta coquille, ils sont tombés amoureux de toi.

Tout comme moi.

Il se pencha plus près et planta un doux baiser sur ses lèvres.

— Il se trouve que tu fais une fausse petite amie particulièrement convaincante.

Elle adora le baiser mais, ô combien, détesta sa phrase.

— Ryder, pouvons-nous arrêter d'employer le mot « faux » ? Surtout après la nuit dernière.

L'expression de Ryder se fit soudain sérieuse et les rides de son front se creusèrent.

— Je ne suis pas encore prêt à révéler notre relation au grand jour, Alex. Tout cela est très nouveau. Tout ce que je voulais dire, c'est que tu es une excellente actrice.

Il n'y comprenait rien, et cela ne faisait qu'augmenter la frustration d'Alex.

— Ce n'est ni faux ni du semblant pour moi. Ça ne l'a jamais été. Je n'ai jamais joué la comédie. Pas une seule minute.

— Bien sûr que si.

— Non, Ryder. Je n'ai jamais fait semblant. Jamais.

— Ça ne peut pas être vrai. Et notre premier rendez-vous alors ? Celui où le photographe nous attendait ? C'était forcément faux. Tu avais toutes les raisons du monde d'être en colère après moi. Je suis parti en plein milieu de la nuit la première fois où nous avons couché ensemble.

— Et quand tu m'as embrassée, ma colère s'est

envolée. Il suffit que je te regarde pour que mes rancœurs disparaissent. Je ne peux pas faire semblant avec toi. J'en suis incapable.

— Je ne pense vraiment pas que ce soit vrai.

Les aveux tant redoutés étaient à présent sur le bout de sa langue. Elle était tellement lasse de lui cacher des vérités sur ses sentiments. Il fallait que ça sorte sinon elle exploserait.

— Tu es la raison pour laquelle j'ai annulé mon mariage.

— Quoi ?

— Tu as parfaitement bien entendu. La veille de mon mariage, quand je t'ai croisé et que j'ai commencé à pleurer, tu m'as réconfortée et dit de suivre mon cœur. Alors je l'ai fait. C'est ce qui m'a fait annuler.

Comme il resta figé sans rien dire, elle continua :

— Tu étais comme une oasis dans une mer de chaos. Et je sais que c'est difficile pour toi d'être ouvert sur tes sentiments, mais tu sais incroyablement bien écouter. J'ai alors réalisé que le simple béguin que je pensais avoir pour toi durant toutes ces années était en réalité bien plus que ça.

— Des années ? Le béguin ? Pour moi ?

— Oui toi. C'est toi que je veux, Ryder. Depuis le moment où je t'ai rencontré, ça a toujours été toi.

— Je n'arrive pas à y croire.

Ryder se leva du lit, prit un T-shirt dans la commode et l'enfila. Alex sentit toute sa confiance qui lui avait permis de mettre son âme à nu partir en fumée.

— Comment ça ? Tu crois que je mens ? Je t'ai dit que je ne pouvais plus te cacher la vérité.

— Je n'arrive pas à croire que tu aies pu me cacher tout ça. Un coup de cœur depuis des années ? Et maintenant tu essaies de me faire croire que tu as annulé un mariage à un million de dollars pour moi ?

Ses yeux brillaient d'un surprenant mélange de fureur et de douleur.

— Je ne peux pas croire que tu ne me l'aies pas dit. Je vois maintenant toute notre histoire à travers un prisme différent. Et l'année qui s'est écoulée… Waouh. Tu veux dire que c'est à cause de moi si ta vie est un désastre ?

Les épaules d'Alex s'affaissèrent de déception.

— Ma vie n'est pas un désastre. Elle est juste compliquée.

— Je t'ai déjà entendu utiliser ce genre de vocabulaire, Alex. Ce n'est pas seulement mon opinion.

— Je ne comprends vraiment pas pourquoi tu te mets en colère. Je te l'ai caché, mais c'était uniquement pour ne pas m'interposer entre Daniel et toi.

— Alors que maintenant ça te va ? Tu me demandes de détruire ma vie parce que tu l'as déjà fait avec la tienne ?

— Waouh. C'était horrible ce que tu dis.

— Tu mets en péril la relation la plus importante de ma vie. J'ai accepté de jouer cette comédie sur des bases entièrement fausses, et qui m'ont fait baisser ma garde. Je savais que notre attirance serait un problème, mais je pensais que nous pourrions nous comporter en adultes. Mais tu n'as pas arrêté de me pousser jusqu'à m'avoir à l'usure.

— Je crois me souvenir que tu t'amusais.

— Ce n'est pas la question.

Alex sentit monter en elle une telle frustration qu'elle était étonnée de ne pas avoir déjà explosé. Cette conversation ne mènerait nulle part. Il fallait qu'elle s'éloigne le temps que les choses se calment.

— Tu sais quoi, Ryder ? Va faire semblant avec quelqu'un d'autre… Ou pas. Sois seul et malheureux et passe tes journées à travailler comme un forcené et à te faire mener par le bout du nez par mon frère. Je ne peux rien pour toi.

— Et je ne peux pas changer ta vie non plus, Alex.

— Alors c'est parfait, n'est-ce pas ? Tout est emballé et plié comme tu aimes.

— Ne commence pas avec ça.

Elle se leva du lit et ramassa sa robe et ses sous-vêtements du sol.

— Donc je commence par une marche dans ton couloir, dit-elle en quittant sa chambre et s'avançant vers la porte d'entrée.

— Tu viens de passer devant la salle de bains.

Elle ne se retourna pas. Elle ne pouvait pas revenir en arrière : il fallait qu'elle avance. Ce qui signifiait qu'il pouvait la regarder s'éloigner nue. Tant pis, elle s'habillerait dans le hall ou dans l'ascenseur. N'importe où, à condition d'être loin de l'homme qui venait de lui piétiner le cœur.

- 10 -

Alex s'efforça d'oublier Ryder, mais cinq jours n'étaient pas suffisants après des années à avoir été amoureuse et avoir enfin eu un aperçu de ce qu'aurait pu être sa vie avec lui. Elle était de retour au point de départ : le désirer sans espoir, sauf qu'à présent elle savait qu'ils étaient faits l'un pour l'autre. Mais Ryder avait choisi le travail et son frère. Une part d'elle se disait qu'elle devait respecter sa décision, mais c'était difficile, d'autant plus qu'elle le savait têtu et aveugle à l'évidence. Cependant elle n'y pouvait rien. Il fallait que la décision vienne de lui.

Afin d'oublier un peu sa détresse, elle invita Taylor et Chloe à dîner, même si c'était un jeudi. Préparer le repas lui parut une bonne distraction, alors elle quitta le Flora pendant quelques heures au milieu de la journée et alla au marché fermier d'Union Square acheter des ingrédients pour une salade caprese : un assortiment de tomates juteuses de différentes tailles et couleurs mûries sur pied, un énorme bouquet de basilic et de la mozzarella. Elle prit également une miche de pain croustillante dans une boulangerie locale et mit plusieurs bouteilles de rosé au frais. Pour le dessert, elle ne prépara rien car un nouveau glacier venait d'ouvrir dans sa rue et qu'elle était impatiente de l'essayer.

Quelques minutes avant l'arrivée de ses amies, sa mère l'appela. Elle hésita à répondre car leurs conversations avaient tendance à s'éterniser, mais elles n'avaient pas parlé depuis le mariage de Chloe.

— Bonjour, maman, dit-elle en décrochant.

— Tout va bien ? Je n'ai plus de tes nouvelles et ça m'inquiète.

— Je suis malheureuse, je ne vais pas te mentir.

Elle refusait dorénavant de faire semblant que tout allait bien, même si elle savait que sa mère préférait la savoir docile et heureuse, et surtout prête à approuvertout ce qu'elle dirait.

— Oh non. Que se passe-t-il ? Tu peux me le dire ?

Alex trouva très rafraîchissant de sentir une réelle inquiétude de la part de sa mère. Ce n'était pas toujours le cas.

— Je ne sais pas si je peux te le dire. Ça dépend si tu peux garder un secret.

— Bien sûr que je peux.

— Permets-moi d'être plus précise. C'est un secret en rapport avec Daniel, mais il ne doit absolument pas le savoir. Jamais. Ça vaudra mieux pour tout le monde s'il n'est pas au courant.

Il était inutile que son frère sache ce qui s'était passé. Il n'approuverait pas, et de toute façon c'était terminé avec Ryder.

— Tu m'inquiètes vraiment, chérie.

— Alors, encore une fois, permets-moi de te demander si tu pourras le cacher à Daniel. Je t'assure que ça ne pourra que lui faire du mal s'il le découvrait.

— Oui. Je t'écoute.

Alex prit une profonde inspiration pour se donner du courage, puis raconta à sa mère l'essentiel de ce qui s'était passé : qu'elle était amoureuse de Ryder depuis toujours, que ça n'avait jamais été de la comédie pour elle, et que même si ça n'avait été réel que pour un court laps de temps, c'était terminé à présent.

— Chérie, tu es sûre que ce n'est pas qu'un engouement passager ? Comment peux-tu envisager quoi que ce soit de sérieux avec Ryder ? Nous en avons pourtant parlé au mariage de Chloe.

Alex déglutit avec peine et se prépara pour sa confession finale :

— Je suis tellement sérieuse qu'il a même été la raison de l'annulation de mon mariage avec Henry.

Sa mère haleta.

— S'il te plaît, ne dis pas ça.

— Je suis désolée, maman, mais c'est la vérité.

— C'est horrible. Qu'est-ce qu'il a fait pour que tu annules ?

— Il n'a rien fait d'autre qu'être un bon ami et me conseiller de suivre mon cœur. Je n'aimais pas Henry. Je ne l'ai jamais aimé, maman. Je sais que tu penses avoir bien fait en organisant cette grande fête d'anniversaire et la demande en mariage publique, mais c'était horrible. J'étais prise au piège à partir de ce moment, et je ne savais plus comment m'en sortir.

À l'autre bout de la ligne sa mère ne dit plus rien, au point qu'Alex se demanda si la conversation n'avait pas été coupée. Mais ensuite, elle prit la parole :

— J'ai l'impression d'être la pire mère de tous les temps.

— Je n'ai pas du tout dit ça. Je t'assure. Je t'aime, maman et je voulais te rendre heureuse. Mais maintenant je dois penser à moi et me rendre heureuse également.

— Mais chérie, on dirait que tu ne l'es pas.

Alex essaya d'être optimiste.

— Non, je ne le suis pas. Mais au moins j'ai essayé. J'ai fait tout ce que j'ai pu pour que l'homme que je voulais tombe amoureux de moi. Ça n'a pas marché, mais au moins j'ai essayé.

— S'il ne t'aime pas, c'est qu'il ne te mérite pas.

— Je me le répéterai tous les jours jusqu'à ce que ça s'arrête de faire si mal.

— Je suis désolée, chérie. Vraiment.

— Arrête. Tu ne voulais pas que je sorte avec lui, tu te souviens ?

— C'était avant que tu me dises qu'il t'a conseillé de suivre ton cœur. Tout homme qui a le courage de dire ça à une femme sur le point de se marier avec quelqu'un d'autre a forcément un minimum de sentiments cachés sous son beau minois.

Alex soupira.

— Il est beau, n'est-ce pas ?

— En effet.

La sonnerie de la porte retentit.

— Zut. Je dois y aller, maman. Chloe et Taylor sont là.

— D'accord, chérie. Je t'aime. Et ne te fais pas de soucis, tu finiras par trouver l'amour. J'en suis convaincue. Ne perds pas espoir.

— Je vais essayer. Je t'aime aussi. Au revoir.

Alex raccrocha et alla ouvrir la porte. Ses amies étaient là, toutes deux arborant une mine de profonde pitié.

— Entrez. On va finir de préparer le dîner.

— Comment ça va ? demanda Chloe quelques minutes plus tard alors qu'elle s'asseyait devant l'îlot de la cuisine.

Alex haussa les épaules en versant un filet d'huile d'olive et de vinaigre balsamique sur le plateau de tomates, basilic et mozzarella. Elle ignorait comment répondre à cette question. Ses pensées étaient confuses, surtout après sa conversation avec sa mère, et elle ne faisait que rejouer en boucle sa dispute chez Ryder.

— Je suis anéantie. Absolument anéantie, dit-elle en buvant une gorgée du vin que Taylor lui avait versé. Mais je ne suis pas si surprise que ça n'ait pas marché. Une part de moi le savait, et maintenant je vais devoir aller de l'avant. Seule. Peut-être pour toujours.

Taylor et Chloe se regardèrent en hochant la tête, ce qui ne fit qu'augmenter son découragement. Ses meilleures amies trouvaient aussi qu'elle était une cause perdue.

— Tu ne resteras pas seule éternellement, déclara Taylor. Cette histoire avec Ryder t'a complètement bouleversée et tu n'as plus les idées claires. Tout espoir n'est pas perdu. Il y a encore une chance qu'il revienne, et puis il n'est pas le seul homme sur Terre.

— Tu sais que ça ne s'applique pas à la « Tornade des Fonds de Placement », répondit Alex en emportant le plateau. Amenez le vin et commençons à manger.

Alex se dirigea vers la salle à manger, où elle avait déjà dressé la table et posé la corbeille à pain.

— Comment pouvons-nous t'aider ? demanda Chloe alors qu'elles prenaient place autour de la table.

— Passer du temps avec vous m'aide énormément.

Taylor leva son vin pour porter un toast.

— Aux amies.

Elles trinquèrent et Alex s'efforça de retenir ses larmes. Ça aurait été peut-être plus facile si Taylor et Chloe n'avaient pas déjà trouvé le bonheur.

— Merci à vous deux d'être venues ce soir. Ça compte beaucoup pour moi.

— Nous serons toujours là pour toi. On déteste te savoir si malheureuse, déclara Chloe.

— J'ai l'habitude maintenant. J'ai traversé tant de petits hauts et bas avec Ryder ces dernières années, entre les fois où je l'ai cru intéressé et les fois où j'étais sûre qu'il ne l'était pas. Je n'avais jamais été aussi proche de l'avoir, et ça fait d'autant plus mal que ça n'ait pas marché.

— Est-ce qu'il le sait ? demanda Taylor.

— En grande partie. Je le lui ai dit le matin où nous avons rompu.

— Mais connaît-il la profondeur de tes sentiments ? Est-ce qu'il sait à quel point tu as souffert pour lui ?

— Comment veux-tu que je le lui explique ? Et puis ça ne fera que l'énerver davantage. Il était tellement furieux d'apprendre que je le lui avais caché. C'était comme si j'avais trahi sa confiance.

— Mais pourquoi le lui avoir caché ?

Alex secoua la tête.

— Vous me connaissez. Je n'ai rien dit pour ne pas créer de problèmes… même s'il semble que je finisse forcément par en créer plus tard.

— Peut-être que tu devrais arrêter d'agir ainsi, Alex, émit Chloe. Tu n'as jamais dit à Henry ce que tu ressentais jusqu'à ce qu'il soit presque trop tard.

— Écoute, je comprends totalement ce désir de vouloir faire plaisir, déclara Taylor. Je pense qu'on a toutes été élevées de cette manière depuis notre plus jeune âge. Mais tu ne peux continuer à avoir peur de dire aux gens ce que tu ressens. Et dans le cas de Ryder, je pense que tu devrais le lui dire.

— Je le lui ai dit. Le matin où nous nous sommes disputés.

— Peut-être lui redire alors ? Juste pour être sûre ? suggéra Chloe en posant sa main sur le bras d'Alex. Je déteste te voir si triste. Essaye une dernière fois, et ainsi tu sauras que tu as fait tout ton possible.

Alex prit une profonde inspiration.

— D'accord. Je vais le faire.

— Cool. On t'attend, rétorqua son amie en s'adossant au dossier de sa chaise avant de prendre une gorgée de vin.

— Quoi ?

— On t'attend. Va l'appeler maintenant. Comme ça, on saura que tu as fait tout ton possible.

Alex ne se sentait pas spécialement courageuse en ce moment, mais Chloe et Taylor lui donnaient envie de s'améliorer.

— D'accord. Je reviens dans un moment.

Elle prit son téléphone sur la table et se dirigea vers sa chambre. Elle songea à s'asseoir sur le lit, mais elle y avait dormi avec Ryder. Elle préféra donc se poster près de la fenêtre et regarder la ville.

Elle composa le numéro de Ryder, le cœur menaçant de jaillir de sa poitrine. À chaque sonnerie sans réponse, son estomac se nouait un peu plus. Elle finit par tomber sur la messagerie vocale.

— Ryder Carson. Veuillez laisser un message et je vous rappellerai dès que possible.

Alex prit une profonde inspiration pour se donner de la force, et vida son sac.

— Bonsoir Ryder. C'est moi. J'appelle parce que je me sens mal à propos de notre dispute. Je suis désolée de t'avoir caché mes sentiments. J'aurais dû te dire depuis le début la vérité et être plus transparente sur ce que je ressentais.

Une autre inspiration lui fut nécessaire pour la partie suivante :

— Alors, je vais tout te dire : Je t'aime. Je t'aime depuis un bon moment maintenant. Tu es gentil, adorable, drôle et intelligent. Et plus que tout, je me sens moi-même avec toi. Nous faisions peut-être semblant de sortir ensemble, mais ça ne m'a jamais semblé faux. Et je n'ai jamais été aussi heureuse.

Elle se tourna vers le lit et décida que, puisqu'elle faisait preuve de courage, autant aller jusqu'au bout et s'y asseoir.

— Si tu ne partages pas mes sentiments, ce n'est pas grave, et c'est ton droit. Mais je ne peux pas revenir en arrière et redevenir une simple amie. Ce serait trop dur. Voilà, c'est tout ce que j'ai à dire. La balle est dans ton camp. Je sais que j'ai utilisé cette expression plusieurs fois, mais elle reste d'actualité. Je vais donc en rester là. Au revoir Ryder. Porte-toi bien.

Elle posa le téléphone sur ses genoux et appuya sur le cercle rouge pour mettre fin à l'appel. Elle n'était pas très optimiste quant à ses chances de récupérer Ryder, mais au moins elle lui avait tout dit, et c'était bien plus que ce qu'elle avait fait avec Henry.

— Il n'a pas répondu, dit-elle après être retournée auprès de ses amies. Mais je lui ai laissé un long message. On verra bien s'il répond, mais au moins j'ai dit tout ce que j'avais sur le cœur.

— Parfait, déclara Taylor. Nous sommes fières de toi.

— Merci. Maintenant, terminons de dîner.

Elle s'assit à table et changea de sujet. Elles parlèrent des projets de Taylor avec la rénovation, ainsi que des carrières de Chloe et d'Alex. La jeune femme savait qu'elle passerait les mois prochains à s'investir dans sa vie professionnelle, et elle se demanda comment Ryder supportait de ne vivre que pour cela. Peut-être avait-il besoin de ce sentiment de sécurité qui lui avait manqué durant son enfance ? Alex ne pouvait que compatir. Elle n'avait jamais connu la même situation, mais elle le comprenait.

Une fois le repas terminé, elles débarrassèrent la table et emplirent le lave-vaisselle.

— Ça vous dirait d'aller jusqu'au bout de la rue et manger une crème glacée ? demanda Alex en s'essuyant les mains et décidée à noyer son chagrin dans le sucre. Il y a un nouveau glacier avec toutes sortes de saveurs originales.

Chloe haussa les épaules.

— Pourquoi pas ?

Elles prirent leurs sacs à main et quittèrent l'appartement. La soirée était chaude et la rue bondée. Comme elles n'étaient pas pressées, elles prirent tout leur temps.

Soudain Alex eut la surprise de sa vie : une femme qu'elle reconnut sortit d'un café. Elle s'arrêta net et agrippa le bras de Chloe.

— Oh ! mon Dieu. C'est Ruby. L'employée du traiteur qui a disparu.

Taylor accéléra aussitôt le pas.

— Ruby ! cria-t-elle d'une voix étonnamment forte.

Ruby se retourna. Ses yeux s'écarquillèrent sous le choc et elle se mit à courir afin de leur échapper.

— Allez, les filles. Dépêchez-vous, s'écria Taylor.

Les trois se mirent à courir en faisant de leur mieux pour éviter les gens, tandis que Ruby faisait de même en zigzaguant.

— Elle nous échappe, cria Chloe.

— C'est la chose la plus absurde qu'on ait jamais faite, déclara Taylor à bout de souffle.

— Ce qui en dit long, plaisanta Alex également à bout de souffle mais tout aussi déterminée à rattraper Ruby.

Son instinct lui disait que les réponses étaient là, mais que si Ruby leur échappait, cette chance partirait en fumée. Frustrée et paniquée, elle se mit à hurler à tue-tête :

— Ruby, arrête !

Ruby se figea.

Alex était sous le choc. Ça avait marché ! Puis elle se rendit compte qu'elle n'avait pas une minute à perdre car Ruby ne resterait sûrement pas en place longtemps. Elle se précipita vers elle, suivie de Taylor et Chloe.

— Rubis, calme-toi. Je ne vais pas te faire de mal. Je veux juste te parler.

Ruby se tourna vers Alex, le visage strié de larmes.

— Qu'attendez-vous de moi ?

Essoufflée, Alex réfléchit à toute vitesse à ce qu'elle devait dire. Elle avait tant de questions, mais une parmi toutes était la plus pressante.

— Je veux juste savoir si tu es Petit Carnet Noir.

— Je… je…, balbutia-t-elle, le regard ombrageux et sauvage.

— Respire. Nous n'allons rien te faire. Nous voulons juste la vérité.

Vaincue, Ruby baissa la tête et fixa le trottoir avant de relever le menton, la lèvre tremblante.

— Non. Ce n'est pas moi. C'est ma mère.

Alex lui saisit le bras.

— Quoi ?

Les grands yeux emplis de larmes étaient rivés sur Alex.

— C'est ma mère.

Évidemment, cette révélation suscita un million de questions supplémentaires, et probablement tout autant chez Taylor et Chloe.

— Tu n'aimerais pas t'asseoir et manger une glace ? Nous pourrions ainsi en discuter calmement, suggéra-t-elle en désignant le glacier.

— Je veux juste que ça s'arrête.

— On te comprend, et c'est aussi notre cas. Allons

prendre une glace et trouvons un coin tranquille où tu pourras nous dire ce que tu es prête à partager.

— Je peux vous faire confiance ? s'enquit Ruby.

Alex acquiesça.

— D'accord. Allons-y.

Le cœur d'Alex battait à tout rompre et son esprit tournait à cent à l'heure, mais elle s'efforça de rester calme et concentrée. À l'intérieur du glacier, elle choisit une table dans un coin discret pendant que Taylor alla commander. Une fois toutes assises, Alex se lança :

— Que peux-tu nous dire ?

— J'essaie d'aider ma mère à obtenir ce qui lui revient de droit et que sa propre famille lui a volé.

Alex tourna son regard vers Chloe et Alex, également sous le choc.

— Tu veux dire la famille Astley ?

Ruby hocha la tête.

— Simone Astley était ma grand-mère. Elle est tombée enceinte de ma mère quand elle avait dix-sept ans.

Simone Astley était une mondaine bien connue, célibataire et sans enfant, décédée il y a des années. Taylor et Roman s'étaient introduits en douce dans le domaine délabré d'Astley durant l'été afin de trouver des indices.

— Ma grand-mère a été chassée de l'école Baldwell et gardée à la maison toute sa vie. Tout ça parce qu'elle est tombée amoureuse d'un homme qui refusait d'assumer ses responsabilités.

Taylor haleta.

— Était-ce Charles Braker ? Le professeur d'anglais à la Sedgefield Academy ?

Ruby se tourna vers Taylor, l'expression choquée.

— Oui. Et votre petit ami, Roman Scott, a financé le bâtiment construit en son honneur.

— Tous ceux que vous avez ciblés ont fréquenté soit la Sedgefield Academy, soit l'école Baldwell. Y compris nous.

— Oui. Ma grand-mère est devenue une paria. Les élèves et enseignants de ces écoles ont détruit sa réputation avec leurs commérages, et la fille qu'elle a mise au monde, ma mère, a été traitée avec le même mépris. On lui a menti durant des années et raconté qu'elle était la fille d'une des domestiques du domaine. Ce n'est que lorsque la femme de chambre a tout avoué sur son lit de mort que nous avons découvert la vérité.

— Les filles, c'est beaucoup d'informations à raconter dans un glacier, intervint Chloe en regardant autour d'elle. Ruby, accepterais-tu de venir dans mon bureau pour tout nous dire ?

Ruby secoua la tête.

— J'en ai déjà trop dit. Ma mère ne me le pardonnera jamais.

Alex ne put ignorer la voix tremblante de Ruby et son expression angoissée. Elle sentait que cette histoire avec Petit Carnet Noir était bien plus qu'une question de vengeance.

— Que veut ta mère ? Est-ce que nous pouvons l'aider à l'obtenir ? Ou t'aider à l'obtenir pour elle ?

Ruby fixa Alex totalement ébahie.

— Tout ce qu'elle veut, c'est son dû. Mais pourquoi feriez-vous cela ? Vous avez toutes été nos cibles. Nous nous en sommes prises à vous !

Alex avait été victime de tant de commérages durant l'année écoulée, tout comme Chloe, Taylor et beaucoup d'autres personnes à qui toutes les trois tenaient. Si elle pouvait aider à faire cesser tout cela, ou empêcher une autre personne de devenir la cible, il fallait qu'elle essaye. Il était plus que temps.

— Il faut que ça s'arrête quelque part. Et si nous pouvons y contribuer, nous sommes partantes.

- 11 -

Ryder aurait menti en disant qu'il n'était pas nerveux à l'idée de recevoir Geoffrey au bureau. Malgré l'excellente relation qu'ils avaient développée, il avait l'impression que le poids de cette rencontre reposait entièrement sur ses épaules. Alex avait grandement contribué à nouer cette relation avec Geoffrey, mais c'était maintenant à Ryder et Daniel de conclure l'affaire.

Malgré ses inquiétudes, Ryder ne cessait de penser à Alex. Il n'était pas bien sans elle. Il n'avait aucune concentration : ses pensées étaient constamment tournées vers elle, et les souvenirs torrides affluaient à sa mémoire. Pour ne rien arranger à la situation, elle lui avait laissé un message poignant la veille, lui confessant son amour et lui répétant comme elle l'avait déjà fait tant de fois, que la balle était dans son camp. Il avait écouté le message une douzaine de fois sans pouvoir se résoudre à le supprimer. Étant donné qu'elle lui avait clairement dit qu'elle ne pouvait pas redevenir son amie, c'était peut-être la dernière fois qu'il l'entendait lui dire des choses si gentilles.

C'était une situation impossible, se répétait-il. Mais baisser les bras ne lui convenait pas non plus. En d'autres circonstances, Alex et lui auraient été parfaits l'un pour l'autre. Mais il y avait trop d'obstacles. Était-il vraiment prêt à mettre sa carrière en péril pour avoir une chance de l'aimer ?

Daniel et Ryder se donnèrent rendez-vous à la réception pour attendre Geoffrey quelques minutes avant son arrivée.

— Tu te sens confiant ? demanda Daniel.

— Oui. Il n'aurait pas demandé à nous rencontrer s'il n'était pas sérieux.

Daniel hocha la tête et fixa les ascenseurs comme s'il exhortait Geoffrey à apparaître.

— Que veux-tu que je lui dise quand il m'interrogera sur Alex ? demanda Ryder.

— Ce que tu veux, tant que tu te débarrasses du sujet. Il est là pour une réunion d'affaires, pas pour faire la causette.

— Je comprends, mais c'est en grande partie grâce à Alex si nous avons pu le faire venir ici. Il va forcément poser des questions sur elle.

— Parce que vous avez été un couple très convaincant ?

— Non. Parce que ta sœur est une personne incroyable et que les gens l'adorent, expliqua Ryder qui cherchait à apaiser son ami. Écoute, même si ça ne marche pas, il n'en demeure pas moins que Geoffrey Burnett nous a remarqués. Ça montre qu'on joue désormais dans la cour des grands.

La porte de l'ascenseur tinta, et Daniel n'eut que le temps de lancer un regard éloquent à Ryder, lui signifiant que ce serait un désastre s'ils ne parvenaient pas à convaincre Geoffrey Burnett de signer.

— Geoffroy, s'exclama Ryder en s'avançant.

— Ryder. C'est si bon de vous revoir. Et vous devez être Daniel Gold.

— Oui, monsieur.

— Ma femme et moi sommes de grands fans de votre sœur. Elle est vraiment adorable.

— Ça fait plaisir à entendre. Je vous remercie.

— Ryder est un homme chanceux, continua Geoffrey.

L'estomac de Ryder se noua. Il « était » un homme chanceux. Alex avait peut-être mis la balle dans son camp, mais Daniel ne changerait jamais d'avis.

— Merci. Je suis bien d'accord avec vous.

Ryder et Daniel lui firent rapidement visiter les bureaux avant de terminer par celui de Daniel. Ryder remarqua la subtile insistance de son ami pour que la réunion se tienne dans son bureau plutôt que dans celui de Ryder. Ils avaient beau dire qu'ils étaient associés à parts égales, Daniel avait un plus grand pouvoir de décision, et Ryder avait toujours trouvé cela normal étant donné que sa famille avait financé le lancement de leur affaire. Mais c'était du passé à présent ; ils s'étaient fait une réputation et avaient depuis longtemps remboursé leur dette envers le père de Daniel.

Daniel et Ryder commencèrent leur présentation standard, comme chaque fois qu'ils avaient un gros client, et passèrent en revue la liste impressionnante de leurs réalisations, projets et récompenses. En voyant Geoffrey se contenter de hocher la tête, Ryder s'inquiéta qu'il soit ennuyé. Après tout, Alex l'avait déjà entretenu de ces sujets.

— Mais assez parlé de nous, coupa le jeune homme. Nous aimerions en savoir plus sur vos besoins. Comment voyez-vous vos cinq prochaines années ?

— Honnêtement, mon plus grand souci, c'est la confiance. J'ai besoin d'un cabinet d'architecture qui restera à mes côtés. C'est pour cette raison que je voulais vous rencontrer tous les deux. Ryder, nous avons pu établir un lien plus personnel durant le mariage de Chloe, puis au cours de ce dîner chez nous. C'est ce qui manque à mon entreprise. Je ne rajeunis pas, et avec l'âge, moins j'attache d'importance aux chiffres, et plus j'apprécie un résultat de qualité entouré de gens avec qui j'aime travailler.

Geoffrey croisa le regard de Daniel puis celui de Ryder avant de poursuivre :

— J'apprécie énormément Alex, et de savoir qu'elle est votre sœur, Daniel, et que vous sortez avec elle, Ryder, me motive encore plus.

— C'est formidable, Geoffrey. Mais ne perdez pas de vue qu'Alex ne travaille pas pour nous, déclara Daniel.

Geoffrey rit et écarta le commentaire d'un geste de la main.

— Je le sais bien. Mais elle et ma femme Katrina ont vraiment sympathisé. Nous adorons le couple que vous formez, Ryder. Vous nous faites penser à nous, à l'époque où nous sommes tombés amoureux et que nous ne pouvions nous quitter. Rappelez-vous le soir où vous êtes venus dîner à la maison et que vous étiez si étroitement enlacés. Ce moment où nous vous avons surpris en train de vous embrasser était si doux et authentique.

Ryder remua sur son siège en évitant le regard de Daniel. Geoffrey n'avait pas tort. Lui et Alex ne pouvaient se passer l'un de l'autre, mais il y avait trop d'obstacles sur leur chemin.

— Alex est une femme incroyable. Je pense que nous sommes tous d'accord pour le reconnaître.

— Elle vous complète parfaitement, Ryder. Je sens qu'elle fait vraiment ressortir un côté ludique et optimiste de votre personnalité. Rien que là, par exemple, vous êtes tellement différent : vous êtes si professionnel et sérieux. Bien sûr, j'apprécie le professionnalisme, mais on en sait tellement plus sur une personne quand on la connaît vraiment. Si je devais prendre un verre avec quelqu'un, je choisirais la version de vous en compagnie d'Alex.

Ryder avait l'impression que le monde entier ralentissait. Encore une fois, Geoffrey avait vu complètement juste. Il réalisa soudain à quel point Alex faisait ressortir ses qualités et les aspects de sa personnalité qu'il s'efforçait souvent d'écraser parce qu'il était en mode survie. Mais il n'était plus à Boston. Il n'avait plus besoin de simplement survivre : il avait besoin de vivre.

— Je vois tout à fait ce que vous dites.

— Quand nous avons parlé de mariage durant le dîner, ce n'étaient pas des paroles en l'air. Vous êtes faits l'un pour l'autre, et s'il y a bien une chose que la vie sur Terre m'a apprise, c'est qu'il ne faut pas passer à côté d'une femme telle qu'Alex. J'espère que vous y penserez.

Ryder ne sut que répondre. S'il disait la vérité, Daniel saurait ce qui s'était passé entre Alex et lui. S'il mentait, il se tournerait le dos à lui-même, ce qu'il regrettait amèrement.

— Je vais voir ce que je peux faire pour arranger ça.

— Excellent, dit Geoffrey en se levant et incitant Daniel et Ryder à faire de même. Je pense que nous pourrons nous entendre, messieurs. Je vais vous préparer une proposition pour mon projet près des jetées de Chelsea. Je demanderai à mon équipe de vous transmettre les renseignements. Nous allons étudier cela et prendre une décision, mais j'ai un bon pressentiment.

— Fantastique. Merci beaucoup, Geoffrey, déclara Daniel en contournant la table pour lui serrer la main avec empressement.

— Non, merci à vous deux.

Geoffrey se tourna alors vers Ryder.

— J'ai l'impression qu'une accolade serait plus appropriée pour nous qu'une poignée de main.

Ryder étreignit rapidement Geoffrey.

— Merci d'être venu.

— Je vous en prie. J'étais sincère en parlant d'Alex. J'espère que vous le savez.

— J'ai bien reçu le message, monsieur.

— Parfait. Ne bougez pas, je saurai retrouver mon chemin. On reste en contact.

L'instant d'après, Geoffrey était parti.

Ryder n'avait pas besoin de regarder Daniel pour savoir que quelque chose n'allait pas. Il sentait l'énergie négative qui se diffusait dans la pièce.

— Ça s'est bien passé, dit-il afin d'alléger l'atmosphère.

— Effectivement. Mis à part le discours sur Alex. Qu'est-ce qui s'est passé à ce dîner ? Il a dit que vous ne faisiez que vous toucher.

Ryder n'appréciait pas beaucoup le ton de Daniel.

— Être en couple, c'est ça aussi.

— Et le fait de vous embrasser en douce ? Il a dit que lui et sa femme étaient dans une autre pièce. Vous n'étiez donc pas en train de jouer la comédie ! Qu'as-tu à me dire là-dessus ?

À chaque seconde qui passait, Ryder sentait sa tension augmenter. La colère bouillonnait en lui et il en avait assez. Il aimait Daniel comme un frère, mais celui-ci l'empêchait d'être heureux. Ces derniers jours sans elle avaient été horribles et il ne pouvait s'imaginer passer le reste de sa vie ainsi.

— Il faut qu'on parle, dit-il en refermant la porte. Il faut que tu saches que c'est devenu réel entre Alex et moi. Je ne peux pas passer les vingt prochaines années à te cacher ça et je ne veux plus te mentir.

Le visage de Daniel trahissait à présent une fureur sans nom.

— Ne plus me mentir ?

— Oui. Alex et moi avons couché ensemble au mariage de Chloe. Et il y a six mois aussi, après cette collecte de fonds à l'hôpital où j'étais allé. Avant cela, nous nous sommes embrassés dans ton appartement le soir du nouvel an.

— Pardon ?

Ryder ne comptait plus reculer. Il aimait Daniel et tout son avenir professionnel était lié à lui, mais il avait aussi besoin du réel dans sa vie, et Alex en détenait la clé.

— Tu m'as entendu, Daniel. Ce que Geoffrey et sa femme ont vu entre Alex et moi était réel.

— Tu as couché avec ma sœur ? Alors que je t'ai clairement dit que je ne te pardonnerais jamais ?

— C'était plus que du sexe, Daniel. Beaucoup plus.

— Tu m'as promis de ne pas le faire, répliqua Daniel les yeux flamboyants de colère.

Le cœur de Ryder battait de plus en plus vite, et l'adrénaline le poussait dans une unique direction : en finir une fois pour toutes.

— J'ai rompu ma promesse et j'en suis désolé, mais je n'aurais jamais dû la faire.

— Qu'est-ce que ça signifie ?

— Même avant le mariage, ce qui s'est passé entre nous était plus que du sexe. J'ai cru que je pourrais l'ignorer ou faire disparaître ce sentiment, mais ça n'a fait que grandir.

Furieux, Daniel se détourna et se dirigea vers la fenêtre.

— Après tout ce que nous avons traversé, je ne peux pas croire que tu puisses me trahir ainsi.

— Te trahir ? Moi ? Si tu veux parler de trahison,

mettons les faits à plat. T'es-tu déjà demandé si ce n'est pas moi qui me sens trahi ?

— Et comment aurais-tu pu te sentir trahi ? C'est ma sœur.

— Mais tu ne fais pas confiance à ton meilleur ami en ce qui concerne son cœur.

Daniel se figea, et un silence de mort s'abattit sur les deux amis, au point que Ryder pouvait entendre ses propres battements de cœur. Mais il devait aller jusqu'au bout.

— Tu ne me crois pas capable de me comporter honorablement et faire ce qu'il faut pour elle. Je suis ton meilleur ami, Daniel, et nous sommes associés. Si tu ne me fais pas confiance pour aimer et prendre soin de ta sœur, tu ne feras jamais confiance à personne pour remplir ce rôle. Tu ne penses pas qu'Alex mérite mieux que ça ? Moi si.

— Attends une seconde, le coupa Daniel en fermant les yeux et se pinçant l'arête du nez. Tu as dit que je ne te faisais pas confiance pour l'aimer. C'est le cas ? Tu l'aimes ?

La réponse était là, sur le bout de sa langue, dans son cœur et dans sa tête. Il avait passé tant de temps à avoir peur de ce que penserait Daniel et de la façon dont ça pourrait affecter la relation la plus importante de sa vie. Mais il devait aller jusqu'au bout, et tant pis si ça mettait fin à son amitié et son partenariat avec Daniel. Son avenir ne pouvait se résumer à son travail et sa carrière.

— Oui, Daniel. J'aime ta sœur.

— Je ne sais pas quoi dire. Il va me falloir un peu de temps pour digérer ça.

Ryder s'approcha et le regarda droit dans les yeux.

— C'est très simple. J'aime ta sœur, et tu m'as dit

une fois que notre amitié était plus forte que tout. Il est temps de le prouver.

Alex appréhendait la visite de Katrina au Flora car il y avait de fortes chances qu'elle lui pose des questions au sujet de Ryder. Et qu'était-elle censée dire ? Une semaine s'était écoulée depuis lcur rupture, et la jeune femme commençait tout juste à recoller les morceaux de son cœur. Elle voulait aller de l'avant, et parler de Ryder lui donnerait l'impression de marcher dans la direction opposée.

Elle savait aussi que Ryder et Daniel devaient rencontrer Geoffrey aujourd'hui. L'amitié que Ryder avait nouée avec Geoffrey était née à une époque où Geoffrey les croyait tous deux en couple. Mais elle ne voulait plus faire semblant. Elle ne s'en sentait plus capable. Donc aujourd'hui elle dirait la vérité à Katrina, et tant pis si Ryder devrait en assumer les conséquences. Cette situation avait été créée de toutes pièces par lui et Daniel. Qu'ils se débrouillent pour y remédier. Alex en avait fini de réparer les dégâts des autres.

Katrina arriva un peu après l'heure du déjeuner, raffinée et soignée comme toujours, et vêtue d'un pantalon slim blanc, d'un chemisier noir sur mesure et de boucles d'oreilles en perles.

— Alex, très chère. C'est si bon de vous revoir. Mais je propose qu'on se tutoie.

Alex embrassa sa nouvelle amie, heureuse qu'elles soient devenues si proches en si peu de temps.

— Mais bien sûr. Je suis si heureuse de ta venue. J'ai hâte d'en savoir plus sur cet événement. Montons dans mon bureau.

Une fois dans son bureau, elle offrit une chaise à Katrina.

— Je t'en prie. Assieds-toi.

Katrina posa son sac à main haute couture sur le sol et s'assit en croisant les jambes.

— Donc, c'est un événement pour collecter des bourses d'études pour la Tisch School of the Arts de New York durant la mi-décembre. J'espère qu'il n'est pas trop tard. Je suis sûre que tu prends tes commandes longtemps à l'avance.

— Je saurais toujours trouver des disponibilités pour toi. Et comme ça se passera en ville, il n'est certainement pas trop tard. Dis-m'en plus, et je poursuivrai avec des questions.

Alex sortit un carnet et commença à griffonner des notes pendant que Katrina donnait plus de détails sur ce qu'elle envisageait pour l'événement et les arrangements floraux.

— J'ai surtout réfléchi aux centres de table, mais si tu as des idées, j'aimerais les entendre.

Alex tapota son stylo sur le bureau en réfléchissant.

— Les guirlandes de verdure sont attrayantes à cette période de l'année. On pourrait en mettre dans l'entrée, et peut-être même à l'intérieur. L'odeur sera agréable et ça donnera une atmosphère festive.

— Fabuleux. Je te fais entièrement confiance. Ta décoration était incroyable au mariage de Chloe.

— J'ai juste fait la conception, et mon équipe s'est chargée du reste. C'était un travail en commun.

— Dans ce cas j'adore ton imagination. Elle est impressionnante.

— Merci. Ça me touche.

Autrefois, Alex aurait fait n'importe quoi pour ce genre de compliments, mais sans Ryder ils n'avaient plus la même saveur. À quoi allait ressembler sa vie à présent ? Du travail et encore du travail ? Elle n'avait plus aucun espoir de trouver l'amour ; les tabloïds s'en étaient bien assurés.

— Est-ce que tout va bien, Alex ? Tu as l'air préoccupée et pas aussi pétillante que d'habitude.

— C'est Ryder, répondit Alex en soupirant. Il est dans mon esprit… et pas dans le bon sens du terme.

Katrina se pencha vers elle.

— Quoi ? Qu'est-il arrivé ? Une dispute ?

L'ancienne Alex aurait minimisé la situation et dit n'importe quoi pour clore le sujet. Mais pas la nouvelle Alex : elle ne voulait plus être gentille par politesse.

— C'est terminé entre nous. Et sache que tout était faux.

Puis elle réfléchit un instant – ce n'était pas tout à fait vrai.

— Disons que c'était réel pour moi. Mais apparemment pas pour lui.

Les yeux de Katrina s'étrécirent de confusion.

— Je ne comprends pas.

— Je ne veux pas que tu aies une mauvaise image de Ryder. Tout a commencé parce qu'il voulait me rendre service. Ryder a accepté d'être mon cavalier pour le mariage de Chloe parce que je vivais dans la peur des tabloïds. Mais la vérité c'est que ça fait des années que j'ai des sentiments pour lui. Une dizaine d'années pour être plus précise. Donc quand j'ai accepté, j'avais d'autres idées en tête que lui, sauf qu'il n'en savait rien.

— Mais vous allez si bien ensemble. Je ne vois pas comment vous auriez pu faire semblant. À mon âge, je suis assez bon juge, et ce que j'ai vu m'a semblé très réel.

Alex soupira en repensant aux moments où Katrina les avait vus ensemble. Que quelqu'un lui confirme que leur relation semblait bien réelle la rendait encore plus triste.

— Ça l'était pour moi, et je n'ai jamais été aussi heureuse de ma vie. Mais ensuite, il a mentionné le fait que je jouais bien la comédie, et j'ai craqué. Je lui ai avoué que j'étais amoureuse de lui, et ça l'a mis en colère.

— Parce que tu étais amoureuse de lui ?

— Parce que nous avions convenu que ce serait faux, et que je n'avais pas été franche sur mes sentiments. Il a dit que je mettais en péril sa relation avec mon frère.

Katrina se renfonça dans son siège et poussa un soupir inquiet.

— Il me semble qu'un certain jeune homme aurait besoin d'ouvrir les yeux et voir la femme incroyable qui se trouve en face de lui.

— On verra bien. J'aimerais être optimiste, mais je ne me fais pas d'illusions.

Le téléphone d'Alex tinta à l'arrivée d'un SMS. C'était Jade.

Ryder est là. Je sais que tu es en réunion, mais il dit que c'est important. Je l'envoie ?

Soudain son cœur se mit à battre à toute vitesse.

— En parlant du loup.

— Ryder ?

— Il est en bas et demande à me voir. Que dois-je faire ?

Elle se sentait bien moins confiante que quelques minutes auparavant.

— Dis-lui oui. Je vais te laisser.

Alex tapa une réponse à Jade.

Fais-le monter.

— Merci Katrina. C'est très gentil. Je t'enverrai quelques idées par mail et nous pourrons nous revoir pour décider des derniers détails.

— Ça me convient tout à fait.

— Toc-toc ?

Ryder se tenait dans l'embrasure de la porte, un bouquet de tulipes à la main. Cette fois, elles étaient rouges.

— Bonjour, Ryder, dit Katrina en prenant son sac à main. Je vais vous laisser. Il me semble que vous avez beaucoup à vous dire.

— Vraiment ? demanda Ryder en lançant un regard confus à Alex.

— Ne t'inquiète pas, Ryder. J'ai tout raconté à Katrina. Tu n'as pas à faire semblant.

Ryder fit un pas dans le bureau.

— Pas si vite.

Katrina les regarda tour à tour.

— Je vous laisse, dit-elle.

— Non, Katrina. Vous pouvez entendre ce que j'ai à dire, déclara Ryder en faisant un pas de plus, puis un autre et encore un autre avant d'offrir les fleurs. Je t'ai apporté ça en guise d'excuses.

Alex accepta avec hésitation et admira les fleurs. Il y en avait deux fois plus que la dernière fois.

— Elles sont rouges. Nous en avons déjà discuté. La couleur des fleurs a une signification, Ryder. Tu ne peux pas m'apporter la couleur qui te chante.

Elle sentit une seule larme rouler sur sa joue et souhaita soudain qu'il s'en aille. Elle détestait être ainsi à fleur de peau, mais elle n'y pouvait rien. Elle l'aimait et il jouait à nouveau avec son cœur.

— Et je t'ai écouté. Le rouge signifie l'amour et la passion. Je t'aime, Alex, et je me suis comporté comme un imbécile.

Katrina prit une profonde inspiration. Elle était tout aussi choquée qu'Alex.

— Je crois qu'il vaut mieux que je vous laisse, déclara-t-elle. Bonne chance, tous les deux.

Ryder la regarda partir avant de ramener son attention vers Alex.

— Je sais que ce ne sont que des fleurs, mais j'espère que tu les accepteras en gage de mon affection, que j'aimerais pouvoir continuer à te témoigner. Je t'aime, Alex, et je veux rattraper le temps perdu.

— Tout d'abord, comment ça « que des fleurs » ? Tu sais pourtant que je suis fleuriste ?

— Je ne voulais pas dire ça comme ça, répondit Ryder en riant doucement.

— Très bien.

Elle étudia son beau visage – sa mâchoire sculptée, ses lèvres qu'elle aimait embrasser et ses grands yeux bruns auprès desquels elle rêvait pouvoir se réveiller tous les matins.

— Et Daniel alors ? Je ne veux pas que tu cèdes à ses caprices, mais je ne veux pas non plus me mettre en travers de votre amitié… ou votre partenariat. Je sais à quel point ces deux aspects comptent pour toi.

— Nous en avons discuté. J'ai tout avoué : qu'on sortait ensemble et qu'il devait l'accepter.

Alex battit des cils en essayant de se représenter la scène.

— Et comment ça s'est passé ?

— Pas très bien. Mais je lui ai expliqué à quel point ça me blessait qu'il ne me fasse pas confiance. Je suis son meilleur ami. S'il y a bien une personne en qui il devrait avoir confiance pour aimer et prendre soin de sa sœur, c'est bien moi. Je t'aime, Alex. Je tiens à toi. Je veux pouvoir prendre soin de toi pour le restant de ma vie.

À présent les larmes coulaient librement et dégringolaient sur les joues d'Alex. Elle s'était pourtant juré d'être forte, mais elle ne pouvait rester stoïque alors que Ryder lui ouvrait son cœur. C'était comme si elle attendait depuis une éternité qu'il lui dise ces mots, lui l'homme qu'elle désirait depuis le jour où elle l'avait rencontré.

— S'il te plaît, ne pleure pas, dit-il en enroulant un bras autour de sa taille et l'attirant tout près pour essuyer ses larmes. Je ne supporte pas de te voir malheureuse. Tu sais que c'est mon point faible. C'était déjà mon point faible le jour où tu as annulé ton mariage.

— C'étaient des larmes de tristesse ce jour-là, Ryder. Là, ce sont des larmes de bonheur. Je t'aime tellement, tu n'as pas idée à quel point. Mon cœur éclate rien qu'en pensant à ce que tu viens de dire. J'ai l'impression de vivre un rêve. Le meilleur rêve imaginable où tout se passe comme je veux et où je peux être heureuse.

— Ce n'est pas un rêve, Alex. C'est réel.

Il sourit et lui caressa les cheveux, puis prit sa mâchoire pour lever sa bouche vers la sienne. Ce fut un baiser paradisiaque. Le genre de moment auquel on s'accroche jusqu'à la mort tant l'instant est parfait.

— Je veux te rendre heureuse. J'espère que tu me laisseras te rendre heureuse, chuchota-t-il contre ses lèvres.

— Voilà que tu te remets à flirter avec moi.

— Un peu que je flirte avec toi.

Un petit gloussement s'échappa des lèvres d'Alex. Son cœur et son corps étaient aussi légers que l'air.

— Tu as tous les droits maintenant. Flirte autant que tu veux et rends-moi heureuse.

— Et si je voulais te rendre vraiment heureuse ? Vraiment, vraiment heureuse ?

Il se pencha et lui pressa les fesses de manière pas du tout subtile.

Elle rit et secoua la tête, incapable d'effacer le sourire qui restait collé à son visage.

— Si tu tiens à ce point à me rendre heureuse, il va falloir trouver un peu d'intimité. Chez toi ou chez moi ?

— Je m'en fiche, Alex. Tant que je peux être avec toi.

Épilogue

Trois mois plus tard

— Tu es sûr que je ne peux pas t'aider ? Tu sais que je suis douée.

Alex faisait de son mieux pour ne pas mettre son grain de sel, mais la façon dont Ryder dressait la table pour son dîner d'anniversaire n'allait pas du tout.

— Tout à fait. Va dans l'autre pièce et détends-toi jusqu'à ce que tes amis arrivent.

Elle prit une profonde inspiration en le voyant placer les bougies. Elle aurait fait différemment, mais il fallait qu'elle lâche prise car c'était lui qui organisait ce dîner.

Heureusement, la sonnette retentit, annonçant l'arrivée de Taylor, Roman, Chloe et Parker. Alex se dépêcha d'aller accueillir les invités.

— Joyeux anniversaire ! crièrent Taylor et Chloe.

Elles étreignirent Alex à l'étouffer pour son plus grand bonheur. Ses amies signifiaient tant pour elle.

— Venez, dit Alex en leur faisant signe d'entrer dans l'appartement de Ryder où elle vivait officiellement à présent.

— Hé, vous êtes tous là, s'exclama Ryder en sortant de la salle à manger. Le traiteur vient de livrer le repas. On peut directement passer à table si vous voulez.

Il avait vraiment fait un excellent travail et prêté une

attention particulière à tous les petits détails, y compris la livraison du repas, parce qu'il avait énormément de qualités, mais qu'il n'était en aucun cas un chef.

Ils s'installèrent autour de la table, décorée de bougies étrangement espacées, et commencèrent l'excellent repas composé de carpaccio de bœuf avec câpres et aïoli, suivi d'une salade verte avec fromage de chèvre et noix de pécan confites, puis d'un saumon poêlé sur un lit de lentilles françaises, bacon et roquette sautée. Tout était délicieux, et chaque plat meilleur que le précédent.

— Alors, déclara Taylor en regardant Alex alors qu'ils terminaient de manger, je veux connaître les dernières nouvelles sur Petit Carnet Noir. Où est-ce que ça en est ?

En effet, Alex avait pris l'affaire en main. Après que les trois amies étaient tombées sur Ruby ce soir-là, Alex avait consulté Parker pour la suite. Ils avaient discuté des exigences de Ruby et de sa mère, et Parker avait engagé un avocat à cet effet.

— Parker, tu veux leur raconter ?

— Bien sûr, dit-il en souriant, très fier du rôle qu'il avait joué pour mettre fin au règne de terreur de ce compte. Vous savez tous que j'ai engagé un avocat pour Ruby et sa mère. Tout ce qu'elles demandaient, c'était le domaine, ce qui semble beaucoup mais, honnêtement, c'est plus un fardeau qu'un cadeau. Mais j'y reviendrai dans une seconde. Bref, la société historique locale a accepté de restituer le domaine et de renoncer au contenu de la maison. Ruby et sa mère ont accepté de vivre dans le domaine et de l'entretenir et, en échange, la société historique peut y organiser deux collectes de fonds par an.

— Je suppose qu'elles voulaient rester reliées à cette partie de leur histoire, émit Ryder. Ruby et sa mère ont été coupées de leur famille. Au moins, elles ont maintenant un lien avec la propriété.

— En fait, j'ai réussi à les aider à établir un lien de plus, déclara Roman. Je pense que vous savez tous que je finançais la construction d'un nouveau bâtiment sur le campus de la Sedgefield Academy, dédié à M. Charles Braker, qui était l'un de mes professeurs préférés. C'était l'homme avec qui Simone Astley a eu une liaison alors qu'elle n'avait que dix-sept ans, et c'est donc le grand-père de Ruby. Je l'ai convaincu de leur parler.

Alex haleta. Elle ne connaissait pas cette partie de l'histoire.

— Qu'est-il arrivé ?

— C'était tendu au départ, mais ça s'est calmé quand Charles a pu s'expliquer. Les trois ont passé un agréable moment et ont l'intention de se revoir. Il a également créé un fonds de placement pour participer à l'entretien du domaine Astley.

— Stupéfiant, s'exclama Ryder.

— Attends, ce n'est pas tout, dit Parker en regardant Chloe qui sourit.

— Le bouquet final, c'est que j'ai embauché Ruby dans mon entreprise de relations publiques. Elle travaillera essentiellement en rapport avec les réseaux sociaux.

— Donc, elle va utiliser ses talents pour le bien ?

Alex était ravie de cette fin particulièrement heureuse.

— Je sais que sa façon de faire n'était pas honorable, mais je comprends ses motivations. Ce qui est arrivé à Simone Astley était terrible. Ce qui est arrivé à Ruby et sa mère n'était pas mieux. Trois générations de femmes séparées parce que Simone est tombée enceinte et que sa mère en avait honte. C'est si triste, commenta Chloe.

— Je suis sûr que vous avez tous vu ce premier

message publié par Petit Carnet Noir, déclara Parker. Il y avait une photo d'un carnet noir avec les initiales SA dessus. C'était le journal intime de Simone. Elle l'a tenu quand elle était enceinte de la mère de Ruby et y a raconté comment tout le monde l'avait rejetée, en citant des noms. Ruby l'a volé dans la propriété. Elle y est allée après avoir découvert l'identité de sa vraie grand-mère. Mais Ruby et sa mère n'avaient pas les moyens d'obtenir la succession, alors elles ont décidé de se venger de ceux qui avaient fait du tort à Simone.

Chloe se pencha vers Parker et le regarda.

— Je sais que le chemin a été long et cahoteux, mais même si Petit Carnet Noir était un agent du chaos, ces femmes ont permis à trois couples de se réunir à cette table ce soir.

Le silence retomba sur le groupe tandis qu'ils méditaient sur ces paroles. Chloe avait raison. Petit Carnet Noir avait fait des dégâts, mais les choses s'étaient bien terminées.

— Sur cette note, je pense que nous devrions passer au gâteau, dit Ryder en se levant de table.

— Je peux t'aider maintenant ? demanda Alex.

— Non. Mais je veux bien l'aide de quelqu'un d'autre.

— J'arrive, dit Taylor en se levant.

Quelques minutes plus tard, Taylor sortit de la cuisine et baissa les lumières de la salle à manger. Ryder la suivait avec un gâteau au chocolat déraisonnablement gros recouvert de bougies. Voir son beau visage illuminé de joie et de fierté d'avoir organisé ce repas parfaitreprésentait un anniversaire idéal pour Alex. Parker entama un *Joyeux Anniversaire* repris par tous, excepté Ryder qui était trop occupé à lui sourire pour pouvoir chanter.

— Fais un vœu, dit-il en posant le gâteau.

Son souhait le plus important s'était déjà réalisé. Elle se

pencha et souffla les bougies, puis planta un gros baiser sur les lèvres très méritantes de Ryder.

Alex insista pour couper et servir le gâteau, puis elle s'assit pour déguster sa propre part qui disparut bien vite. Jamais elle n'avait encore mangé de glaçage au caramel salé aussi divin. Puis elle ouvrit ses cadeaux : un collier de la part de Taylor et Roman, et un chèque-cadeau pour une journée spa de la part de Chloe et Parker. Mais pour Alex, le plus important, même avant le gâteau ou les cadeaux, c'était cette soirée merveilleuse passée en compagnie des personnes qu'elle aimait.

Après avoir débarrassé, ils se retirèrent dans le salon, où ils prirent un verre et discutèrent. Les trois hommes écoutèrent Taylor, Chloe et Alex raconter des anecdotes sur l'époque du lycée et des ennuis qu'elles s'étaient parfois attirés. C'était super de se remémorer les bons vieux souvenirs quand chacun dans cette pièce avait le regard tourné vers l'avenir.

— On va y aller, déclara finalement Chloe après avoir consulté son téléphone plus d'une heure plus tard. Notre chien, Blue, n'aime pas qu'on le laisse seul trop longtemps.

— Nous aussi, déclara Taylor. Roman et moi retournons dans le Connecticut ce soir même.

— Pour travailler sur le domaine ? demanda Alex.

Même si Taylor et Roman aimaient passer du temps à s'occuper de leur projet commun, Alex devina qu'ils voulaient être seuls sur cette grande et belle propriété. Et elle les comprenait.

— Un peu, dit Taylor en jetant un rapide regard à Roman et lui faisant un clin d'œil, confirmant très probablement les soupçons d'Alex.

Devant la porte, Alex étreignit ses chères amies.

— Je vous aime toutes les deux. J'espère que vous le savez.

— Nous t'aimons aussi, déclarèrent Chloe et Taylor à l'unisson.

Parker secoua la tête.

— Bon, les filles, ce n'est pas comme si vous n'allez plus vous revoir avant longtemps ou ne pas vous parler au téléphone d'ici une heure. Vous êtes inséparables.

— Mais il n'y a rien de mal à ça, déclara Chloe.

Ils firent leurs adieux et Ryder referma la porte. Alex se jeta aussitôt dans ses bras.

— Merci de m'avoir organisé le meilleur anniversaire de toute ma vie. J'ai adoré.

Il l'embrassa doucement, puis lui prit la main.

— Et ce n'est pas fini.

— Mais tu m'as déjà donné mon cadeau.

Il lui avait offert une magnifique sacoche d'ordinateur de créateur avant l'arrivée des invités.

— Il y a autre chose que je veux te donner. Viens.

Il la conduisit dans leur chambre où Alex avait récemment changé la décoration en y apportant quelques touches féminines comme la literie et des tableaux plus colorés.

— Assieds-toi. Je reviens tout de suite.

Ryder disparut dans le dressing tandis qu'Alex se demandait ce qu'il faisait.

— Tu as mis une voiture dans le placard ? Ou un chiot ?

Il rit en ressortant les deux mains derrière le dos.

— Non. Tu espérais un chien ?

— Peut-être ? Pas vraiment. Mais peut-être… un jour.

Il rit en s'approchant d'elle.

— Eh bien, ce n'est pas un chien. J'ai beaucoup réfléchi pour savoir si je devais te donner ça aujourd'hui ou pas.

Je sais que tu ne gardes pas le meilleur des souvenirs de ton anniversaire.

— C'est pour ça que tu as organisé un repas détendu et intime avec nos amis, plutôt qu'une fête avec trois cents personnes. Je ne pourrais pas en être plus reconnaissante. Vraiment, Ryder, je n'ai pas besoin que tu me fasses un autre cadeau, dit-elle en saisissant son bras. Tu es la seule chose que je désire.

Ryder se laissa tomber sur un genou et avança les mains, révélant une petite boîte à bijoux. Alex avait vu cette scène dans des milliers de films, et une fois dans sa propre vie avant que ça vire au pire des cauchemars. Elle savait ce que Ryder était sur le point de faire, mais elle était impatiente d'entendre ce qu'il allait dire.

Il posa la boîte sur le lit à côté d'elle et lui prit les deux mains.

— Alex, je t'aime plus que je pensais possible d'aimer, et j'aimerais savoir ce que tu penses du mariage et d'avoir un jour des enfants. Plus un chien, apparemment. Et aussi vieillir ensemble.

Alex s'était promis de ne pas pleurer mais, bien sûr, il fallait qu'une unique larme coule sur sa joue.

— Ryder, tu n'avais même pas besoin de me le demander. J'adorerais t'épouser. Tu n'avais même pas besoin de faire tout ça et m'acheter une bague.

— Ce n'est pas une bague, dit-il en désignant la boîte. Elle est vide. Il est hors de question que je choisisse une bague sans te consulter au préalable. Le dernier qui t'a fait ça a failli te briser. C'est aussi pour ça que je n'ai pas posé la question devant les autres. Je veux que ce soit un partenariat. Le partenariat le plus important qui soit.

Elle enfonça ses doigts dans ses cheveux, puis prit son visage en coupe, émue par ses paroles. Il fut un temps où son partenariat avec son frère était la cible la plus importante au monde. Mais plus maintenant. Daniel tenait un rôle de premier plan dans leurs deux vies, mais un rôle positif : celui de frère et ami pour Alex, et d'associé et ami pour Ryder.

— J'aime tout dans la façon dont tu viens de me demander de t'épouser, Ryder Carson. Et j'ai hâte de me marier.

Vous avez aimé *Un cavalier presque parfait* ?
Retrouvez sur Harlequin.fr les premiers volets
de votre série « Scandaleuses révélations » :

1. *Ce play-boy interdit*
2. *Un séduisant célibataire*
3. *Un cavalier presque parfait*

ZURI DAY

Une famille pour Ivy

Traduction française de
HÉLÈNE ARNAUD

PASSIONS

HARLEQUIN

Titre original :
THE NANNY GAME

Lorsque l'on s'attire, il est facile de croire
Qu'il vaut mieux donner plutôt que recevoir.
Profiter d'un moment magique à deux
Où la vie s'anime, et où l'amour devient plus qu'un jeu.

1

— Au revoir, Desmond. À bientôt.

— Oui, Penelope, mon amour, répondit-il de sa voix de basse, en français. Nous nous reverrons très vite.

— Oui, oui…

Son rire doux et sensuel résonna dans le téléphone et le fit frissonner. Desmond Eddington raccrocha, usé par sa longue journée de travail. La semaine avait été fatigante mais productive. Depuis trois mois, il était tellement occupé par le lancement de la nouvelle cryptomonnaie d'Eddington Enterprise, E-Squared, que sa vie sentimentale commençait à en pâtir. Un week-end imprévu avec l'une de ses amantes préférées semblait le remède idéal. Déjà excité, il renonça même à rentrer chez lui pour boucler un sac de nuit. Il prit juste quelques dossiers, ajouta le nom de Penelope à la liste des invités pour la fête d'anniversaire de sa grand-mère, le lendemain, et quitta son bureau.

— Vous pouvez rentrer chez vous, Janice, dit-il à sa secrétaire en passant.

Il traversa le grand hall du bâtiment et descendit dans le parking avec la grâce d'un play-boy millionnaire. Le voiturier, toujours prêt, vint immédiatement garer son véhicule devant le trottoir recouvert d'un tapis. Desmond s'assit derrière le volant, mit le contact, et le monstre de métal sortit au pas du parking. Une fine couche de neige s'était déposée sur les rues bien entretenues de la Pointe du Sable, un quartier très huppé situé sur la rive du lac Michigan, en bordure de Chicago. Desmond, obnubilé par l'arrivée de la tentatrice qui l'avait séduit pendant la Fashion Week de Paris l'année précédente, remarqua à peine les flocons. Penelope était mannequin. Son intelligence et sa culture l'avaient fasciné pendant un cocktail donné par un grand couturier ; mais leurs emplois du temps, de part et d'autre de l'Atlantique, avaient rendu leur liaison difficile. Ils ne se voyaient que rarement, dans ces villes luxueuses où l'élite mondiale se donnait rendez-vous. Leur dernière entrevue datait du mariage d'un prince en Afrique du Sud… Cette fois, elle passait à Chicago pour faire ses débuts en tant qu'actrice et avait promis à Desmond un feu d'artifice pour leurs retrouvailles.

Arrivé à un feu rouge, il se détourna du domaine Eddington et prit la route du centre-ville. Il venait d'atteindre la bretelle du périphérique lorsque son portable sonna. C'était Chauncey, intendant de la maison familiale et grand gardien des secrets du clan.

— Qu'y a-t-il ? demanda Desmond.

— Bonsoir, monsieur. J'ai essayé de vous joindre en vain à votre bureau. Êtes-vous en chemin pour rentrer ?

— Non, pas vraiment.

Il y eut une courte pause.

— Vous devez venir au domaine, monsieur. Immédiatement.

— Pourquoi ?

— C'est une affaire délicate… Nous ferions mieux d'en parler en privé…

— De quoi s'agit-il, Chauncey ?

— D'un paquet livré pour vous.

Était-ce tout ? Le feu passa au vert et Desmond s'engagea sur la bretelle, le pied au plancher.

— Je ne vois pas en quoi ce serait si délicat, répondit-il. Écoutez, je vais à Chicago et je compte y rester pour le week-end. Demandez à un employé de déposer ce paquet dans mon garage, si vous avez peur qu'il prenne la pluie.

— Monsieur, ce colis demande votre attention de toute urgence, insista l'autre homme.

Desmond soupira. Le sens du détail de l'intendant était ce qui permettait au domaine d'être géré sans peine, quoi qu'il advienne ; mais parfois, sa nature trop protectrice devenait gênante.

— Je suis certain que vous vous en sortirez sans moi.

— Je ne peux pas. Ce n'est pas dans mes attributions.

— Comment le savez-vous ? Avez-vous ouvert le paquet ?

— C'était une caisse et, oui, je l'ai ouverte.

Ce n'était pas inhabituel. Chauncey, au service de la famille depuis l'enfance du père de Desmond, vérifiait le contenu de chaque colis suspect livré au domaine.

— Eh bien ? Qu'y avait-il à l'intérieur ?

Tout en parlant, il doubla une voiture dans un ronflement de moteur.

— Chauncey ? M'avez-vous entendu ?

L'intendant s'éclaircit la voix :

— Elle contenait un bébé, monsieur.

Si ça avait été un film, on aurait soudain entendu des crissements de pneus sur l'asphalte… Mais Desmond, prudent, décéléra avec soin, les mains crispées sur le volant. La vitesse avait dû brouiller la communication.

— Un quoi ? balbutia-t-il, certain d'avoir mal entendu.

— Une petite fille d'environ un mois, d'après Bernice.

L'épouse de Chauncey gérait d'une main de maître le personnel de la maison depuis plus de vingt-cinq ans.

— Et le colis m'était adressé ?

— Accompagné d'une enveloppe à votre nom.

— De la part de qui ?

— Euh… Il n'y a qu'une adresse professionnelle sur le rabat : Acting Up, LLC.

Shelly. Desmond sentit son estomac se nouer.

— Le paquet a été livré il y a une demi-heure par un coursier indépendant, mais on ne l'a ouvert que lorsque le bébé a commencé à pleurer…

Tout en écoutant Chauncey, Desmond s'engagea précipitamment dans la première sortie. Il n'était encore qu'à une dizaine de minutes du domaine… Soudain, une pensée le frappa – la seule qui semblait logique. Ce bébé était une blague, sans doute élaborée par son jeune frère Jake. Ne s'était-il pas moqué de lui en prétendant qu'il était le prochain sur la liste, quand ils avaient rendu visite à leur meilleur ami Cayden dont la femme attendait un enfant ? Soulagé, Desmond sourit. Il fut tenté de reprendre sa route, comme prévu. Mais, puisqu'il était si proche de la maison, autant régler le problème et empaqueter quelques affaires pour son week-end.

Cette histoire ne pouvait venir *que* de Jake. Celui-ci avait appris à jouer des mauvais tours avant même de savoir marcher ! Il raccrocha, puis composa immédiatement le numéro de son frère.

— Jake Eddington, répondit une voix sérieuse.

— Bon sang, Jake ! C'est bien essayé, mais ta blague n'a rien de drôle !

— Je ne vois pas de quoi tu parles…

Au même instant, il eut un double appel de Penelope.

— Un instant, ma chérie, dit-il avant de basculer

de nouveau sur le numéro de son frère. Où donc as-tu trouvé ce bébé ?

— Un bébé ? Quel bébé ?

Bon sang ! L'appel n'avait pas été coupé ! Penelope était encore en ligne. Il étouffa un juron.

— Tu es mon bébé, dit-il.

Il imagina sans peine la moue qui devait déformer le beau visage de son amante.

— Es-tu en route ? demanda-t-elle.

— Bientôt. J'ai une urgence à régler avant.

— Mais tu viens toujours, n'est-ce pas ?

Desmond promit, puis raccrocha et vérifia que Jake était seul en ligne, cette fois.

— Écoute, frangin, j'admets que c'est une plaisanterie élaborée : trouver un enfant, le faire livrer chez moi… C'est complètement fou, même pour toi, mais notre pari tient toujours. Tu seras père avant moi et mon futur bébé ne sera certainement pas déposé devant ma porte par un coursier ! Il faut à tout prix le rendre à sa mère.

Un long silence s'écoula.

— Je ne comprends vraiment pas de quoi tu parles, finit par dire Jake.

En un éclair, le soulagement de Desmond fondit.

— Voyons, vieux. On n'a plus l'âge de jouer à ça.

— Je ne joue pas, grand frère. Je ne suis pas au courant d'une livraison, et encore moins d'un bébé !

— Tu es doué. J'ai failli te croire.

— Je te le jure, Des ! Je n'ai même pas encore quitté le bureau et je ne risque pas de rentrer de sitôt…

Dans ce cas, Shelly, son amie avec bénéfices depuis si longtemps, était-elle la coupable ? Elle n'était pourtant pas du genre à faire des farces – pas comme ça. De plus, ils ne s'étaient pas revus depuis qu'elle était partie pour

Los Angeles pour devenir actrice, c'est-à-dire… neuf ou dix mois plus tôt. Lentement, les souvenirs de leurs adieux sensuels se mirent à danser devant ses yeux. Tandis qu'il approchait de la grille du domaine, une panique commença à l'envahir.

Était-ce réellement possible ? Si c'était le cas, il allait perdre bien plus qu'un simple pari…

- 2 -

Ivy jongla pendant un instant avec ses sacs de courses tout en essayant d'attraper son portable dans son sac à main. Elle décrocha, à mi-chemin entre le garage et la cuisine.

— Allô ?

— Ivy Marie Campbell.

Ouf ! Je suis si contente que tu aies répondu !

— Bonjour, Lynn. Attends un instant, je rentre à peine chez moi.

Calant le téléphone contre son épaule, elle ouvrit la porte, contourna les vestiges de la dernière fièvre acheteuse de sa mère et posa ses sacs sur le comptoir de la cuisine. Depuis le salon, par-dessus le bruit de la télé, lui parvint la voix d'Helen, sa maman.

— Il était temps ! Ils sont allés tuer une vache pour faire mon burger, ou quoi ?

Mince !

— Deux secondes, Lynn. Ne raccroche pas, dit-elle avant de s'approcher du salon. Désolée, maman. Entre la file d'attente au service des permis et l'épicerie, j'ai oublié ton burger. Mais je peux te faire une salade au poulet rôti. Ça t'irait ?

— Certainement pas ! Tu oublierais ta tête, si elle n'était pas fixée sur tes épaules…

Ivy se força à sourire.

— Je peux retourner le chercher.

— Non, fais-moi juste un sandwich poulet-mayo avec du soda et des chips.

La jeune femme acquiesça, puis reprit son téléphone.

— Est-ce que je peux te rappeler plus tard, Lynn ?

— Non ! Je viens de recevoir une offre d'emploi, mais on a besoin de toi immédiatement.

— Sérieux ? OK, patiente un instant.

De retour chez sa mère depuis trois mois, elle commençait déjà à le regretter. Helen était toujours aussi amère et désagréable… Son existence plus libre à la fac avait permis à Ivy de se libérer de son influence négative et, quand elle avait rencontré Gerald, elle avait cru voir sa vie s'ouvrir devant elle. Puis la tragédie avait frappé. Malgré l'accident qui l'avait privée de l'homme qu'elle avait aimé, elle avait hâte de quitter de nouveau la maison de sa mère pour reprendre le travail. Elle s'enferma dans la chambre d'amis – son refuge – et mit le haut-parleur.

— Merci d'avoir patienté, Lynn. Je t'écoute.

— Il ne s'agit pas que d'un boulot, mais d'une carrière qui pourrait te mettre à l'abri du besoin pour les dix-huit prochaines années, Ivy.

— Mais je ne t'ai envoyé mon CV que la semaine dernière ! répondit-elle, sous le choc.

— Et tu as bien fait. Quand peux-tu venir au bureau ?

Ivy jeta un coup d'œil à sa montre. Il était déjà dix-neuf heures et on était vendredi…

— Je peux passer lundi à la première heure, répondit-elle.

— Non, j'ai besoin de toi tout de suite. Ce poste est à pourvoir immédiatement. Alors, quand viens-tu ?

— J'arrive.

Une heure et demie plus tard, après avoir fait un sandwich à sa mère et roulé jusqu'au bureau de Lynn, Ivy entra dans la Pointe du Sable. C'était un quartier huppé au nord de Chicago dans lequel résidaient les familles les plus riches de la région, dont les Eddington, l'un des clans majeurs du comté. Ils ne faisaient certes pas partie du gratin des acteurs et chanteurs célèbres, mais tous les résidents de l'Illinois les connaissaient. Y compris Ivy. Comme des centaines de femmes, elle avait salivé devant les photos du beau Derrick Eddington et de ses deux fils, Jake et Desmond. Elle avait également été convaincue que jamais leurs chemins ne se croiseraient… Et pourtant elle était là, en route pour la maison de Desmond afin d'obtenir de lui un poste de nourrice. Elle supposait que l'enfant dont elle aurait la charge était le sien ; mais, après lui avoir fait signer les clauses de confidentialité requises, Lynn avait refusé de confirmer son hypothèse. N'avait-elle pourtant pas le droit de savoir ?

« Ils t'expliqueront tout, avait simplement dit Lynn. Et n'oublie pas : ce que tu apprendras à leur sujet doit rester strictement confidentiel. »

Elle avait bien sûr promis de tenir sa langue, sans vraiment comprendre l'attitude de Lynn. La nouvelle allait forcément finir par se répandre. Qui pouvait cacher un bébé ?

Elle parvint devant un pavillon de gardien, près des hautes grilles de fer forgé qui protégeaient une propriété constituée de plusieurs immenses maisons, que l'on appelait le Domaine Eddington. Un homme en uniforme, aussi sec qu'un général d'armée, ouvrit la fenêtre du pavillon. Elle fit de même, depuis sa voiture, frissonnant quand l'air glacial s'engouffra à l'intérieur de l'habitacle.

— Bonsoir. En quoi puis-je vous aider ?

— Je suis Ivy Campbell. J'ai rendez-vous avec Desmond Eddington, répondit-elle, soudain intimidée.

— Pièce d'identité, je vous prie.

Elle acquiesça et tira son permis de conduire de son sac pour le tendre au gardien.

— Un instant, s'il vous plaît.

Il scanna son permis, puis décrocha un téléphone. Bien sûr, elle avait déjà dû passer des contrôles de sécurité pour accéder à certains endroits, mais Ivy ne put s'empêcher de grimacer devant cette violation de son intimité. L'homme revint à la fenêtre et lui rendit le document.

— Nous venons de vous envoyer un texto pour vous guider jusqu'à la maison qui vous intéresse. Cliquez sur le lien et suivez les instructions. Bonne soirée.

En effet, son portable sonna au même instant, puis la lourde grille s'ouvrit avec majesté. Les mains crispées sur le volant, Ivy quitta le monde des mortels pour pénétrer dans cette enclave de paradis terrestre. Tout la stupéfia. Chaque demeure du domaine était plus imposante que les précédentes. Lorsqu'elle atteignit celle de Desmond, un chef-d'œuvre contemporain à plusieurs étages situé dans un cul-de-sac au sommet d'une petite colline, elle en eut le souffle coupé. Si elle avait pensé que Lynn exagérait en lui demandant d'enfiler un tailleur pour son entretien – elle était une nourrice, pas une financière ! – elle comprit à présent qu'elle avait eu raison. Son ensemble en laine bleu nuit assorti d'un col roulé en cachemire lui donnait tout juste assez d'assurance pour avancer. Suivant les instructions, elle contourna la maison pour atteindre le petit parking privé, à l'arrière. Elle se gara, prit une profonde inspiration et fit de son mieux pour paraître professionnelle. Un exploit, quand on avait l'impression d'être Cendrillon sur le point de rencontrer le prince charmant…

Ce n'est pas un prince, juste ton employeur potentiel. Et s'il a un enfant, il est sans doute marié. Concentre-toi !

Cette pensée la calma. De toute manière, elle n'avait aucune intention de sortir avec quelqu'un pour le moment, voire pour toujours. Elle jeta un coup d'œil à son maquillage dans le rétroviseur, enroula son écharpe autour de sa gorge et quitta la voiture pour courir vers la porte sous la neige. Elle n'eut même pas le temps de frapper : on ouvrit tout de suite.

— Mademoiselle Campbell ?

— Oui.

— Entrez, chérie, et fermez cette porte avant qu'on gèle.

Ivy obéit, ayant à peine le temps d'admirer le hall dallé avant de devoir suivre la femme âgée qui l'avait accueillie.

— Je m'appelle Bernice, dit celle-ci.

— Êtes-vous la mère de Desmond ?

— Ha ! M'accaparer ce titre ne me dérangerait pas, mais une certaine Mona m'en voudrait !

Elles pénétrèrent dans un somptueux salon et Ivy se figea, pétrifiée par cinq paires d'yeux qui se tournèrent en même temps dans sa direction. Elle n'eut pas le temps de se reprendre et de les saluer. Un homme, qui avait tout du « beau et sombre inconnu » vanté par les romans, rangea son portable et se leva pour lui serrer la main. Son regard, vif et perçant, provoqua une soudaine vague de chaleur en elle. Seigneur, elle le dévisageait trop !

— Bonsoir, dit-il. Je suis Desmond Eddington.

— Ivy Campbell.

— Je vous remercie d'être venue si vite.

Elle ne sut pas vraiment ce qu'elle répondit. À force de contempler ses yeux noisette si brillants, elle allait finir par perdre tous ses moyens. En un instant, tout son bon sens s'évapora, remplacé par une bouffée de désir. Elle comprit alors deux choses simultanément. D'abord, les magnifiques photos de Desmond dans les magazines ne lui rendaient pas justice. Et à en croire sa réaction face à lui, elle allait au-devant de *gros* ennuis.

— Permettez-moi de vous présenter ma famille.

Sans lui laisser le temps de poursuivre, Bernice s'interposa et proposa à Ivy de la débarrasser de son manteau. Elle s'exécuta, trop consciente du regard pénétrant de Desmond. Puis elle le suivit vers les sièges luxueux, dont deux restaient inoccupés.

— Voici ma mère, Mona, mon père, Derrick, et ma sœur, Maeve, annonça Desmond en l'entraînant au milieu d'eux.

Le père et le fils se ressemblaient beaucoup, nota Ivy. De son côté, Mona aurait presque pu passer pour la grande sœur de sa fille.

— Je suis ravie de vous rencontrer.

Enfin, Desmond indiqua le canapé d'un geste.

— Et voilà mon frère, Jake.

— Enchantée, Jake.

Celui-ci se leva en souriant et lui serra fermement la main.

— Je ne sais pas si vous êtes aussi ravie que vous le dites, mais nous le sommes, en tout cas.

Cette plaisanterie lui attira un « tss » sec de sa mère, qui se fendit de cette seule injonction :

— Comporte-toi bien.

— Enfin, voilà Chauncey, qui gère le domaine avec son épouse, acheva Desmond.

— L'épouse, c'est moi, précisa Bernice en s'asseyant près de son mari.

Enfin, on proposa à Ivy de s'installer à son tour, en

face de Desmond. Celui-ci paraissait décidément bien plus sérieux que son frère.

— Où est Reign ? demanda Jake en jetant un coup d'œil à sa montre, puis à la porte.

— À Londres, répondit Mona. Encore une des lubies de ta sœur. Ne me demande pas ce qu'elle y fait.

Cela dit, tous les regards se concentrèrent de nouveau sur Ivy. Elle avait pensé que Desmond la rencontrerait seule, ou avec son épouse, ou sa mère. Mais jamais elle n'aurait cru devoir affronter presque toute la famille – et les employés de maison ! Était-ce ainsi que vivaient les élites ?

— Avons-nous son contrat de confidentialité ? demanda Desmond.

Sa mère acquiesça.

— Dans ce cas, j'aimerais le voir.

— Je m'en occupe, répondit Bernice en se levant.

— Je suis certain que Lynn a su vous faire comprendre à quel point cette affaire est délicate…

Ivy hocha la tête et sourit.

— Elle ne m'a pas donné beaucoup de détails, mais elle s'est assurée que je garde pour moi toutes les confidences que je pourrais recevoir ici.

— Avant que nous n'allions plus loin, avez-vous des questions concernant nos clauses de confidentialité ?

— Non, dit-elle très vite. Elles étaient claires.

— Et vous comprenez les conséquences, en cas de manquement ? Nous n'hésiterons pas à porter plainte et à faire appel à tout l'appareil judiciaire dont nous disposons.

Cette menace directe et arrogante choqua la jeune femme. Même avec le salaire royal qu'on lui proposait, elle n'était pas certaine de pouvoir travailler pour un tel homme… Néanmoins, elle garda son calme et étudia

Desmond avec plus d'attention. Oui, il était orgueilleux et trop tape-à-l'œil à son goût – détails qui l'aideraient sans doute à lutter contre son attirance absurde pour lui. Les diamants ornant sa montre auraient sans doute suffi à rembourser le crédit étudiant d'Ivy ou lui payer une maison. Elle fut écœurée à l'idée que cet homme puisse tranquillement porter une telle fortune à son poignet, alors que des gens dormaient encore sous les ponts. D'après Lynn, les Eddington avaient bâti leur empire sur des opérations financières bien menées et un grand sens des affaires. Sans doute Desmond avait-il donc le droit de dépenser son argent comme il l'entendait… Il avait aussi probablement l'habitude de faire fondre toutes les femmes de son entourage, mais son luxe tapageur ne l'impressionnait pas. Enfin, pas beaucoup.

— Frangin, nous venons à peine de commencer, intervint Maeve. Ne l'effraie pas.

— Merci, renchérit sa mère avant de se tourner vers Ivy. Je suis sûre que Desmond a toute confiance en Lynn et son agence. Pardonnez-le : il vient de vivre une journée difficile.

— Et c'est pourquoi je me montre prudent.

Il se tourna vers Jake.

— Ses antécédents sont-ils satisfaisants ?

— Pas de casier judiciaire, aucun cadavre dans le placard.

Desmond acquiesça.

— Et y a-t-il quelque chose que nous devrions savoir à votre sujet et qui ne figure pas dans un fichier, Ivy ?

— Quelque chose ? demanda-t-elle, stupéfaite. Quoi ?

— N'importe quoi.

— Non.

— En êtes-vous certaine ?

Cette fois, c'était trop. Cédant à son exaspération, elle se leva d'un bond.

— Écoutez, je pense que vous devriez trouver une autre candidate pour ce travail, monsieur Eddington.

— Calme-toi, fils, protesta Derrick. Elle a répondu à ta question, inutile d'insister.

— Je vous en prie, rasseyez-vous, murmura Mona.

Ivy se percha au bord du siège. La tension était palpable dans la pièce et elle dut se souvenir de ce qui l'avait poussée à accepter cet entretien pour ne pas laisser l'impolitesse de Desmond l'atteindre.

— J'imagine que votre prudence excessive est liée à votre bébé, dit-elle poliment.

— Qui vous a dit que c'était le mien ?

Bon sang, il était encore plus sexy avec les sourcils froncés ! Il était aussi intimidant, mais Ivy n'avait pas l'habitude de se laisser marcher sur les pieds.

— Lynn, je crois. Avait-elle tort ou bien ai-je mal compris ses explications ?

— Non, pas vraiment, répondit Mona.

— En fait, nous n'en savons rien, précisa Jake.

Un silence gêné s'éleva, uniquement brisé par le retour de Bernice avec un dossier qu'elle tendit à Desmond. Il parcourut le document qu'elle avait signé, puis le posa.

— Plus tôt dans la soirée, un colis à mon nom a été déposé chez nous. Il contenait un bébé…

— L'enfant vous a été *livré* ? s'étrangla Ivy.

— Oui, accompagné par une lettre prétendant qu'il était le mien. Je n'en crois rien, bien sûr.

La nervosité d'Ivy fut immédiatement remplacée par un flot d'indignation. Elle dévisagea Desmond, choquée.

— Veuillez me pardonner, mais êtes-vous vraiment

en train de me dire qu'un coursier a déposé ce bébé chez vous comme un paquet ?

— Si vous avez du mal à y croire, imaginez un peu ce que j'ai pu ressentir. La lettre est signée par une ancienne petite amie que je n'ai pas revue depuis des mois.

Des mois ? *Neuf*, peut-être ? Craignant de paraître cynique, Ivy se contenta de serrer les dents.

— Oh ! dit-elle simplement.

Le regard de Desmond acheva de la mettre mal à l'aise. Jamais encore elle ne s'était trouvée aussi proche d'un homme si beau… Les sensations viscérales qu'elle éprouvait étaient si nouvelles pour elle ! Elle se sentait comme un papillon attiré par une flamme.

Tu devrais étouffer ce désir très vite si tu veux obtenir ce boulot, ma fille.

Maeve s'éclaircit la voix, tirant Ivy de ses réflexions.

— Notre famille doit à tout prix conserver une réputation sans tache. Nous insistons pour que cet incident demeure privé pour de nombreuses raisons, en particulier parce que mon frère est un pilier de la société, un mentor pour de nombreux jeunes hommes, et un leader dans le milieu des affaires. Si jamais ce qui s'est passé aujourd'hui était ébruité, ce serait un scandale inconcevable. Et si l'enfant est bien le sien, nous allons devoir faire preuve de beaucoup de délicatesse pour traiter cette affaire dans les médias.

— Comment avez-vous rencontré Lynn ? demanda soudain Desmond.

— Lors d'une soirée, il y a quelques années ; puis nous avons maintenu le contact via les réseaux sociaux.

Un vague haussement de sourcil lui apprit qu'il ignorait ce détail. Pendant un instant, sa carapace de businessman parut se fendiller. En dépit de sa surprise, il ne la quitta pas des yeux jusqu'à ce que sa mère intervienne, une fois de plus :

— Nous avons besoin d'une personne très qualifiée auprès des enfants. Votre CV et les recommandations de Lynn nous ont rassurés sur ce point. Mais, plus que tout, il nous faut quelqu'un en qui nous pouvons placer toute notre confiance… Le pouvons-nous, Ivy Campbell ?

Elle ravala sa salive, puis hocha la tête.

— Tout à fait.

— Bien, conclut Desmond avec un sourire qui parut illuminer la pièce. À présent, j'aimerais savoir pourquoi une femme qui a été sur le point de décrocher un doctorat a soudain décidé de devenir nourrice.

Une douleur aiguë la traversa lorsqu'elle songea à Gerald et à tout ce qui l'avait poussée à quitter Atlanta.

— J'ai toujours adoré les enfants et j'ai été baby-sitter dès l'âge de treize ans. Après mon bac, j'ai décidé de m'occuper des jeunes, d'une manière ou d'une autre.

Elle était enfin en terrain connu et se détendit un peu.

— Les bonnes nourrices ont un rôle important dans nos sociétés, poursuivit-elle, satisfaite de son petit discours. Nous aidons les bébés vulnérables et influençables à devenir des adultes stables et intelligents.

Elle s'attendit à une réponse de Desmond, mais ce fut Jake qui prit la parole :

— On dirait que vous maîtrisez le sujet. Que l'enfant soit le tien ou non, frangin, je pense que nous avons trouvé la bonne personne pour le garder.

— J'admets que votre cursus m'impressionne, et je m'interroge d'autant plus sur ce qui vous a convaincue d'abandonner vos études en si bon chemin. Je sens que vous ne nous avez pas tout dit…

Une nouvelle vague de tristesse la traversa. Elle aurait

voulu répliquer que ça ne concernait qu'elle. Elle n'avait pas prévu de lui parler du drame qu'elle venait de vivre ; mais sa question était légitime et elle avait *besoin* de ce travail. Elle se tourna vers Mona. Son regard de compassion lui donna la force de se fendre d'un fragment de la vérité.

— Je… J'ai subi un deuil, récemment, dit-elle donc malgré la boule qui se formait dans sa gorge. J'étais fiancée mais il est… mort.

Des condoléances de circonstance lui parvinrent à travers un brouillard dense. Desmond demanda quelques détails supplémentaires, mais l'entretien reprit très vite son cours. C'était tant mieux. Si elle parvenait à se concentrer sur le bébé qu'on voulait lui confier, et pas sur la perte de Gerald, la rage de ses parents ou la sensualité diabolique de son potentiel employeur, tout se passerait bien. Son cœur était encore trop fragile pour subir de nouveaux assauts…

- 3 -

Deux jours après l'arrivée du bébé, un jour après la fête d'anniversaire de sa grand-mère qu'il avait traversée comme un automate et moins d'une heure après avoir subi les foudres de Penelope pour avoir gâché son week-end en lui posant un lapin, Desmond reçut enfin le courrier qu'il redoutait. Cette fois, plus de doutes concernant la parenté de l'enfant. Penelope pensait qu'il avait bouleversé ses plans ? Ce n'était rien, comparé à ce qui lui tombait dessus ! Il refusa d'abord de croire le résultat du test ADN, n'avait même pas encore prononcé le nom de la petite et avait évité de la tenir dans ses bras. Mais, en relisant la lettre, la vérité commença à lui apparaître. Il était bien le père. Il avait un enfant. Une fille. Et elle s'appelait Desiree.

En dépit de la situation, des actes égoïstes et irresponsables de la mère, il ne pouvait s'empêcher d'adorer ce prénom – inspiré par le sien, d'après Shelly.

Shelly. Il la connaissait depuis toujours, l'ayant rencontrée au Boys and Girls Club que son père parrainait pendant son enfance. Un jour, il lui avait demandé pourquoi elle y traînait si souvent et elle avait répondu qu'elle n'avait nulle part où aller. C'était ainsi qu'avait débuté leur amitié, nourrie par leur amour du sport, du hip-hop et des jeux vidéo. Shelly était douée en maths, ce qui avait éveillé l'admiration de Desmond, élève populaire, athlète mais peu studieux. Ils s'étaient perdus de vue après le lycée, puis s'étaient retrouvés lors d'une soirée deux ans plus tard. Peu à peu, ils s'étaient laissés aller à flirter, sans jamais vraiment sortir ensemble. Ils se donnaient rendez-vous de temps en temps, faisaient l'amour, mais c'était tout. Et Desmond avait toujours porté un préservatif. Toujours. Son père avait bien fait comprendre l'importance d'une telle protection à ses fils : pas de bébé hors mariage. Non pas qu'il jugeât les gens qui agissaient différemment, mais ce n'était pas la façon de faire des Eddington.

Alors, comment était-il devenu père ? Faisait-il partie de ces deux pour cent d'accidents qui surmontaient la fine barrière de latex ? Il avait toujours respecté les consignes de son père, et le pire était pourtant arrivé. En dépit du soutien de Derrick, ce week-end, sa déception était évidente – d'autant plus qu'il était sur le point d'accéder à la présidence d'une des organisations les plus influentes du monde. Le succès d'E-Squared avait tourné tous les projecteurs sur leur famille et ils ne pouvaient se permettre le moindre scandale. La crainte d'avoir entaché la réputation du clan faisait plus de mal à Desmond que la trahison de Shelly…

Il prit l'une des feuilles posées sur son bureau, un morceau de papier lavande orné de fleurs arraché à un carnet. Les mots griffonnés dessus avaient changé sa vie pour toujours.

Des, je t'en supplie, ne me hais pas pour cette grossesse dont je ne t'ai pas parlé. Je pensais pouvoir assumer ce bébé toute seule mais, quand j'ai compris que je n'en aurais pas la force, il était déjà trop tard pour un avortement. Voici donc ta fille, Desiree Michelle. Prends soin d'elle.

Shelly.

Toute l'équipe de Desmond était à pied d'œuvre pour gérer cette affaire. Pour l'instant, Shelly Washington était introuvable, mais il ne s'inquiétait pas trop pour ça. Il venait d'engager l'un des meilleurs détectives privés du pays et, si elle était encore de ce monde, celui-ci la trouverait. Le seul ennui qui le préoccupait était qu'elle parle à quelqu'un. Bien sûr, elle n'était pas du genre à le faire chanter, mais risquait-elle de se confier à ses amis ?

Il posa la lettre, repoussa le résultat du test et reprit le CV d'Ivy. Depuis leur entretien, deux jours plus tôt, elle le hantait sans arrêt. Il n'oubliait pas la réaction de son corps quand il l'avait vue et l'émotion trouble qui l'avait saisi. Elle était belle, mais peu encline à se mettre en valeur. Elle n'avait rien à voir avec les mannequins et les stars qu'il fréquentait d'ordinaire, toutes apprêtées par leurs stylistes personnels. Non, l'éclat d'Ivy provenait de l'intérieur. Sa présence le calmait et l'intriguait à la fois. Lorsqu'ils s'étaient regardés, elle avait paru ressentir un déclic aussi. Les signes avaient été subtils – une hésitation, un battement de paupières – mais il les avait vus. Ses sœurs auraient sans doute prétendu que c'était à cause du charme sexy et hypnotique que possédaient tous les hommes de la famille. En temps normal, il aurait été d'accord : il avait vu cet effet chez bien des femmes. Mais il n'était pas certain que sa nouvelle nourrice y soit sensible. Elle paraissait trop sérieuse et raisonnable pour ça.

Pouvait-il lui faire confiance ? Elle avait signé les clauses de confidentialité, avait dit qu'elle les comprenait… Seulement, il n'était pas certain qu'elle sache se montrer aussi discrète qu'il le souhaitait. Puis il y avait la tragédie qui avait assombri sa vie, récemment. Était-elle réellement en état de s'engager sur le long terme ? Les yeux dans le vague, il se souvint du reste de leur entretien.

— Comment avez-vous rencontré Lynn ? demanda-t-il.

— *Lors d'une soirée, il y a quelques années ; puis nous avons maintenu le contact via les réseaux sociaux.*

Ce fut une surprise. Il avait pensé que Lynn, l'épouse d'un ami, avait peut-être été à l'école avec elle, mais il n'avait pas osé poser la question à Isaac. Personne, à part ces deux femmes, ne pouvait entendre parler de l'enfant tant que l'équipe de communication n'aurait pas peaufiné leur version de l'histoire. Il voulut ensuite s'assurer qu'elle comprenne les clauses qu'il lui imposait.

— *Sachez que toute information concernant ma famille, ce domaine ou le bébé qui fuiterait provoquerait votre renvoi immédiat.*

Elle tressaillit. Il ne lui en voulait pas. Au lieu d'apaiser son malaise, il l'avait aggravé. Il s'était montré plus dur qu'il ne l'avait voulu, mais son inquiétude était sincère. Très vite, un autre soupçon l'assaillit. Les femmes se servaient souvent de tactiques pour l'approcher. Était-ce le cas, ici ?

— *Où avez-vous été présentée à Lynn ?*

— *Lors d'un First Friday.*

— *Pardonnez-moi, mais vous ne me semblez pas le genre de femme à participer à des soirées aussi exclusives, dit-il, ignorant le regard sévère de sa mère. Où était-ce ?*

Ivy fronça les sourcils et jeta un coup d'œil à Mona, qui n'intervint pas.

— *Vous avez raison : je ne participe pas souvent à de tels événements. Je crois que c'était au Lac Chalet, un hôtel de…*

— *Je le connais. Et où êtes-vous née ?*

— *À Gary, dans l'Indiana, mais j'ai grandi à Chicago.*

— *Votre famille vit-elle encore ici ? Avez-vous des*

frères et sœurs ? Un petit ami ou un ex jaloux qui pourrait nous inquiéter si nous vous confions cet emploi ?

Sentant clairement la gêne d'Ivy, Mona s'interposa :

— Ma chère, je pense que mon fils aimerait juste mieux vous connaître. Professionnellement, vous semblez avoir toutes les qualités requises. Dites-nous un peu qui vous êtes et pourquoi une femme avec votre niveau d'études désire devenir nourrice.

— Pour l'argent, grommela Desmond.

Il sentit immédiatement Ivy se tendre. Peu importait.

— Ou bien… quelque autre motivation.

Les bras croisés, il la couva d'un regard accusateur, mais elle ne flancha pas. Admirable…

— Je pense que toute personne en recherche d'emploi se soucie d'argent, monsieur Eddington.

— C'est sûr. Avec le salaire que nous vous proposons pour changer quelques couches, je connais des cadres qui vous envieraient.

— Desmond ! coupa Mona.

— Au-delà de chercher à gagner ma vie, ma seule motivation, *reprit Ivy en insistant sur ce mot, est mon amour des enfants. J'ai passé mon adolescence à faire du baby-sitting et ça m'a poussée à me tourner vers l'éducation. Mon rêve était… est d'ouvrir un jour une école pour les filles des milieux défavorisés, afin de leur donner une chance.*

— Dans ce cas, pourquoi ne pas devenir professeure ?

— Je le fais. Si vous acceptez ma candidature, votre fille sera ma première élève.

Elle croisa les bras à son tour, s'attirant un sourire de Mona et Maeve, ainsi qu'un petit rire de Jake. Desmond fulminait. Il n'avait pas encore trouvé de faille, mais il n'en avait pas fini…

— Votre CV dit que vous étiez à l'université de Géorgie et que vous prépariez un doctorat.

— Oui, je suis sur le point de l'achever.

Elle parut fière d'elle, mais Desmond eut du mal à comprendre pourquoi elle avait décidé de mettre ses études de côté en si bon chemin. Sentant qu'elle lui cachait quelque chose, il insista pour obtenir des réponses et, avec le recul, regrettait à présent son geste. Apprendre que son fiancé était mort avait alourdi l'atmosphère.

— Son décès a été soudain, inattendu, et m'a privée de la discipline dont j'aurais eu besoin pour obtenir mon diplôme.

— Toutes mes condoléances, dit Mona, attendrie.

Desmond s'agita sur son fauteuil, gêné à son tour.

— Je suis désolé, Ivy, murmura-t-il. Ça a dû être très dur pour vous.

Les autres exprimèrent aussi leur compassion et Ivy serra les dents, les paupières battant plus vite, sans doute pour contenir son émotion. En un éclair, Desmond oublia toute sa méfiance et eut envie de la serrer dans ses bras pour la consoler. Ce n'était pourtant pas ainsi qu'il réagissait en entretien d'embauche ! Si l'on ajoutait ça à son envie inexplicable de la connaître, on aurait presque pu croire qu'il devenait sentimental. Inconsciemment, son cœur venait de prendre une décision avant son cerveau – bien qu'Ivy n'ait pas à le savoir. Sans trahir le moindre trouble, il l'écouta donner plus de détails sur sa vie mais ça n'avait plus eu d'importance. Enfin, il la coupa d'un geste et déclara :

— Vous êtes engagée.

— Vraiment ? s'écria-t-elle, les yeux pétillants.

— Oui, répéta-t-il avant de jeter un coup d'œil à sa montre. Comme ma mère et Bernice se sont occupées

du bébé, je les laisse gérer la suite de cet entretien. Chauncey, vous pouvez vous retirer. Merci.

Les hommes se levèrent. Desmond tendit la main à Ivy et se contenta d'ajouter :

— Soyez la bienvenue au Domaine.

Après avoir embrassé sa mère sur le front, il avait quitté le salon d'un pas vif et faussement détendu ; mais à la vérité, il avait été nerveux. Il aurait voulu courir loin de tout ça, de son échec, de ce bébé, de la maison… et des émotions étranges qu'il ressentait pour Ivy. Bien sûr, ses qualifications le rassuraient ; mais elle était une étrangère. Une intruse dans la famille. Elle était sur le point de découvrir tous leurs secrets et seul le contrat qu'elle avait signé l'empêchait de les trahir. Elle avait l'apparence d'une enfant du Midwest typique : honnête, travailleuse, posée. Hélas, le monde était cruel, surtout dans le milieu des affaires. Il devait être *sûr* qu'elle serait loyale et qu'elle comprenait à quel point l'affaire était sensible. Certains ennemis des Eddington auraient été prêts à payer cher pour les détrôner. Il avait déjà commis une erreur tragique en faisant confiance à Shelly. Il ne pouvait pas recommencer.

- 4 -

Ivy ferma son dernier carton et contempla la chambre d'amis presque vide. Elle fronça les sourcils – ça devenait une habitude depuis qu'elle avait rencontré Desmond… Deux jours s'étaient écoulés depuis leur entretien et, si elle était immédiatement tombée amoureuse de Desiree et de son sourire angélique, la brusquerie du père l'affectait encore. D'ailleurs, elle pensait trop à lui pour mettre son trouble sur le compte de ce nouveau travail…

Au départ, elle avait songé qu'elle était seulement surprise d'avoir obtenu le poste, et un peu nerveuse. Puis elle avait songé que Desmond était juste une brute, beau mais détestable. Enfin, elle s'était souvenue de Gerald, du drame qui avait frappé sa famille et elle avait pensé que sa chance était une injustice. Tout cela était vrai, mais ce n'était pas la raison de son inconfort. Elle était perturbée de sentir un tel désir pour Desmond. Tout en lui était inattendu. Sa présence. Ce charme qui, vu de près, lui faisait perdre la tête. C'était absurde ! Desmond Eddington n'était pas fait pour elle… Heureusement, elle avait les pieds sur Terre. Elle cherchait un travail, pas un petit ami ; et dans le cas où elle aurait encore trouvé une place pour un homme au fond de son cœur brisé, elle n'aurait jamais tenté de séduire un homme si sexy, élégant et riche.

Mona venait de lui envoyer un texto pour lui annoncer

que le bébé était avec Bernice et que celle-ci l'aiderait à s'installer dans sa nouvelle maison. Il était temps pour Ivy de se concentrer sur Desiree, et non sur son père. Seulement, il aurait fallu être insensible pour rester de marbre devant Desmond. Depuis ses cheveux bruns bouclés jusqu'à ses chaussures sur mesure, il exsudait une telle virilité, une telle sensualité qu'Ivy restait submergée. De larges épaules. Un dos musclé. De longues jambes. Des fesses fermes. Une peau tannée et lisse qui lui rappelait sa glace au chocolat préférée et lui donnait envie de la lécher. Elle n'avait qu'un mot pour décrire leur rencontre. *Ma-gni-fi-que*. Dès le premier instant, elle avait perdu le sens de la parole, trop hantée par un flot de fantasmes inavouables. Ça ne lui ressemblait pas. Elle n'était pas du genre à se pâmer. Elle était terre à terre, traditionnelle, rangée. Et pourtant, il lui avait fallu du temps pour retrouver le contrôle et étouffer son désir absurde. Desmond Eddington n'était pas à sa portée – et il était grand temps qu'elle s'en souvienne.

Le lendemain, après avoir chargé sa voiture, pris une bonne douche et profité d'une nuit de sommeil revigorante, elle fut réveillée par un autre texto.

> Bonjour Ivy. Bernice est débordée et je suis prise toute la journée. La petite-fille de Bernice, Sabrina, vous attendra avec le bébé pour vous aider à vous installer. Je vous envoie aussi le numéro de Chauncey, notre intendant, si vous avez besoin de quoi que ce soit. Il vous contactera ce soir. Mona.

— Bien, murmura Ivy, un peu déçue malgré elle.

Peut-être valait-il mieux être accueillie par Sabrina en cette journée importante que par la parfaite Mona ou son séduisant fils. Bien sûr, une part d'elle aurait voulu le revoir, ne serait-ce que pour découvrir s'il savait se montrer plus poli que lors de leur entretien. Scannant les vêtements restés dans son placard, elle renonça à l'élégant pantalon de toile qu'elle avait repassé la veille et le pull court qu'elle avait prévu de porter pour s'arrêter sur un jogging bordeaux bien plus confortable. Elle se détourna aussi des bottines à talons qu'elle avait gardées de côté pour impressionner M. GQ et enfila ses UGG favorites. Elle se fit ensuite une queue-de-cheval et rangea ses affaires de toilette dans un grand sac avant de jeter un dernier regard à la chambre. Enfin, elle quitta la maison. Une fine couche de neige était tombée dans la nuit et le temps restait menaçant. Mieux valait arriver avant la tempête. Elle préférait aussi éviter de réveiller sa mère… Helen et elle avaient partagé un dîner assez calme, la veille, et s'étaient déjà dit au revoir. Sa mère avait paru déçue que sa fille ait *fait toutes ces études hors de prix pour finir baby-sitter*, mais elle était clairement heureuse d'avoir de nouveau la maison pour elle.

Ivy conduisit jusqu'à la Pointe du Sable. Elle approcha de la grille du domaine et réalisa soudain que ce lieu paradisiaque allait devenir son nouveau foyer. La courtoisie de l'agent de sécurité qui vérifia son identité apaisa son angoisse. Elle suivit ensuite son GPS pour rejoindre la maison de Desmond, puis s'emmitoufla dans son manteau avant de rejoindre la porte arrière de la suite du rez-de-chaussée et sonna. Dans ce froid, son attente lui parut interminable. Elle sonna une seconde fois, et était déjà sur le point de recommencer quand la porte s'ouvrit à la volée.

— Vous êtes en avance.

— Oh !

Ce n'était pas la personne qu'elle s'attendait à voir… Elle baissa très vite les yeux, sous le choc, mais n'avait pu s'empêcher de remarquer les boucles mouillées de Desmond et sa robe de chambre à peine fermée sur son corps nu. Il devait sortir de la douche. D'un seul coup, elle regretta de ne pas avoir mis ses jolies bottines, en fin de compte…

— Eh bien ? grommela-t-il. Voulez-vous que nous chauffions tout le jardin ?

— Toutes mes excuses. Comme il neige, je suis partie plus tôt pour éviter les bouchons et…

— Ne vous en faites pas.

Il recula d'un pas pour la laisser entrer.

— Où est Bernice ? demanda-t-elle très vite.

— Avec la petite. Nous devons parler.

— Je préférerais attendre que vous vous soyez rhabillé, répondit-elle en faisant de son mieux pour paraître aussi froide que lui.

Ce n'était pas pour masquer son agacement, mais pour cacher le fait qu'il la charmait toujours autant. S'ils devaient vraiment travailler ensemble, ce type allait devoir se montrer plus avenant – et il allait falloir qu'elle étouffe mieux ses émotions.

— Je peux aussi attendre dehors, si vous voulez.

— Inutile. Je ne serai pas long, répondit-il en tirant son portable de sa poche. Je vais demander à quelqu'un de vous aider à décharger vos affaires. Vous êtes-vous bien préparée à rester ici plusieurs mois ?

Son demi-sourire la fit frissonner, mais il la relaxa aussi. Un peu.

— Oui, répondit-elle.

— Dans ce cas, je reviens. N'hésitez pas à patienter dans le salon.

Il envoya un texto, puis rejoignit l'escalier avant de se retourner vers elle.

— Pardonnez mon accueil peu chaleureux.

Un nouveau sourire furtif, et il disparut à l'étage. *Tu es pitoyable*, songea Ivy en sentant le désir s'enflammer en elle. Hélas, elle ne put s'empêcher de soupirer comme une ado en mal d'amour.

- 5 -

Ivy s'obligea à ne pas suivre Desmond des yeux, mais elle put imaginer sans peine ses jambes musclées et ses fesses si parfaites gravir les marches. Elle passa dans la pièce voisine, comme il le lui avait proposé. Pour se distraire, elle contempla le mobilier, digne d'un hôtel cinq étoiles. La combinaison de l'ivoire, du beige et du bleu ciel était apaisante. Elle dut même se pincer pour s'assurer qu'elle ne rêvait pas. Par la fenêtre, elle vit que la neige avait déjà blanchi sa voiture et devenait plus lourde, plus mouillée. Dans le parc, les pins offraient toute une gamme de verts vibrants. Puis elle pensa à son ex et à la vie qu'ils auraient pu mener. L'accident qui l'avait tué avait tout changé pour elle. Il était si injuste que Gerald soit mort et qu'elle soit encore là, dans ce paradis terrestre. Sans lui.

— Un des employés arrive pour vider votre voiture, lança Desmond dans son dos.

Elle sursauta et fut suffoquée par son costume bleu nuit, sa chemise couleur ciel taillée à la perfection qu'égayait une cravate rayée. Il avait tout d'un P-DG à succès et elle ne put s'empêcher de saliver. Il lui fallut toute sa volonté pour ne pas le dévisager, bouche bée. Elle se détourna et s'assit sur l'un des sièges tendus de cuir souple pour ne pas vaciller. Desmond prit place en face d'elle.

— Ma mère dit que j'ai été un peu dur avec vous, l'autre soir. Êtes-vous de cet avis aussi ?

Absolument ! Malgré son envie de le crier, elle prit bien soin de choisir ses mots.

— J'ai compris que la situation était très sensible, et assez difficile à gérer pour vous…

Allait-il se confier ? Lui donner plus d'informations ?

— Ce n'est rien de le dire. Si ce secret était éventé trop tôt ou tombait entre de mauvaises mains, cela pourrait avoir un impact dévastateur sur notre entreprise.

— Est-ce donc votre préoccupation principale ? demanda-t-elle sans réfléchir.

— Ce qui importe le plus, dit-il froidement, c'est que mon intimité et celle de ma famille soient préservées. Pour des raisons que je ne souhaite pas encore évoquer, vos déductions sont correctes : l'affaire *est* sensible. C'est pourquoi j'insiste une fois de plus sur votre discrétion concernant l'existence de ma fille, cette maison et le Domaine en général.

Il se leva tout en parlant.

— Tout ce que vous apprendrez au sujet de ma famille doit rester privé. Me comprenez-vous ?

— Oui, lâcha-t-elle, trop révoltée par ses soupçons infondés pour oser dire quoi que ce soit d'autre.

— Bien.

Soudain, la sonnette retentit et Desmond ajouta :

— Ce doit être l'un des assistants de Chauncey venu vous aider. Sabrina arrivera bientôt pour vous faire visiter les lieux. Si vous avez besoin de quoi que ce soit, dites-le-lui.

Puis il partit sans lui laisser le temps de répondre. La sonnette tinta de nouveau et elle dut ouvrir. Deux employés se présentèrent et vidèrent sa voiture. Cinq minutes plus tard, une jeune femme vêtue d'un épais manteau arriva avec une poussette et entra en trombe.

— Bon sang ! Quel froid !

Elle retira son bonnet tricoté, ôta ses mitaines et sa parka tout en parlant :

— Désolée d'entrer comme ça. Je vois que vous avez de l'aide pour porter vos cartons. Ces hommes sont les meilleurs ! Avez-vous déjà croisé Desmond ? Mona sera de retour dans deux heures…

Ivy écouta Sabrina babiller, surprise par son énergie et sa capacité à enchaîner les phrases sans reprendre son souffle. Enfin, elle se pencha sur la poussette et replia la couverture qui la protégeait.

— Salut, mon ange ! Prête à sortir de ton cocon ?

Puis, tout aussi vite, elle se redressa, les joues rouges.

— Seigneur, le froid me rend bête ! J'ai oublié de me présenter. Je suis Sabrina, la petite-fille de Chauncey et Bernice.

— Ivy Campbell.

— Ravie de vous rencontrer… même si j'aurais préféré continuer à m'occuper de Desi moi-même, au lieu de retourner à la fac !

— Pourquoi ne le faites-vous pas ?

— Mon père serait fou de rage !

Ivy ne put s'empêcher de rire. Cette fille était comme une bouffée d'air frais. Pas étonnant que Mona l'apprécie.

— Depuis combien de temps connaissez-vous Desmond ?

— Depuis toujours !

— Semble-t-il à son aise avec Desiree ?

Sabrina haussa les épaules.

— Je ne l'ai encore jamais vu avec elle.

Ivy aurait voulu l'interroger davantage, mais elle

eut peur de paraître indiscrète. Elle se concentra donc sur son domaine de prédilection : les enfants. Sabrina lui fit visiter la suite du rez-de-chaussée, qui lui était réservée, puis partit. Le silence s'installa entre les murs, donnant à Ivy l'impression de ne pas être à sa place. Heureusement, Desiree se réveillerait bientôt de sa sieste. La jeune femme profita donc de son sommeil pour s'activer et chasser ses idées noires. Elle avait peut-être reçu une excellente éducation, mais elle n'avait que peu d'expérience pratique des très jeunes enfants – la plus récente remontant à la naissance d'un neveu de Gerald. La cousine de son fiancé, fascinée par la formation d'Ivy en psychologie et développement infantile, avait demandé son aide durant les premiers jours post-accouchement. Elle avait pris son rôle à cœur, s'assurant que les jeunes parents créent des liens avec leur nouveau-né et mettant au point une sorte de manuel pour les aider à traverser la première année sans angoisses. Après avoir rangé ses vêtements dans un dressing de la taille de la chambre d'amis de sa mère, elle récupéra donc ce manuel sur sa tablette pour établir un plan d'action et organiser son nouveau foyer de la meilleure manière. Une fois qu'elle eut couché noir sur blanc son planning des trois prochains mois, elle tira d'une glacière les restes du souper de la veille partagé avec sa mère, et déjeuna. Enfin, Mona l'appela pour s'excuser de son absence et lui donner rendez-vous le lendemain matin. En un clin d'œil, la nuit tomba et Ivy se demanda où avait filé cette première journée. Pire, elle avait faim. Ses repas étaient inclus dans son contrat mais Sabrina ne lui avait pas fait visiter toute la maison ; en particulier l'étage, domaine privé de Desmond. Elle n'osa pas s'y risquer. Jusqu'à présent, Desiree avait été adorable, ne pleurant que pour réclamer à manger ou quand elle avait rempli sa couche. Ivy passa la tête par la porte de sa chambre. Nourrie et propre, la fillette dormait de nouveau. Devait-elle se risquer dehors avec elle pour chercher à manger ? Ou bien fallait-il qu'elle se fasse livrer un plat ? Chauncey saurait sans doute lui dire comment procéder. Elle y réfléchissait encore quand son téléphone sonna.

— Bonsoir, Lynn ! dit-elle en mettant le haut-parleur.

— Bonsoir. Alors, tout va bien ? As-tu parlé à Desmond aujourd'hui ?

Ivy soupira.

— Il ne parle pas. Il ordonne.

Lynn gloussa dans le combiné.

— Ne le prends pas mal. Il est né pour commander.

— Et il semble très soucieux de cacher Desiree au monde entier. Sa réputation a l'air de passer avant sa fille…

— Cette affaire est soudaine et lourde de conséquences pour lui. Je pense qu'il essaie encore de trouver ses repères.

— Que s'est-il donc passé, pour qu'il se retrouve père célibataire d'un seul coup ?

— Pourquoi ne pas le lui demander, Ivy ?

— Oui, pourquoi ? lança soudain une voix grave derrière la jeune femme.

Elle poussa un petit cri de surprise.

— Desmond ! Je… Je ne vous avais pas entendu.

— Vous étiez sans doute trop occupée à violer notre contrat pour répandre des rumeurs sur moi…

— Desmond, c'est Lynn Martin, de l'agence.

Énoncer ainsi l'évidence ne paraissait pas très malin et tous deux ignorèrent l'intervention de Lynn. Ivy ne quittait pas Desmond des yeux tandis que celui-ci s'approchait lentement. Il avait l'air hors de lui.

— Puisque vous vous croyez en droit de remettre en cause ma vie personnelle, dit-il d'une voix glaciale, autant me poser vos questions directement.

- 6 -

Desmond n'avait pas eu l'intention d'espionner Ivy. Sa journée avait été bien plus agréable que le week-end qu'il venait de traverser, mais il ne sentait pas encore la vie reprendre son cours. Il ne parvenait pas à oublier le bébé qui l'attendait chez lui – et la nourrice qu'il venait d'embaucher. Cette femme était un mystère. Comment faisait-elle pour le hanter ainsi ? Quoi que ce fût, il était déterminé à rendre leur relation professionnelle plaisante ; et c'était pourquoi il avait demandé au cuisinier du domaine de préparer un dîner pour deux. Il avait également quitté son bureau plus tôt que d'habitude pour rentrer à temps et pouvoir passer la soirée avec Ivy. Ils avaient besoin d'apprendre à se connaître. Puisqu'ils ne vivaient pas dans le même univers, et puisque le rôle de parent était une nouveauté pour lui, cette idée lui avait paru sage. Hélas, Ivy venait à peine de poser ses valises chez lui que déjà les ragots commençaient… Après avoir surpris cette conversation, il aurait dû la jeter dehors ; mais son regard sans peur, ses lèvres tremblantes et son air de défi le troublèrent. Il se campa devant elle, les bras croisés.

— Je te rappellerai plus tard, Lynn, dit-elle avant de raccrocher, puis se tournant vers lui : C'était Lynn Martin.

— J'avais compris.

— Je ne répandais pas de rumeurs. Je ne faisais que répondre à une question. Elle…

— J'ai entendu ça aussi. Je vous ai aussi entendue dire que j'étais autoritaire et que je ne suis pas un vrai père. Comment osez-vous aborder des sujets dont vous ignorez tout ?

— Elle m'a demandé ce que je pensais de vous. Comme elle est à l'origine de mon embauche, j'ai cru pouvoir lui donner mon opinion honnêtement.

— Vous avez signé des clauses de confidentialité !

Il avait parlé sèchement et Ivy ne répondit pas tout de suite. Il la dévisagea un long moment, dans ce silence gêné.

— Vous avez raison, finit-elle par dire. C'était un préjugé de ma part et je n'aurais pas dû le partager.

— Premier jour de travail et je pourrais déjà engager des poursuites contre vous…

— Pour quel motif ?

— Rupture de contrat ! éclata-t-il. Je vous croyais plus intelligente que ça, Ivy. Quelle partie du mot *confidentiel* ne comprenez-vous pas ?

— Je ne pensais pas que mes propres opinions étaient concernées par votre contrat, répliqua-t-elle. D'autant plus que je répondais à la personne que *vous* avez mandatée pour trouver une nourrice.

— Je crois que je ferais mieux de vous virer tout de suite.

— Je suis vraiment désolée. J'ai eu tort.

Il fut un peu déçu de la voir céder si vite. À ses yeux, un caractère bien trempé était aussi attirant chez une femme que sa silhouette ou ses courbes.

— D'un autre côté, reprit-elle, si vous préférez travailler avec quelqu'un qui ne fait que vous brosser dans le sens du poil, vous vous êtes trompé de candidate.

Un silence plus lourd s'imposa. L'électricité dans l'air était palpable. Puis deux bruits vinrent détourner l'attention : l'estomac d'Ivy gargouilla bruyamment et Desiree commença à pleurer. La jeune femme rougit.

— Veuillez m'excuser ! s'écria-t-elle en plaquant une main sur son ventre. Je dois m'occuper de votre fille.

— Parfait. Le repas sera servi dans une heure.

Elle se redressa, les dents serrées. Au fond, elle n'était peut-être pas aussi impressionnable qu'il l'avait cru.

— Merci, mais j'avais prévu de me faire livrer un plat.

— Changement de programme, répondit-il en tournant déjà les talons. Dans une heure. Ne soyez pas en retard.

Une fois à l'étage, il se mit à faire les cent pas dans son appartement. Il sentait bien qu'Ivy n'était pas vraiment la cause de sa colère… Bien sûr, elle n'avait pas à parler de lui dans son dos – et elle devait l'avoir bien compris, à présent. Mais ce qui le rendait si nerveux était l'arrivée inattendue de Desiree dans sa vie ; et toutes les émotions nouvelles qu'il ressentait depuis. Doute. Vulnérabilité. Peur. Il préférait de loin la fureur, plus familière. Sa vie entière était en jeu. Il était le visage de la nouvelle cryptomonnaie de l'entreprise. Son père allait bientôt être nommé à la tête d'une des organisations les plus prestigieuses du monde. Et Desmond n'avait encore *jamais* échoué à quoi que ce soit ! Cependant, voilà qu'on lui imposait un rôle nouveau et il se sentait parfaitement perdu avec ce bébé. C'était pour ça qu'il avait engagé Ivy : pour ne pas avoir à gérer ça.

Conscient que le cuisinier arriverait bientôt, il troqua son costume sur mesure contre un pull col roulé et un jean. Tout en s'habillant, il songea une fois de plus à la nourrice trop qualifiée qui vivait à présent chez lui. La mort d'un fiancé suffisait-elle vraiment à détourner une femme de son doctorat pour changer de vie ainsi ? Ou bien était-elle mue par d'autres raisons ? Certaines femmes avaient déjà eu recours à des stratagèmes pour l'approcher et il avait vu une étincelle de désir briller dans ses yeux, juste avant qu'elle s'enferme dans un cocon d'indifférence. Il n'était pas arrogant au point de penser qu'aucune femme ne pouvait résister à ses charmes, bien sûr ; mais en trente et un ans de vie, ça ne lui était encore jamais arrivé…

Il redescendit, toujours hanté par elle. En dépit de ses soupçons, il devait bien admettre qu'elle avait un CV impressionnant. Si elle ne lui cachait réellement rien, Ivy pouvait être la clé pour l'aider à surmonter cette épreuve et lui apprendre à devenir père. Mais, pour cela, il allait devoir mettre sa méfiance en sourdine. À peine eut-il pris cette décision qu'un rire venant du rez-de-chaussée le fit froncer les sourcils de nouveau. Il entra dans la salle à manger et trouva le cuisinier en pleine conversation avec Ivy. Elle paraissait détendue, l'écoutant avec un sourire. Il ne l'avait pas encore vue aussi relaxée avec lui… Ça n'aurait pas dû avoir la moindre importance, et pourtant il sentit un pincement au cœur. Dès qu'elle le vit, son rire s'éteignit et le cuisinier se tut. La présence d'un appareil inconnu sur la table réveilla tous ses soupçons.

— Qu'est-ce que c'est ? demanda-t-il.

— Un babyphone, répondit Ivy. Desiree vient de boire son biberon, mais je veux pouvoir l'entendre si elle se réveille.

Desmond ravala sa paranoïa. Cette femme allait vivre ici. Il devait établir un rapport de confiance avec elle.

— Bonsoir, Desmond, dit le cuisinier en tirant une chaise pour lui en tête de table.

— Bonsoir, John. Vous avez déjà rencontré Ivy.

L'homme acquiesça.

— Et qu'étiez-vous en train de raconter, pour vous taire si vite en me voyant ? Des secrets de famille ?

— Bien sûr que non, monsieur ! Je disais juste que Desiree allait bientôt avoir un petit cousin avec qui jouer…

— Oui. Cayden est encore un grand enfant. J'ai du mal à l'imaginer papa…

Cayden Barker, le meilleur ami de Jake et presque fils adoptif des Eddington, avait surpris toute la famille l'année précédente en épousant une ancienne employée du country club de la Pointe du Sable. La grossesse inattendue d'Avery avait choqué le jeune couple presque autant que leur mariage avait étonné les autres. Un peu comme l'arrivée de Desiree dans la vie de Desmond, au final…

— J'ai fait décanter un cabernet, annonça John. Voulez-vous le goûter ?

— Pas pour moi, merci, répondit Ivy.

— Vous ne buvez pas ? demanda Desmond, intrigué.

— Techniquement parlant, je suis encore au travail.

— Votre patron ne vous reprochera pas un verre de vin…

— Dans ce cas, d'accord. Merci, John.

Le cuisinier les laissa et Desmond se concentra de nouveau sur Ivy. S'il lui avait proposé un apéritif, ce n'était pas uniquement pour se montrer hospitalier mais aussi dans l'espoir de ramener un sourire sur ses lèvres. Elle avait l'air si calme, si distante, bien différente de Penelope ou des femmes avec qui il avait l'habitude de sortir. Elle était attirante, bien sûr, mais semblait si peu sûre de ses charmes… En fait, elle lui faisait penser à un lac immobile dans lequel il voulait plonger la tête la première. Même sans maquillage, elle l'attirait et il ne trouvait qu'un mot pour la décrire : naturelle. *Étrange…* Ce n'était pourtant pas une qualité qu'il recherchait chez l'autre sexe, en général. Quelque chose en elle éveillait sa curiosité. Bref, il ne savait plus comment interpréter cette pointe de sensualité qu'il avait sentie dès qu'il avait posé les yeux sur elle. Évidemment, rien de tout ça n'importait. Non seulement toute liaison entre eux aurait été inappropriée, mais en plus la mise sur le marché d'E-Squared, les ambitions de son père et le bébé abandonné sur son paillasson fermaient la porte à toute aventure passagère.

Ivy but une gorgée d'eau fraîche, puis se redressa pour soutenir son regard avec calme.

— Je tenais à m'excuser pour la conversation que vous avez surprise tout à l'heure, dit-elle. Rien de ce que j'ai dit n'était censé être blessant, mais je peux comprendre que vous l'ayez mal pris.

— Personne n'aime se savoir la cible de ragots, surtout de la part de quelqu'un tenu au silence par contrat.

— Je vous le répète : ce n'était pas mon intention et je vous comprends. J'ai été engagée par l'agence de Lynn. Je voulais juste répondre à une question qui me semblait innocente.

— Je vous crois.

C'était vrai. De toute manière, il tenait à détendre l'atmosphère et à la pousser à s'ouvrir.

John revint avec le vin, une panière remplie et deux assiettes de salade qu'il déposa sur la table avant de repartir. Desmond leva son verre.

— Bon appétit.

— Merci, répondit Ivy avant de goûter le cabernet.

Un silence embarrassé suivit.

— Mangez. Je sais que vous avez faim, et ces petits pains chauds fondent dans la bouche.

— Navrée pour mon estomac, dit-elle avec une pointe d'embarras. C'était gênant…

Néanmoins, elle prit une petite miche aux herbes et l'ouvrit en deux pour la tartiner de beurre. Desmond l'imita. Elle mordit dans son pain et gémit faiblement – était-ce vraiment à cause de la nourriture ? Il attaqua sa salade avec appétit pour éviter de trop y penser et, bien vite, on n'entendit plus que leurs couverts. Enfin, quand il eut fini, il reprit son verre de vin.

— Bon, parlons un peu de ce que vous avez dit à Lynn au sujet de mon caractère autoritaire…

Elle réfléchit un instant, buvant aussi quelques gorgées.

— Je ne voulais pas paraître déloyale, mais il est vrai que vous avez tendance à donner des ordres comme un sergent.

— Poursuivez, dit-il en se massant le menton, troublé.

— Avec vous, j'ai l'impression d'être devant un juge et, étant donné la période d'essai mentionnée par mon contrat, j'imagine que c'est un peu le cas. C'est pourquoi j'ai estimé que Lynn méritait une réponse honnête à ses questions.

— Sachez que je n'ordonne pas, Ivy. Je vais simplement droit au but.

— Et je ne diffuse pas de ragots, je parle avec franchise, répliqua-t-elle.

Desmond dut s'empêcher de sourire. Il aimait bien cette facette d'Ivy Campbell. En affaires, il avait pour habitude de suivre son instinct et décida de faire de même avec elle.

— Croyez-le ou non, je comprends ça aussi. Peut-être devrions-nous décider d'une trêve et reprendre de zéro… Comme vous vous en doutez, cette nouvelle m'a mis sous pression et, étant donné le deuil que vous venez de vivre, vous devez ressentir la même chose.

Son soulagement fut évident.

— Bonne idée.

Il lui tendit donc la main par-dessus la table.

— Bonsoir, Ivy Campbell. Je suis Desmond Eddington et je suis ravi de faire votre connaissance.

Elle hésita un instant, puis lui serra la main. Ses doigts doux et chauds se refermèrent sur les siens et un courant électrique les traversa tous les deux. Il résista à l'envie de caresser sa peau et s'écarta.

— Qu'aimeriez-vous savoir à mon sujet, Ivy ?

— Comment êtes-vous devenu père célibataire du jour au lendemain ? demanda-t-elle sans hésiter.

— J'avoue que je ne comprends pas encore tout ce qui s'est passé. La mère de Desiree et moi avons presque grandi ensemble…

— Vit-elle ici ?

— Non. Je ne sais pas où elle habite, désormais.

Ivy hocha la tête.

— Elle est née à Chicago, où son oncle tenait un commerce de voitures de luxe. Il avait pour clients des personnalités importantes de cette ville, y compris mon père.

— Est-ce comme ça que vous vous êtes rencontrés ?

— C'est comme ça que mon père a rencontré son oncle. Nous nous sommes vus pour la première fois au Boys and Girls Club, que mon père parraine depuis des années.

Il s'interrompit tandis que John venait retirer leurs assiettes pour servir le plat principal – des tranches fines de bœuf sur lit de riz sauvage et de choux de Bruxelles rôtis.

— Oh ! mon Dieu ! Qu'est-ce que c'est ? demanda Ivy en goûtant une première bouchée, oubliant un instant leur sujet de conversation.

— L'une des meilleures viandes rouges que l'on puisse trouver. Nous la faisons venir du ranch familial d'un éleveur du Nevada. Ses bœufs sont connus dans le monde entier.

— Elle est si tendre et si parfumée ! En général, je n'aime pas trop ce genre de viande, mais je pourrais manger ça tous les jours !

— J'en suis heureux. J'avoue que je n'ai pas pensé à vous demander ce que vous préférez avant de commander le repas.

Une fois de plus, il se laissa aller à contempler ses lèvres suaves, songeant à tout ce qu'il pourrait lui faire découvrir.

— Bref, nous parlions de la mère de Desiree et du fait qu'elle vous ait abandonné la petite, reprit-elle rapidement. J'ai cru comprendre que ce n'était pas une décision mutuelle. Lui est-il arrivé quelque chose, pour qu'elle ne puisse s'occuper de sa fille ?

— C'est une question légitime, mais je ne suis pas sûr de vouloir y répondre. Pas encore. Disons juste que la situation est… compliquée. Mais je suis prêt à prendre mes responsabilités pour l'aider à devenir une adulte épanouie.

— Sa mère fait-elle partie de sa vie ?

— Pas pour le moment.

— Je vois.

Ivy se concentra de nouveau sur son assiette, offrant à Desmond un répit bienvenu. Il commençait à comprendre ce qu'elle avait voulu dire quand elle l'avait accusé de l'interroger comme un juge. À la vérité, il ne savait presque rien des motivations de Shelly et avait sans doute plus de questions qu'elle encore. Leur conversation venait de le prouver. Il *devait* obtenir des réponses.

— Et vous ? demanda-t-il en remplissant de nouveau leurs verres de vin.

— Quoi ?

— Vous avez dit que la mort de votre fiancé vous avait poussée à mettre vos études en pause. Je devine que c'est un sujet pénible pour vous, mais… Que s'est-il passé ? Il devait être jeune, non ?

— J'ai beaucoup de mal à parler de lui.

— Je comprends. Si je vous pose la question, c'est seulement parce que j'ai du mal à saisir ce qui peut inciter une femme comme vous, à deux doigts d'obtenir son diplôme, à tout laisser tomber pour devenir nourrice.

Elle acheva son plat et but une gorgée de cabernet.

— C'était un accident de voiture, dit-elle enfin, les yeux dans le vide. Une route trop mouillée. Une visibilité réduite à cause de la pluie. Un chauffard a grillé un feu rouge et nous avons basculé dans le fossé.

— Pendant combien de temps êtes-vous sortis ensemble ?

— Presque cinq ans. Nous nous sommes rencontrés à notre entrée en fac. Gerald étudiait le droit et moi je… voulais ouvrir une école pour filles. L'accident a tout changé.

— Je n'imagine pas votre douleur. Perdre quelqu'un de cette manière… J'espère juste que votre travail ici vous aidera à vous remettre.

— Les enfants sont un miracle. Je suis certaine que Desiree saura apporter un peu de lumière dans ma vie.

Comme si elle les avait entendus, la petite se mit à gémir dans le babyphone.

— On dirait que votre miracle se réveille…

— Elle doit avoir faim. Voulez-vous lui donner son biberon ?

Cette simple idée était terrifiante, mais Desmond fit de son mieux pour garder son calme.

— C'est pour ça que je vous paie, non ? J'ai du travail.

Il vit clairement une foule de pensées traverser son regard – des pensées déplaisantes – mais elle ne dit rien. Il le regretta presque.

— Merci pour le repas, Desmond.

Sur ce, elle quitta la pièce, abandonnant le babyphone sur la table. Desmond acheva son verre et alla s'enfermer dans son bureau. Sans savoir pourquoi, la présence d'Ivy aux côtés de sa fille lui donnait l'impression étrange que toute sa maisonnée était entre de bonnes mains.

- 7 -

La pluie tombait dru sur les rues bondées d'Atlanta. On n'y voyait rien, même avec les essuie-glaces. Ivy naviguait entre les files, espérant atteindre le magasin avant la fermeture et pouvoir rentrer à la maison sans être piégée par la tempête ou l'inondation qui risquait de suivre.

— Pourquoi es-tu si pressée ? demanda Gerald. Il n'y a pas le feu !

Elle ne répondit pas et lâcha un juron quand une voiture la dépassa de trop près. Ses mains étaient crispées sur le volant.

— Ivy, ralentis !

— D'accord…

Elle enfonça la pédale de frein. Ils approchaient d'un croisement et le feu passa à l'orange. Ivy accéléra de nouveau pour éviter le rouge. Au même instant, jailli de nulle part, un camion blanc fonça sur eux. Elle klaxonna frénétiquement, puis poussa un cri sous la violence de l'impact. D'après ses souvenirs, Gerald n'avait rien dit…

Elle se réveilla en sursaut, désorientée, et serra sa couverture contre elle. Était-ce un rêve ? Ça avait paru si réel. La pluie. Le visage de son fiancé. La scène s'était déroulée avec la précision du rapport de police, aussi nette que si c'était arrivé la veille. Sauf qu'elle s'était réveillée.

Pas Gerald. Elle tenta de maîtriser ses émotions, les larmes la submergèrent. Toute sa peine se déversa comme un raz-de-marée. Elle essuya ses joues avec un coin du drap. Elle pleurait sur tout ce qu'elle avait perdu, sur Gerald, sur cette vie qu'ils n'auraient pas. Les souvenirs affluaient, assombris par les accusations rageuses des parents de son fiancé.

« C'est ta faute ! Il faisait un temps atroce. Tu n'aurais jamais dû entraîner notre fils hors de la maison ! »

Leur opinion était un mélange de deuil et de semi-vérités. La police avait été claire : le coupable était l'autre chauffeur, pas elle. Mais ça n'avait rien changé. Gerald était mort. Ces trois mots glaçants la firent sangloter de plus belle. Elle n'entendit même pas qu'on frappait doucement à sa porte, ou que Desmond l'appelait à mi-voix. Elle n'entendit pas la poignée s'abaisser ou ses pas à travers la chambre. Elle ne se rendit compte de sa présence que lorsqu'il alluma le gradateur pour illuminer la pièce en douceur.

— Ivy.

Elle redressa la tête et remonta vivement le drap pour couvrir son corps presque nu. Que faisait-il ici ? L'avait-il entendue ? Elle aurait voulu lui dire que tout allait bien, qu'il pouvait retourner se coucher, mais seuls des hoquets angoissés s'échappèrent de ses lèvres. En quelques pas, il fut à ses côtés et s'assit au bord du lit pour la prendre dans ses bras. Incapable de se contrôler, trop bouleversée par son cauchemar, elle s'agrippa à lui et enfouit son visage dans le creux de son épaule pour tenter d'étouffer ses larmes.

— Chut… Tout va bien. Ne pleurez plus, dit-il d'une voix douce en saisissant son menton pour essuyer sa joue humide du pouce. Vous ne craignez rien ici. Vous êtes en sécurité, je vous le promets.

Il se cala contre la tête de lit, la serra plus fort et la berça avec une tendresse inattendue. Ivy fut envahie par un flot de nouvelles émotions. Elle prit conscience du souffle posé de Desmond, qui soulevait doucement son torse. Lorsqu'elle inspira, elle fut enveloppée par son parfum délicat. Sa féminité et sa sensualité étouffées depuis des mois s'éveillèrent. Gerald était mort près d'un an plus tôt et elle n'avait connu aucun homme entre-temps. Elle avait même pensé que cette partie d'elle était partie avec lui. Mais, en cet instant, elle sentit son corps bien éveillé. Sa chair frémit et elle eut envie de glisser les doigts sur le duvet doux du buste de Desmond. Elle voulut l'embrasser, pour voir si ses lèvres étaient aussi délicieuses qu'elles en avaient l'air. Comme s'il avait lu dans ses pensées, il déposa un baiser sur sa tempe – furtif, à peine palpable. L'avait-elle imaginé ? Il lui caressa le dos un moment, puis s'arrêta.

— Vous sentez-vous mieux ? murmura-t-il.

Elle voulut dire non, ne serait-ce que pour prolonger cette étreinte et savourer plus longtemps sa chaleur. Mais son bon sens reprit le dessus, chassant sa tristesse. La réalité la frappa avec violence. Elle était en train de faire un câlin à son nouveau patron, dans une nuisette légère ! Elle posa la main sur son torse, en prenant soin de ne toucher que sa robe de chambre et se redressa. Il attrapa quelques mouchoirs sur la table de chevet et elle en profita pour s'écarter de lui.

— Tenez, dit-il.

— Merci.

Il se leva, sortit, puis revint avec un verre d'eau.

— Buvez ça.

Elle venait de remonter la couverture sur elle, en plus du drap, et prit le verre sans un mot. Leurs doigts se touchèrent. Leurs regards se croisèrent. Elle ne put s'empêcher de baisser les yeux sur ses lèvres. Elle aurait tant voulu sentir leur pression sur les siennes… Chassant ce désir déplacé, elle but à grandes gorgées. Si seulement ça pouvait suffire à calmer ses hormones. Si seulement il pouvait s'en aller.

— Je suis désolée de vous avoir réveillé. M'avez-vous vraiment entendue depuis l'étage ?

Il sortit de sa poche le babyphone qu'elle avait oublié dans la salle à manger et le posa près du lit. Elle n'avait même pas senti l'appareil en l'enlaçant !

— Voulez-vous parler ? demanda-t-il.

Était-ce une blague ? L'accident et le drame hideux qui avait suivi n'étaient pas un sujet de conversation à aborder avec son employeur ! C'était pour elle un secret aussi important que l'existence du bébé dont elle avait la charge. La tragédie qui avait coûté la vie à Gerald n'était qu'une des raisons pour lesquelles elle avait fui Atlanta. La famille de son fiancé avait sali son nom et gâché toutes ses chances de faire carrière là-bas. Les Russell étaient très connus et respectés en Géorgie, naviguant sans doute dans les mêmes cercles que les Eddington. Ils ne devaient surtout pas découvrir pour qui elle travaillait !

— Ivy ?

Sa voix sensuelle la tira de ses pensées.

— Non, je ne veux pas en parler, répondit-elle.

— Ça pourrait vous aider. Avez-vous rêvé de votre… de Gerald ? insista-t-il avec douceur.

— C'était un cauchemar. En général, j'évite de penser à tout ce qui s'est passé, mais je crois que le dîner de ce soir a réveillé mes souvenirs…

— Dans ce cas, je vous prie de m'excuser.

— Ce n'est pas votre faute, protesta-t-elle. Ma psy, à Atlanta, m'a conseillé de ne pas enfermer mes émotions.

— Voyez-vous encore un thérapeute ?

— Elle m'a donné les noms de collègues dans cette région, mais je n'en ai appelé aucun.

Un long silence s'installa. Desmond alla s'asseoir sur une chaise, dans un coin de la chambre. Clairement il n'était pas décidé à partir, comme elle l'aurait voulu.

— Voulez-vous encore de l'eau ?

— Non merci…

Il croisa les bras et étendit ses longues jambes devant lui. Bien que couverte jusqu'au menton, Ivy se sentit nue. Son cœur battait encore comme s'il se trouvait toujours à quelques centimètres d'elle.

— Parlez-moi de votre fiancé. Comment était-il ?

C'était une question délicate, pleine de compassion, que personne ne lui avait encore posée – pas même sa mère. Ivy regretta presque le Desmond autoritaire des premiers jours. Elle ne savait pas comment gérer l'homme sensible qui la couvait à présent d'un regard peiné. Même hantée par son rêve, elle ne pouvait ignorer son charme et frissonna.

— Si vous préférez éviter de…

— Non, coupa-t-elle, mais j'avoue que je suis surprise. Tout le monde m'interroge sur sa mort, pas sa vie.

Desmond remarqua que son verre était vide et alla le remplir. Ivy en profita pour s'emmitoufler encore plus dans sa couverture, les genoux ramenés contre sa poitrine.

— Nous nous ressemblions beaucoup, raconta-t-elle quand il se fut rassis. C'est sans doute pour ça que nos liens se sont noués si vite. Il était calme, introverti, mais il ne se laissait pas intimider. Quand il voulait quelque chose, il fonçait.

— Et ce qu'il a voulu, c'était vous…

Ces quelques mots la firent rougir. Ils avaient été si heureux, si insouciants, alors.

— Notre romance n'a pas commencé par un coup de foudre. Nous avons été amis, puis l'amour est né lentement. Ceux qui l'ont bien connu savent qu'il pouvait être très amusant, capable d'imiter n'importe qui.

Elle se souvint d'une soirée pendant laquelle il avait reproduit le sketch d'un comédien qu'il aimait et se surprit à rire. C'était la première fois que ça lui arrivait en pensant à lui, depuis l'accident.

— Quelle carrière avait-il prévu d'embrasser ?

— Il était sur le point de devenir un grand avocat, dans le milieu du spectacle.

— Vous devez avoir été très fière de lui.

— Comme il était fier de moi.

Desmond acquiesça lentement.

— J'imagine que votre avenir semblait rayonnant.

Rayonnant. C'était ainsi que les parents de Gerald décrivaient leur fils, et c'était pourquoi ils avaient passé tant de mois à blâmer Ivy pour son décès. La douce chaleur qui l'avait enveloppée quelques instants plus tôt s'évanouit, remplacée par le souvenir de leurs cris de rage et des rumeurs malveillantes qu'ils avaient répandues sur son compte. Desmond aurait-il eu la moindre estime pour elle, s'il avait entendu leur version de l'histoire ? La prendrait-il toujours pour une employée intelligente, responsable et qualifiée ? Si on lui dressait le portrait d'une femme imprudente, irrationnelle et menteuse, la laisserait-il placer sa fille dans sa voiture ? Heureusement pour Ivy, elle n'aurait jamais à découvrir la réponse à ces questions. Elle allait tout faire pour que Desmond ignore les détails de cette nuit tragique.

— Je crois que je vais essayer de me rendormir.

C'était un renvoi abrupt, mais il ne protesta pas. Il se contenta de s'approcher du lit.

— Êtes-vous sûre que ça ira ?

— Oui. Merci d'être venu.

Pour bien lui montrer que leur discussion était terminée, elle tassa son oreiller et se rallongea. Desmond la regarda encore un instant, puis tourna les talons.

— Voulez-vous que j'éteigne ? demanda-t-il, arrivé à la porte.

— Pas tout à fait. Laissez la lumière au minimum.

— OK. Faites de beaux rêves, Ivy.

— Bonne nuit.

Ses rêves furent doux, en effet. Les images de la mort de Gerald et les paroles empoisonnées de ses parents furent remplacées par la douceur des bras de Desmond. Elle se sentit un peu coupable mais ne put s'en empêcher. Ce fut merveilleux…

Elle se réveilla perdue, avec une migraine atroce. Étrange. Puis elle se souvint. Desmond. Leur dîner. Le vin. Son réveil en larmes, puis son corps ferme contre le sien et ses désirs inassouvis. Il avait paru si sincère en l'interrogeant au sujet de Gerald. Un flot d'émotions la traversa mais elle les ignora. Elle devait déjeuner avec Mona et se dépêcha de se glisser sous la douche. Ensuite, elle s'habilla, fit la toilette de Desiree et la nourrit. Malgré ses protestations, Mona avait insisté pour lui envoyer un chauffeur. Dès qu'elle vit le véhicule approcher, Ivy fut émerveillée. Jamais encore elle n'avait eu l'occasion de monter dans une Bentley ! Assise sur la banquette et flottant sur un nuage, elle examina le parc. Peu à peu, elle se laissa emporter par une douce rêverie, oubliant définitivement son cauchemar. La demeure des parents de Desmond, un palais de brique rouge perché sur une petite colline défiait l'imagination. Le mélange du moderne et de l'ancien donnait à la bâtisse un charme unique. Des balcons embrassaient les façades et de grandes fenêtres laissaient couler la lumière à flots dans les pièces. Même en plein hiver, on prenait soin du jardin, depuis les pins majestueux qui bordaient l'allée jusqu'aux topiaires bien taillés. Le chauffeur contourna la maison pour pénétrer dans un parking privé et indiqua à Ivy l'entrée d'un solarium somptueux. C'était un chef-d'œuvre d'architecture, conçu pour accueillir une splendide collection de plantes tropicales. Chauncey vint lui ouvrir avec un sourire chaleureux.

— Bonjour, mademoiselle Campbell.

— Bonjour. Je vous en prie, appelez-moi Ivy.

— Si vous le souhaitez. Je vois que vous apportez un cadeau, reprit-il en s'effaçant pour la laisser entrer.

— Un cadeau ?

Il indiqua la poussette d'un signe de tête et elle sourit. Elle le suivit le long d'un couloir, puis traversa une forêt de plantes en pots dans le murmure des fontaines jusqu'à un petit salon installé près d'une cheminée. Mona était déjà là, tranquille comme une reine. Un service à thé et des assiettes couvertes attendaient sur la nappe immaculée.

Son hôtesse se leva pour la saluer poliment.

— Bonjour, Ivy.

— Bonjour, Mona.

— Je suis heureuse que vous ayez accepté de venir.

— Et je vous remercie de m'avoir invitée.

C'était vrai. Ce déjeuner était la distraction parfaite

pour lui éviter de penser à Desmond et à son malheureux Gerald…

Mona se pencha ensuite sur la poussette pour écarter la couverture qui avait protégé Desiree du froid.

— Et voilà mon petit ange ! Elle est le portrait de son père… Je crois que nous ferions mieux de la laisser dormir.

Elle invita Ivy à s'asseoir, puis congédia Chauncey.

— Désirez-vous du café ou du thé ?

— Du thé, merci, répondit la jeune femme.

— J'espérais bien que vous choisiriez ça. Aimez-vous les épices ? La cannelle, le clou de girofle, le gingembre ?

Ivy acquiesça.

— Vous verrez, ce mélange venu du Maroc est délicieux.

— J'en ai l'eau à la bouche.

— Si je vous ai conviée, c'est avant tout pour vous parler de Desmond, bien que vous ayez déjà pu vous faire une opinion. Je sais qu'il peut paraître brusque et froid, mais il a un très grand cœur, au fond.

— Je suis contente de savoir qu'il *a* un cœur…

Ivy se mordit la lèvre. Elle n'avait pas eu l'intention de dire ça à voix haute. Heureusement, Mona rit.

— Et je suis contente de voir que vous avez de la repartie. Vous en aurez besoin avec mon fils, ainsi qu'un cuir assez solide pour résister aux pires assauts du froid. Suis-je claire ?

— Tout à fait.

Elle se souvenait encore de leur dispute de la veille, mais cette scène pénible était adoucie par la bonté dont il avait fait preuve ensuite, lorsqu'il était venu la consoler.

— Je crois que je vais avoir besoin de m'endurcir, dit-elle.

— Ce travail et notre famille sauront vous y aider.

Elles continuèrent à bavarder en préparant leur thé,

passant en revue les détails du contrat d'Ivy – journées de congé hebdomadaires, arrêts maladie, vacances. La jeune femme aimait bien Mona. Sans la présence intimidante de Desmond, elle put se détendre et apprécia cet entretien avec la reine mère du Domaine Eddington.

— Avez-vous des questions ? demanda celle-ci.

— Oui, mais c'est assez sensible… Desmond a-t-il passé du temps avec sa fille ? Il m'a semblé très distant et je crains les conséquences d'un manque de lien entre eux.

— La situation est inattendue, nouvelle pour nous tous. J'admets que ça a aussi été une déception pour la famille. Desmond nous a habitués à toujours garder le contrôle ; mais dans ce nouveau rôle de père, il semble perdu. Il ne l'admettra jamais, mais il a peur de cette enfant et, entre nous, je pense qu'il est aussi terrifié à l'idée d'échouer pour la première fois de sa vie.

Ivy hocha la tête gravement.

— Savez-vous comment je pourrais l'aider à se sentir plus à l'aise avec Desiree ?

— Vous pourriez commencer par le convaincre de la prendre dans ses bras, suggéra Mona.

— Il ne l'a jamais fait ?

— Non, mais ce n'est pas aussi terrible que ça en a l'air : il ne la connaît que depuis quelques jours. Dès que le test de paternité a confirmé qu'elle est bien sa fille, il l'a accueillie chez lui et a engagé une femme très compétente pour l'élever. Croyez-moi, ma chère, nombre d'hommes n'en auraient pas fait autant, dans sa situation.

Bernice apparut, poussant une desserte chargée de plats au parfum délicieux et la conversation devint plus générale. Les deux femmes parlèrent de Chicago, des études d'Ivy et de son projet d'ouvrir une école pour filles défavorisées. Mona lui apprit qu'elle-même avait un diplôme de haute finance, obtenu sous l'impulsion de son père qui avait été comptable certifié pendant quarante ans. Mais, lorsqu'elle avait épousé Derrick, elle avait abandonné sa carrière sans hésiter. Elle paraissait fière en lui faisant l'historique de la Pointe du Sable, que les Eddington avaient lentement transformée en un joyau pour l'élite régionale. Enfin, au milieu du meilleur petit déjeuner qu'Ivy ait goûté de sa vie, Desiree se réveilla pour le plus grand bonheur de Mona.

Une heure et demie plus tard, Ivy repartit chez Desmond, réconciliée avec les bizarreries de son patron et bien décidée à l'aider à embrasser son nouveau rôle. De retour dans sa suite, elle installa Desiree dans son siège à bascule et prit le temps de songer à la mère. Quel genre de femme pouvait porter l'enfant d'un homme aussi puissant, puis l'abandonner dans une boîte, aux bons soins du premier venu ? Cette histoire cachait quelque chose… Néanmoins, Ivy était là pour s'occuper de la petite, et non du père. En dehors des liens qu'il allait devoir former avec son bébé, qu'il le veuille ou non, ses sentiments et ses actes ne la regardaient absolument pas.

- 8 -

Desmond leva les yeux de la flambée allumée dans la cheminée du bureau de son père pour voir Jake et Cayden entrer. C'était la première fois que tous les hommes Eddington se retrouvaient depuis le drame. Il salua son frère d'un signe de tête, puis serra la main de Cayden.

— Comment ça va, vieux ? demanda celui-ci.

— On a fait mieux. Et comment va la Californie ?

— La vie y est moins excitante qu'à la Pointe du Sable, d'après ce qu'on m'a dit…

Desmond fusilla Jake du regard.

— Salopard, marmonna-t-il.

— Quoi ? répliqua son frère. Cayden est de la famille ! Tu voulais lui cacher la vérité, peut-être ?

— Non, mais c'était à moi de lui en parler.

Bien sûr, il n'était pas vraiment fâché. Jake et Cayden étaient inséparables depuis leurs dix ans. Ils n'avaient pas de secrets l'un pour l'autre.

— Navré, Des. Je n'ai pas songé à ça, répondit Jake d'un air contrit, ce qui était rare.

— Pas de problème. De toute manière, il allait finir par l'apprendre…

— Et espérons qu'il soit le seul, murmura son frère d'un air sombre.

— C'est-à-dire ? Ai-je manqué un épisode ?

Jake indiqua d'un petit signe du menton leur père, qui

venait de raccrocher son téléphone et alla se servir un verre de whisky avant de les rejoindre sur les fauteuils. Il but une gorgée en silence, le regard perdu dans les flammes. Ce n'était pas bon signe…

— Qui était-ce ? demanda Desmond, inquiet. Un des frères de la Société de Ma'at ?

Il s'agissait de l'organisation d'élite dont Derrick briguait la présidence.

— Bob Masters, confirma son père. Il m'annonçait qu'il allait soutenir ma candidature et m'a dit qu'il rendrait sa position publique cette semaine, pour m'aider.

— C'est un homme admirable.

— Le meilleur, confirma Cayden, dont Masters était le mentor depuis son entrée dans la fraternité.

Soulagé, Desmond alla se servir à boire aussi. Il n'avait pas l'habitude de consommer beaucoup d'alcool, mais il commençait à comprendre ceux qui le faisaient…

— A-t-il juste parlé de la SOMA ? s'enquit-il en revenant.

Derrick soupira et acheva son whisky d'une traite.

— Il veut qu'on déjeune ensemble au club demain.

Desmond sentit sa nervosité revenir à la charge. Son frère ne venait-il pas de laisser entendre que le secret avait pu être éventé ? Comment ?

— Est-ce que quelqu'un d'autre sait, pour Desiree ?

— Pour l'instant, je n'ai que des soupçons, répondit Jake, mais il semblerait que le coursier a parlé.

— Et qu'a-t-il dit ?

— Rien qu'on puisse prouver. Il aurait dit au gardien qu'il avait entendu un bruit dans le paquet et a plaisanté en suggérant que ça pouvait être un bébé, qu'il était passé de livreur à cigogne. Le gardien a aussi entendu Desiree et a immédiatement appelé Chauncey.

— Avons-nous le nom de ce coursier ?

— Il faut qu'on l'obtienne, intervint Derrick. Et vite.

— Je parlerai à Sarge, le gardien, le rassura Desmond. Tous les visiteurs sont filmés et nous n'aurons aucun mal à retrouver l'identité de ce type.

— Tout ça n'aurait pas pu plus mal tomber !

— Je te comprends, papa, et je suis désolé.

— Je ne te blâme pas, fils. Tu es aussi choqué que nous tous et nous allons simplement devoir gérer cette crise. Nous n'avons pas besoin de mauvaise publicité en ce moment…

Desmond était bien d'accord. Son père et lui allaient devoir discuter de l'affaire en privé. Étant donné que Derrick était en bonne voie pour diriger l'une des organisations financières les plus influentes du monde, l'arrivée surprise de ce bébé risquait de poser problème. De plus, les Eddington se targuaient d'être d'excellents pères ; ils tiraient une fierté de leur bonheur conjugal et n'avaient jamais eu d'enfants bâtards depuis la fondation des États-Unis ! Lui-même ne comprenait toujours pas comment l'accident avait pu arriver : il avait toujours pris ses précautions avec Shelly. Le fait qu'elle lui ait parlé de son désir d'être une mère célibataire, dans sa note, le troublait toujours. Avait-elle *prévu* cette grossesse ? Était-ce un stratagème mûrement préparé ? Il ne pouvait envisager que celle qu'il avait toujours vue comme une amie ait pu le trahir ainsi. Avait-elle voulu le faire chanter ? La famille de Shelly n'était certes pas aussi riche que les Eddington, mais ils ne manquaient de rien ; et la beauté de la jeune femme était suffisante pour mettre à ses pieds toutes les fortunes du monde.

— As-tu réussi à localiser la mère ? demanda Derrick, comme s'il lisait dans les pensées de son fils.

— Un ami commun pense qu'elle a quitté le pays. Elle lui a dit qu'elle voulait voyager.

— Curtis est en charge des recherches ? Il est très doué.

— Oui, et une équipe travaille jour et nuit sur cette affaire. Il faut lui faire signer un contrat de confidentialité.

— Nous devons aussi obtenir d'elle une garde complète. Clairement, elle n'est pas digne d'élever ce bébé.

— Je suis vraiment désolé, papa, répéta Desmond dans un murmure. Pour ce qui s'est passé et pour le mauvais timing. Ta campagne et le lancement d'E-Squared ont attiré l'attention du monde entier sur notre entreprise…

— J'accepte tes excuses, mais c'était inutile. Desiree est une Eddington et nous l'aimerons. Ne t'en fais pas pour la firme : vu les profits que nous engrangeons, nous survivrons à un petit scandale. Par contre, la SOMA est une autre affaire… Si le secret s'évente, mes chances d'obtenir la présidence seront compromises. Quant à l'enfant, certaines femmes ne reculent devant rien et je suis même étonné que tu aies atteint trente et un ans avant qu'une telle histoire t'arrive. Nous devons juste trouver une raison qui pourrait nous permettre de tourner la situation à notre avantage.

— Alors que la mère de Desiree nous l'a lâchée sur les bras et a disparu ? s'étrangla Cayden. Comment ?

Tous les regards se tournèrent vers Desmond.

— C'est bien la question, dit-il. Et je n'ai pas de réponse.

— Ivy est une nourrice très qualifiée. Elle t'aidera, reprit son père. Sais-tu qu'elle a déjeuné avec Mona ce matin ?

— Non, je l'ignorais.

— Ta mère l'a invitée pour discuter tranquillement.

Jake lâcha un grand éclat de rire incrédule.

— Rien de ce que Maman fait n'est « tranquille » !

— D'accord. Elle voulait la jauger, admit Derrick.

D'un seul coup, l'atmosphère tendue s'allégea.

— Bref, elle a été impressionnée par cette jeune femme. Elle dit qu'elle est intelligente, déterminée et qu'elle ne cherche pas à te piéger. Tu sais que ta mère est très douée pour repérer les opportunistes et les chasseuses de mari. S'il y avait eu anguille sous roche, elle l'aurait flairée.

— Je suis d'accord, dit Jake. Tu as longtemps fréquenté Shelly, mais Maman ne lui a jamais fait confiance…

— Inutile de me le rappeler.

Au même instant, le portable de Desmond sonna et il lut le texto, les sourcils froncés.

— Quand on parle du loup…

— Non, dit-il, c'est Ivy. Elle veut savoir quand je vais rentrer à la maison.

— Oh-oh, murmura Cayden avec un sourire. Voilà une question d'épouse !

— Non. Ivy n'est pas comme ça.

— Comment le sais-tu ? Tu la connais à peine !

Desmond eut un mouvement d'humeur. Il se sentait soudain sur la défensive et ça ne lui ressemblait pas.

— Je le sais, c'est tout.

— Bon sang, je ne pensais pas qu'il soit si tard, déclara Derrick en jetant un coup d'œil à sa montre. Mona doit se demander où je suis. Desmond, tu ferais mieux de rentrer voir ce qui se passe. Je parie que ça concerne Desi.

En dépit des soucis de Desmond et des révélations qu'il venait d'apprendre, il fut touché d'entendre le surnom que ses parents avaient déjà donné à sa fille. Tout comme il était ému de savoir qu'Ivy l'attendait chez lui. Sur le chemin du retour, il ne put néanmoins chasser le dernier commentaire de Cayden de son esprit. S'il était marié, l'existence de son bébé ne serait plus un scandale. Tout ce dont il avait besoin était une femme prête à jouer ce rôle… Il rangea sa voiture au garage, un plan vague se formant déjà dans son esprit. Un plan aussi génial que fou. Bien sûr, pour y parvenir, il allait devoir faire preuve de charme et de persuasion, rassembler tous ses talents de négociateur ; mais s'il réussissait, le contrat de travail qui le liait à Ivy allait vite prendre des dimensions bien plus personnelles.

- 9 -

— Chut, ma chérie. Tout va bien, cajola Ivy en berçant une Desiree en larmes sur sa hanche tandis qu'elle faisait les cent pas dans le salon. Je suis frustrée aussi, tu sais.

C'était vrai. Elle n'avait encore jamais été une nourrice à temps plein et peut-être que le retour si tardif de Desmond était normal, après tout. Ses affaires ne la concernaient pas. Avait-elle eu raison de lui envoyer ce texto ? S'attendait-elle à une réponse immédiate ? Durant les trois jours qu'elle avait déjà passés au Domaine, son patron n'avait pas une seule fois approché sa fille. Apprendre qu'il ne l'avait même pas prise dans ses bras avait été un choc, et c'était pour ça qu'elle tenait tant à le voir rentrer.

Chez certaines personnes, il fallait du temps pour que des liens se créent avec leurs enfants, et il était logique que Desmond eût du mal. Mais il était aussi important pour Desiree de se rapprocher de son père. Même à un si jeune âge, le rejet de ses parents risquait de laisser des traces… Un attachement serait tout aussi bénéfique à son père – voire davantage. S'il passait du temps avec son bébé, il finirait forcément par l'aimer. Hélas pour Ivy, ce besoin de les rapprocher risquait de lui faire franchir une ligne rouge. Une nounou avait-elle vraiment le droit de dicter à son patron sa conduite avec son enfant ? Elle avait entendu parler de familles dans lesquelles des générations avaient été élevées par des employés ou des enseignants de pension. Cela avait-il eu un impact négatif chez ces gens ? Elle voulut faire une rapide recherche sur sa tablette mais, au même instant, la porte du garage claqua. Desiree, qui s'était un peu calmée, pleura de plus belle quand Ivy tenta de la coucher. Elle soupira, cala l'enfant sur son autre hanche, et alla dans le hall pour accueillir son patron.

— Ivy ! appela-t-il depuis l'entrée.

— J'arrive, répondit-elle avant de se tourner vers la petite. Bien, mon ange. C'est le moment de te montrer sous ton meilleur jour pour apprendre à mieux connaître ton papa.

Elle rejoignit Desmond et, sans réfléchir au meilleur moyen de briser la glace, lui fourra sa fille dans les bras.

— Qu'est-ce que… ?

— Pouvez-vous la tenir un instant ?

Desmond parut choqué, les yeux grands comme des soucoupes. Ivy résista à l'envie de rire et lui donna des conseils pour mieux caler l'enfant contre son torse. Il fut contraint de la serrer, aussi emprunté que s'il s'était agi d'un alien. Ivy l'aida à la tenir, déplaçant son bras avec douceur.

— Voilà, dit-elle. Plaquez-la contre votre poitrine.

— Je risque de la laisser tomber !

— Pas du tout. Votre fille est plus forte qu'elle n'y paraît. Elle vous fait confiance et moi aussi.

Desiree leva les yeux sur son père, sourit et commença à gazouiller en donnant des coups de pied dans le vide.

— Que fait-elle ?

— Je crois qu'elle vous montre à quel point elle est contente d'être avec vous.

— Je me sens stupide…

— Pourquoi ?

— Je ne sais pas. C'est si bizarre, avoua-t-il.

— N'avez-vous jamais porté de bébé ?

— Je sais que ça semble impossible, mais non. Jamais.

— Voulez-vous vous asseoir un moment avec elle ?

— Non.

Cette fois, Ivy ne put s'empêcher de rire.

— J'apprécie votre honnêteté, mais il est important pour Desiree de vous connaître, de se familiariser avec votre parfum, vos mains, votre voix. Tous les experts insistent sur l'importance du lien entre père et enfant.

— Mon père n'a jamais fait ça, et je m'en suis bien sorti !

— En êtes-vous certain ?

Sa remarque sarcastique la surprit au moins autant que Desmond. Ils rirent de nouveau – ensemble, cette fois.

— J'apprécierais que vous la gardiez quelques minutes.

— OK…

— Vous voyez ? Vous avez instinctivement placé une main derrière sa tête pour la soutenir. Vous avez un don.

— La flatterie vous ouvrira toutes les portes, Ivy. J'admets que j'aurais bien besoin d'encouragements… Continuez.

Ils étaient retournés dans le salon en parlant et Desmond s'assit avec soin sur le canapé. Ivy cala un peu mieux Desiree dans le creux de son bras, sans parler. Elle était heureuse de voir son patron regarder enfin sa fille.

— Elle a mes yeux, finit-il par dire.

— Et votre fossette.

— Maman et Papa l'appellent Desi.

— Je sais.

— Je crois que je comprends mieux leur attachement.

— Oh oui. Votre mère m'a montré des photos de vous au même âge, et Desiree pourrait passer pour votre jumelle.

— Trois jours à peine, et Maman sort déjà les albums de famille ? Il va falloir que je lui parle.

— Ne soyez pas dur avec elle. Elle est très fière de sa petite-fille, et elle ne pensait pas à mal.

— Si seulement tout le monde était comme elle…

Desiree commença à s'agiter et Ivy la reprit avant que Desmond panique. Sa couche était sèche. Un coup d'œil à sa montre lui apprit quel était le problème.

— C'est presque l'heure de son biberon, dit-elle. Comme vous n'avez jamais tenu de bébé, j'imagine que vous n'en avez pas nourri, non plus.

Lui rendant sa fille, elle alla chercher le biberon.

— Hé ! Que faites-vous ? lança Desmond, l'air perdu.

— Je reviens tout de suite.

Quelques minutes plus tard, il lui donnait à boire. Repue, elle le gratifia d'un sourire plein de lait, et Ivy crut voir son cœur fondre pour elle.

— Ce n'est pas si mal d'être un père, n'est-ce pas ?

— Le problème ne vient pas de là, mais de *comment* je le suis devenu. Je suis encore choqué et confus, après ce qui s'est passé, répondit-il.

— C'est compréhensible.

— Je sais qu'elle n'est pour rien dans cette affaire, mais son arrivée pourrait nous causer beaucoup d'ennuis.

— Comment ça ?

— Les gens causent. Ce n'est pas bon.

— Inutile d'avoir honte de votre bébé, Desmond.

— Techniquement, je suis d'accord. Mais un bébé livré comme un colis… Je ne veux pas que l'histoire fasse les gros titres, c'est tout.

— Noté. Alors, où est sa mère ?

— Nous l'ignorons.

— Et pourquoi l'a-t-elle abandonnée, à votre avis ?

— Je l'ignore aussi.

Ivy vit une goutte de lait couler sur le menton de Desiree.

— Je pense qu'elle va s'endormir, dit-elle en l'essuyant avec une petite serviette. Il faut la faire roter avant.

Elle expliqua le processus à Desmond, puis plaça la serviette sur son épaule et l'aida à faire basculer sa fille.

— C'est ça. Continuez à tapoter son dos, doucement.

Il obéit maladroitement.

— Êtes-vous sûre que ça marche ?

— Certaine.

En effet, quelques instants plus tard, Desiree rota et son père sourit avec soulagement.

— J'ai réussi !

— Bravo, *papa*. J'avoue que vous avez fait de grands progrès ce soir. Voulez-vous la coucher ?

— Non. Je pense que le biberon et le rot sont suffisants, pour une première fois.

— Très bien. On verra ça plus tard, dit Ivy en récupérant la petite. Merci d'être rentré pour la voir.

Ayant atteint la porte, elle s'arrêta un instant.

— Peut-être pourriez-vous passer un moment avec elle chaque soir. Je suis sûre que ce serait très bon pour elle.

— Je suis très occupé, Ivy.

— Je sais. Je ne vous demande pas beaucoup : quelques minutes suffiraient.

— J'y penserai.

— Merci, Desmond. Je vais en avoir pour un moment, le temps de lui donner son bain et de la changer. Je ne vous retiens pas. Bonne nuit.

Tout en lavant Desiree, Ivy lui parla. Elle ne céda pas au

besoin instinctif de gazouiller, comme tant d'adultes, mais fit l'effort de s'adresser à elle avec des phrases complètes.

— Alors, as-tu aimé passer du temps avec ton papa ? Oui ? Ce n'était pas si mal, n'est-ce pas ? Il est plutôt beau et il sent bon, tu ne trouves pas ? Tu verras, bientôt il saura s'occuper de toi comme un pro.

Lorsque la petite fut bien bordée dans son berceau, Ivy retourna au salon et se figea, sous le choc.

— Vous êtes encore là ?

Desmond ne trahit pas la moindre émotion.

— Oui, dit-il simplement.

Oh non ! M'a-t-il entendu ? Ivy fit de son mieux pour rester calme, mais un ouragan éclatait dans sa tête. Elle s'assit en face de lui en regrettant de ne pouvoir disparaître.

— Euh… Avez-vous entendu ce que j'ai dit à Desiree ?

— Vous lui parliez comme si elle pouvait vous comprendre…

— Oui, mais avez-vous *distingué* mes paroles ? insista-t-elle, le cœur battant.

— Je n'y prêtais pas attention. Pourquoi ? Partagiez-vous des secrets d'État qu'elle seule pouvait connaître ?

— Quelque chose comme ça, admit-elle, soulagée. Aviez-vous besoin de me parler ?

Il se laissa aller contre le dossier du canapé et demanda :

— Qu'auriez-vous fait, si vous aviez trouvé un bébé devant votre porte ? Si vous aviez été à ma place ?

Ivy s'assit et prit quelques instants pour réfléchir.

— Je crois que j'aurais agi comme je le fais toujours face à un défi. J'aurais divisé le problème en étapes gérables et j'aurais réglé l'une après l'autre.

— Ce serait plus facile si je connaissais ces étapes.

— Une journée à la fois. Je suis sûre que vous vous en sortirez, dit-elle pour le rassurer.

— Vous êtes intelligente. Accepteriez-vous de m'aider ?

— Moi ?

— Pourquoi pas ? Je ne sais pas par où commencer.

— D'accord. Quel est le premier problème que pose la présence de Desiree sous votre toit ?

— Sa présence *est* le problème. Vous savez que notre famille est connue. Nous sommes tenus d'avoir une réputation irréprochable. Je sais que nous sommes au XXIe siècle, mais nous avons des valeurs traditionnelles : par exemple, ne pas faire d'enfants hors mariage.

— Dans ce cas, la solution est simple. Épousez sa mère.

— La femme qui m'a menti ? Qui m'a trahi ?

— Tout le monde ne se marie pas par amour.

— Outre nos devoirs de parents, je ne veux garder aucun lien avec elle, répliqua Desmond avant de s'interrompre, songeur. Mais vous pourriez avoir raison. Me marier éviterait que la situation devienne un scandale médiatique et m'aiderait à régler ce… problème.

— Un mariage de convenance ? Oui, ça arrive souvent.

— Il me faut juste trouver une personne capable de comprendre les enjeux et d'accepter cette union comme un simple arrangement.

— Connaissez-vous quelqu'un comme ça ?

Il posa soudain les yeux sur elle et l'intensité de son regard la troubla immédiatement.

— Peut-être… Ivy Campbell, voulez-vous m'épouser ?

- 10 -

Ivy eut l'impression d'être aspirée par le vide. *Vient-il vraiment de prononcer ces mots ?*

— Vous plaisantez, n'est-ce pas ? lâcha-t-elle, suffoquée.

— De toute évidence, ce travail doit vous aider à repartir de zéro après un drame. Accepter de m'épouser aurait le même effet pour moi. Nous pourrions nous aider mutuellement et je saurai vous dédommager grassement.

Trop choquée pour répondre, Ivy se contenta de le dévisager.

— Je sais que ce n'est pas la demande dont rêvent toutes les femmes, mais cet accord nous serait bénéfique à tous les deux, poursuivit-il.

C'était impossible ! Il ne pouvait pas lui parler de mariage comme d'un contrat commercial !

— Que voulez-vous dire ? balbutia-t-elle.

— Ne tenez-vous pas à ouvrir une école pour filles ?

— S-si…

— Et si j'acceptais de la financer, en échange de votre accord pour un mariage de convenance ?

— C'est absurde ! D'où vous est venue une idée pareille ?

— C'est une solution logique à mon problème. Vous vivez déjà ici et vous vous occupez de Desiree. Nous pourrions trouver un endroit où les lois sont moins strictes pour nous marier, sans doute à l'étranger, puis publier un communiqué de presse pour annoncer notre union en arguant un coup de foudre – ou toute autre histoire qui plaît aux femmes…

— Êtes-vous sérieux ? balbutia-t-elle, incrédule.

— Hé, c'était votre idée !

— Non. Je ne peux pas faire ça, Desmond. Vous êtes mon patron et une telle suggestion est absolument déplacée. Et puis, comment serais-je censée gérer mes émotions, ma vie ? Devrais-je élever votre fille et vivre avec quelqu'un qui ne voit notre union que comme une transaction pendant… *dix-huit* ans ? Et ensuite, quand Desiree sera assez grande pour aller à la fac, divorcer discrètement et essayer de reprendre les choses où je les ai laissées ? Voyons. J'ai vingt-sept ans, donc ça m'en donnera quarante-cinq… Trop vieille pour avoir les enfants dont je pourrais rêver ; à moins que vous ayez aussi envisagé une solution, dans votre fameux contrat !

Pour la première fois depuis le début de cette conversation absurde, Desmond parut déstabilisé.

— Nous pourrions trouver un moyen, dit-il simplement.

— Je suis certaine qu'il existe des femmes prêtes à tout pour mettre la main sur votre argent, mais ce n'est pas moi.

— En êtes-vous sûre ? Je n'ai avancé aucun chiffre.

— C'est inutile, coupa-t-elle. Cette idée est absurde.

— De combien auriez-vous besoin pour votre école ?

Elle n'hésita pas un seul instant. Elle avait été formée pour établir des plans de financement.

— Deux millions.

— Je vous en propose quatre.

Ivy avait été sur le point de se lever, mais se figea.

— Quatre millions de dollars ? répéta-t-elle.

— Cash.

— Et combien de temps ce mensonge devrait-il durer ? Certaines nourrices restent en poste quinze ou vingt ans…

Desmond haussa les épaules.

— Une fois que la nouvelle ne fera plus les gros titres, nous pourrons divorcer sans attirer l'attention.

— Donc, après un faux mariage, vous feriez subir à votre fille le traumatisme d'une séparation ?

— Vous pourriez rester sa nounou, si nécessaire…

Ivy ne cacha pas son exaspération. Étaient-ils réellement en train d'avoir cette ridicule conversation ?

— Et moi ? lâcha-t-elle. Ma vie ? Mes sentiments ? Et vous ? N'avez-vous pas envie de sortir avec d'autres femmes, *pour de vrai* ? Que se passera-t-il, le jour où vous tomberez amoureux ?

— Je pourrais construire une nouvelle maison, avec deux ailes séparées pour que nous ayons chacun notre intimité. Ou bien, je pourrais annoncer notre mariage, sans qu'il ait réellement lieu. Hé ! C'est encore mieux : ça nous éviterait des ennuis légaux. Vous pourriez vous faire passer pour ma femme pendant quelques années et, quand mon père sera nommé président, nous nous séparerions, tout simplement…

— Tout simplement, hein ?

— C'est faisable.

— Je n'y crois pas. Surtout si votre père envisage de se présenter aux élections présidentielles.

— Non. En tout cas, pas encore, répondit Desmond en souriant. Il veut devenir le président de la Société.

— Quelle Société ?

— La SOMA. La Société de Ma'at.

— Je n'en ai jamais entendu parler…

— Sérieusement ?

— Je ne fréquente pas le monde des affaires, lui rappela-t-elle un peu sèchement.

— C'est une fraternité d'élite, qui rassemble les hommes les plus influents du monde.

— Ça a l'air prestigieux.

— Très. C'est pourquoi nous devons à tout prix éviter le moindre scandale pour le moment. Promettez-moi au moins de réfléchir à mon offre, Ivy.

— Je n'ai pas besoin d'y réfléchir. Je suis une femme intègre, honnête, et je trouve cette proposition presque insultante. Jamais je n'envisagerais de vivre un mensonge.

— Même pour quatre millions de dollars ?

— Oui.

— Et pour huit ?

Cette fois, il lui fallut plus longtemps pour répondre.

— Oui, même pour huit, dit-elle avec fermeté.

Hélas, elle n'était déjà plus aussi sûre d'elle…

Le lendemain matin, elle émergea d'un sommeil agité, aussi choquée que la veille par l'offre de Desmond. La tête ailleurs, elle se lava et s'habilla mécaniquement. Lui avait-il réellement demandé sa main ? Leur discussion lunaire avait-elle bien eu lieu ? Si elle n'avait pas retrouvé le biberon de Desiree sur la table basse où Desmond l'avait laissé, elle aurait presque pu croire qu'elle avait rêvé. Plus les souvenirs lui revenaient, plus elle était troublée. Elle alluma sa tablette pour consulter ses e-mails, tentant vainement de profiter du calme avant le réveil de Desiree et d'oublier son patron. Ce fut impossible. Son visage revenait danser devant ses yeux, sa « proposition financière », son air inquiet, puis rempli d'espoir. Plus l'idée l'avait séduit, plus elle avait été glacée. Certes, elle avait parlé de mariage en premier ; mais elle avait pensé à Shelly, la mère de la petite. Pas *elle*. Étant donné le désir qui s'emparait d'elle chaque fois qu'elle le voyait, elle ne pouvait pas accepter un mariage de convenance avec cet homme. Ce serait le plus sûr moyen d'avoir le cœur brisé – encore.

Nous pourrions nous aider mutuellement et je saurai vous dédommager grassement…

Sa colère de la veille revint, plus vive. Comment osait-il parler d'une telle offre comme si ce n'était qu'une formalité ? Vu son calme, on aurait presque pu croire qu'il lui proposait un nouvel emploi. Ne comprenait-il pas qu'il lui demandait de mettre sa vie entière en pause pendant toutes les années qui lui restaient pour devenir mère, et de mentir au monde entier ? Ne comprenait-il pas que les femmes étaient incapables de fermer la porte de leur cœur, même dans le cas d'une fausse histoire d'amour ? Les riches pensaient-ils tous que l'argent résolvait les problèmes et qu'ils pourraient toujours *acheter* leur ticket de sortie, quoi qu'il arrive ? Desmond n'avait-il aucune considération pour ses émotions ? Qu'arriverait-il, si elle finissait par tomber amoureuse ?

Hélas, même en sachant que ce qu'il lui demandait était impossible, qu'elle ne pouvait accepter, elle ne put s'empêcher de revivre chaque instant de leur soirée en boucle. Lorsque l'après-midi arriva, elle commença même à douter de sa décision. Son offre était difficile à refuser. Dans de tels moments, elle regrettait presque de ne pas avoir d'amie intime à qui se confier. Pendant longtemps, Gerald lui avait suffi et, étant donné son bon sens, il lui aurait sans doute suggéré d'accepter. Parce qu'il était un homme. Ivy avait besoin de l'avis d'une femme. Comme se confier à Lynn était hors de question, ça ne lui laissait qu'une option :sa mère. Elle n'était pas encore retournée la voir depuis qu'elle avait emménagé au Domaine et l'appelait peu. Cette fois, elle allait devoir lui parler face à face. Elle boucla donc le sac à langer de Desiree et laissa un message à Bernice pour la prévenir avant de monter dans sa voiture avec le bébé et de prendre la route de Chicago.

- 11 -

Desmond s'arrêta chez ses parents avant de partir au bureau. Il entra directement dans le solarium – la pièce préférée de Mona. Évitant de se perdre en politesses, il alla droit au but :

— J'ai trouvé une solution au problème du bébé !

Derrick et Mona, qui partageaient tranquillement un café, levèrent les yeux de leurs tasses.

— Je n'aime pas t'entendre parler de ma petite-fille comme d'un *problème*, dit Mona. Et bonjour à toi aussi, fils.

— Bonjour, maman. Papa.

Il les embrassa, un peu gêné d'avoir été rappelé à l'ordre.

— Problème ou pas, nous devons en effet trouver un moyen de le régler, dit son père. Si tu en as un, je t'écoute.

— Avant tout, que voulait Bob, hier ?

— Il m'annonçait que mes chances d'obtenir le poste augmentent et m'a rappelé que l'incident avec Cayden, l'an dernier, a failli lui coûter sa place à la SOMA. Je lui ai dit de ne pas s'inquiéter, et j'ai horreur de lui mentir ainsi…

— Dans ce cas, ma solution devrait te soulager, répondit Desmond en se préparant pour sa grande annonce. J'envisage de me marier.

Mona faillit recracher son café, mais Derrick, lui, ne quittait plus son fils des yeux.

— As-tu retrouvé Shelly ?

— Non.

— Difficile d'organiser un mariage sans fiancée.

— Je peux épouser Ivy. Ce serait un arrangement de façade, bien sûr, reprit Desmond en s'asseyant entre eux. Nous pourrions décider de nous séparer dans cinq ans, par exemple, quand la présence de Desiree sera considérée comme normale, et nous reprendrions chacun nos vies.

— En as-tu parlé avec elle ? demanda son père.

— Oui.

— Et elle a accepté ?

— Pas vraiment.

— Assure-toi au moins d'avoir son accord avant d'envisager sérieusement cette « solution », murmura Mona. Elle ne semble pas du genre à se laisser acheter.

Une fois de plus, la mère de Desmond avait du flair…

— Certes, elle a refusé mon offre, mais je pense encore pouvoir la convaincre.

— Comment ?

— Vous savez qu'elle veut ouvrir une école pour filles. Eh bien, je lui ai proposé entre quatre et huit millions pour la financer. Elle serait libre de réaliser son rêve.

— Tu sais, ce plan a l'air fou mais il pourrait marcher… Notre fondation caritative pourrait rassembler les fonds. Ivy a-t-elle paru intéressée, au moins ?

— Pas hier soir, admit-il, mais la nuit porte conseil. Elle aura peut-être changé d'avis.

Mona se tourna vers lui et le regarda droit dans les yeux.

— Que se passerait-il si Shelly réapparaissait pour récupérer sa fille ? Sans documents légaux pour l'en empêcher, elle en aurait le droit.

— Pire, Shelly pourrait vouloir jouer son rôle de mère et insister pour devenir Mme Desmond Eddington.

— Elle n'est pas comme ça, protesta le jeune homme.

— Avant ce week-end, tu ne pensais pas non plus qu'elle pourrait abandonner son bébé et l'envoyer par la Poste !

Hanté par toutes ces craintes, Desmond laissa ses parents en promettant une fois de plus de retrouver Shelly pour lui faire signer un accord de confidentialité.

Heureusement, contrairement à sa vie personnelle, sa carrière était en plein essor. Quelques milliardaires africains avaient formé un consortium pour acheter une fortune d'E-Squared et le marché explosait. Les médias commençaient à s'emparer de l'affaire. Desmond était dépeint comme un magnat en puissance. En quelques jours, il était devenu l'expert mondial des cryptomonnaies. Toutes les personnes qu'il avait connues – surtout les femmes – revenaient le courtiser. Même Penelope l'appela pour l'inviter à Paris. Leur conversation fut si plaisante qu'il envisagea un instant de lui proposer ce fameux mariage de convenance ; mais, très vite, il renonça. Elle était rusée et assoiffée de pouvoir. S'il se liait à elle par un contrat, elle ne le lâcherait plus.

Bref, pendant deux semaines, emporté par le succès, il oublia son projet, Shelly et tout le reste. Il travailla douze heures par jour et passa ses soirées dans des cocktails pour entretenir ses relations professionnelles. Ivy et lui ne communiquaient plus que par textos. Il rendit très peu visite à sa fille – et ça lui attira finalement les réprimandes de sa mère. Elle-même ne perdait pas une occasion de voir Desiree, ce qui l'amenait naturellement à parler à Ivy.

— Elle est vraiment très douée, lui dit-elle, et je pense, comme elle, que tu devrais passer plus de temps avec ta fille.

— Parlez-vous de moi souvent ?

Elle ne répondit pas, mais se fendit d'un conseil :

— Les enfants grandissent vite, Desmond. Un jour,

on apprend qu'on est enceinte, et le lendemain, on assiste à une remise de diplômes… Ces premières années sont précieuses et si tu les laisses filer, tu le regretteras.

Il ne répondit pas, troublé, et quand il rentra ce soir-là, il décida d'aller embrasser sa fille avant de se coucher. Il était plus d'une heure du matin. Il traversa le hall du rez-de-chaussée et poussa la porte entrouverte de la chambre de sa fille. Le spectacle qui s'offrit à lui fut des plus inattendus : les fesses parfaites et sensuelles d'Ivy s'étalaient devant lui, à peine couvertes par une culotte, tandis qu'elle était penchée sur le berceau. Il aurait dû repartir, mais il était trop hypnotisé pour bouger. Ivy avait d'ordinaire un look très classique, mais qui n'avait pas suffi à cacher ses courbes et Desmond en avait souvent rêvé… Alors qu'il trouvait enfin la force de partir, Ivy se retourna et poussa un cri. Une de ses mains se plaqua sur sa poitrine à peine cachée par un caraco et l'autre attrapa une peluche pour cacher le triangle de dentelle qui couvrait son intimité.

— Desmond ! s'écria-t-elle d'une voix trop aiguë.

— Navré, dit-il en baissant les yeux à grand-peine. Je… Je suis venu voir le bébé.

— Elle dort, répondit Ivy, les dents serrées.

Desmond risqua un regard dans sa direction. La peluche avait cédé la place à l'une des couvertures de Desiree – ce qui n'empêcha pas son esprit de vagabonder en terrain dangereux. Ne sachant comment réagir, il balbutia :

— Avez-vous réfléchi à ma proposition de mariage ?

— Dehors. Tout de suite !

Il leva les mains, comme un criminel en fuite, et battit en retraite sans demander son reste. Dans l'escalier, il fut tenté de se gifler pour sa bêtise. Il était généralement doué avec les femmes, ayant commencé à perfectionner ses techniques de séduction dès ses treize ans. Quelle mouche l'avait donc piqué ? Il ne pouvait blâmer que le manque de sommeil. Oui, c'était forcément ça. Depuis deux semaines, il travaillait sans relâche et ça avait dû finir par l'embrouiller. D'ailleurs, il passa une très mauvaise nuit et la journée du lendemain s'annonçait épuisante – et extrêmement longue. Plusieurs accords commerciaux à huit ou neuf chiffres l'attendaient sur son bureau. Hélas, tout ce qui l'occupait était l'image d'une paire de fesses brunes et rondes qui semblaient appeler ses mains, voire davantage…

À peine arrivé au travail, il demanda à sa secrétaire de lui rendre un petit service et lui laissa des instructions pour passer chez un fleuriste, aller dans l'une des bijouteries les plus élégantes de la ville et appeler un de ses amis qui venait de l'inviter à une soirée privée le jour même afin de savoir s'il était possible d'obtenir une place de plus. Après tout, sa famille prenait toujours soin de ses employés et ce qu'il faisait n'était pas différent. Du moins, il tenta de s'en convaincre, même si une petite voix lui soufflait que c'était faux. L'attirance qu'il ressentait pour Ivy Campbell n'avait rien à voir avec son travail. Elle était inspirée par son charme ravageur – intérieur *et* extérieur.

- 12 -

Il a vu mes fesses !

Durant toute la journée, et bien malgré elle Ivy ne cessa de penser à la scène de la nuit. Tout s'était passé si vite qu'elle avait encore du mal à y croire. Mais c'était bien réel. Elle sentait encore le frisson qui l'avait parcourue lorsqu'elle avait surpris le regard chargé de désir de Desmond. Son apparition si soudaine soulevait tant de questions... Hélas, si elle voulait obtenir des réponses, elle allait devoir parler à son patron, et cette idée la terrifiait. Dès qu'elle pensait à lui, une excitation incontrôlable et dangereuse l'envahissait. Elle était attirée par cet homme. Elle voulait voir ses fesses aussi. C'était sans doute pour ça que le souvenir de sa dernière discussion avec sa mère tournait en boucle dans sa tête. Pour une fois, Helen avait réagi avec calme et raison, comme Ivy l'aurait fait à sa place. Il était pourtant rare qu'elle se laisse influencer par ses opinions ; mais elle avait du bon sens. Elle savait examiner une situation avec détachement. Et c'était pour ça que cette conversation la hantait encore, même au bout de plusieurs semaines.

— Bonjour, maman.

Helen leva les yeux de sa télévision.

— Il était temps que tupasses me voir !

Ivy refusa de relever cette critique. Elle ne voulait pas commencer cette visite par une dispute.

— On en a déjà parlé : j'étais occupée. J'ai un bébé à charge, tu te souviens ?

— Je me suis occupée de toi en ayant un poste à plein temps et en finissant mes études ; donc ne viens pas te plaindre de ton emploi du temps.

— Je ne comprends toujours pas comment tu as pu réussir un tour de force pareil, concéda Ivy en s'asseyant.

— Ce n'était pas facile. Alors, comment ça se passe avec tes patrons ?

— Ces gens-là ne se mêlent pas de la vie de leurs employés, et je reste à ma place…

Menteuse !

— D'ailleurs, c'est assez facile : la petite est adorable.

Elle lui parla un peu de Desiree, tout en prenant soin de ne pas mentionner le nom Eddington, accord de confidentialité oblige. Puis elle regarda quelques instants la télé avec sa mère, sans prêter attention à l'émission qui passait. Elle ne pensait qu'à Desmond, à ce mariage de convenance et à son père dont Helen refusait si souvent de parler. Puisqu'il n'y avait pas de moyen délicat pour aborder le sujet, elle finit par se jeter à l'eau :

— Maman, je sais que nous discutons peu de lui, mais… aimais-tu Papa ?

— D'où vient cette question stupide ?

— Étais-tu amoureuse de lui ? rectifia très vite Ivy.

— Quelle différence ?

Le visage de Gerald se dessina devant ses yeux. Un peu coupable, elle décida de se servir de lui pour éviter d'attirer les soupçons de sa mère sur son employeur.

— Je ne sais pas, dit-elle d'un air aussi innocent que possible. Gerald me manque, mais quand je pense à notre couple, je comprends que nous étions amis, qu'on partageait beaucoup, mais je ne suis pas sûre qu'on ait été amoureux.

Sa mère eut un « tssk » agacé.

— Ne te laisse pas berner par les films à l'eau de rose. Dans la vraie vie, l'amour ressemble rarement à ça.

— Alors, tu n'étais pas amoureuse de Papa ?

— Je l'aimais. Je le respectais. J'étais jeune, sans le sou et j'avais besoin d'un toit. Ralph était travailleur, seul, et il avait envie de compagnie. Chacun de nous avait ses raisons de se marier, mais nous nous appréciions beaucoup. Sans sa crise cardiaque, nous serions sans doute encore ensemble.

Elle quitta l'écran des yeux pour se concentrer sur sa fille.

— Pourquoi ces questions ? As-tu rencontré quelqu'un ?

— Non. Pas vraiment…

— Eh bien, tu devrais. Je sais que la mort de Gerald t'a bouleversée, mais tu as encore la vie devant toi. Ne la passe pas seule, Ivy.

— Je n'en ai pas l'intention.

— Et arrête de chercher tes petits amis dans la haute ! Reste à ta place. Gerald était gentil, mais ses parents étaient aussi faux qu'un Louis Vuitton à vingt dollars.

Ivy n'osa pas protester. Si sa mère avait appris tout ce qui s'était passé avec la famille de son fiancé et pourquoi elle avait dû quitter Atlanta, elle aurait sans doute fait un malheur. Helen n'était pas du genre à se laisser intimider par qui que ce soit…

— Je le lui ai dit, d'ailleurs, quand elle a appelé.

La jeune femme se figea, soudain inquiète.

— Qui a appelé ?

— L'hypocrite. La mère de Gerald. Bonnie.

En un éclair, le monde parut vaciller. Ivy avait pensé que son départ mettrait un terme au drame Russell – d'autant plus que la police avait tranché en sa faveur, déclarant que l'accident n'était pas de sa faute. Elle avait renoncé à réclamer le moindre héritage de Gerald, y compris les objets qu'ils avaient achetés ensemble, ou l'assurance-vie qu'il avait fait établir à son nom. Elle avait ensuite laissé tomber ses études, quitté la ville qu'elle aimait tant, et l'État ! Que voulaient-ils de plus ?

— Quand a-t-elle téléphoné ?

— Je ne sais plus. Il y a une semaine, je crois.

— Et tu ne m'as rien dit ?

— Pour être honnête, j'avais oublié.

Ivy soupira, soulagée. Helen ne savait toujours rien, et c'était très bien comme ça...

— A-t-elle dit ce qu'elle voulait ?

— Te joindre, mais tu as changé de numéro.

— Et c'est tout ?

— Oui. Elle m'a demandé si je savais comment te contacter, et je lui ai répondu bien sûr. Tu es ma fille ! Mais j'ai aussi dit que tu ne vivais plus à Chicago.

Elle lui sourit, avec un clin d'œil complice.

— Techniquement, c'est vrai, non ?

— Merci, maman.

— Maintenant, dis-moi pourquoi tu as ouvert de si grands yeux en apprenant ça...

— J'ai été... surprise, c'est tout. Bonnie et Gerald Sr. ne m'ont jamais acceptée. Ils ne me croyaient pas assez bien pour leur fils et, en partant, j'ai coupé les ponts avec Atlanta. Je ne veux plus jamais entendre parler de cette famille.

Son cœur, emballé, se calmait peu à peu.

— Bref, changeons de sujet. Tu sais que je m'inquiète pour toi, maman.

— Ne commence pas à me parler diététique ! Ton oncle Charlie a passé sa vie à boire de la bière, à manger des hot-dogs, et il a vécu jusqu'à quatre-vingt-onze ans !

— Je n'allais pas parler de ça, même si ça me soucie un peu. Tu es très seule et je pense que tu devrais sortir, voir du monde, peut-être même retomber amoureuse…

La conversation se poursuivit pendant deux bonnes heures. C'était le meilleur moment qu'Ivy ait passé avec sa mère depuis longtemps. Hélas, en partant, elle n'avait toujours pas pris de décision concernant Desmond, mais elle était au moins prête à y réfléchir. L'annonce du coup de téléphone de Bonnie l'avait aussi inquiétée, lui rappelant les dernières paroles que cette femme lui avait crachées au visage : « Tu as pris la vie de mon fils et tu ne nous as laissé que du malheur. Nous nous vengerons. »

Quel dilemme… Si les Russell la recherchaient vraiment, que pouvait-elle faire ? Devait-elle se confier à Desmond ? Jusqu'à quel point ? Elle lui avait parlé de l'accident, mais il ne savait pas qu'elle avait été au volant ou que les parents de Gerald la tenaient pour responsable. À leurs yeux, elle n'était qu'une meurtrière. Si jamais Desmond entendait leur version des faits, les croirait-il ? Peut-être, surtout s'ils lui donnaient des détails qu'elle avait préféré taire au sujet de ce drame…

Il y avait aussi Desiree, qui avait si facilement su illuminer sa vie, et les émotions que son père faisait naître en elle. Seulement, elle ne voulait pas d'histoire d'amour et il n'était pas son genre. Une liaison entre eux serait aussi déplacée qu'improbable. Elle ne voulait pas non plus se marier pour de l'argent. Desmond et elle n'avaient plus abordé le sujet jusqu'au moment où il l'avait vue presque nue, ce qui rendait la chose encore plus gênante. De toute évidence, il n'écartait pas le sexe de leur marché.

La sonnette retentit et Ivy en fut soulagée. Elle avait besoin d'une pause ! Jetant un coup d'œil à travers le judas, elle vit un énorme bouquet de roses cachant le visage du livreur. Elle ouvrit immédiatement sans poser de questions. Le domaine Eddington était une forteresse et elle n'avait rien à craindre, ici. Elle se rendit alors compte que l'homme ne *portait* pas le bouquet : il était bien trop imposant pour ça et était posé sur un petit chariot à roulettes.

— Bonjour, hasarda-t-elle, stupéfaite.

— Bonjour, mademoiselle !

— Vous savez, la plupart des livraisons doivent être laissées près de la porte principale, mais je vais vous autoriser à monter pour installer tout ça à l'étage…

L'homme hésita, jetant un coup d'œil à son portable.

— Ce ne sont pas mes instructions… Je suis bien à la bonne porte, et ce bouquet est pour vous.

— Pour moi ? En êtes-vous sûr ?

— Êtes-vous Mlle Ivy Campbell ?

— Oui…

— Ce cadeau vous est offert avec les compliments de M. Desmond Eddington. Le vase est très lourd et je peux le déposer dans une pièce pour vous, si vous voulez.

Toujours sous le choc, elle s'effaça pour le laisser entrer et fut immédiatement enivrée par le parfum entêtant des fleurs. Il fallait bien admettre que, quand Desmond décidait de s'excuser, il ne lésinait pas sur les moyens !

— Cette maison est magnifique. Où voulez-vous que je mette les fleurs ?

— Par ici, dit-elle en indiquant le coin du hall.

Il descendit avec soin le vase de son chariot.

— Faites bien attention à cette céramique, mademoiselle. C'est un authentique Imari japonais, une pièce de collection. Mais ne vous en faites pas, M. Eddington l'a fait assurer.

Il avait assuré un *vase* ? Quelle valeur avait-il donc ?

— Et les roses sont uniques aussi. Elles proviennent des montagnes de l'Équateur.

— Je n'en avais jamais vu d'aussi belles. On les croirait fausses tant elles sont grosses, mais le parfum est incroyable.

— Oh ! tout est naturel ! Notre magasin sert une clientèle d'élite et tous nos produits sont importés quotidiennement pour assurer leur fraîcheur.

Au même instant, son téléphone sonna.

— Bien, je vous laisse. J'ai d'autres livraisons.

— Bien sûr. Je vais chercher votre pourboire.

— Déjà versé, mademoiselle ! Profitez de votre bouquet et passez une bonne journée.

Ivy le raccompagna, puis revint admirer les fleurs. L'arrangement était presque aussi haut qu'elle, et l'odeur suave l'enveloppait tout entière. Les pétales multicolores étaient si vifs, allant de l'orange lumineux au jaune pâle, du mauve au rose, du rouge au vert menthe et au bleu. Jamais elle n'avait rien observé d'aussi somptueux ! Elle contourna le vase, hypnotisée, puis remarqua une enveloppe coincée entre deux tiges. Elle en tira une carte élégante. D'un côté, elle lut trois mots calligraphiés :

Je suis désolé.

Et de l'autre, cette simple phrase :

Je vous invite à me retrouver plus tard pour mieux m'excuser de ma conduite…

Elle n'eut pas le temps de chercher le sens de cette énigme avant d'entendre son téléphone. C'était un numéro inconnu. Elle n'avait pas l'habitude de répondre sans savoir qui cherchait à la joindre mais, d'un autre côté, c'était aussi la première fois qu'on lui offrait un bouquet aussi énorme…

— Allô ? dit-elle donc en portant l'appareil à son oreille.

— Bonjour. Je parle bien à Ivy ?

— Oui.

— Je suis Janice, la secrétaire de Desmond. Il est hélas en réunion toute la journée et m'a chargée de vous convier de sa part à une soirée, aujourd'hui.

— Quel genre de soirée ?

— Je n'ai pas les détails, mais c'est un événement formel. Il m'a demandé de contacter une équipe de stylistes pour vous aider à vous préparer. Elle arrivera vers 16 heures et une voiture viendra vous prendre à 19 heures précises.

— Euh… Je devrais peut-être en parler à Desmond d'abord. Il sait que je ne peux pas venir. J'ai un bébé à…

Elle s'interrompit brusquement. *Bon sang ! Je viens de violer les clauses du contrat !* Ces quelques mots pouvaient non seulement lui coûter sa place, mais aussi un procès…

— Il m'a déjà expliqué que vous aurez besoin d'une baby-sitter. Je crois que vous connaissez Sabrina, la petite-fille de Bernice. Elle passera prendre votre enfant cet après-midi.

Votre enfant. Ces deux mots éveillèrent un pincement dans la poitrine d'Ivy. Gerald et elle n'avaient jamais vraiment parlé de fonder une famille, mais elle avait toujours imaginé que ça lui arriverait un jour.

— C'est... Je ne... Puis-je lui parler, juste une minute ?

— Je crains que non, Ivy. Il a plusieurs rendez-vous très importants et ne peut être dérangé. Il m'a cependant dit que vous protesteriez et je dois insister que votre présence est obligatoire. Il vous attendra sur place. Si jamais vous avez des questions d'ici là, n'hésitez pas à me téléphoner. Je vais vous envoyer mon numéro. Les stylistes seront là à 16 heures. Amusez-vous bien !

S'amuser... Ça faisait bien longtemps que ce mot ne faisait plus partie de son vocabulaire. Elle n'avait jamais aimé les fêtes et – heureusement – Gerald non plus. C'était un autre de leurs points communs. Quand ils sortaient, c'était pour aller au restaurant ou au cinéma. D'ailleurs, possédait-elle seulement des vêtements adaptés à la soirée que Desmond avait prévue ? Elle savait que les stars s'entouraient d'équipes professionnelles pour travailler leurs looks, sur les tapis rouges, mais sa garde-robe était tristement ordinaire. Elle alla néanmoins fouiller son dressing à la recherche d'une toilette qui pourrait inspirer les stylistes.

Elle avait déjà épuisé toutes ses options possibles quand la sonnette retentit de nouveau. Cette fois, c'était Sabrina.

— Je sais que je suis en avance, lança la jeune fille en entrant, mais Mme Mona voulait que je lui amène Desiree. Son conseil d'administration a été annulé et elle a du temps libre pour jouer avec elle.

Le reste de la journée passa comme un ouragan. Les stylistes arrivèrent, avec tout le matériel nécessaire pour transformer un vilain petit canard en cygne somptueux. On avait même prévu un portant chargé de robes multicolores de tailles différentes, des chaussures de créateur et une besace remplie de bijoux. Ivy fut mesurée et pomponnée de la tête aux pieds. Elle reçut une manucure, une pédicure et, malgré elle, se laissa poser des extensions pour rendre son carré aux épaules plus luxuriant. Lorsqu'elle se contempla enfin dans son miroir, elle se reconnut à peine. Enfin, une limousine Mercedes couleur platine vint se garer devant la maison. C'était un rêve… et elle était Cendrillon allant au bal ! Hélas, elle ne parvenait pas à chasser de son esprit les conseils de sa mère au sujet des hommes, et la réapparition de Bonnie.

« Arrête de chercher tes petits amis dans la haute ! Reste à ta place. »

Elle chassa cette pensée et fit de son mieux pour se raccrocher à son excitation. Il ne lui restait plus qu'à espérer que son carrosse ne se changerait pas en citrouille et que ses vêtements ne redeviendraient pas haillons avant la fin de la soirée…

- 13 -

Desmond étouffa un bâillement et tenta de paraître intéressé par le centre de dressage de chevaux haut de gamme que lui décrivait un milliardaire du Kentucky. De temps à autre, il jetait un coup d'œil en direction de la porte du Country Club de la Pointe du Sable. Janice lui avait dit qu'Ivy ne paraissait pas emballée par son invitation. Il avait beau avoir précisé que sa présence était nécessaire, l'heure des cocktails s'achevait, le spectacle allait commencer, et il n'était pas encore certain qu'elle viendrait. Le hall était rempli de silhouettes en soieries et diamants. Quelques-unes de ses anciennes conquêtes étaient également là, certaines au bras de leurs époux ou de leurs fiancés. D'autres, encore célibataires, lui adressaient des œillades pleines d'espoir ; et une ou deux avaient même eu l'audace de s'incruster dans leur quatuor masculin pour tenter d'attirer son attention. De toute évidence, son smoking anthracite sur mesure le transformait en aimant à femmes…

Soudain, une tape sur l'épaule le tira de ses pensées.

— Où est ta cavalière ? demanda sa sœur Reign.

— Elle arrive, répondit-il avec une confiance exagérée.

Sa cadette s'éloigna d'un air satisfait. Elle n'avait pas encore rencontré Ivy et paraissait pressée de faire sa connaissance. Il avait dit à sa famille qu'elle travaillait très bien et que cette invitation était une manière de la remercier. Maeve avait haussé un sourcil et Reign avait souri avant de se replonger dans son portable – comme toujours. Étrangement, son frère n'avait posé aucune question et s'était retenu de plaisanter.

— Où est Tabitha ? demanda-t-il à Jake.

— Elle essaie de s'attirer les grâces de nos chères sœurs. Sans doute pense-t-elle que c'est son ticket d'entrée dans notre famille, mais elle en fait trop…

— On peut dire de même de Cornelius. Il suit Maeve comme un chien dressé.

— Il est peut-être un peu maladroit, mais il est intelligent, respecté et fiable. Elle devrait arrêter de jouer et lui passer la bague au doigt.

— Ou bien elle suit ton conseil et essaie de ne « pas trop en faire », gloussa Desmond.

— Ne retourne pas mes paroles contre… Waouh ! *Qui* est cette apparition ?

Desmond suivit son regard en direction de la porte et sentit son cœur s'arrêter un instant. Ivy était encore plus belle qu'il ne l'avait imaginé – et qu'elle le pensait sans doute. Jake lui donna un petit coup de coude.

— Tu la connais ?

— Oui, dit-il avec un sourire discret. C'est ma nounou.

— Ivy ? Impossible !

Il entendit à peine le cri choqué de son frère : il était déjà loin. Ivy était au niveau du vestiaire lorsqu'il la rejoignit.

— Bonsoir, beauté.

Elle se retourna d'un bond.

— Oh ! Desmond… Dieu merci. J'espérais bien vous voir en arrivant. Je ne suis là que parce que Janice a insisté en disant que ça fait partie de mon travail, mais je ne reste pas.

— Pourquoi ?

— Je… Je ne suis pas à ma place, ici.

— Bien sûr que si. D'ailleurs, vous êtes stupéfiante. Jake ne vous a même pas reconnue quand il vous a vue.

— J'avoue que je ne me reconnais pas non plus.

Le couple qui les précédait leur céda la place, et l'hôtesse leur sourit.

— Puis-je prendre votre manteau, mademoiselle ?

— Inutile. Je ne…

Mais Desmond ne la laissa pas faire et la débarrassa lui-même du faux chinchilla que la styliste avait assorti à la perfection avec une robe en satin argenté stretch qui épousait les formes d'Ivy comme une seconde peau.

— Desmond, vous n'aviez pas besoin de faire ça. Ce bouquet somptueux était bien suffisant et j'accepte vos excuses, protesta-t-elle.

Sans l'écouter, il confia le manteau à l'hôtesse, prit le ticket et offrit son bras à Ivy.

— Venez. Je veux que mes parents vous voient.

— Pas si vite ! Je peux à peine marcher sur ces talons !

Desmond prit vite conscience des regards qui les suivirent dans toute la salle et espéra que la jeune femme ne soit pas trop gênée. Quand ils s'approchèrent de ses parents, Mona s'empressa d'embrasser Ivy.

— Ma chère, je suis heureuse que vous ayez pu venir. Vous êtes ravissante !

— Vous voyez, dit Desmond. J'avais raison.

— Bonsoir, ajouta à son tour Derrick en lui faisant un baisemain, et bienvenue à cette soirée très spéciale…

Au même instant, une cloche sonna, invitant la foule dans la salle de bal.

— Qu'y a-t-il de prévu ? demanda Ivy à Desmond.

— Vous verrez.

L'espace avait été aménagé en salle de concert intime.

Un immense piano se dressait au centre d'une scène circulaire et des lumières douces créaient une ambiance romantique. Desmond salua quelques amis de la tête tout en conduisant Ivy au premier rang où étaient déjà assis Jake et sa cavalière ainsi que Maeve et Cornelius. Il tendit enfin à sa compagne l'invitation qu'il lui avait procurée, sur laquelle s'étalaient les noms des artistes conviés : Alicia Keys et John Legend.

— Ils vont vraiment venir ? demanda Ivy, les yeux pétillants. Ce sont mes artistes préférés !

— Oui, ils seront là dans un instant.

— Comment avez-vous réussi à les convaincre ? Ils ne jouent que dans les plus grandes salles.

— Bonne question. Vous n'aurez qu'à les interroger après le concert, quand nous discuterons avec eux.

Elle sourit vraiment pour la première fois de la soirée et Desmond sentit son cœur s'envoler. Prenant place à côté d'elle, il songea qu'il ne se lasserait jamais de la voir ainsi…

Ivy fut tentée de se pincer, juste pour s'assurer qu'elle ne rêvait pas. En voyant la retransmission de soirées de ce genre à la télé, elle n'aurait jamais imaginé y assister un jour en personne. Pendant deux heures, elle se trouva à quelques mètres de ses musiciens favoris et profita du meilleur concert de sa vie. Le dernier qu'elle avait vu à Atlanta, avec Gerald, avait été un spectacle des Black Eyed Peas. Son fiancé avait réservé deux places pour son anniversaire. Elle avait gardé un souvenir ému de cette soirée, mais ça n'avait rien eu à voir avec ce qu'elle vécut cette fois. Après le récital, quelques invités triés sur le volet purent passer une heure en coulisses avec les artistes et Ivy ne se fit pas prier pour se laisser photographier entre eux. Ses nerfs s'étaient lentement calmés, pendant le spectacle. Elle avait bien vu quelques femmes jeter des regards dans sa direction et murmurer, se demandant sans doute qui était l'inconnue au bras d'un des célibataires les plus convoités de la ville. Plus tard, en attendant que son patron récupère sa voiture, elle songea de nouveau à une conversation qui avait eu lieu à l'entracte.

— Bon sang, marmonna Jake tandis qu'une belle femme en robe blanche s'approchait de la chaise libérée par sa cavalière, les ennuis arrivent…

Desmond ne répondit pas au sourire mielleux de l'inconnue, mais Ivy le vit froncer les sourcils quand elle se tourna vers elle.

— Bonsoir. Nous ne nous connaissons pas, il me semble. Je suis Brittany Smith.

— Ivy Campbell, dit-elle en serrant une main froide et molle, sous le sourire glacial de Brittany.

— Êtes-vous nouvelle dans la région ? Je ne vous ai encore jamais vue…

— Sans doute parce qu'elle s'occupe de ses affaires, coupa Desmond. Contrairement à d'autres.

— J'ai fréquenté un de ses amis, autrefois, et il ne me fait pas confiance, gloussa Brittany comme si Ivy et elle étaient de vieilles amies. Pourtant, je suis parfaitement inoffensive. Je tenais juste à vous souhaiter la bienvenue au club.

D'un seul coup, Jake bondit sur ses pieds.

— Je vais au bar. Voulez-vous quelque chose ?

— Non merci, répondit Desmond.

— Pas pour moi non plus, ajouta Ivy.

Brittany ne parut pas s'offusquer qu'on ne lui propose

pas de verre. Elle regarda Jake s'éloigner avant de se tourner de nouveau vers Desmond.

— As-tu entendu la nouvelle ?

— Quelle nouvelle ?

Elle tendit la main devant Ivy pour agiter un gros diamant à son annulaire gauche.

— Lawrence et moi allons nous marier !

— Félicitations, lâcha-t-il avec autant de sincérité qu'un acteur de téléréalité.

— Merci. C'est merveilleux : nous avons réservé le club pour l'occasion et ça va faire les gros titres ! Je m'assurerai qu'on t'envoie une invitation pour deux. Viendras-tu avec Shelly ou bien cette demoiselle est-elle ta nouvelle copine ?

— Je n'ai pas l'intention de venir, Brittany, mais je vous souhaite à tous les deux bonne chance. Vous en aurez besoin.

— Où est Shelly ? Je me souviens que vous étiez inséparables, mais je ne l'ai pas vue depuis un moment…

Ivy aurait bien voulu entendre la suite de la conversation, mais le malaise évident de Desmond la décida à les laisser.

— Veuillez m'excuser un instant, dit-elle en se levant.

— C'était un plaisir, Ivy, roucoula Brittany.

— Bonne soirée.

Elle s'éloigna en direction des toilettes, soulagée de ne plus avoir à supporter les insinuations de cette femme.

— Êtes-vous prête ?

Perdue dans ses pensées, elle n'avait pas vu Desmond revenir du kiosque du voiturier. Il posa la main sur son bras, avec douceur, et l'entraîna dehors. La nuit était froide, mais le contact de sa paume la réchauffait à travers son manteau. Ils montèrent dans un véhicule encore plus luxueux que la limousine qui l'avait amenée. Les sièges chauffants étaient un délice et un parfum musqué flottait à l'intérieur. Desmond ferma sa portière, puis prit place au volant et démarra. La tête appuyée contre le dossier, elle soupira tandis que les roues avalaient les kilomètres en douceur.

— Avez-vous passé une bonne soirée ?

— La meilleure de ma vie !

Elle remarqua le petit sourire satisfait de son patron et se sentit un peu coupable. Pourtant, prétendre qu'elle ne s'était pas amusée aurait été un mensonge.

— J'espère que Brittany n'a pas assombri votre humeur.

— L'avez-vous rencontrée quand elle sortait avec l'ami de Jake ? demanda-t-elle, curieuse.

— Tout le monde la connaît…

— Êtes-vous aussi sorti avec elle ?

— Seigneur, non ! Je voulais juste dire que c'est une petite ville. Toutes les familles sont plus ou moins liées.

— Jake n'a pas l'air de l'apprécier.

— Quand elle était en couple avec Cayden, qui est presque notre frère adoptif depuis son adolescence, elle a orchestré un complot qui a failli gâcher sa vie entière. Si Jake a pardonné, il n'a pas oublié.

— Cayden ? Celui dont la femme attend un bébé ?

Desmond parut surpris.

— L'avez-vous rencontré ?

— Non, mais votre mère m'en a parlé. Vos sœurs et elle discutaient de la baby shower qu'elles ont prévue.

Elle se tut un instant, puis reprit timidement :

— J'ai aussi senti que vous n'aimez pas son fiancé.

— Lawrence est un Kincaid. Sa famille a toujours envié la mienne et pense pouvoir se mesurer à nous. Ils viennent d'acheter une banque pour tenter de voler nos clients.

Tout en parlant, ils avaient atteint la maison de Desmond et il rangea la voiture dans son garage. La semi-obscurité qui les enveloppait avait quelque chose de romantique… et de dangereux. Ivy s'empressa d'ouvrir sa portière.

— Laissez-moi vous aider.

Son patron fit le tour du véhicule pour lui offrir son bras. En sentant sa main, Ivy fut traversée par un éclair de désir. Ce fut une émotion brutale et inattendue.

Tiens bon, se dit-elle. *Dans quelques minutes, tu t'éloigneras de cette masse de sensualité virile et tu retrouveras la sécurité de ta chambre…*

Dans le hall, ils furent assaillis par le parfum des roses. Au lieu de monter, Desmond l'entraîna vers le bouquet.

— Elles sont magnifiques, murmura Ivy tout en priant pour qu'il aille se coucher – de préférence avant qu'elle perde tout contrôle.

— Nous faisons appel à ce fleuriste depuis des années. C'est l'un des meilleurs du pays, dit-il tout en se tournant vers elle avec un regard intense. J'ai passé une excellente soirée avec vous…

— Moi aussi.

— Merci de m'avoir accompagné.

— C'était un plaisir.

— Eh bien… Bonne nuit.

— Bonne nuit, Desmond.

Il se pencha et déposa un petit baiser sur son front, puis sa joue. Saisie par une audace qu'elle ne se connaissait pas, Ivy se hissa sur la pointe des pieds et répondit en l'embrassant sur les lèvres. En un éclair, la digue céda et il l'enlaça. Les mains passées dans la nuque de son patron, elle se laissa aller. L'air se mit à vibrer autour d'eux. Elle ouvrit la bouche et sentit sa langue s'y glisser, comme s'ils avaient toujours fait ça. Leur baiser devint plus fiévreux. Elle sentit une main sur sa fesse et se coula contre lui, sans souci du sexe dressé qui pointait contre son ventre. Un gémissement lui échappa. Cela dura-t-il quelques minutes ou une heure ? Elle n'en savait rien, mais elle ne voulait pas que ça s'arrête ! Ce fut Desmond qui s'écarta le premier.

— Ivy, murmura-t-il avec une grimace, le front appuyé contre le sien et le souffle court. Si nous n'arrêtons pas tout de suite, je vais perdre pied…

Elle avait déjà sombré. Plus tard, elle songerait qu'elle avait aussi perdu la tête. C'était la seule explication logique. Sans réfléchir, elle se pressa de nouveau contre lui.

— N'arrête pas.

Ça ne lui ressemblait pas. Emportée par cette flamme nouvelle, elle oublia Gerald, les menaces de Bonnie, la santé de sa mère et sa folie dépensière. Il n'y avait plus que son désir pour cet homme. Un désir qui rendait sa voix plus rauque, méconnaissable. Enivrée, elle sentit à peine que Desmond la soulevait de terre sans effort et l'emportait dans sa chambre, près de celle de Desiree. Il l'assit sur le lit avec douceur et caressa sa joue.

— Tu es si belle.

— C'est grâce à toi. Les stylistes…

Il plaqua un doigt sur ses lèvres pour la faire taire.

— Non, je parlais de toi. Au naturel.

Sans la quitter des yeux, il la débarrassa d'un de ses escarpins et massa la plante de son pied avec tendresse. Étrangement, ce geste suffit à réveiller les parties les plus intimes de son corps. Sans se presser, il ôta son autre chaussure, la releva et la tourna dos à lui.

— Es-tu certaine de vouloir continuer ?

Pour toute réponse, elle tenta d'ouvrir la fermeture Éclair de sa robe elle-même et Desmond rit. Il l'aida, déposant des baisers sur sa peau dévoilée centimètre par centimètre. Puis, d'une main sûre, il écarta le satin de son corps. Elle sentit de nouveau son érection – immense ! Allait-elle pouvoir le supporter ? Allait-elle survivre à cette nuit ? La robe tomba à ses pieds. Elle se retourna, tentant de soutenir le regard hanté de Desmond, mais ses jambes refusèrent de la porter plus longtemps et une gêne la poussa à détourner les yeux. Pour la première fois de sa vie, elle avait l'impression d'être une séductrice, dans ses sous-vêtements assortis et les bas qui épousaient la forme de ses jambes.

— Es-tu sûre de toi ? répéta-t-il. Après ça, une ligne sera franchie.

Elle s'assit sur le lit, à la hauteur de sa braguette et voulut ouvrir sa ceinture, mais il l'arrêta. Il s'agenouilla devant elle, tout habillé, et écarta avec douceur ses cuisses pour se caler entre elles. Ivy ne pouvait plus résister. Ses tétons pointaient et son sexe palpitait. Gerald et elle avaient toujours eu une vie sexuelle satisfaisante, mais jamais encore elle n'avait été aussi excitée après quelques simples baisers. Desmond allait-il vraiment faire ce qu'elle croyait qu'il… ? Ah !

Il effleura d'abord l'intérieur de sa cuisse du bout de la langue. Puis, atteignant sa minuscule culotte, souffla sur ses chairs échauffées avant de passer à l'autre cuisse. C'était une torture délicieuse. S'abandonner à la merci de Desmond était si excitant, si bon, qu'elle en eut le souffle coupé. Il continua à la lécher et à l'embrasser à travers la dentelle avant d'écarter l'étoffe fine et de poser un long baiser sur son sexe. Un doigt la pénétra et la tension devint insoutenable. Elle se cambra, s'agita, résistant à la montée d'un orgasme inattendu. Mais il continua, n'écartant pas même ses lèvres quand elle poussa un grand cri animal. Des larmes lui montèrent aux yeux et son corps entier se mit à trembler. Quand elle rouvrit les paupières, elle croisa le regard de Desmond, qui se débarrassait de son pantalon de smoking. Son boxer noir ne cachait rien de son érection.

Il était beau. Un dieu.

Une fois nu, il tira un préservatif de la poche de ses vêtements abandonnés par terre et l'aida à s'allonger sur le matelas pour se glisser contre elle. Ils n'échangèrent pas un mot. La lingerie d'Ivy fut vite écartée et elle laissa la bouche de Desmond l'explorer tout entière, depuis sa poitrine, son visage, jusqu'à ses bras et son ventre. Elle tenta de lui donner du plaisir aussi en caressant son sexe chaud, mais n'était pas aussi douée que lui. Soudain, il se retrouva sur elle. Leurs corps s'épousaient à merveille et rien ne semblait devoir les empêcher de passer une nuit paradisiaque. Sans cesser de l'embrasser, Desmond la caressa encore, pour s'assurer qu'elle soit prête ; puis, avec une patience infinie, il entra en elle. Lentement, pour lui laisser le temps de s'habituer à lui. Elle eut un peu mal, d'abord, mais le plaisir vint vite remplacer l'inconfort et elle tendit son bassin vers lui pour l'encourager à poursuivre. Hélas, il ne se pressa pas, faisant de petits allers-retours tentateurs avant de la pénétrer vraiment. Oh ! elle aurait pu passer sa vie ainsi, dans ses bras ! Elle caressa son dos, se pressa contre sa poitrine pour graver chaque instant de cette soirée dans sa mémoire. Elle avait l'impression de rêver…

En amant doux et attentif, Desmond mena la danse, changeant de position sans effort et provoquant une série d'orgasmes tels qu'Ivy n'en avait jamais connus. Puis, alors qu'elle était certaine de ne plus pouvoir tenir, il accéléra dans un long gémissement de plaisir et s'écroula sur elle. Le poids de son corps ne la gêna pas. Au contraire, elle se sentait en sécurité avec lui. Elle sentait son cœur battre vite contre le sien et admira le voile de sueur qui faisait briller sa peau. Il était presque trop beau pour être humain. Les bras passés autour de ses épaules, elle le serra aussi fort qu'elle le pouvait.

— Merci, lui glissa-t-elle à l'oreille.

Il déposa un baiser sur sa tempe.

— De rien…

Alors, comme le silence reprenait ses droits, elle revint peu à peu à la réalité. Sevrée de la passion qui les avait emportés, elle s'affola.

Qu'ai-je fait ?

- 14 -

Le lendemain matin, Desmond rejoignit son bureau d'un pas léger. Il avait été surpris par la passion d'Ivy et se sentait renaître. Depuis des mois, il ne vivait plus que pour son travail et avait fréquenté peu de femmes. Jusqu'à cette nuit, il ne s'était pas même rendu compte à quel point ça lui manquait. Avait-il seulement déjà connu autant de plaisir au lit ? Comment aurait-il pu se douter qu'Ivy cachait une nature aussi sauvage sous ses vêtements sages et sa discrétion naturelle ? Pourvu qu'elle ne regrette pas ce qu'ils avaient fait, car il avait hâte de recommencer ! Il jeta un coup d'œil à sa montre, puis prit son téléphone. Il était encore tôt, mais il lui envoya tout de même un texto.

Bonjour, beauté…

La réponse se fit attendre et fut brève :

Bonjour.

Son café à la main, Desmond se laissa aller contre le dossier de son fauteuil, songeur. Ce simple mot ne lui apprenait rien. Était-elle heureuse, gênée, rongée par la culpabilité ? Comme il n'avait pas l'habitude de fuir les problèmes, il écrivit de nouveau :

Tout va bien ?

Cette fois, son portable sonna presque immédiatement.

On peut parler plus tard ? Je suis avec Desiree.

OK, chérie. Passe une belle journée.

Une minute s'écoula. Cinq. Dix. Elle ne répondit pas. Desmond se décida à se mettre au travail, mais hélas son esprit refusa de coopérer. Tout en lisant ses e-mails, il songea à la soirée de la veille. Ivy avait été splendide en arrivant au club. Sa métamorphose avait failli lui couper le souffle. Certes, elle était timide et lui, extraverti. Elle n'avait pas l'habitude de fréquenter l'élite, mais elle avait su tenir sa place – même face à des requins comme Brittany Smith. Mais c'était surtout la suite qui était restée gravée dans sa mémoire. Son corps avait paru moulé pour se couler contre le sien et ses fesses fermes avaient été si douces sous ses mains. Faire l'amour avec elle tous les jours aurait été merveilleux ! D'après sa réaction quand il avait exploré son intimité, elle n'avait jamais connu d'amant digne de ce nom. Elle n'était pas une mondaine, comme Penelope, et possédait une sorte d'innocence sensuelle rafraîchissante, une naïveté qui le poussait à la protéger, à la garder pour lui. Il voulait être le seul capable d'éveiller sa passion. Oui, ce matin, l'idée de l'épouser pour éviter un scandale l'attirait plus que jamais. Était-il seulement juste de lui demander ça ? Elle souffrait encore de la mort de son fiancé et n'avait pas vraiment connu l'amour… Encore hanté par ses cris de plaisir, il réfléchit longuement à la situation. Ses parents s'aimaient et il aurait rêvé de vivre une relation aussi épanouie que la leur – plus tard. Pas maintenant. Pas avec tout ce qui se passait, la trahison de Shelly, l'arrivée de sa fille. Pour l'instant, il ne pouvait offrir à Ivy qu'un arrangement contractuel. Cela lui suffirait-il ? Il n'en était pas certain.

Il chassa ces réflexions et ouvrit Zoom pour discuter

avec un groupe de banquiers asiatiques disposés à investir dans E-Squared quand l'Interphone du bureau sonna.

— Veuillez m'excuser, messieurs, dit-il à ses associés avant de couper le son. Je croyais avoir demandé qu'on ne me dérange pas !

— Navrée, Desmond, répondit Janice sans prendre ombrage de son exaspération. Ernest Duval est en ligne et il dit que c'est urgent.

— Bien, passez-le-moi.

Se tournant vers l'écran, il ralluma son micro.

— Je vais devoir vous demander quelques minutes de patience…

Les autres acquiescèrent et il coupa une fois de plus le son pour prendre son téléphone.

— Je suis désolé de vous déranger, Desmond, dit le détective. Je sais que vous êtes en réunion et…

— Vous ne faites que suivre mes instructions. Avez-vous du nouveau pour moi ?

— Nous l'avons trouvée.

Il n'eut pas besoin de préciser le nom. *Shelly.*

— Où est-elle ?

— Aux Fidji.

— Bon sang ! C'est loin de Chicago…

— En effet. Onze mille six cent quatre-vingts kilomètres à vol d'oiseau, pour être exact.

— Est-elle seule ?

— Négatif. Un Européen assez âgé a été aperçu sortant de la maison à plusieurs reprises.

Desmond ne fut pas surpris. Shelly s'arrangeait toujours pour être avec un homme.

— Beau travail, Ernie. Je vous remercie.

— Que dois-je faire, maintenant, monsieur Eddington ?

— Laissez-moi y réfléchir jusqu'à demain, et préparez

votre passeport. Vous pourriez avoir besoin de vous rendre aux Fidji avant le week-end.

Il raccrocha, envoya un texto au cuisinier du Domaine, puis à Ivy, avant de rappeler Janice.

— Appelez le bureau du maire et décalez notre rendez-vous de ce soir, dit-il. Transmettez-lui mes excuses, mais dites bien qu'un imprévu requière toute mon attention.

— Est-ce que tout va bien ?

— Je ne sais pas encore…

La journée passa vite. De retour chez lui, il se changea et se rendit dans la salle à manger mais la trouva vide. Il rejoignit alors John, occupé à la cuisine.

— Bonsoir, monsieur, dit celui-ci.

— Bonsoir. Avez-vous vu Ivy ?

— Je crois qu'elle est encore en bas avec le bébé, monsieur. Elle m'a demandé une compote de pommes bio tout à l'heure. Apparemment, la petite fait ses premières dents. Voulez-vous que je vous serve au rez-de-chaussée ?

— Oui, merci John.

Il descendit et trouva Ivy dans le salon, en train de bercer Desiree, calée sur son épaule. En le voyant, elle lui fit signe de se taire et il entra sur la pointe des pieds. Lorsqu'elle eut couché l'enfant, elle revint voir Desmond.

— Désolée de ne pas t'avoir rejoint à 19 heures comme prévu. La petite a été agitée toute la journée.

— Pas de souci. John va nous servir le repas ici.

Ils s'assirent à la petite table ronde, près de la fenêtre.

— John m'a dit que Desiree commence à faire ses dents.

— Il semblerait, oui. En général, la première dent arrive vers le quatrième ou cinquième mois, mais certains bébés sont plus précoces.

Ils se turent un moment, puis elle reprit d'un air gêné :

— Je suppose que tu es venu parler d'hier soir.

— Ce qui s'est passé entre nous était incroyable, mais non. J'ai reçu des nouvelles, aujourd'hui, et j'avais besoin d'en discuter avec toi.

Elle ne répondit pas, se contentant de fixer sur lui ses grands yeux hypnotiques.

— Nous avons trouvé Shelly, annonça-t-il.

— Oh ! dit-elle sans trahir la moindre émotion. Où ?

— Aux Fidji.

— Waouh… Tu as réussi à la traquer jusque-là ?

— Il a fallu du temps, mais mes gars sont efficaces.

— Et… ?

— Je ne sais pas quoi faire. C'est pour ça que je voulais te voir : il me faut l'avis éclairé d'une femme rationnelle.

— Tu veux juste qu'elle signe un accord de confidentialité, c'est ça ?

— Et obtenir d'elle une garde complète.

— Ah… Ça risque d'être plus difficile.

— Pourquoi ? Après tout, elle a abandonné sa fille.

— La laisser aux bons soins de son père n'est pas la même chose que renoncer définitivement à ses droits parentaux.

— Dans ce cas, comment ferais-tu à ma place ?

Ils s'interrompirent le temps que John leur apporte du pain frais et des bols de soupe de pois à l'indienne. Le parfum des épices et du lait de coco fit saliver Desmond. Ivy goûta, ferma les yeux et poussa un petit soupir.

— Oh ! mon Dieu ! C'est excellent…

Elle prit le temps de savourer une autre cuillerée avant de revenir au sujet qui les préoccupait.

— Personnellement, je m'occuperais des deux problèmes séparément. Je lui ferais d'abord signer l'accord, puis j'envisagerais d'aborder cette histoire de garde avec tact.

Il acquiesça, trempa un bout de pain dans la soupe et goûta à son tour. Ils continuèrent à discuter en mangeant, et Desmond fit de son mieux pour éviter de parler de la veille. Il se contenta d'aborder des sujets moins sensibles – le repas, la fatigue de Desiree – puis revint à Shelly et au moyen de l'amadouer. La connaissant depuis toujours, il n'aurait pas été surpris qu'elle se sente insultée par sa demande ; et il savait à quel point elle devenait déraisonnable, quand elle était sur la défensive. John revint avec les plats, d'autres délices indiens, mais Ivy y toucha à peine.

— Tu n'aimes pas ça ?

— Non, c'est délicieux. Je viens juste de penser à une autre solution, dit-elle en posant sur lui des yeux étrangement éteints. Tu pourrais aussi réfléchir à ma première suggestion et demander Shelly en mariage. Ça résoudrait le problème.

— Oui, murmura-t-il après une pause. Je pourrais.

— Ce n'est qu'une proposition. Je garde l'esprit ouvert.

Un cri perçant leur annonça que l'enfant venait de se réveiller et Ivy alla s'occuper d'elle tandis que Desmond remontait chez lui. Son idée était logique, elle lui éviterait de devoir négocier la garde de sa fille et plairait sans doute beaucoup à Shelly, mais il était troublé. Pourquoi donc avait-il accepté si facilement la possibilité d'un mariage de raison avec la nourrice, alors qu'une union sincère avec la mère de son enfant le faisait hésiter ?

- 15 -

Ivy baigna tant bien que mal une Desiree colérique et lui enfila avec peine sa gigoteuse hors de prix. Toute la nuit et depuis son réveil, la petite avait été agitée et sa fièvre grimpait. Elle avala néanmoins un biberon plein et se rendormit enfin. Ivy espéra que sa sieste durerait au moins deux heures et profita de ce calme pour réfléchir. Peut-être allait-elle bientôt devoir quitter le Domaine, surtout si Desmond épousait Shelly. D'ailleurs, depuis le concert, elle n'était plus certaine d'avoir sa place ici. Cette soirée en tête à tête n'avait été qu'un conte de fées, un fantasme. Ça ne pouvait *pas* se reproduire – et il était maintenant hors de question d'envisager un mariage de façade avec lui. Déjà, elle sentait ses sentiments changer… Ça ressemblait presque à de l'amour. *Bon sang !* Elle aurait mieux fait d'écouter sa mère et de tenir sa place. Desmond était hors de sa portée et la moindre liaison entre eux était impossible. Hélas, son cœur n'écoutait pas et son corps brûlait encore de désir pour lui. Le simple fait de penser à ses caresses l'excitait. Shelly ne manquerait sans doute pas de s'en rendre compte au premier regard. Les femmes ont un radar spécial pour ces sujets-là.

Elle soupira et ouvrit son agenda. Tout en tournant les pages, elle songea à son école de filles et au nouvel emploi qu'elle allait devoir chercher dans les semaines à venir. Un emploi où elle pourrait rester détachée, sans tomber sous le charme de son patron ou d'un mode de vie qui n'était pas pour elle. Depuis son arrivée au Domaine, elle avait lutté pour ne pas céder à l'opulence qui l'entourait… Perdue dans ses pensées, elle sortit du frigo une salade de saumon, quinoa et kale, un sachet de chips de patates douces et une bouteille d'eau fraîche.

Elle venait d'entamer son déjeuner quand son portable sonna. *Si ce n'est pas Maman ou Desmond, je ne réponds pas*, songea-t-elle. Mais, c'était Lynn, et elle ne put l'ignorer.

— Bonjour, lança-t-elle en décrochant. Pardonne-moi si tu m'entends mâcher : je viens de coucher la petite et je me mets à table.

— Aucun problème, ce ne sera pas long. Nous n'avons pas discuté depuis plusieurs semaines, et je voulais juste m'assurer que tout allait bien. Comment se passe ton travail ?

— Tout va bien, répondit-elle, gênée et soudain hantée par l'image du corps nu de Desmond.

— Après ce qui s'est passé lors de notre dernier appel, je comprends que tu hésites à me donner des détails.

— En effet.

Surtout après avoir couché avec mon patron, qui m'a proposé un mariage de convenance…

— Néanmoins, je dois me faire une idée de ton quotidien, pour mettre ton dossier à jour. Nous allons donc nous concentrer sur l'enfant, et pas le père. Ça te va ?

— Desiree est vraiment adorable. Elle apprend vite et se comporte bien. Par contre, elle commence à faire ses dents et ça la rend nerveuse depuis quelques jours.

Elles continuèrent à discuter quelques minutes, puis Lynn changea de sujet.

— Sur une échelle de un à dix, quelle note donnerais-tu à tes interactions avec ton employeur ?

Vingt ! Ivy but une gorgée d'eau et tenta de rester calme.

— Un bon sept, peut-être un huit.

Tu mérites un Oscar, ma belle…

— Parfait !

Lynn aurait sans doute voulu en savoir plus, mais Ivy était tenue au secret. La maison était bourrée d'électronique et les murs avaient des oreilles.

— Oui. La famille a eu du mal à s'ajuster à la présence de Desiree, mais les choses s'arrangent et je prends confiance.

— J'en suis ravie. Je savais que tu étais la candidate idéale, répondit Lynn.

Une sonnerie retentit à l'oreille d'Ivy et elle jeta un coup d'œil à son écran.

— Desmond m'appelle sur l'autre ligne…

— Pas de souci. Je vais mettre ton dossier à jour et nous parlerons lors de ton entretien des six mois.

— Super. Merci, Lynn.

Elle bascula l'appel.

— Bonjour, Desmond.

— Bonjour. Je voulais juste m'assurer que Desi va bien.

— Je crois que c'est la première fois que tu appelles pour avoir de ses nouvelles. Bravo, Papa !

Ils éclatèrent de rire, puis Ivy dit plus sérieusement :

— Elle pleurait encore ce matin, mais un bain et un biberon l'ont aidée à se rendormir.

— Formidable.

— Desmond, il faut que nous…

— J'ai parlé à Shelly.

— Vraiment ?

— Oui, c'est aussi pour ça que je t'appelle. J'ai suivi ton conseil et n'ai mentionné que l'accord de confidentialité.

— Et ?

— Elle l'a assez mal pris. Je crains de devoir m'envoler pour les Fidji afin d'avoir un entretien en tête à tête. Je pourrais être absent une bonne semaine.

La pensée de devoir passer sept jours sans le voir lui serra le cœur, mais Ivy ne dit rien.

— Penses-tu pouvoir gérer la maison sans moi ?

— Oui, surtout avec l'aide de Chauncey, Bernice et ta mère, répondit-elle.

— Tant mieux, ça me rassure. Mais je t'ai interrompue… Qu'allais-tu dire ?

— Je voulais qu'on parle de l'autre soir.

— J'espère que tu ne te sens pas mal. J'ai adoré chaque instant de cette nuit. Tu étais incroyable.

— Je… J'ai aimé aussi. Peut-être même un peu trop. Honnêtement, je ne sais pas ce qui m'a pris… Nous ne pouvons pas recommencer, Desmond.

— Est-ce vraiment ce que tu désires ?

— Il le faut.

— Je mentirais si je disais que je ne suis pas déçu mais, bien sûr, je respecte ton choix. Par contre, j'espère que tu continues à réfléchir à ma proposition d'un mariage temporaire, qui te permettrait de financer ton école.

— Je ne suis pas sûre que…

— Tu sais quoi ? Profite de mon absence pour y penser et nous en reparlerons à mon retour.

— À moins que Shelly apporte la solution à ton problème.

— J'en doute. En attendant, as-tu déjà rédigé un dossier au sujet de cette école ?

— J'ai établi un plan de financement complet.

— Parfait. Peux-tu me l'envoyer par e-mail ? J'aimerais le lire dans l'avion.

Durant les deux jours qui suivirent, Ivy croisa à peine Desmond. Il lui annonça par texto qu'il partirait la semaine suivante. Desiree avait toujours de la fièvre et privait Ivy du sommeil dont elle avait tant besoin. Le seul point positif était l'arrivée progressive du printemps. Une fois qu'il ferait assez chaud, elle pourrait emmener la petite voir Mona en poussette et plus en voiture. Mais un cri provenant de la chambre l'informa que ce moment n'était pas encore venu…

— J'arrive, ma chérie, dit-elle en enfilant à la hâte un T-shirt sur son pantalon de yoga.

En se penchant sur le berceau, elle vit tout de suite que quelque chose n'allait pas. L'enfant était rouge et son front brûlait. La fièvre avait dû s'aggraver dans la nuit. Une minute plus tard, le thermomètre confirma ses inquiétudes : 39,4 °C ! Elle se précipita dans sa propre chambre pour appeler Mona.

— Bonjour, c'est Ivy. Desiree a de la température et je m'inquiète pour elle. Je pense qu'elle a besoin d'un médecin. Que dois-je faire ?

— Calmez-vous. Je vais appeler le Dr Harrison, qui me suit personnellement, et lui demander de venir tout de suite.

En effet, moins d'une demi-heure plus tard, on frappa à la porte. Un homme élégant portant un sac de cuir noir se présenta.

— Docteur Harrison ? demanda Ivy. Entrez.

— Où est le bébé ?

— Suivez-moi. Mona est-elle avec vous ?

— Elle avait une réunion matinale à Chicago, mais elle est en route, répondit le médecin.

Il examina Desiree avec soin et Mona arriva en effet

avant la fin de la consultation. Rangeant son stéthoscope, il se tourna vers les deux femmes.

— Alors ? demanda Mona, aussi tendue qu'Ivy.

— Je pourrais apporter un scanner portatif, mais j'ai déjà fait un prélèvement de sang à envoyer au laboratoire. Néanmoins, étant donné la gravité de sa fièvre, je n'attendrais pas les résultats, à votre place. Je sais que vous tenez à la discrétion, Mona, mais cette enfant doit être hospitalisée d'urgence.

— Va-t-on l'admettre sans la présence de sa mère ?

— Oui, si je les appelle avant…

Ivy prévint Desmond et fut touchée par son inquiétude, qui la poussa à tout faire pour que Desiree reçoive les meilleurs soins possible. Dès que le médecin leur donna le feu vert, Mona et elle montèrent dans sa modeste Kia pour rejoindre PDS Medical où on les aiguilla vers l'entrée secondaire destinée aux patients aisés qui voulaient éviter d'attirer l'attention des foules. Là, elles furent accueillies par une infirmière nommée Tami – la mère de Cayden, d'après Mona – et furent installées dans une salle d'examen qui tenait plus de la chambre d'un hôtel de luxe que de celle d'un hôpital. Les murs, peints en bleu ciel, étaient apaisants. On décida que Desmond et le reste de la famille seraient tenus au courant par téléphone, pour plus de discrétion. En dépit des mesures prises par l'établissement, une arrivée du clan Eddington au complet ne pourrait passer inaperçue… Le Dr Harrison les rejoignit, consulta les spécialistes, puis revint dans la chambre.

— Elle a besoin de rester quelques jours en observation, dit-il. L'équipe a réussi à faire baisser sa fièvre, mais nous allons procéder à de nouvelles analyses sanguines. Êtes-vous en contact avec sa mère ?

— C’est en cours, répondit Mona.

— Si jamais nous ne pouvions pas la soigner ici, il sera plus difficile de convaincre un autre établissement de contourner le protocole. Il faudra alors qu’un parent ou qu’un tuteur légal vienne approuver les soins.

Mona hocha la tête d’un air de défi qui n’était pas sans rappeler Desmond. Que les documents légaux soient obtenus à temps ou non, Desiree se verrait offrir les meilleurs traitements possible, c’était certain… Et ce, quoi qu’il en coûte, songea Ivy.

- 16 -

Desmond avait rarement eu peur, dans sa vie. Mais, alors qu'il attendait impatiemment que Shelly réponde au téléphone, il sentit pour la première fois sa fibre paternelle s'éveiller. Jusqu'à présent, il avait vu Desiree comme une erreur, au pire, ou une bénédiction gênante au mieux. À présent, elle n'était plus pour lui que son enfant, et il avait peur de la perdre…

— Allô ?

— Shelly, c'est Desmond.

— Je sais.

— Oui, bref… Je suis content que tu aies décroché.

— Pourquoi ? Veux-tu encore acheter mon silence et m'obliger à renoncer à mes droits sur Desiree ?

— Tu l'as abandonnée chez moi comme un colis Amazon ! Je ne te l'ai pas enlevée, lui rappela-t-il.

— Tu sais quoi ? Je ne veux pas en parler.

Il serra les dents et retint une réponse acerbe. Les problèmes de santé de Desiree changeaient tout et il n'était plus temps de prendre des pincettes. La veille, il avait dû exiger que son nom soit inscrit sur son acte de naissance et avait demandé à être nommé tuteur car il était son seul parent présent sur le sol américain.

— Je suis désolé, Shelly. Ne raccroche pas…

— Je te l'ai dit : je signerai ton accord, mais avec des changements. Ne pas avoir le droit de dire à qui que ce soit que j'ai un enfant n'est pas une décision que je prendrai à la légère. Quant à la garde, je dois encore y réfléchir.

— Nous n'avons plus le temps ! s'emporta Desmond en passant la main dans ses cheveux. Desiree… ne va pas bien.

— Les bébés tombent malades, Des, mais ce n'est jamais grave. Donne-lui une aspirine sous-dosée et elle ira mieux.

— Elle est à l'hôpital.

Il ferma les yeux et attendit la tempête.

— Pourquoi n'as-tu rien dit plus tôt ?

— Nous espérions que notre médecin de famille et le spécialiste qu'il nous a recommandé sauraient faire baisser sa fièvre et régler le problème…

— Depuis combien de temps est-elle dans cet état ?

— Quelques jours.

— Quelques jours ? glapit Shelly. Je rentre !

— Pas avant que nous nous soyons mis d'accord sur la manière dont nous allons parler de cette affaire en public.

— Je me fiche de ta famille ou de l'entreprise ! Contrairement à toi, sans doute.

— C'est faux, protesta-t-il. Je tiens à Desiree, et un scandale lui ferait autant de tort qu'à nous.

— Ne sois pas stupide ! Ce n'est qu'un bébé.

— Elle va grandir, et rien ne disparaît jamais d'Internet. Mais ce n'est pas tout : comme on a dû l'hospitaliser, la loi risque d'entrer en ligne de compte…

— Pourquoi ?

— Parce que je ne suis pas son tuteur.

— Ou reconnu comme son père, ajouta Shelly.

— C'est ça. J'ai besoin que tu m'envoies les documents signés en courrier express. Ça résoudra tout.

— Y compris le problème que *je* pose. Cette prétendue « maladie » de Desiree fait bien ton affaire, non ?

— Crois-tu que je mens ? Bon sang, Shelly, je ne veux pas me disputer avec toi, juste prendre soin de Desiree. Il n'y a qu'elle qui compte.

— Je vais y réfléchir.

— As-tu entendu ce que j'ai dit ? Le temps presse !

Elle ne répondit pas.

— Shelly ?

Il jeta un coup d'œil à son écran et vit qu'elle avait raccroché.

Tard dans la soirée, après avoir été accueilli à l'hôpital en toute discrétion pour voir sa fille, il rentra chez lui et découvrit Ivy encore debout.

— Quelles nouvelles ? demanda-t-elle nerveusement.

— Son état est stationnaire, mais ils ne trouvent pas ce qui a causé la fièvre. Ils ont aussi découvert un enzyme rare dans son sang et ça les inquiète. Si rien ne change d'ici demain soir, le Dr Harrison a suggéré de la transférer à l'hôpital pédiatrique de La Trinité, à Manhattan.

— À New York ?

— Oui. Apparemment, ce sont les meilleurs.

Cette nuit, Desmond eut du mal à dormir, mais il parvint néanmoins à se concentrer sur son travail, le lendemain. Ivy et sa mère se relayaient à l'hôpital pour lui permettre de passer la journée au bureau sans culpabiliser. Quand Janice lui apporta le courrier, il fouilla la corbeille avec fièvre, espérant y trouver une lettre express des Fidji. Rien. Pire, Shelly refusait de répondre à ses appels. Hanté par la frustration et l'angoisse, il quitta son bureau en avance et fonça à PDS Medical. Sa Bentley risquait d'attirer l'attention, mais il s'en moquait. Rien n'était plus important que la santé de sa fille et, plus le diagnostic final tardait, plus il avait peur. Lorsqu'il se gara enfin dans le parking souterrain qui desservait l'entrée privée, il avait les nerfs à fleur de peau. Rongeant son frein dans l'ascenseur, il attendit d'atteindre l'étage où elle était installée et courut jusqu'à sa chambre. Ivy et Tami étaient là. Dès qu'elles le virent, elles s'approchèrent sur la pointe des pieds, l'air soucieux.

— Desmond ! dit Tami. Dieu merci, vous êtes là.

— Qu'y a-t-il ?

— Nous avons un… problème.

Son estomac se noua instantanément.

Quoi ?

— Shelly était là. Elle voulait voir la petite…

Sous son calme apparent, il sentit sa rage sur le point d'exploser. Ivy dut le deviner car elle posa la main sur son bras avec douceur.

— T'a-t-elle appelé ?

— Non, mais je comprends enfin pourquoi elle est restée injoignable pendant vingt-quatre heures. Où est-elle ?

— Elle s'est présentée à l'accueil et a demandé à voir Desiree ; mais j'étais au poste des infirmières de garde, j'ai entendu ses cris et l'ai emmenée dans mon bureau. Je lui ai dit d'attendre là que les médecins approuvent sa visite, puis je suis revenue ici pour parler à Ivy. Nous étions sur le point de vous appeler. Que fait-on ?

Desmond se passa la main sur le front, désemparé.

— Bon sang…

— Elle ne partira pas, murmura Ivy. Je ne le ferais pas non plus, à sa place.

— Je suis du même avis, renchérit Tami.

— Pouvez-vous la faire venir ici sans que personne ne l'aperçoive ?

L'infirmière acquiesça avec un petit sourire tendu.

— Dans ce cas, allez-y.

Dès que la porte fut fermée, Ivy le bombarda de questions.

— Comment a-t-elle su que Desiree est malade ?

— Je le lui ai dit. Je pensais que ça la convaincrait de signer les papiers plus vite et de me donner légalement le droit de faire transférer ma fille à New York.

Rattrapé par sa colère, il alla se camper devant la fenêtre.

— Voilà ce que ça m'apporte, d'être gentil ! J'aurais pu obtenir de faux documents indiquant que tu étais sa mère et personne n'en aurait rien su !

— Ça n'aurait pas été bien, ni juste envers Shelly…

— Peut-être, mais c'est ce que j'aurais dû faire.

Il revint près du lit et posa la main sur le front du bébé.

— Elle a moins chaud et elle a retrouvé des couleurs.

— Le Dr Harrison n'a presque pas quitté son chevet et il a supervisé chaque geste des spécialistes.

Ils gardèrent le silence un moment, penchés sur le lit. Sans réfléchir, Desmond passa un bras autour des épaules d'Ivy et la serra fort. Elle laissa sa tête reposer contre son épaule.

— Essaie de rester calme quand tu verras la mère de Desiree. Persuade-toi que tout peut encore bien se passer…

Au même instant, la porte s'ouvrit. Ils levèrent les yeux pour voir entrer Tami, suivie par une jeune femme qui exsudait le luxe et l'argent. Elle rejeta ses cheveux bruns par-dessus son épaule et s'approcha du lit sur ses talons vertigineux.

— Bonjour, Shelly, dit Desmond en faisant de son mieux pour contrôler sa voix.

— Bonjour, répondit-elle sans lever les yeux.

Elle ne regardait que sa fille. D'une main hésitante, elle effleura son front, puis tapota maladroitement la couverture. Sentant Ivy s'écarter de lui, Desmond prit son bras pour la retenir. Ce fut alors que Shelly le regarda pour la première fois. Surprenant son geste, elle les dévisagea tour à tour.

— Qui êtes-vous ? demanda-t-elle sèchement à Ivy.

— C'est la nourrice de Desiree, Shelly. Elle s'appelle Ivy Campbell, et c'est elle qui prend soin de notre fille depuis son arrivée.

- 17 -

En rencontrant Shelly, Ivy songea d'abord qu'elle était une femme stupéfiante. Puis, qu'il n'y aurait jamais de mariage de raison entre Desmond et elle. Comment aurait-elle pu se mesurer à une créature aussi belle ? Elle avait été folle de penser l'affaire possible, même dans la situation où se trouvait son patron. Tout en cogitant, elle s'avança néanmoins et tendit la main à la mère de Desiree.

— Je suis heureuse de vous rencontrer, dit-elle.

La poigne molle qui lui répondit lui fit l'effet d'une sentence immédiate.

— Merci pour votre aide, mais je suis là maintenant. Vous pouvez rentrer chez vous et – elle agita une main nonchalante – vaquer à vos besognes habituelles.

— Être ici fait partie de son travail, coupa Desmond avec une autorité impériale avant d'ajouter, plus doucement : Elle a passé plus de temps que quiconque avec la petite.

— Peu importe. Je suis la mère et elle n'est qu'une employée. Je ne veux pas la voir ici.

— Dommage, c'est moi qui la paie et *je* décide de qui reste ou part. En ce qui me concerne, tu es l'intruse, ici.

Au temps pour le calme et la diplomatie, songea Ivy, gênée. Le regard de Desmond aurait pu suffire à faire fuir Shelly. Elle dut comprendre le message car elle eut la sagesse de ne pas protester. En dépit de ses inquiétudes pour Desiree, Ivy fut tentée de partir tout de même. La situation était si tendue que chaque seconde de silence semblait durer une heure… Enfin, le Dr Harrison fit son apparition. Il regarda Desmond, puis Shelly.

— Elle peut rester, docteur. Qu'avez-vous à nous dire ?

Le médecin essuya ses lunettes avec son mouchoir avant de répondre :

— L'équipe pense qu'il vaudrait mieux envoyer Desiree dans un établissement spécialisé en pédiatrie.

— L'hôpital de La Trinité.

— Tout à fait. J'ai déjà téléphoné pour expliquer la situation. Le directeur est un frère.

Sans doute parlait-il de la fameuse et puissante Société… Quoi qu'il en soit, Desmond parut se détendre.

— Ils ont l'habitude des patients aux profils sensibles, à New York. Ils ont suivi des grossesses de célébrités, des naissances et de nombreux autres cas qui devaient rester cachés au public. Je lui ai donné votre numéro et il vous contactera directement. L'avion privé de l'hôpital est déjà prêt à décoller.

Il observa les trois adultes avec attention.

— La personne qui accompagnera le bébé doit se rendre disponible dans l'heure qui vient.

— Merci, docteur, répondit Desmond en lui tendant la main. Je vous en dois une.

— Et je réclamerai mon dû sous la forme de sièges au premier rang pour le prochain match des Bulls.

— Vous les aurez.

Ils se saluèrent, puis le médecin dit au revoir aux deux femmes et partit. Ivy voulut lui emboîter le pas, mais Desmond la rappela.

— Attends. Où vas-tu ?

— Chercher la bible de bébé que j'ai compilée pour Desiree avec toutes ses évolutions. Je n'ai pas pensé à l'apporter, mais elle pourrait t'aider face aux médecins de New York.

Elle partit sans laisser à Desmond le temps de répondre. Elle avait besoin de prendre l'air – et de s'éloigner de Shelly.

Arrivée dans son petit refuge, elle se laissa tomber sur une chaise. La réalité de son statut la rattrapa d'un coup, rendue plus claire par l'hostilité évidente de Shelly. Elle avait du mal à imaginer ce que cette femme avait ressenti en les découvrant pratiquement enlacés au chevet de Desiree. Le sort d'Ivy semblait désormais scellé : elle ne resterait plus longtemps la nourrice du bébé. Le moment était venu de chercher un nouveau travail…

Elle se leva d'un bond et alla récupérer le cahier dans lequel elle avait consigné toutes les avancées de Desiree et le glissa dans un sac à langer, avec quelques affaires de première nécessité. Les larmes lui montaient aux yeux en imaginant son avenir, loin de cette maison, de l'enfant, et sans bonne raison de continuer à voir Desmond. Elle fut surprise par le bruit de la porte du rez-de-chaussée.

— Ivy ? lança la voix de son patron.

— Je suis là.

Elle essuya ses paupières et ferma le sac. Quelques secondes plus tard, Desmond entra dans la pièce.

— Fais aussi tes bagages, dit-il. Tu vas à New York.

— Moi ? Et Shelly ?

— Le Dr Harrison a limité le nombre de personnes qui pourront prendre l'avion avec Desiree et, comme c'est toi qui t'occupes d'elle au quotidien, il a insisté pour que tu en sois. Maman et Shelly prendront un vol commercial demain.

— Elle n'a pas protesté ?

— Elle n'a pas pu, dit-il avec un sourire mutin. Je pense que le bon docteur m'a rendu un fier service. Je connais le modèle d'avion employé par l'hôpital et il aurait certainement pu supporter un passager de plus. Mais il a présenté la situation de telle manière que Shelly a dû céder, pour le bien de notre fille.

— Je ne sais pas, Desmond... Elle ne m'aime pas et je ne veux pas créer de problèmes.

— Dans ce cas, arrête de protester et fais-moi confiance. Je saurai gérer Shelly... si ma mère ne s'en occupe pas d'abord. Elle ne lui a pas pardonné d'avoir abandonné sa fille comme un paquet. Quand je lui ai dit que Shelly était là, elle s'est transformée en Maman Ours !

Il jeta un coup d'œil à sa montre, puis ajouta :

— Je vais faire mon sac. Nous devons nous dépêcher.

— Tu viens aussi ?

— Bien sûr ! Tu ne pensais tout de même pas que j'allais te laisser affronter la tempête toute seule ?

Un employé les conduisit jusqu'à l'aéroport et il leur fallut moins d'un quart d'heure pour monter à bord de l'avion. Tami et l'un des médecins du centre étaient là aussi. Desmond avait eu raison : l'appareil était bien assez grand pour accueillir plus de monde... Le voyage fut silencieux, mais court. Dès l'atterrissage, Desiree fut transférée à l'hôpital pédiatrique en hélicoptère et une limousine vint chercher la famille. Très vite, ils furent accueillis dans l'établissement et Ivy fut rassurée par la calme efficacité du personnel.

Ils y restèrent une heure, consultant les spécialistes et s'assurant que Desiree était bien installée. Avant leur départ, le directeur s'entretint avec Desmond et lui promit que sa fille recevrait les meilleurs soins. Enfin, ils se glissèrent dans une voiture avec chauffeur qui les emmena en ville. Ivy n'était pas venue à New York depuis des années et, à l'époque, elle avait logé à Brooklyn, chez les parents d'une amie de fac. Elle se souvenait encore de l'animation perpétuelle de la cité ; mais, ce soir, à travers la fenêtre de la voiture, elle ne vit presque rien. Son inquiétude, son trouble dû à l'arrivée de Shelly et ses doutes quant à la nuit qui l'attendait avec Desmond l'empêchaient de réfléchir.

Elle eut pourtant tort de s'en faire. En route, Janice téléphona pour rappeler à son patron qu'il avait une téléconférence avec des investisseurs de Sydney. Celui-ci fut surpris. Ses angoisses concernant Desiree avaient eu raison de sa nature méticuleuse et il avait oublié ce rendez-vous. Ainsi, dès son arrivée au Park Lane Hotel, près de Central Park, il s'enferma dans l'une des chambres de leur suite pour appeler ses clients. Ivy demanda au concierge de faire monter un repas. Elle acheva sa pizza sans revoir Desmond et alla se coucher. À peine eut-elle fermé les yeux que le sommeil l'emporta. Elle rêva du bébé – et de son père.

Un petit coup frappé à la porte la réveilla en sursaut. Temporairement hébétée, elle se redressa et découvrit Desmond sur le seuil. Il ne portait qu'un short et un T-shirt. Sa peau noire et sensuelle éveilla sa gourmandise. Elle se cala contre la tête de lit, vulnérable dans sa petite nuisette, et envahie par les souvenirs de l'autre soir, lorsqu'elle lui avait littéralement montré ses fesses. Ses joues s'échauffèrent et elle s'éclaircit la voix, gênée :

— Quelle heure est-il ?

— Un peu plus de sept heures.

— Tu es déjà debout ?

— Je viens de finir ma gym. Maman a appelé : elle arrive.

— Des nouvelles de l'hôpital ?

Il secoua la tête.
— Pas encore. Je pensais y aller dès que Maman sera là.
— Et Shelly ? Vient-elle avec Mona ?
— Non, elle a décidé de rester à Chicago.
— Pourquoi ?
— Je ne sais pas, admit-il en haussant les épaules.
Ivy fut immédiatement soulagée – et se sentit coupable. Lorsque Mona fit son apparition, en fourrure et bottes montantes, elle était en effet seule.
— Bonjour, lança-t-elle joyeusement.
À la voir, on aurait pu croire que le soleil s'était levé juste pour elle, si belle, élégante et intemporelle. Elle ôta son hermine hors de prix et la jeta nonchalamment sur le canapé, comme si ce n'était rien. Desmond vint l'embrasser.
— Bonjour, maman, dit-il.
— Bonjour, lança Ivy depuis le coin cuisine. Je fais du café. En voulez-vous ?
— C'est gentil, mais non merci.
Desmond la suivit dans le salon en demandant :
— Que s'est-il passé avec Shelly ?
— Elle a pensé qu'il valait mieux qu'elle reste jusqu'à ton retour, en attendant… d'aplanir le conflit entre vous.
Desmond parut soupçonneux.
— Maman…
— Je n'ai rien fait ! se défendit Mona. J'ai appelé pour lui proposer de prendre l'avion avec moi et elle a dit qu'elle avait un imprévu. Elle m'a demandé de la tenir au courant.
— Qu'y a-t-il donc de plus important que sa fille ?
— Je ne sais pas, mais c'est peut-être mieux ainsi. Tu vas pouvoir te concentrer sur Desi.
— Tu as raison. Merci, maman.

Son portable sonna et il lâcha un juron en lisant le message.

— Quoi ? demanda Ivy, inquiète.

— Le président du Congo veut me parler. J'ai oublié de demander à Janice de libérer mon agenda pour aujourd'hui.

— Si c'est urgent, Ivy et moi pouvons aller seules à l'hôpital et te donner les nouvelles, proposa Mona. Après tout, tu ne travailles plus uniquement pour toi, maintenant, mais pour ta fille. Tu dois maintenir l'entreprise à flot.

— En êtes-vous sûres ? demanda-t-il, clairement soulagé.

— Oui, déclara Ivy. Accordez-moi une demi-heure pour me préparer et je suis toute à vous, Mona.

— Arrivez-vous vraiment à rester si jolie en passant si peu de temps dans la salle de bains ? Desmond, je pense qu'Ivy mériterait de gravir quelques échelons…

Durant les jours qui suivirent, Ivy vit très peu son patron. Il voyagea dans tout l'État de New York et faisait sans arrêt la navette entre Wall Street et l'hôpital. Maeve vint leur rendre visite. Jake et Derrick téléphonèrent pour avoir des nouvelles, et Mona ne quittait pas sa petite-fille. Enfin, au bout de cinq jours, la situation s'améliora pour Desiree. On lui diagnostiqua une rare maladie auto-immune qui affectait ses cellules sanguines. C'était grave, mais traitable. Son pédiatre établit un protocole, mélange de médicaments et de soins holistiques, et leur assura que la fillette serait définitivement guérie avant son adolescence.

Le vendredi, alors que Desmond s'entretenait avec le directeur et lui annonçait qu'il avait effectué une importante donation à l'hôpital au nom de sa famille, Ivy fit de nouveau sa valise pour rentrer. Elle fut interrompue par l'arrivée de Mona, enveloppée comme toujours dans ses fourrures.

— Je croyais que Desiree ne sortait pas avant une heure, dit-elle, surprise.

— En effet, répondit Mona en entrant elle-même comme si elle possédait l'hôtel. Mais ne vous en faites pas pour ça.

— Pardon ?

— Ivy, ma famille ne pourra jamais assez vous remercier pour tout ce que vous avez fait ces derniers jours. Vous n'avez pas ménagé vos efforts et je suis très impressionnée par votre efficacité auprès de Desi. Croyez-moi, quand je dis que ça n'arrive pas souvent… Je sais que vous ferez une merveilleuse mère, un jour.

— Merci, murmura la jeune femme, émue.

— Bref, si je suis là, c'est pour vous annoncer que nous vous accordons un week-end de congé afin de vous permettre de visiter la ville.

— Mais, Mona…

— Pas de « mais » ! Il est temps de vous centrer sur vous, pour une fois. Avez-vous déjà exploré New York ?

— Il y a longtemps.

— Vraiment ? Avez-vous été conduite sur Broadway, fait du shopping dans la Cinquième Avenue et visité Harlem avec un guide personnel pour en découvrir l'histoire ?

— Non, et ça semble merveilleux… Mais je ne suis pas une aventurière. Je n'oserais pas aller plus loin que Central Park – et encore, en plein jour, quand il y a du monde.

— Je vous comprends. Faire tout ça seule ne serait pas amusant. C'est pourquoi j'ai insisté pour que Desmond reste aussi. Il a besoin de repos, tout comme vous.

Ivy en eut le souffle coupé. Elle fut convaincue d'avoir mal entendu. Mona avait-elle réellement organisé un week-end en tête à tête pour son fils aîné et elle ?

— Je suis sûre que Desmond a mieux à faire…

— Chérie, ne vous dénigrez pas. Nul ne pourra admirer vos talents, si vous les étouffez ainsi.

De nouveau, Ivy se retrouva en terrain inconnu. Sa mère avait toujours été présente pour elle mais elle ne lui avait jamais fait beaucoup de compliments. D'un autre côté, Mona avait raison : ses études avaient fait d'elle une experte en éducation. Elle avait obtenu les meilleures notes de sa promotion et était sur le point d'obtenir son doctorat. Si l'année écoulée avait été moins tumultueuse, elle aurait sans doute pu prendre le temps d'apprécier son succès. Bien sûr, elle n'était pas du genre à se vanter ; néanmoins, un peu de fierté ne pourrait lui faire de mal, de temps à autre.

— Et Desiree ? demanda-t-elle.

— Tami va prendre le relais. Elle fait presque partie de notre famille et a posé un congé pour s'occuper de la petite jusqu'à lundi. C'est d'ailleurs parfait : dimanche prochain, nous organisons une baby shower pour Avery et la présence de Tami nous permettra de peaufiner les détails.

À cet instant, le portable de Mona sonna.

— C'est mon chauffeur, dit-elle en répondant au texto. Je lui ai dit que je descendais il y a déjà quinze minutes. Ne vous en faites pas pour Desi. Détendez-vous, amusez-vous, et n'oubliez pas ce que je vous ai dit : ne vous dénigrez pas. Vous avez beaucoup de qualités, Ivy Campbell. Vous pourriez écraser toutes les jolies femmes de la Pointe du Sable, si vous le vouliez…

- 18 -

Desmond avait déjà exploré New York de nombreuses fois. Il avait été invité par des clients haut placés et leur avait rendu la pareille. Mais il y avait bien longtemps qu'il n'avait pas profité de la ville en touriste, comme il le fit ce week-end avec Ivy. Voyant les trésors de cette cité à travers les yeux de la jeune femme, il eut l'impression de les redécouvrir.

Après le départ de Mona, ils déjeunèrent ensemble dans un restaurant réputé, puis firent un tour en hélicoptère au-dessus des gratte-ciel. Ils purent admirer tous les détails de la Statue de la Liberté de près, puis survolèrent l'Empire State Building, le Chrysler Building, Wall Street, Central Park, le Yankee Stadium et Coney Island. Dans l'oreillette, le pilote natif de la ville leur donna une foule de détails amusants. Enfin, le soir venu, ils dînèrent sur un yacht. Le lendemain, ils enfilèrent des chaussures de marche pour explorer Harlem, Brooklyn, le Queens et le Bronx. Ils goûtèrent à tous les plats typiques de ces quartiers – bretzels chauds à la moutarde, hot-dogs – tout en se promenant. Laissant ensuite Ivy profiter d'un spa et de la compagnie d'une conseillère en shopping, Desmond s'enferma dans la salle de gym de l'hôtel. Ils ressortirent ensemble pour assister à une représentation du *Roi Lion* sur Broadway, puis suivirent la masse des touristes dans Times Square. Il y avait autant de monde dehors à minuit qu'à midi. Ivy semblait émerveillée et Desmond adora sa joie enfantine.

Durant la première nuit, ils avaient dormi dans leurs chambres séparées, sans même échanger un baiser ; mais ce soir, Desmond espérait que ce serait différent. Il saisit sa chance une fois rentrés, alors qu'ils savouraient un verre de vin sur le balcon.

— Cette journée a été formidable, mais mes pieds me font souffrir le martyre, dit Ivy en ôtant ses chaussures.

— Tu devrais peut-être t'offrir un bain de pieds et un massage, suggéra Desmond.

— Bonne idée. À quelle heure est notre avion demain ? Je pourrais peut-être prendre un rendez-vous avant de partir…

— Inutile. Je peux le faire.

— Je ne sais pas si c'est sage, protesta-t-elle.

— Pourquoi ?

— Il s'est passé quelque chose de bizarre, la dernière fois que nous avons été trop proches.

— Quoi ?

— Mes vêtements se sont évaporés.

Il éclata de rire, ne s'attendant pas à ce qu'elle plaisante ainsi, et l'attira dans ses bras. L'embrassant sur le front, il se glissa derrière elle pour la serrer contre son torse et profiter avec elle de la vue splendide.

— Je ne vais pas te mentir et prétendre que je ne suis pas attiré par toi, murmura-t-il. Mais il ne se passera rien entre nous, si tu ne le veux pas.

— C'est aussi ça qui m'inquiète…

Ils restèrent un moment ainsi, en silence. L'esprit de Desmond passait d'une pensée à une autre, sans s'arrêter. Il était si heureux de savoir qu'Ivy et non Shelly était là avec lui, qu'elle s'occupait de sa fille à ses côtés. Sans doute ferait-elle une mère et une épouse remarquable – mais pas pour lui. Il n'était pas prêt à s'engager pour la vie. D'un autre côté, il voulait tout faire pour éviter que l'existence de Desiree cause un scandale… Même à se marier. Seulement, ce ne serait qu'une façade temporaire. S'il parvenait à convaincre Ivy d'accepter, ses problèmes de père seraient réglés. Il sentit soudain qu'elle bougeait dans ses bras.

— Je crois que je vais aller prendre un bain, dit-elle. Après toute cette marche, mes jambes me remercieront.

— Es-tu sûre que je ne peux pas t'accompagner ?

— Certaine.

Elle se retourna et déposa un baiser furtif sur ses lèvres.

— Merci pour ce week-end. C'était incroyable. J'avais vraiment besoin de faire une pause, au final.

— Moi aussi, dit-il en l'entraînant dans leur suite.

Elle alla s'enfermer dans sa chambre. Desmond se servit un second verre de vin et alla dans la sienne. Il se déshabilla, se doucha et se coucha nu sur le lit. Seul l'éclat de la ville illuminait encore la pièce. Il sirota son vin tout en lisant ses textos, ses e-mails et en consultant les réseaux sociaux. Une bonne demi-heure plus tard, il entendit le bruit d'une poignée et vit avec surprise sa porte s'ouvrir. Ivy entra, uniquement couverte par une épaisse serviette blanche et prononça ces mots magiques :

— J'ai changé d'avis.

Le sexe de Desmond, déjà exposé, se redressa immédiatement. Il ouvrit les bras tandis qu'Ivy s'approchait du lit. Elle se coula contre lui, prenant les devants en l'embrassant avec gourmandise, une main posée sur son membre dur. Sa peau douce et fraîche, son parfum de savon mêlé au musc du désir lui firent l'effet d'un rayon de soleil en fin d'hiver. Sans lui laisser le temps de se remettre de sa surprise, elle traça une ligne de baisers le long de son torse, de son ventre, descendant vers ses hanches. Il retint son souffle quand elle serra un peu plus son sexe entre ses doigts pour le caresser. Et quand ses lèvres se posèrent dessus, un éclair le traversa. Elle le goba, le lécha, l'explora sur toute sa longueur. Desmond tenta de retenir son plaisir mais elle ne le laissa pas faire et il s'abandonna, donnant de légers coups de reins pour l'encourager. Il se concentra sur ses fesses, qui bougeaient devant lui, pour retarder la jouissance. Il les saisit, écarta ses cuisses et l'embrassa aussi, entre les plis humides de sa chair. Elle poussa un petit cri qui lui fit presque perdre la tête et il prit le dessus. Il la fit agenouiller, glissant les doigts entre ses jambes – en elle. Elle était si chaude, si mouillée. Il ne put attendre et, sans se laisser le temps d'hésiter, il enfila un préservatif et la pénétra. Dès qu'il la sentit se détendre, il accéléra le rythme et l'orgasme vint les saisir très vite, en même temps. Elle se laissa tomber sur le matelas. Il l'enlaça, par-derrière, pour caresser sa peau brûlante, pincer ses tétons. Dès qu'il sentit ses fesses se presser contre lui, son sexe s'éveilla de nouveau. Il souleva une de ses jambes et se lança dans le deuxième round, sachant déjà qu'il y en aurait un troisième, puis un quatrième. Il ne pouvait déjà plus se passer d'elle. Comment allaient-ils reprendre leurs places de patron et d'employée à leur retour ? Il n'en savait rien. Il ne savait pas non plus comment il allait régler le problème de Shelly ou comment tout ceci allait se terminer…

Ils achevèrent leur séjour par un délicieux petit déjeuner à l'hôtel avant de rejoindre leur avion privé sur le tarmac. Le vol fut calme. Ivy dormit. Desmond réfléchit. Il voulait rentrer avec un plan déjà établi. Il allait s'arranger pour arrondir les angles avec Shelly. Il épouserait Ivy. À partir de là, tout se passerait bien, c'était certain. Rassuré, il se détendit enfin et songea à ce week-end. Ce qui l'étonnait, plus encore que l'arrivée de Desiree dans un colis, était le changement qui s'était opéré chez Ivy, ces deux derniers jours. Cette femme, si sage et conventionnelle, cachait une nature amusante, passionnée, aimante… Qui aurait pu s'en douter ? Plus important encore, sa mère avait organisé cette escapade pour eux – elle qui n'avait jamais apprécié ses petites amies de la haute société… Une intuition lui disait qu'il n'était pas encore au bout de ses surprises.

Hélas, son bonheur était assombri par Shelly. Il avait essayé de l'appeler, mais elle n'avait pas répondu. Il avait alors envoyé des textos pour l'informer de l'état de Desiree. Elle s'était contentée de lui écrire un petit message pour lui dire qu'ils allaient devoir parler, à son retour. Inquiet, il s'était empêché de poser trop de questions. Quoi qu'elle eût à lui dire, il sentait qu'elle voulait le faire de vive voix – et, au fond, il n'était pas pressé de le savoir. Il envoya néanmoins un mot dès leur atterrissage.

Je suis là et j'aimerais te voir. Es-tu libre pour dîner au club ce soir ? 19 heures ?

Sa réponse fut immédiate :

Oui.

Trois petites lettres qui suffirent à le glacer.

Super. Je vais réserver un salon privé.

Non. On mange dans la salle. Je ne veux pas me cacher comme une maîtresse. Je suis la mère de ta fille.

OK. À tout à l'heure.

Il aurait préféré la voir en privé, mais il ne pouvait pas vraiment refuser la demande de Shelly… Le club possédait l'un des meilleurs chefs de la ville et son restaurant était l'endroit où se montrer ; Shelly y avait sans doute songé. Décidément, les femmes demeuraient un mystère pour lui – et celle-ci, plus que les autres. Ils se connaissaient depuis toujours et avaient apprécié pendant des années leur relation épisodique, sans attaches. Était-elle si froide, à présent, parce qu'elle regrettait d'avoir abandonné sa fille ? Parce qu'elle s'inquiétait pour elle ? Peut-être, mais son comportement vis-à-vis d'Ivy était impardonnable. La femme impolie et possessive qui avait toisé sa nounou n'était pas quelqu'un qu'il voulait continuer à fréquenter…

Il se doucha rapidement pour se remettre de son vol et s'habilla avec soin, enfilant un costume brun sombre coupé à la perfection et un col roulé sable qui mettait son teint mat en valeur. Il n'hésitait jamais à se servir de son charme pour arriver à ses fins… Une fois prêt et parfumé, il alla embrasser Desi et se rendit dans son garage. Dédaignant sa Bentley, il opta pour l'Audi R8, plus discrète mais tout aussi luxueuse. Lui, qui gérait avec calme la plus juteuse des transactions, sentit son front se couvrir de sueur en s'installant derrière le volant. C'était pour ça qu'il avait voulu retenir un salon privé, ce soir… Mais, plus il y réfléchissait, plus il voyait les avantages d'affronter Shelly en public. La présence de témoins l'empêcherait d'inventer sa version de l'histoire pour manipuler l'opinion publique. Elle était clairement outrée qu'il exige son silence et la garde de leur fille. Elle se sentait peut-être prise au piège, et nul ne pouvait prédire les actes d'une femme désespérée. Mieux valait prendre ses précautions.

Le maître d'hôtel l'accueillit avec chaleur et le conduisit

à la meilleure table, en partie cachée par une demi-cloison en verre givré. Il se rendit très vite compte qu'il n'était pas le seul à avoir soigné son apparence : Shelly était tirée à quatre épingles, comme toujours. Hélas, il ne pouvait s'empêcher de songer à ce que sa beauté cachait. Sa grossesse secrète. Sa méchanceté envers Ivy. La soirée risquait d'être longue…

— Tu es en retard, dit-elle dès qu'elle le vit.

— Toutes mes excuses.

Il l'enlaça brièvement avant de s'asseoir en face d'elle.

— Je viens de rentrer de New York et je t'ai prévenue immédiatement.

— Est-ce censé me donner l'impression que je suis spéciale ? répliqua-t-elle.

— Non, c'était une information. Maman et Tami t'ont tenue au courant de l'état de Desiree ?

— Oui, et je tiens à dire que j'ai trouvé ça inapproprié. En fait, cette situation a été gérée n'importe comment du début à la fin ! lâcha-t-elle d'une voix théâtrale. Comment as-tu osé prendre des décisions au sujet du bébé sans me consulter ? Pire, tu as demandé à une de tes employées de s'occuper d'elle à ma place !

— Tu étais la bienvenue à New York, lui rappela-t-il.

— Oh ! vraiment ?

— Maman m'a dit que *tu* as décidé de rester.

Elle parut sceptique, mais il poursuivit :

— Quoi qu'il puisse se passer entre nous, je ne t'écarterai jamais de ta fille.

Elle haussa les épaules. Le sommelier vint les interrompre en leur présentant une excellente bouteille de vin.

— Cadeau de la maison, dit-il en l'ouvrant.

Desmond goûta, valida le choix et, une fois leurs verres remplis, l'homme s'éloigna sur un petit salut.

— Elle va beaucoup mieux, d'ailleurs.

— Qui ?

Desmond ne put s'empêcher de froncer les sourcils.

— Ta fille.

— Oh ! murmura Shelly d'un air tendu. Tant mieux.

— Nous espérions que les spécialistes parviennent à poser un diagnostic et à établir un traitement adapté. Le Dr Kumar est un expert des maladies auto-immunes infantiles et il pense que le mal pourra disparaître en dix ans.

— Tu as dit « nous espérions », remarqua-t-elle, acerbe.

Bon sang. Il aurait dû mieux choisir ses mots.

— Oui. Maman, Tami…

— Et la nourrice, cette petite Cendrillon qui court après son prince !

Des souvenirs de leur dernière nuit lui revinrent et il les réprima avec peine.

— Ivy est venue à la demande du médecin. En tant que nounou à demeure, elle passe plus de temps avec Desi que nous. Avec tous ces changements, sa maladie, l'hospitalisation, le transfert, le Dr Harrison a pensé que… qu'elle aurait besoin de voir un visage familier.

Il n'avait pas l'habitude d'hésiter, sachant toujours quoi dire ; mais bien qu'il parlât sans cesse de Desiree comme de sa fille, il ne put se résoudre à dire « *notre* bébé ». Il n'avait aucune envie d'avoir l'impression d'être lié à Shelly.

— Ivy a été embauchée car elle a un CV exemplaire. Elle possède un master en Éducation et Soins infantiles, et va bientôt obtenir son doctorat.

— Tant mieux pour elle.

— Elle prend son travail très au sérieux, elle est douée et aime Desiree comme si c'était sa fille.

— Et toi ? Jusqu'à quel point apprécies-tu ses talents ?

Elle est phénoménale !

— Je pense, dit-il en faisant de son mieux pour garder son calme, que tu devrais être heureuse de savoir que… ta fille reçoit ce genre d'attentions.

Shelly attrapa la bouteille et remplit son verre de nouveau.

— Écoute, insista Desmond, cette amertume ne te ressemble pas. Pourquoi hais-tu cette femme, alors que tu ne la connais même pas ?

— Et toi, la connais-tu vraiment bien ?

— Que dois-je comprendre ?

— C'est une question simple. La connais-tu assez pour lui confier notre fille les yeux fermés ?

— Nous avons vérifié ses antécédents avec soin.

— Sais-tu qu'elle a été fiancée à Gerald Russell, le fils de Gerald Sr. et Bonnie Russell ?

Desmond ne savait pas très bien où elle voulait en venir et il se méfia immédiatement.

— Oui, dit-il simplement.

Or, il n'y avait rien de simple. Ivy avait bien dit que Gerald était lié à l'élite d'Atlanta, mais elle n'avait jamais mentionné son nom de famille.

— Sais-tu aussi qu'il est mort dans un accident ?

— Ivy me l'a dit. Le connaissais-tu ?

— Non, mais je connais des amis de sa famille et, d'après ce qu'on m'a dit, ta petite protégée n'est pas aussi innocente qu'elle en a l'air.

— Personne ne le serait, si on écoutait tous les ragots.

— J'ai entendu dire que…

— Shelly, pardonne-moi, mais je m'en moque. Ma famille est satisfaite par le travail d'Ivy. Elle est intelligente, éduquée, bien trop qualifiée pour ce poste, et ta fille a de la chance de l'avoir. Ça me suffit.

— OK, répondit Shelly en haussant les épaules, mais tu ne diras pas que je ne t'ai pas prévenu. Vous paraissiez très proches, à l'hôpital, et elle agissait comme si elle était la mère de Desiree. Mais c'est *moi* qui l'ai mise au monde !

Elle se frappa la poitrine avant de boire une gorgée.

— Ça m'a dérangée.

— Parlons-en, justement.

La conversation devenait risquée et Desmond fit un effort pour paraître tranquille, courtois.

— Pourquoi as-tu décidé d'avoir ce bébé sans me demander mon avis ? Comment as-tu réussi à tomber enceinte ? Nous nous sommes vus pendant des années. Je me suis protégé. Tu prenais la pilule.

— C'est vrai.

— Alors, que s'est-il passé ?

— Peut-on au moins finir notre apéritif, avant de se lancer sur ce sujet ?

— Essaie de voir mon point de vue. J'ai tellement de questions…

— Et je promets d'y répondre.

Elle jeta un coup d'œil autour d'eux. Il l'imita et réprima une grimace en reconnaissant Brittany, la pire commère de la Pointe du Sable. Dès demain, toute la ville saurait qu'ils avaient dîné ensemble et connaîtrait même le contenu de leurs assiettes…

— J'ai cru comprendre que le clan Eddington est sur le point de s'agrandir, reprit Shelly.

— Oui, pas assez vite au goût de Cayden. J'ai déjà vu des amis attendre leur premier enfant avec impatience, mais son enthousiasme les surpasse tous.

— Et toi ? Comment te sens-tu, dans ton rôle de père ?

— J'ai été choqué, au début, tu t'en doutes. Puis j'ai refusé d'y croire et, après le test ADN…

— Tu as demandé un test ?

— Bien sûr. Tu ne crois tout de même pas que j'allais prendre tes paroles pour argent comptant, alors que mon avenir et celui de toute ma famille étaient en jeu !

— Dit comme ça, bien sûr…

— Après avoir fait le test, j'ai été en colère, perdu. Tu n'as jamais parlé de mariage ou d'enfants. Comment avons-nous pu en arriver là, alors que nous avons toujours fait attention ?

Elle garda le silence un long moment.

— Sur le moment, j'ai cru que je voulais vraiment ça…

— Tu ne prenais plus la pilule ?

— Promets-moi de ne pas me détester si je te dis la vérité.

Ce fut à Desmond de prendre son temps pour répondre :

— Accepteras-tu de signer un accord de confidentialité, pour que tout ça reste entre nous ?

Devant son hésitation, il commença à perdre patience.

— Shelly, je te le demande gentiment. C'est bien le moins que tu puisses faire pour moi.

— D'accord, mais mon silence ne sera pas gratuit.

On verra… Il sourit, pour masquer son agacement.

— Merci. Maintenant, dis-moi tout.

— J'ai subi une opération.

— Je ne comprends pas.

— Deux ovules ont été retirés chirurgicalement, puis je les ai fait fertiliser avec ton sperme et j'ai eu une insémination artificielle.

— Comment ? J'ai *toujours* mis un préservatif !

— Bon sang, Des ! Tu fréquentes des stars et des

athlètes. Tu devrais savoir qu'on ne doit pas laisser une capote usagée sur la scène du crime, après un flirt.

Une rage soudaine et inattendue s'empara de Desmond. Il but une gorgée d'eau pour se calmer et aurait presque pu remercier le serveur d'arriver à ce moment précis. Le temps de passer sa commande, il avait repris le contrôle.

— Tu m'as promis de ne pas me haïr, lui rappela Shelly.

Pour la première fois, il crut voir une pointe de culpabilité et de remords dans ses yeux verts.

— Ton erreur a créé Desiree et je ne pourrais jamais te détester pour ça. Mais je n'en suis pas loin… Puisqu'on en parle, sache que tu étais plus qu'un flirt pour moi. Je nous croyais amis et tu m'as littéralement fait un enfant dans le dos ! Pire encore, comment as-tu pu la rejeter comme un déchet ?

Elle lui raconta alors qu'elle avait eu des doutes mais qu'il avait été trop tard pour demander un avortement. Elle lui dit aussi qu'elle avait rencontré un banquier prêt à lui offrir le monde. Hélas, il avait eu une exigence : il ne voulait pas du bébé.

— J'ai eu moins de quarante-huit heures pour prendre une décision. C'était un choix fou, stupide, et je le regrette.

— Et comment comptes-tu partager la garde de Desiree avec moi, si tu vis à l'autre bout du pays ?

— Henry et moi ne sommes pas encore mariés. On pourrait décider de franchir le pas, toi et moi… pour le bébé.

Ivy avait suggéré la même chose, mais Desmond n'en avait aucune envie.

— Il y a trop de passif entre nous, répondit-il.

— Je m'en doutais. De toute manière, Henry est un bien meilleur choix, je crois. Il est bon, riche et il m'adore. Si je t'épousais, j'aurais à affronter une grande compétition… et ta mère.

— Attention à ce que tu dis sur ma mère.

— Je veux juste t'expliquer que…

— Non, coupa-t-il.

Heureusement, elle changea de sujet et le reste de la soirée fut assez agréable. Shelly ne mentionna plus Desiree – preuve qu'elle n'était pas encore prête à être mère – et Desmond se sentit étrangement soulagé. Leurs adieux furent brefs mais sincères. Sur le chemin du retour, une foule d'émotions envahit Desmond. Surtout, de l'apaisement. Shelly avait accepté de signer l'accord de confidentialité et de lui céder la garde de Desi. De son côté, il lui avait promis de ne pas la couper de sa fille et de la laisser entrer dans sa vie le moment venu.

Il arriva chez lui, se gara et envisagea de monter directement dans son appartement mais, en voyant une lumière sous la porte du salon d'Ivy, il se ravisa. Elle était assise sur le canapé, les pieds ramenés sous elle, un agenda à la main. Elle leva immédiatement les yeux et sourit.

— Comment ça s'est passé ? demanda-t-elle timidement.

— Elle a accepté de signer les papiers.

— C'est merveilleux !

— Elle m'a aussi demandé en mariage…

En un éclair, le visage d'Ivy s'assombrit.

— C'était une blague, s'empressa-t-il de dire pour la rassurer.

— Elle n'a pas posé la question ?

— Si, mais elle ne le pensait pas. Pour les papiers, par contre, elle était sincère. Mon avocat s'en chargera demain.

— Je suis contente que tes problèmes soient enfin réglés.

— Elle m'a aussi appris ton histoire, reprit-il prudemment, en guettant sa réaction.

Il fut soulagé qu'elle ne paraisse pas nerveuse.

— Quoi ? demanda-t-elle.

— Pourquoi n'as-tu pas dit que ton ex-fiancé était un Russell ? Sa famille est légendaire à Atlanta.

Elle posa son stylo et le regarda dans les yeux.

— J'imagine que je n'en ai pas eu l'occasion. Gerald et moi nous aimions, mais sa famille ne m'a jamais approuvée et je n'avais aucune envie de naviguer dans leur cercle. Je pensais qu'ils changeraient d'avis après le mariage. On ne saura jamais ce qui aurait pu se passer, maintenant.

— Shelly a eu l'air de suggérer que tu avais quelque chose à cacher. Elle m'a demandé si j'étais sûr de bien te connaître… Mais ne t'en fais pas. En ce qui concerne Desiree, tu as su nous prouver que tu méritais notre confiance. Alors, comment va notre petite princesse ?

— Elle dort comme un loir.

— Et l'infirmière que tu as embauchée ? Aucun souci ?

Ivy secoua la tête.

— Non. Tami nous a recommandé quelqu'un de bien.

— Sur quoi travailles-tu ?

— Rien de particulier, répondit-elle avant de s'étirer. D'ailleurs, je pense que je vais aller me coucher.

— Veux-tu de la compagnie ?

— Non. Je ne crois pas.

— Tu sais, je t'ai parlé de la demande en mariage de Shelly pour te faire sourire. C'était une plaisanterie.

— Je ne ris pas, pourtant.

Désolé…

Il s'approcha, mais elle l'arrêta d'un geste.

— Je suis fatiguée, Desmond, et Desiree va se réveiller dans quelques heures pour son biberon.

— L'infirmière est là, elle pourrait la nourrir.

— Ce n'est pas son travail.

Congédié, Desmond n'eut d'autre choix que de monter chez lui… Bon sang, comment avait-il pu être aussi stupide ? Son immense soulagement venait de laisser place à un regret amer. Il n'aurait pas dû provoquer Ivy. Elle n'avait pas ce genre d'humour.

La jeune femme qui avait passé le week-end à New York avec lui avait été si détendue, si drôle. D'un seul coup, sa décision fut prise. Elle avait *besoin* de plus de légèreté dans sa vie, et il était l'homme de la situation.

- 19 -

Elle a accepté de signer les papiers.

Elle m'a aussi demandé en mariage…

Pourquoi n'as-tu pas dit que ton ex-fiancé était un Russell ? Sa famille est légendaire à Atlanta.

Shelly a eu l'air de suggérer que tu avais quelque chose à cacher. Elle m'a demandé si j'étais sûr de bien te connaître.

Ivy se tourna et se retourna dans son lit toute la nuit. Quand le soleil se leva, elle avait pris une nouvelle résolution. Elle allait demander un rendez-vous à Lynn et poserait sa démission avec un mois de préavis. Ce ne serait pas facile. Son contrat était valable pour un an reconductible, avec des avantages pour chaque année supplémentaire passée au service des Eddington. Néanmoins, il devait y avoir un moyen de contourner ça, une clause qui lui permettrait de s'en aller – arguant une fatigue mentale, une maladie… ou la douleur d'être tombée amoureuse de son patron malgré elle. Le retour de Shelly l'avait contrainte à admettre une vérité qu'elle avait tenté d'ignorer depuis des semaines. Le simple fait de savoir que Desmond avait dîné avec elle lui brisait le cœur. Non seulement elle appréciait Desmond, comme elle avait apprécié Gerald, mais elle était aussi folle de lui. Depuis leur rencontre, il avait hanté ses rêves, ses pensées. Contrairement à la maladie de Desiree, il n'existait aucun médicament pour soigner ça… Seul le temps et la distance pourraient atténuer ses sentiments. Inutile de repousser encore l'inévitable. Plus elle resterait ici, plus elle s'attacherait au bébé et à son père. Mieux valait couper les ponts maintenant, accepter les conséquences de sa démission et chercher un autre travail. Heureusement pour elle, le salaire qu'elle avait déjà touché lui permettrait de se trouver un petit appartement et de payer un ou deux mois de loyer. Oui, elle allait partir et planifier son avenir. Loin de Desmond Eddington.

Elle se doucha donc rapidement, enfila un pull, un jean et une paire de bottes. Elle demanda à l'infirmière de garder Desiree pendant deux heures et appela Lynn.

— Bonjour, Ivy ! Quelle bonne surprise.

Attends de savoir pourquoi je téléphone…

— Bonjour, Lynn.

— Tout va bien ?

— Ça va.

— Oh ! ce n'est pas très enthousiaste. Comment se porte le bébé ?

Ivy se mordit la lèvre. Aborder le sujet de sa démission allait être plus délicat qu'elle ne l'avait pensé.

— Bien, dit-elle.

Un long silence s'installa.

— Allô ? Es-tu toujours là ?

— Tu n'as pas besoin d'en dire plus, murmura enfin Lynn, et ne me demande pas comment j'ai eu cette info. Je sais que Mona s'est rendue dans un service privé de l'hôpital, avec Desmond. Je sais aussi qu'un pédiatre a été consulté.

Cette fois, ce fut au tour d'Ivy de ne pas répondre.

— Ça ne me regarde pas et je ne veux pas te pousser à violer les clauses de ton contrat ; mais je ne savais pas que Desmond était légalement reconnu comme le père de l'enfant, et il est impossible d'hospitaliser un mineur sans l'accord d'au moins un parent. Bien sûr, l'argent ouvre bien des portes et les Eddington sont très influents… Si quelqu'un peut s'assurer du silence des médecins, c'est bien lui.

— Je n'arrive pas à croire que tu saches ça. Si la personne qui t'a parlé était démasquée, elle serait virée sur-le-champ.

— « Qu'on lui coupe la tête ! » gloussa Lynn.

— Ce n'est pas drôle ! C'est grave, au contraire.

— Ne t'en fais pas, je serai muette comme une tombe. Je fais ce métier depuis près de vingt ans et j'ai aidé à élever une bonne part des enfants de cette ville. Je sais où sont enterrés les squelettes de chaque famille du coin – j'ai même donné un coup de main pour creuser les tombes, parfois. Les gens savent qu'ils peuvent me faire confiance. Je suis juste contente d'apprendre que Desiree va mieux.

— Oui, comme je l'ai dit, elle se porte bien.

— Et toi ? Tu as l'air stressée.

— Juste fatiguée. Ces deux dernières semaines ont été plutôt… intenses.

— Tu devrais demander quelques jours de congé autour du Memorial Day. Je sais que tu n'es pas en poste depuis longtemps mais, après tout ce que tu as fait pour la petite, tes patrons ne devraient pas rechigner à t'accorder un week-end prolongé.

— C'est justement pour ça que je t'appelle. Puis-je passer à ton bureau aujourd'hui ? Ce ne sera pas long.

— Ne pouvons-nous pas en parler au téléphone ?

— Je préférerais te voir…

— OK. Attends un instant.

Ivy entendit Lynn taper sur son clavier.

— Mon agenda est très chargé, dit-elle. Es-tu sûre que ça ne peut pas attendre la semaine prochaine ? Je pourrais t'inviter à déjeuner pour discuter.

— Je te promets de ne pas te prendre plus de dix ou quinze minutes, insista Ivy. Puis-je venir ?

— Cette fois, je suis intriguée. Penses-tu être capable d'être là dans l'heure ?

— Tout à fait. Merci, Lynn. Je me mets en route.

Trente minutes plus tard, Ivy était installée dans le bureau.

— Je sais que tu n'as pas beaucoup de temps, dit-elle sans préambule, donc je vais faire court. J'aimerais mettre fin à mon contrat de travail.

Lynn recula vivement sur son siège.

— Quoi ? Je comprends mieux pourquoi tu ne voulais pas aborder le sujet chez Desmond… Que s'est-il passé ?

— Beaucoup de choses, et je préférerais ne pas en parler. Je voulais juste te voir avant de donner mon préavis, pour savoir si je vais au-devant de problèmes légaux ou si mon départ précipité pourrait me coûter des dommages et intérêts.

— Je suis désolée, Ivy, mais tu ne peux pas venir ici pour lâcher une bombe pareille sans me fournir la moindre explication. Il y a toujours des circonstances atténuantes à invoquer, dans ce genre de cas, mais elles doivent être considérées comme légitimes par ton employeur – en l'occurrence, Desmond.

Ivy ferma un instant les yeux et prit une profonde inspiration avant de regarder de nouveau Lynn.

— J'ai développé des sentiments inappropriés pour lui, avoua-t-elle, et je ne peux pas continuer à m'occuper de sa fille.

— Tu craques sur Desmond ? C'est pour ça que tu es là ?

Lynn éclata de rire et se laissa aller contre son dossier.

— Quelle femme pourrait passer plus de cinq minutes avec lui sans tomber amoureuse ?

— C'est différent. Je ne suis pas du genre à me laisser facilement troubler par les hommes. C'est… Il s'est passé tant de choses, ces derniers temps. Je me suis aussi beaucoup trop attachée à Desiree et ce n'est pas sain. Je ne suis pas certaine de pouvoir faire mon travail correctement, étant donné mes sentiments pour son père.

Devant l'air sceptique de Lynn, elle ajouta :

— Ce n'est pas tout. Je n'ai pas uniquement quitté Atlanta à cause de la mort de Gerald. Ses parents me blâment pour l'accident…

— Je croyais que vous étiez tous les deux victimes.

— C'est vrai.

— Alors pourquoi te blâment-ils ?

— Le deuil n'est pas toujours rationnel, surtout après la perte d'un fils unique. J'ai… J'ai insisté pour que Gerald m'accompagne, ce soir-là. Je conduisais quand l'autre chauffeur a grillé un feu rouge et nous a percutés. Les Russell pensent que, sans moi, leur fils serait encore en vie. Ils ont répandu toutes sortes de rumeurs atroces à mon sujet et c'est à cause de ça que je n'ai pas pu finir mon doctorat. Ils sont influents. Ils ont juré de me détruire. J'ai changé de numéro de téléphone pour les éviter, mais Bonnie Russell a retrouvé ma mère et a tenté de mettre la main sur moi.

— C'est complètement fou ! Je suis navrée d'apprendre que tu te retrouves dans une telle situation. Je *sais* que l'accident n'était pas ta faute, et j'espère que tu le sais aussi.

— Oui, mais dans ce monde l'opinion publique fait loi.

Les Russell sont convaincants et, si Desmond entendait leur version des faits, il me chasserait sans doute de chez lui. Je préfère prendre les devants.

— Ne penses-tu pas que tu réagis trop vite ? Les Russell ne sont pas si célèbres et les Eddington ne les connaissent sans doute pas. D'ailleurs, puisque l'existence de Desiree est un secret, comment veux-tu que les parents de Gerald apprennent pour qui tu travailles ? Je pense que le Domaine est l'endroit le plus sûr pour toi, en ce moment.

— Je n'avais pas vu les choses sous cet angle, admit-elle.

Lynn se pencha vers elle, accoudée à son bureau.

— Réfléchis-y, je t'en prie. Parce que quitter ton poste avant la fin de la première année pourrait être plus compliqué que tu le penses…

— Je sais qu'on serait en droit de me réclamer de l'argent et j'ai économisé presque tout ce que j'ai gagné depuis mon arrivée, donc ça ne devrait pas poser problème.

— Il ne s'agit pas que de ça. Je suis une intermédiaire, mais Desmond est officiellement ton employeur. S'il veut te mettre des bâtons dans les roues pour t'empêcher de partir, il en a le droit. De plus, dans la situation actuelle et après tout ce qu'il a déjà traversé pour sa fille, je l'imagine mal vouloir te trouver une remplaçante. Tu es déjà chez lui depuis plusieurs semaines. Peut-être que le secret sera éventé avant la fin de l'année : le temps passe si vite. Si jamais tu partais plus tôt, l'argent serait le cadet de tes soucis. Desmond pourrait décider de t'intenter un procès.

Quelques minutes plus tard, Ivy repartit donc en promettant à Lynn de la tenir informée, non sans lui avoir demandé de chercher d'autres opportunités d'emploi au cas où. Elle envisagea un instant de rendre visite à sa mère, mais il était déjà tard. Elle devait rentrer et attendre patiemment le retour de Desmond. Il était hors de question qu'elle passe une nouvelle nuit blanche sans avoir mis son plan à exécution.

De retour au Domaine, elle changea Desiree, la nourrit et mit de l'ordre dans la nurserie pour éviter de trop réfléchir. Son cœur pesait comme une pierre, mais elle refusait de s'apitoyer sur son sort. La fillette allait mieux. Elle était sous traitement. Son séjour à New York avait été magique, tout comme faire l'amour avec Desmond. Mais rien de tout ça ne changeait la situation ; ça ne faisait que rendre sa décision plus difficile à assumer. Quitter cette petite et son père serait sans doute aussi difficile pour elle qu'assister à l'enterrement de Gerald. Pourrait-elle convaincre son patron de mettre fin à un contrat qui, selon Lynn, était irrévocable ? Elle allait devoir se montrer convaincante et l'obliger à écouter la voix de la raison. Elle *ne pouvait pas* rester au service d'un homme dont elle était tombée amoureuse !

— Bonsoir, Ivy Campbell, la meilleure nourrice du monde ! claironna soudain une voix dans son dos.

Perdue dans ses pensées, elle ne l'avait pas entendu entrer.

— Bonsoir, Desmond.

— Comment ça se passe, ici ? demanda-t-il en souriant.

— Desiree va bien. Le Dr Harrison est venu la voir et il a déclaré que l'infirmière n'était plus obligée de passer la nuit à son chevet.

— Je n'arrive pas à croire que les médicaments aient commencé à agir aussi vite.

— Les bébés sont solides, tu sais.

— Et incroyables.

Il se pencha pour l'embrasser sur le front.

— Ne bouge pas. Je reviens tout de suite.

Il alla dans la chambre de sa fille pour s'assurer qu'elle dormait toujours et Ivy dut lutter pour ne pas prendre ses jambes à son cou. Dès qu'il réapparut, elle lâcha vivement :

— J'ai quelque chose à t'avouer.

Il se figea, les poings sur les hanches.

— Ne me dis pas que tu es enceinte.

— Non !

— Ouf ! répondit-il, l'œil pétillant. Je plaisante, Ivy… Mais j'avoue que j'aurais eu du mal à revivre ça une seconde fois.

— Tu as mis un préservatif, tu te souviens ?

— Je me protégeais aussi quand Desiree a été conçue.

— Elle fait partie des deux pour cent d'accidents ?

— Non, plutôt du quart de pour cent d'enfants dont la mère a volé le sperme du père pour faire une insémination artificielle…

Ivy poussa un cri.

— Tu plaisantes ?

— Hélas, non.

En un éclair, sa grande annonce fut oubliée et elle alla le rejoindre sur le canapé d'angle.

— Shelly a…

— Attendu que je m'endorme pour récupérer un préservatif usagé dans la corbeille, acheva-t-il.

— J'ai déjà entendu parler de tels cas.

— Moi aussi, mais je ne pensais pas que ça pourrait m'arriver.

— Pourquoi l'a-t-elle fait, à ton avis ?

— Elle m'a donné une longue explication compliquée… Pour faire court, disons juste qu'elle voulait me piéger.

— Elle a pourtant abandonné Desiree, remarqua Ivy.

— Lorsque la grossesse est devenue visible, elle a réalisé qu'elle ne voulait pas vraiment être mère et a paniqué.

L'approche de l'accouchement et sa rencontre avec un riche banquier à la retraite ont précipité les événements.

Ivy l'écouta raconter l'histoire de Shelly, de plus en plus incrédule.

— Dans ce cas, pourquoi ne pas venir te voir et tout t'avouer avant d'avoir le bébé ? Pourquoi te l'envoyer comme un vulgaire colis ?

— Ce type a accepté de l'aider à condition qu'elle se débarrasse de Desiree. Elle l'a fait et s'est installée aux Fidji avec lui, pour y vivre dans le luxe.

— Elle est quand même revenue lorsqu'elle a appris que Desiree était malade. Ça veut dire qu'elle tient un peu à elle.

— Je pense qu'elle l'aime sincèrement et que ma demande de garde complète l'a poussée à réfléchir à ses actes. Sans doute n'est-elle plus si sûre d'avoir pris la bonne décision.

— Et elle t'a demandé en mariage ?

— Une part d'elle devait encore s'accrocher à l'idée d'élever Desi avec moi ; mais je pense qu'elle s'est surtout sentie obligée de poser la question, comme s'il était de son devoir de me proposer son aide pour élever notre fille. Jamais je ne l'empêcherai de voir la petite, si elle le souhaite. Seulement, je n'ai plus confiance en elle. Je suis prêt à rester amical, pour le bien de Desiree, et ça s'arrêtera là.

Ivy ne s'était pas rendu compte qu'elle retenait son souffle. En entendant ces mots, un soupir de soulagement lui échappa. Il n'était clairement plus temps de parler de démission – pas après ça. Desmond se rapprocha d'elle et la prit dans ses bras, annihilant toute pensée rationnelle.

— Maintenant, dis-moi ce qui te préoccupait tant…

Elle ravala sa peur et tenta de trouver assez de courage

pour lui raconter ses déboires avec les Russell. Était-ce vraiment nécessaire ? Lynn avait peut-être raison : l'orage allait passer, l'année allait s'achever, et elle pourrait s'en aller sans avoir besoin de lui avouer son secret. Elle avait besoin de ce travail, le temps d'en chercher un autre. Elle allait commencer ses recherches, mais elle ne pouvait pas se permettre de s'en aller pour le moment.

— Je… Euh… Je voulais t'informer des progrès de Desiree. Je surveille sa température et son comportement depuis notre retour. Tous les symptômes ont disparu.

— Et je te remercie pour ça. Ton souci du détail nous a permis de diagnostiquer sa maladie très vite. Comment pourrais-je jamais t'exprimer ma reconnaissance ?

En me laissant quitter cette maison ?

— Je ne fais que mon travail, dit-elle.

Elle le vit se pencher sur elle et dut se faire violence pour ne pas s'enfuir. Elle se raidit quand il l'enlaça et il la dévisagea d'un air soucieux.

— Est-ce que tout va bien ?

— Ça ira, mais j'ai besoin d'une bonne nuit de sommeil.

— Dans ce cas, je te laisse te coucher.

Il l'embrassa de nouveau sur le front et Ivy ne put s'empêcher d'inspirer son parfum à pleins poumons. Cette senteur masculine faillit venir à bout de sa détermination. Elle fut tentée de l'entraîner dans sa chambre et de lui faire l'amour toute la nuit, comme à New York. Mais elle se contenta de se lever et d'ouvrir la porte pour lui signifier que la conversation était close.

— Bonne nuit, dit-elle simplement.

- 20 -

Desmond ne savait ni quand, ni comment Ivy avait réussi un exploit qu'aucune femme avant elle n'avait pu réaliser. Elle s'était frayé un chemin jusqu'à son cœur, même s'il n'était pas encore prêt à parler d'*amour*. Et c'était nouveau pour lui… Certaines de ses amantes avaient bien entendu su éveiller une tendresse en lui. Mais Ivy était différente. Il n'était pas attiré par elle pour son physique, pour les mêmes centres d'intérêt ou leurs amis communs, il l'appréciait pour la manière dont elle s'occupait de Desiree, pour ses attentions, sa gentillesse, sa sensualité discrète qui, une fois libérée, la transformait en déesse. Mais ces sentiments n'étaient pas pour lui. Même enfermé dans son bureau comme maintenant, pensant à leur éventuel mariage, il envisageait encore sa proposition comme une simple transaction destinée à étouffer un scandale. Son père venait d'obtenir le parrainage d'un membre important de la SOMA : le vice-président des États-Unis. Le succès de sa campagne semblait assuré. Après ça, qui savait jusqu'où il pourrait se hisser ? Il pourrait même suivre l'exemple de son sponsor et se lancer en politique. Depuis des années, il jouait avec l'idée de se présenter comme sénateur de l'État d'Illinois. Avec ses liens au sein de la Société, il avait même une chance de sauter des étapes et de poser sa candidature au poste suprême…

Quelques coups frappés à sa porte le tirèrent brusquement de ses réflexions.

— C'est ouvert, lança-t-il.

Il fut surpris de voir Derrick.

— Papa ? Que fais-tu là ?

— Je sais que je ne viens pas souvent, fils, mais est-ce si surprenant que je veuille te rendre visite ?

— Bien sûr que non. C'est juste que je pensais à toi… Je réfléchissais à l'éventualité que tu deviennes président, répondit Desmond avec un sourire.

— Ah. De la Société ?

— Non, des États-Unis.

Un petit sourire illumina le visage de son père.

— On dirait que quelqu'un t'a enseigné de bonnes valeurs…

— Bien sûr. Ce quelqu'un s'appelle Mona.

— Arrogant !

— Tel père, tel fils.

Ils éclatèrent de rire. Desmond commença à se détendre. Après tout, Derrick n'était pas que son père, il était aussi son confident et son meilleur allié.

— Dois-je en conclure que Shelly a signé les papiers ?

— Pas encore, mais elle les a reçus. Ce n'est plus qu'une question de temps, répondit le jeune homme.

— Es-tu sûr qu'on puisse se fier à elle ?

— Je ne comprendrai peut-être jamais ses actions, mais je ne crois pas qu'elle m'en veuille. Nous nous connaissons depuis toujours, après tout. Elle sait à quel point la réputation est importante pour des gens comme nous. Un scandale éclabousserait aussi sa famille, donc elle ne dira rien.

— J'espère que tu as raison. Pour son bien.

En un éclair, l'air se fit plus froid dans la pièce. Tout

comme Mona, Derrick était prêt à tout pour protéger son empire et sa famille.

— Alors, comment se passe ta campagne ? Dans quelques mois, tu seras assis sur le trône…

— C'est ce que je pensais aussi, jusqu'à aujourd'hui.

— Que s'est-il passé ?

— Bob m'a appelé, soupira Derrick. Apparemment, on a un problème.

D'un seul coup, Desmond sentit ses muscles se crisper.

— C'est au sujet de Desiree ?

— Et de la nourrice.

— Ivy ? Je ne comprends pas.

— Tu te souviens du fiancé dont elle nous a parlé, celui qui est mort dans un accident de voiture ?

— Gerald Russell.

— Oui. Il était le fils unique d'un membre de la SOMA.

— Oh non ! Je l'ignorais, papa. Un enfant unique ? Quelle tristesse… J'admets que cet accident est une tragédie, mais en quoi cela pourrait-il affecter ta campagne ?

— Ivy était au volant, ce soir-là. Les Russell la jugent responsable de la mort de leur fils.

Desmond se laissa tomber contre son dossier. Il fouilla ses souvenirs à la recherche d'un indice qui aurait pu lui mettre la puce à l'oreille, mais il n'y avait rien. Ivy ne lui avait jamais dit qu'elle conduisait la voiture, lors du drame.

— Je crois qu'Ivy m'a expliqué qu'il pleuvait et qu'un autre conducteur avait grillé un feu rouge…

— Bob ne sait pas ce qui conforte les Russell dans leurs convictions, mais c'était assez pour intenter un procès à Ivy. Pour homicide involontaire.

— Elle est passée devant un juge ?

Derrick secoua la tête.

— L'affaire a été classée pour manque de preuves.

Bonnie, la mère de Gerald, a juré de poursuivre la lutte. Apparemment, c'est à cause d'elle qu'Ivy a abandonné ses études et qu'elle a quitté Atlanta. Bien sûr, Bonnie a pris ça pour un aveu et tente à tout prix d'obtenir justice. Elle a même engagé un détective privé pour retrouver Ivy.

— Impossible !

— Sa mère vit à Chicago et sa maison a été placée sous surveillance. Il y a quelques semaines, on a vu Ivy y entrer avec un bébé dans un siège auto. À son départ, le détective l'a suivie jusqu'à la Pointe du Sable.

— Et le Domaine, acheva Desmond, anéanti.

— C'est exact.

— Il n'a pas pu passer le gardien ! Elle aurait pu venir ici pour une centaine de raisons et, d'après ce que savent les Russell, le bébé pourrait très bien être le sien.

— Quelqu'un a accepté un pot-de-vin et a parlé. Hélas, vu le nombre de personnes que nous employons, ça pourrait être n'importe qui… L'argent délie bien des langues.

— Donc, Bob et le comité savent que j'ai un enfant ?

— J'ai tout raconté à Bob. Je n'avais pas le choix. Il m'a promis de garder le secret pour l'instant. Mais ce n'est qu'une partie du problème. Gerald Sr. est allé raconter sa version des faits au comité, il a prétendu que la femme qui a tué son fils travaille pour nous. Même s'il n'a pas de preuves, cette histoire joue contre moi.

Desmond le regarda un long moment, dévasté par son air inquiet et méfiant.

— Qu'allons-nous faire ? Qu'attends-tu de moi ?

— Parle à Ivy et pousse-la à se confier. Peut-être que les circonstances nous paraîtrons plus claires avec son témoignage.

— Je le ferai, répondit Desmond en attrapant son portable.

Son père se leva.

— Tiens-moi au courant, dit-il avant de sortir.

Une fois seul, Desmond tapa le numéro d'Ivy, priant pour que ses explications l'innocentent. Si les Russell avaient raison, ça ferait d'elle une menteuse. Et si son père était évincé de la présidence de la SOMA à cause d'elle, il ne le lui pardonnerait jamais.

- 21 -

Desmond hésita avant d'appuyer sur le bouton d'appel, puis se ravisa et quitta le bureau pour rentrer chez lui. Sur le chemin, il contacta Chauncey.

— Bonjour, vous êtes bien à la résidence Eddington. En quoi puis-je vous être utile ?

— C'est Desmond. Où est Bernice ?

— Elle est en réunion avec le personnel. Avez-vous besoin d'elle, monsieur ?

— J'aurais aimé qu'elle s'occupe de Desiree ce soir. L'infirmière sera là aussi. Je dois me rendre quelque part et j'ai besoin qu'Ivy m'accompagne.

— Bien sûr. Quand souhaitez-vous que ma femme vienne chez vous ?

— Dès qu'elle le pourra.

— Bien, monsieur. Je la préviens.

Desmond raccrocha, puis composa de nouveau le numéro d'Ivy. Bien décidé à ne pas éveiller ses soupçons, il fit de son mieux pour sourire.

— Salut, Desmond ! Ça va ?

— Qu'est-ce que tu portes en ce moment ?

— Pardon ?

— Ha ! Je t'ai eue. Enfile un jean, des baskets et une grosse veste. Je vais passer te prendre dans quelques minutes. J'aimerais t'emmener quelque part.

— Où ?

— C'est une surprise. Sois prête à mon arrivée.

— Je ne peux pas. Le bébé…

— Bernice va s'en occuper. N'oublie pas : mets une tenue confortable. Je te rejoins dans dix minutes.

Lorsqu'il passa la porte, Ivy l'accueillit sans sourire ; mais au moins, elle avait suivi ses instructions. Bernice apparut quelques minutes plus tard et ils s'en allèrent après lui avoir confié Desiree.

— Où allons-nous ? demanda une nouvelle fois Ivy. Qu'est-ce que tu mijotes ?

— Ne t'en fais pas, je pense que tu aimeras ce que j'ai prévu. Me fais-tu confiance ?

Elle ne répondit pas, se laissant porter par l'Audi coupé sport sur l'autoroute. Très vite, Desmond passa la grille de l'aéroport privé de la ville. L'avion les attendait déjà, ses moteurs allumés. Le pilote discutait sur le tarmac avec un des techniciens.

— Desmond, murmura Ivy, plus pressante, dis-moi où nous allons.

— Dans un endroit sympa. Viens.

Il coupa le moteur et, plaçant une main au bas de son dos, la conduisit jusqu'à l'appareil. Après l'avoir présentée au pilote et au personnel de bord, il la laissa le précéder sur la rampe. À peine eut-elle passé la porte qu'elle s'arrêta net.

— Waouh.

— Joli, hein ?

— Je n'arrive pas à croire que ce soit un avion ! Il n'a rien à voir avec celui qui nous a emmenés à New York…

— Il fait partie de la flotte d'Eddington Enterprise.

— Vous en avez d'autres ?!

— Quelques-uns, oui, dit-il avant de prendre sa main pour y déposer un baiser. Je vais te faire visiter.

La première partie de l'Airbus 380 customisé était aménagée en salon, avec des bancs arrondis garnis de cuir blanc cassé et des murs aux accents d'argent, d'or et de noir. Un parquet d'ébène couvrait le sol. Un étroit tapis en bambou était étalé sur toute la longueur de l'appareil. Plus loin se trouvait une table rectangulaire garnie de huit sièges.

— Cet espace sert de salle de réunion le jour, et de salle à manger le soir, expliqua-t-il tandis qu'Ivy admirait le décor d'un air incrédule. Ce mur cache un écran de projection.

Il appuya sur un bouton et le faux plafond s'ouvrit en effet pour laisser descendre un immense écran LCD.

— Des haut-parleurs sont installés dans tout l'avion, même dans le dossier des fauteuils, pour permettre une immersion totale. C'est vraiment impressionnant quand on regarde un film d'action en 3D.

Le pilote les rejoignit et annonça :

— Nous sommes prêts à décoller, monsieur.

Desmond acheva rapidement son tour en montrant à Ivy la cuisine fonctionnelle avec cave à vin réfrigérée, la salle de bains habillée de marbre et sa douche dernier cri, ainsi que la chambre garnie d'un lit double couvert de coussins. Des écrans interactifs et des spots discrets étaient camouflés dans les murs pour peaufiner l'ambiance. Ils revinrent enfin s'asseoir dans le salon et l'avion s'envola au-dessus de Chicago. Il dépassa le lac Michigan, montant vers le nord.

L'hôtesse leur apporta deux flûtes de champagne.

— Nous avons pensé que cela vous ferait plaisir…

— Je savais que j'avais une bonne raison de vous apprécier, dit Desmond avec un clin d'œil avant de tendre l'un des verres à Ivy. À la meilleure nourrice du monde, et la seule femme à qui je souhaite confier ma fille. Merci, Ivy. Lors de notre dernier voyage, nous nous préoccupions de Desiree et de mon travail. Cette fois, c'est pour le plaisir.

Ils trinquèrent.

— Tu sais, une carte de remerciements m'aurait suffi, mais quand même…

Son sourire mutin faillit le faire recracher son champagne.

— Sérieusement, reprit-elle, j'ai du mal à croire qu'on puisse vivre comme ça. Bien sûr, j'ai déjà entendu parler d'avions privés, mais celui-ci est aussi grand qu'une maison !

— Il est luxueux, je te l'accorde. Néanmoins, nous estimons pouvoir dépenser l'argent que nous gagnons comme nous le voulons. Nos associés voyagent dans le monde entier et restent parfois en vol pendant vingt-quatre heures, en enchaînant des réunions malgré le décalage horaire. Nous tenons à ce qu'ils soient toujours reposés et en pleine forme. C'est à ça que sert cet appareil.

— Il est si sophistiqué qu'il pourrait bientôt *remplacer* tes associés, gloussa-t-elle.

— Cayden est notre ingénieur en chef et je suis sûr qu'il planche déjà sur la question.

Le champagne parut aider Ivy à se détendre. Bientôt, elle se laissa aller contre Desmond, les yeux mi-clos.

— Tu ne peux vraiment pas me dire où nous allons ?

— À Minneapolis, avoua-t-il.

— Hmm… Et pour y faire quoi ?

— Visiter un musée qui m'intrigue depuis longtemps.

— Intéressant. Quel genre de musée ?

— As-tu déjà entendu parler d'un type nommé Prince ?

La visite privée de deux heures qu'il avait réservée fut fabuleuse. Ivy fut aux anges quand on lui permit de toucher une des guitares de l'artiste, et Desmond sut qu'il avait fait le bon choix en l'emmenant ici. Quelques billets persuadèrent le guide d'ouvrir la boutique pour eux et ils repartirent les bras chargés de souvenirs – des chapeaux, des vestes, des bijoux, des CDs… Ils dînèrent ensuite dans un des meilleurs restaurants de la ville et s'attardèrent pour danser quelques heures. Sur le vol qui les ramenait à Chicago, Desmond fut tenté de fermer la porte qui les séparait de l'équipage pour terminer cette escapade d'une manière plus sensuelle ; mais il était temps de se remettre au travail. Il acheva donc son café et aborda le sujet qui l'avait convaincu de faire ce voyage. Pourvu qu'Ivy soit assez en confiance pour lui avouer toute la vérité, cette fois…

— Dis-moi encore pourquoi tu as quitté Atlanta, questionna-t-il en faisant de son mieux pour paraître innocent.

— Pour plusieurs raisons, mais surtout à cause de la mort de mon fiancé.

— Plusieurs raisons ? Quelles sont les autres ?

— Desmond, que se passe-t-il ?

Il haussa les épaules.

— Je connais déjà Ivy, la nourrice. J'aimerais juste découvrir tes différentes facettes.

Elle se cala contre son dossier et regarda par le hublot.

— Toute la ville me rappelait Gerald. L'accident a eu lieu à quelques rues de notre appartement. Je serais passée tous les jours à cet endroit…

— J'imagine à peine ce que tu as dû endurer, pour décider de mettre fin à tes études juste avant ton doctorat.

— Sans Gerald, je n'étais plus chez moi, là-bas.

— Et sa famille ? Ses parents ont pourtant dû te soutenir, après le drame…

Elle ne répondit pas immédiatement.

— La famille de Gerald ne m'a jamais appréciée, soupira-t-elle enfin. Je pense qu'ils avaient en tête quelqu'un d'autre pour lui. Quelqu'un de plus… sophistiqué. Une femme plus jolie, plus élégante, qui aurait navigué dans les mêmes cercles qu'eux depuis l'enfance.

— Et après l'accident ?

— Nous nous sommes éloignés. C'est tout.

Desmond sentit son cœur se serrer. Il avait laissé à Ivy l'opportunité de tout lui dire, mais elle n'avait clairement pas l'intention de lui confier la vérité. Si elle lui mentait à ce sujet, sur quoi d'autre l'avait-elle trompé ? Son doctorat ? Ses véritables liens avec Lynn ? S'était-elle servie de cette amitié avec l'épouse d'un de ses amis pour se faire ouvrir les portes du Domaine ? Tous les doutes qu'il avait eus pendant l'entretien d'embauche revinrent le torturer.

— C'est tout, hein ? lâcha-t-il.

— Pour être honnête, c'était un peu plus compliqué que ça, mais je ne veux pas en parler.

— Hélas, Ivy, ce sujet que tu ne désires pas aborder est en fait ce dont nous aurions *dû* parler en clair, dès notre première entrevue.

- 22 -

Instinctivement, Ivy sentit que quelque chose n'allait pas. L'ambiance s'était refroidie. Le fantasme dans lequel elle dérivait depuis des heures se changeait en cauchemar. Que s'était-il donc passé ? Elle se redressa face à Desmond.

— As-tu une question à me poser ?

— Oui. Je veux savoir pourquoi tu me mens, dit-il d'une voix dangereusement calme.

— Te mentir sur quoi ?

— Tout. Gerald. Ses parents. Ton départ d'Atlanta.

Elle ravala sa salive, le cœur lourd.

— Je ne t'ai pas menti, mais j'en ai tu une partie.

— Es-tu responsable de l'accident ?

— Non ! cria-t-elle malgré elle.

Comme Desmond ne parut pas convaincu, elle ajouta :

— Veux-tu lire le rapport de la police ? Il prouve que l'autre conducteur était en tort.

— Je le sais déjà : les parents de Gerald t'ont accusée d'homicide involontaire et le juge a considéré qu'il n'y avait pas assez de preuves dans ce sens pour un procès.

Ivy ne put cacher son choc. Il avait donc tout découvert…

— Est-ce parce que Gerald Russell Sr., l'un des plus influents résidents d'Atlanta, t'ait impliquée dans une enquête criminelle ?

— Comment le sais-tu ? souffla-t-elle, le cœur battant.

— L'un des membres de la SOMA qui siègent au

comité d'élection du président est un ami de la famille. Il nous a contactés pour nous prévenir que cette affaire pourrait compromettre la campagne de mon père.

— Je suis vraiment désolée de n'avoir rien dit, Desmond, mais ce n'était pas dans le but de te tromper, crois-moi. Je voulais juste tirer un trait sur mon passé. Les parents de Gerald souffrent. Ils m'accusent pour alléger leur douleur alors qu'ils savent que je ne suis coupable de rien. La police et les témoins l'ont confirmé. C'est pour ça que le procès n'a jamais eu lieu… et que je ne t'ai pas informé de ces détails. Néanmoins, je ne comprends pas comment cet « ami » a pu savoir que je travaille pour toi. Seules Lynn et ma mère sont au courant. D'ailleurs, Maman sait juste que je suis nourrice au Domaine. Je ne lui ai pas donné plus de détails et je pourrais m'occuper de l'enfant de n'importe qui – y compris de quelqu'un d'extérieur à ta famille.

Desmond prit une profonde inspiration et répondit, sans la regarder en face :

— La maison de ta mère a été placée sous surveillance. Tu t'y es rendue avec Desiree et un détective t'a ensuite suivie jusque chez moi. Même sans pénétrer dans la propriété, son témoignage a suffi pour que les Russell comprennent les liens entre ma famille et toi. Bref, tu m'as menti.

— Desmond, je…

— Je t'ai clairement demandé s'il y avait quoi que ce soit, dans ton passé, qui puisse nous porter préjudice, et tu as nié.

— Je ne pensais pas que ce serait si important.

— En cela, tu te trompes.

— Mais les Russell ne disent pas la vérité !

— Peu importe. Ton silence nous a induits en erreur. Tu n'es pas la personne que tu prétends être.

— Bien sûr que si, protesta-t-elle avec véhémence.

— Ma famille estime que la loyauté et la confiance sont les plus belles vertus. Tu nous es peut-être loyale, mais nous ne pouvons pas nous fier à toi.

— Qu'essaies-tu de me dire, exactement ?

— Que je n'ai plus besoin de tes services. Une fois rentrée à la maison, tu auras vingt-quatre heures pour rassembler tes affaires les plus essentielles. Je ferai emballer le reste et j'expédierai le tout à l'adresse de ton choix.

— Desmond, je t'en supplie…

— Ma décision est prise et je ne reviendrai pas dessus. Je t'ai laissé une chance de tout avouer, mais tu as continué à me mentir.

Il se leva, la toisant de toute sa taille.

— Ton silence m'a appris ce que j'avais besoin de savoir.

Il alla s'enfermer dans la chambre sans un mot de plus et n'en sortit pas. À l'aéroport, deux voitures attendaient sur le tarmac. Ivy monta dans la première et fut conduite au Domaine. Encore sous le choc, elle prit ses dispositions, sur pilote automatique. Les vingt-quatre heures suivantes s'écoulèrent dans un brouillard dense. Elle jeta quelques vêtements et affaires de toilette dans une valise, puis glissa sa tablette et ses papiers dans sa serviette assortie. Incapable de supporter les inévitables critiques de sa mère, elle dénicha sur Internet un petit meublé en location de courte durée. Moins d'une journée après le meilleur rencard de sa vie, elle se retrouva au volant de sa voiture, sans toit ni travail, en route pour Chicago. Qu'allait-elle faire maintenant ?

Elle tint bon le temps de récupérer ses clés et de monter ses bagages, puis elle se déshabilla et se glissa sous la douche. Ce fut alors qu'elle laissa ses larmes couler sous le jet d'eau chaude. Elle pleura sur elle et sur Desiree, à qui elle n'avait même pas pu dire au revoir. Le bébé n'avait pas encore un an, mais ça ne l'empêchait pas de développer des sentiments. Elle allait se demander où était partie sa nounou… Après la douche, sa tristesse se mua en colère. Comment les Russell avaient-ils osé la faire suivre ? Comment avaient-ils osé continuer à salir son nom ? Ce qui était arrivé à leur fils était atroce, mais ils n'avaient aucun droit de détruire sa vie, à *elle* !

Enfin, galvanisée par sa fureur, elle prit son téléphone. Puis le reposa. Qui donc pouvait-elle appeler ? Qui aurait eu assez de poids pour s'opposer à cette famille ? Les parents de Gerald étaient assez puissants pour la traquer, assez riches pour engager les meilleurs avocats. Vêtue d'un T-shirt long à l'effigie de Prince, elle fit les cent pas dans son petit salon, l'esprit en ébullition. Comment allait-elle pouvoir mettre fin à ce harcèlement ? Allait-elle devoir subir ça jusqu'à la fin de ses jours ? Soudain, un nom lui vint en tête et elle se figea avant de courir vers son portable. Elle ne devait surtout pas se laisser le temps de changer d'avis.

— Mona, s'écria-t-elle quand on décrocha. C'est Ivy. Je vous en supplie, ne coupez pas ! Je devine que vous n'avez aucune envie de me parler, après ce qui s'est passé aujourd'hui, mais je ne vous demande qu'une heure. J'ai besoin qu'un membre de votre famille, au moins, connaisse la vérité à mon sujet…

Quelques heures plus tard, on frappa à sa porte. Ivy, en T-shirt et legging, les cheveux attachés à la hâte, alla ouvrir. Un cri de surprise lui échappa, puis de nouvelles larmes lui montèrent aux yeux.

— Desiree ! Oh ! Mona, merci de me l'avoir amenée… Je n'ai pas pu lui dire adieu.

— Je sais.

— Entrez !

Elle prit le siège auto des bras de Mona et l'invita à s'asseoir dans le salon.

— Vous vous êtes vite installée, remarqua celle-ci.

— Je n'ai pas eu le choix : Desmond m'a donné vingt-quatre heures pour partir. C'est une location à courte durée.

Elle s'assit sur le canapé et tira Desiree de son siège.

— Bonjour, mon petit ange !

Elle parla à l'enfant pendant quelques minutes, puis l'assit près d'elle et lui donna un coussin pour jouer avec.

— J'imagine que vous savez tout, dit-elle à Mona.

— Derrick m'a parlé des accusations des Russell…

— Et ce n'est rien d'autre que des accusations en l'air. Pas des faits. Le rapport de police a prouvé que je n'ai pas menti à votre fils. Les Russell ne m'ont jamais aimée et, maintenant, ils m'accusent pratiquement d'avoir tué leur fils. Je sais que c'est leur douleur qui parle, mais c'est injuste ! Bonnie a juré de faire de ma vie un enfer, et elle y arrive…

— Pourquoi ne nous avez-vous pas parlé de ça ?

Comme elle l'avait fait avec Desmond, Ivy lui expliqua qu'elle avait voulu enterrer son passé.

— Je pensais l'affaire close, conclut-elle, et je ne voyais pas de raison de vous informer de cette vendetta ridicule. Je ne voulais pas vous mentir ou vous cacher quoi que ce soit. Je vous ai parlé de tout ce qui me semblait important, à mon sujet. Après tout, la police a prouvé que je n'avais rien à voir dans la mort de Gerald et les accusations de ses parents sont infondées. Le juge a rejeté leur plainte. À mes yeux, il n'y avait donc plus rien à dire sur ce sujet. C'était fini.

Mona garda le silence un long moment, puis…

— Je vous crois.

— Vous… me croyez ? balbutia Ivy, stupéfaite.

— Les Russell ne sont pas les seuls à pouvoir engager un détective privé. Dès que Desmond m'a parlé de cette histoire, j'ai décidé de creuser de mon côté aussi.

— Vraiment ?

— Oui, et mon homme ne laissera rien au hasard, concernant cette famille. J'ai également quelques amies à Atlanta. L'une d'entre elles, qui connaît Bonnie depuis l'enfance, m'a confié que cette femme est mal placée pour menacer de détruire la vie de quelqu'un.

— Que voulez-vous dire ?

— Disons juste qu'elle a des secrets qu'elle n'aimerait pas que son mari les apprenne… L'un d'entre eux implique le meilleur ami de Gerald Sr. et une rencontre de nature très intime avec Bonnie…

— Non !

Mona examina d'un air innocent ses ongles manucurés.

— Je ne suis pas une commère, reprit-elle, mais laissez-moi vous dire ceci : si les Russell tentent quoi que ce soit qui pourrait mettre ma famille en danger, saborder la nomination de Derrick ou exposer publiquement la situation de Desmond et Desi, je saurai les remettre à leur place.

La visite fut courte. Mona expliqua clairement à Ivy qu'elle ne remettait pas sa parole en doute, mais qu'elle soutiendrait néanmoins Desmond quoi qu'il décide. C'était compréhensible. Durant les jours qui suivirent, Ivy fit de son mieux pour reprendre sa vie en main. Elle chercha un moyen de poursuivre ses études à Chicago, ou en ligne. Elle déjeuna avec Lynn pour lui expliquer ce qui s'était passé. Heureusement, elle avait mis assez d'argent de côté pour ne pas avoir immédiatement besoin de retrouver un emploi. Elle alla aussi voir sa mère et, sans lui avouer qu'elle avait été licenciée, lui parla de son projet de compléter son doctorat pour ouvrir son école. Une semaine après avoir quitté le Domaine, alors qu'elle rentrait chez elle, elle eut le choc de sa vie : Desmond. Devant sa porte.

— Que fais-tu là ? lâcha-t-elle sans même un bonjour.

— Puis-je entrer ?

— OK…

D'une main tremblante, elle ouvrit et laissa Desmond la précéder à l'intérieur avant de refermer derrière eux.

— Que veux-tu ?

— Te parler, répondit-il. Puis-je m'asseoir ?

— Ce que tu as à me dire va prendre du temps ?

Il recula, visiblement heurté par sa froideur, et s'adossa à la porte. Les bras croisés, Ivy le toisait.

— Je suis désolé, murmura-t-il.

— Tu as parlé à ta mère, n'est-ce pas ?

— Oui, ainsi qu'à Papa et à Bob Masters, l'un de ses sponsors à la SOMA. J'ai aussi discuté avec le détective de Maman…

— Et ?

— J'ai eu tort de te virer.

— Il t'a fallu tout ce temps pour t'en apercevoir ?

— Oui, soupira-t-il en se laissant tomber sur une chaise du salon. Me laisseras-tu t'expliquer la situation ?

— De la même manière que *tu* m'as laissée m'expliquer ?

— J'aurais dû t'écouter, c'est vrai.

Elle s'assit au bord du canapé, tendue.

— Parle, dit-elle simplement.

— Cette année, j'ai subi la pire des trahisons. Une femme s'est servie de moyens odieux pour porter mon enfant, a accouché sans me le dire, puis a fait livrer le bébé chez moi par coursier. Je connais Shelly depuis toujours, j'avais confiance en elle, et je n'ai pas supporté qu'elle me mente.

— Puis tu as cru que j'étais pareille, murmura-t-elle.

Au fond, elle commençait à comprendre son point de vue.

— C'est pour ça que je t'ai interrogée, le soir de notre rencontre. Je ne voulais pas de secrets entre nous. Je ne voulais plus de ces « surprises ». Plus important encore, je ne voulais pas être la cause de l'échec de la campagne de mon père. Quand il est venu me parler de tes ennuis avec Gerald Russell, le père de ton fiancé et l'un des membres de la Société, j'ai eu peur que sa croisade contre toi vienne entacher la réputation de toute ma famille.

— J'en suis navrée.

— Je sais.

— Où en est ton père, à présent ?

— Sa candidature est toujours en cours d'examen.

— Et si les Russell décidaient de s'opposer à sa nomination ? Je ne veux pas que le simple fait de me connaître annihile ses chances.

— Je ne pense pas que tu aies à t'en faire pour ça.

Elle le dévisagea, surprise de voir un sourire mutin flotter sur ses lèvres.

— Mona est allée à Atlanta et elle a déjeuné avec Bonnie Russell, dit-il.

— Oh… Vraiment ? Et que s'est-il passé ? demanda Ivy, soudain plus nerveuse.

— On peut dire que ça a été un succès, en quelque sorte. Elles ont trouvé un accord. Bonnie a admis qu'il était temps pour elle de tourner la page et de te laisser en paix.

— Je n'arrive pas à y croire !

— Ils ne t'ennuieront plus, Ivy. Tu as ma parole.

Sans réfléchir, elle se leva et se jeta à son cou, les larmes aux yeux.

— Merci ! Je ne savais pas quoi faire pour me libérer !

Puis, se rendant compte de son geste, elle s'écarta.

— Merci, répéta-t-elle plus posément. J'ai une dette immense envers toi. Comment la rembourser ?

— Tu pourrais m'aider à régler l'autre problème qui risque d'empêcher Derrick d'être élu : mon statut de père célibataire… Ivy Campbell, veux-tu m'épouser ?

Elle recula vivement, comme s'il venait de la frapper.

— Absolument… pas, dit-elle, suffoquée.

- 23 -

Ce n'était pas la réponse que Desmond avait espérée…

— Pourquoi pas ? demanda-t-il après un long silence.

— Je suis prête à faire tout mon possible pour t'aider, mais je refuse de traiter le mariage comme une transaction.

— Nous n'avons même pas discuté de mon offre !

— Si. Quatre millions de dollars en échange de cinq ans de ma vie et du financement de mon école. C'est bien ça ?

— Euh… Oui, mais ce n'est pas tout…

— Comment veux-tu appeler ça, alors ? Un moyen rationnel d'offrir une fausse mère à ta fille ? Une union *respectueuse* entre adultes consentants ? Je ne peux pas. Désolée.

— Penses-tu vraiment que ce serait si terrible de m'épouser ? demanda-t-il en se massant le menton, songeur.

— Tu parles de ça comme tu me proposerais d'aller au cinéma, de louer une voiture ou d'acheter une maison. Je sais que le mariage n'est plus qu'un symbole, de nos jours, et mon bon sens me souffle que je suis stupide. Mais…

— Mais quoi ?

— Mais je… C'est juste que… Je suis tombée amoureuse de toi, d'accord ? Voilà. Je l'ai dit.

— Sérieusement ?

— Ce n'est peut-être que du désir, une tendresse

profonde, mais ça me suffit pour comprendre que je dois refuser.

Son rire fut doux et sexy. Il s'approcha et la prit dans ses bras. Ce qu'elle sentit contre son ventre lui fit comprendre que le désir était mutuel.

— Beaucoup de couples mariés ne ressentent pas toutes ces sensations, tu sais, dit-il.

— Et toi ? répliqua-t-elle en se plongeant dans son regard.

— Moi ?

— Peux-tu affirmer que ce que tu éprouves pour moi dépasse les limites d'une relation professionnelle ?

— Mes sentiments sont… intenses. Tu es la seule femme que je veux avoir dans ma vie, à part Desiree. Tu es intelligente, belle, et ma fille t'adore.

— Donc, tu m'apprécies parce que je suis une bonne nourrice ?

— Et une amante extraordinaire, ajouta-t-il en lui pinçant les fesses.

Elle empêcha fermement sa main de glisser sous sa cuisse.

— Desmond, c'est ridicule ! On ne se marie par pour si peu. Pas moi, en tout cas. T'épouser par intérêt, pour financer mon rêve serait… Ce ne serait pas une bonne idée. On ne se connaît même pas !

— Permets-moi de te contredire : je te connais.

— D'accord. Où suis-je née ?

— À Chicago.

— Faux. À Gary, dans l'Indiana.

— Détail…

— Quelle est ma couleur préférée ? insista-t-elle.

— Euh… Bleu ? Non, violet.

— C'était facile.

Il lui prit la main et l'assit près de lui sur le canapé.

— À mon tour. Interroge-moi.

Elle posa les jambes sur sa cuisse, séduite malgré elle.

— OK. Quelle est ta couleur préférée ?

— Ivy…

— Ce n'est pas une couleur !

— Si, ma belle. Ton prénom veut dire « lierre » et j'ai toujours adoré le vert.

— Je ne peux pas me permettre de flirter avec toi.

— Ce n'est pas ce que je souhaite non plus.

Ils discutèrent une bonne partie de la nuit, apprenant peu à peu à mieux se connaître. Ivy fut surprise de découvrir que Mona était la fille d'un simple comptable et d'une femme au foyer. La vente du cabinet de son père, lorsqu'il avait pris sa retraite, avait permis à Derrick de lancer son entreprise mais, pendant quelques années, Mona avait été responsable des finances de la famille. Elle n'avait abandonné sa carrière que lorsque Eddington Enterprise avait commencé à engranger des profits. Si seulement Ivy avait eu une famille aussi soudée…

Ensuite, presque naturellement, ils firent l'amour en prenant tout leur temps. Un peu avant six heures du matin, elle sentit Desmond se glisser avec soin hors du lit. Il l'embrassa sur le front, lui murmura un au revoir et partit. Elle tenta de se rendormir, mais le refus qu'elle lui avait opposé la veille, quand il avait réitéré sa demande en mariage, la hantait. Elle se redressa et jeta son oreiller contre un mur.

— Ivy, qu'as-tu fait ? grommela-t-elle toute seule.

- 24 -

— Elle a refusé.

Il était à peine plus de sept heures et Desmond était dans le bureau de Jake, une tasse de café à la main.

— Tu es sérieux ?!

— Elle a dit qu'elle ne voulait pas d'un mariage d'argent.

— Combien lui as-tu proposé ?

— Quatre millions de dollars pour ouvrir son école et des fonds réguliers pendant les dix prochaines années…

— Bon sang. Elle a du cran.

— Je te demande pardon ?

— Frangin, je connais des femmes qui m'auraient épousé pour cinq mille dollars sans demander plus. Tu en as trouvé une qui te désire et qui se moque de ta fortune… Crois-moi, ne la laisse pas s'échapper !

Desmond soupira, affalé dans son fauteuil.

— De quel côté es-tu ?

— Du tien, comme toujours.

— En tout cas, Shelly a signé les papiers. C'est déjà ça.

— Oui, c'est une bonne nouvelle.

— Mais ça ne règle pas le problème de Desiree. Nous ne pouvons pas la cacher pour toujours. Il va falloir que je trouve un moyen d'annoncer que j'ai une fille…

— Ou que tu laisses quelqu'un d'autre le faire. Tu connais cette ville, et Desi a séjourné à l'hôpital. Je ne serais pas étonné que notre secret s'évente d'ici quelques jours.

— Que suggères-tu ? Un communiqué de presse ? J'ai déjà tout dit à Aaron Rutherford, le directeur de l'hôpital de La Trinité à New York. C'est un frère.

— Vraiment ? Le monde est petit.

— Il ne pense pas que le problème soit si grave.

— Pas pour notre génération, confirma Jake, mais Papa et ses amis sont plus traditionnels.

— Et ce sont eux qui vont voter pour le poste de président. Penses-tu que nous devons en parler maintenant, ou après l'élection ?

Jake se leva et fit les cent pas dans la pièce.

— Je crois, finit-il par dire, que tu devrais faire ton annonce après avoir convaincu Ivy de t'épouser – pour de vrai, pas pour te servir d'alibi.

Hanté par cette dernière remarque sarcastique, Desmond se lança dans une nouvelle campagne et reprit Ivy à son service. Pendant les deux mois qui suivirent, ils sortirent officiellement ensemble. Maeve invita même la jeune femme à l'accompagner en société – une manière d'approuver leur liaison. Lors de la naissance du bébé de Cayden, Desmond vint avec elle et Desiree au dîner familial de célébration. Pendant ce temps, Shelly retourna aux Fidji et la rumeur prétendit qu'elle s'était fiancée à son banquier. En juin, Desmond dut passer près d'un mois hors du pays, pour son travail. À son retour, sa fille rampa vers lui en gazouillant de joie et, à sa grande surprise, elle se mit sur ses pieds pour marcher ! Jamais il n'aurait cru pouvoir éprouver autant de fierté.

Chaque jour, il faisait de son mieux pour prouver à Ivy qu'il tenait à elle, qu'elle n'était pas que la nounou de sa petite princesse. Elle passait beaucoup de temps dans son lit, mais pas autant qu'il l'aurait voulu, lui rappelant que « le bébé » avait besoin d'elle. Le 4 Juillet, on organisa un grand pique-nique dans le parc du club et Desmond lui suggéra d'inviter sa mère à les accompagner. Ivy parlait peu d'Helen, sa seule famille.

« Quand on épouse une femme, on épouse aussi ses proches, l'avait prévenu Mona. Tu *dois* la rencontrer… »

En septembre, il n'eut plus aucun doute. Ivy était une femme formidable et il voulait la faire sienne. Était-il enfin prêt à faire le grand saut ? Les hommes Eddington s'enorgueillissaient d'être des maris fidèles. Ses parents avaient vécu ensemble trente-trois ans sans jamais se permettre le moindre accroc au contrat… Le grand-père de Desmond l'avait d'ailleurs mis en garde : se marier, c'était pour la vie. Il fallait être sûr de soi.

Fin septembre, juste avant la réunion annuelle de la Société de Ma'at, il déjeuna avec son père au club.

— J'ai parlé de ta situation au conseil, lui annonça Derrick. Ils veulent te rencontrer.

— Es-tu certain que c'était sage ? Nous avions le temps d'aborder le sujet avant l'élection…

— Peut-être, mais je voulais être honnête. Les secrets n'existent pas, dans notre fraternité. Quoi qu'il en soit, ils m'ont dit de te transmettre leurs félicitations. Ils savent qu'être un père célibataire n'est pas facile.

À la fin du dîner, ils s'embrassèrent et, ce soir-là, Desmond se sentit enfin plus léger. Il n'était pas encore sorti d'affaire, avec toutes les commères de la ville, mais il était prêt à affronter la tempête maintenant qu'il se savait soutenu.

Avec un peu de chance, lui murmura une petite voix, il pourrait même finir par convaincre Ivy…

- 25 -

Ivy se réveilla en sursaut à 5 heures du matin. Une certitude soudaine la faisait vibrer jusqu'au tréfonds de son âme : Elle ne pouvait pas vivre sans Desmond… Depuis leur premier baiser, elle faisait tout son possible pour fuir cette évidence, mais il était trop tard, à présent. Elle l'aimait et, en dépit de ses craintes, elle était enfin prête à accepter ses sentiments – quoi qu'ils puissent lui apporter. Elle tourna dans son lit pendant une bonne heure avant de se lever. Puisque ses pensées l'empêchaient de se rendormir, autant en profiter pour réfléchir. Mona l'avait mise en garde dès le premier jour : Si elle voulait tenter sa chance avec Desmond, elle allait devoir faire preuve de volonté et de courage.

Une fois dans la cuisine luxueuse qui était devenue sa seconde maison, elle se prépara une tasse de thé et l'emporta dans le salon du rez-de-chaussée, sa pièce préférée dans la demeure de Desmond. Le soleil se levait déjà, lumineux et chaud. Elle se campa devant l'immense fenêtre pour profiter de la vue imprenable sur le jardin et le bassin à carpes koï. Cet amour, qu'elle avait si longtemps réprimé, semblait s'écouler d'elle comme une source parfumée et envahir le monde entier. Un an plus tôt, elle aurait refusé d'accepter cette sensation ; mais ces derniers mois l'avaient changée. Desmond ne s'était jamais déclaré. Néanmoins, elle savait qu'il avait proposé à sa famille de parrainer son école, l'année suivante. Après tout ce qu'il avait fait, l'épouser et offrir une famille à Desiree était bien le moins qu'elle pouvait faire… Pour la première fois depuis la mort de Gerald, elle était prête à embrasser sa nouvelle vie. Il était temps de tourner la page sur son passé. Cette perspective l'inquiétait autant qu'elle l'excitait et elle eut soudain hâte de voir Desmond pour lui annoncer qu'elle avait pris sa décision. Elle l'appela donc sur son portable.

— Salut ! À quelle heure penses-tu rentrer ?

— Tard, j'ai beaucoup à faire aujourd'hui, répondit-il.

— Est-ce que je peux passer à ton bureau, très vite ?

— Pourquoi ? Desiree a un problème ?

— Non, elle va bien. J'ai juste quelque chose d'important à te dire et je ne veux pas le faire au téléphone…

Comme il ne répondait pas, elle ajouta :

— Ce sera court, promis.

Heureusement pour elle, Mona était à la maison et accepta de surveiller la petite, permettant à Ivy de sauter dans sa voiture quelques minutes plus tard. Elle était souvent passée devant l'immeuble occupé par Eddington Enterprise, sans jamais pénétrer à l'intérieur. Ignorant l'admirable architecture moderne du hall, elle courut presque jusqu'à l'ascenseur et monta jusqu'au dernier étage. Puis, sur les indications de la secrétaire, elle poussa la porte du bureau.

— Je veux bien t'épouser ! lança-t-elle sans préambule.

Desmond leva les yeux de son écran d'un air surpris.

— Pardon ?

— Je sais que j'ai refusé, mais j'ai changé d'avis. Tu as poussé tes parents à financer mon école, et…

— Est-ce que tu m'aimes ?

Oh oui, elle l'aimait ! Allait-elle avoir la force de

l'avouer ? Lui-même n'avait pas prononcé ces mots et il ne lui avait jamais laissé supposer qu'il puisse ressentir quoi que ce soit pour elle, à part une profonde affection.

— Je t'apprécie beaucoup, répondit-elle en riant. J'adore ta fille, je respecte ta famille et je serais honorée de t'aider à préserver ta réputation. Veux-tu m'épouser ?

Il la contempla un long moment, tendu et distant.

— Absolument pas.

- 26 -

Une semaine plus tard, Desmond se retrouva dans une alcôve de l'un des plus célèbres restaurants de la côte, attendant Ivy. Lorsqu'elle apparut enfin, il se leva, admirant cette femme qui avait su éveiller chez lui des sentiments qu'il avait pensé ne jamais éprouver. Elle était ravissante, ce soir, dans une belle robe bleue qui soulignait ses courbes à la perfection, les cheveux lâchés en vagues sur ses épaules. Sa sensualité n'était pas agressive mais discrète et suave – la sensualité d'une femme qui se préoccupait des autres et qui ne cherchait jamais à attirer l'attention sur elle.

Il l'enlaça en lui glissant à l'oreille :

— Tu es magnifique.

— Merci, dit-elle en s'asseyant en face de lui. Je n'avais encore jamais entendu parler de cet endroit. Il est si… huppé. Je pensais que c'était un simple dîner.

— Je ne crois pas avoir mentionné le mot *simple* dans mon texto, plaisanta-t-il. À quel genre de soirée t'attendais-tu ?

— Je ne sais pas. Un rencard.

— C'est ça. En quelque sorte.

Le maître d'hôtel vint les saluer, puis le sommelier s'approcha pour leur conseiller une sélection de vins adaptés à leur commande. Enfin seuls, Desmond reprit :

— Tu es vraiment délicieuse, le sais-tu ?

— Je ne pensais pas qu'on puisse utiliser ce mot pour me décrire…

— Et pourtant, si.

Ils poursuivirent leur repas en discutant tranquillement. Le dessert arriva bientôt, et c'était un chef-d'œuvre culinaire : un moelleux au chocolat en forme de volcan, débordant d'un flot de caramel et flambé. Lorsque les flammes s'éteignirent, Ivy remarqua un truc bleu et brillant au milieu du gâteau. Elle le retira avec sa fourchette, pensant que c'était une confiserie en forme de cristal, comme ces décorations en or comestible.

Mais ce n'était pas du cristal.

Et ce n'était pas comestible.

Abasourdie, elle leva les yeux sur Desmond, qui souriait. Il récupéra avec soin la bague au bout de sa fourchette figée en l'air.

— Je t'ai déjà posé cette question une fois, mais j'ai conscience de ne pas avoir fait les choses dans les règles…

Glissant de sa chaise, il mit un genou en terre.

— Donc, j'ai voulu essayer de nouveau : Je t'aime, Ivy Campbell. Me feras-tu l'honneur de devenir ma femme ?

Toutes les tables voisines se mirent à applaudir, noyant la réponse d'Ivy. Elle se pencha alors à l'oreille de Desmond et murmura :

— Absolument.

- 27 -

Un an plus tard…

Une centaine de convives se mêlaient dans le solarium et le patio de la demeure Eddington, faisant étalage de leurs tenues de designer et de leurs plus beaux bijoux. Le soleil brillait et une brise venait rafraîchir l'air. Des serveurs en gants blancs circulaient avec des flûtes de champagne tandis que les serveuses offraient à tout le monde des mises-en-bouche préparées avec soin. Des bancs et des sièges blancs étaient installés au milieu de l'espace, reliés par des rubans de soie argent et violet. Une tente éphémère en organza flottait au-dessus des têtes. Dans un coin, un quintette classique jouait des standards de jazz. Devant le pont de verre jeté au-dessus de l'étang des carpes koï, une arche de fleurs étalait l'éclat blanc et prune des orchidées, des hydrangeas et des ipomées. Un bourdonnement de conversations feutrées et de rires animait ce début de soirée. Cayden Barker et sa femme Avery discutaient avec Lynn, mais il s'écarta du groupe après avoir jeté un coup d'œil à sa montre et entra dans la maison pour rejoindre l'une des chambres de l'aile nord. Desmond était là, dans un siège de coiffeur, tandis qu'un professionnel achevait de soigner ses boucles fraîchement coupées.

— Tu es toujours là, dit Cayden. J'avais peur que tu prennes la poudre d'escampette !

— Non, vieux. Je ne vais nulle part.

— Dernière chance avant de te passer la corde au cou…

Jake apparut, débonnaire dans son smoking anthracite.

— Ne va pas donner de mauvaises idées à mon frère. C'est bientôt l'heure.

— C'est pour ça que je suis venu. As-tu besoin de quelque chose, Desmond ? Du parfum ? Un shot de whisky ?

— Fiche le camp ! J'étais parfaitement détendu, avant que tu viennes tout gâcher !

— Pourtant, tu *dois* être nerveux. C'est ce qu'on attend d'un futur marié…

— Allons-y, coupa Jake.

Au même moment, Mona passa la tête par l'entrebâillement de la porte.

— C'est le moment, annonça-t-elle. Jake, Maeve t'attend déjà devant l'autel. Nous commencerons dès que tu l'auras rejointe.

Obéissant, il alla retrouver sa sœur et se tourna vers la porte de la maison, tandis que le quintette égrenait les premières notes d'une chanson de Prince. Ivy fit son apparition, prenant place aux côtés de Desmond. Il était splendide, dans un smoking gris à queue-de-pie. Sa fiancée portait une robe sirène en soie blanche rehaussée de dentelle. Son décolleté en V s'ornait d'un diamant en forme de larme que Desmond lui avait offert la veille. Ils remontèrent l'allée main dans la main et prononcèrent leurs vœux sans se quitter des yeux. Ce fut court et romantique…

— Desmond, vous pouvez embrasser la mariée, annonça finalement le pasteur.

Des acclamations s'élevèrent et Ivy dut essuyer une larme au coin de son œil. Enfin, Bernice amena Desiree, petit ange vêtu de blanc, et la déposa dans les bras de son père.

— Mesdames et Messieurs, je vous présente M. et Mme Desmond Eddington, ainsi que leur fille Desiree, déclara le prêtre d'une voix forte.

La foule applaudit de plus belle. La fête commença, marquant joyeusement le début de leur vie commune.

Retrouvez prochainement,
dans votre collection

PASSIONS

Un mariage pour l'héritier, de J. Margot Critch - N°1055

Willa n'a jamais pu oublier la délicieuse nuit qu'elle a passée avec Garrett dix ans plus tôt. Le revoir est un choc d'autant plus grand qu'il lui propose de l'épouser afin de toucher un héritage ! D'abord outrée, Willa finit par accéder à sa folle requête. En lui permettant d'éloigner son ex insistant, ce faux mariage pourrait lui être profitable – à la condition expresse qu'elle garde son cœur à l'abri de Garrett qui l'a autrefois brisé...

Cette aventure imprévue, de Niobia Bryant

Montgomery est dans tous ses états ! Jamais elle n'aurait dû céder au désir entre les bras de Sean Cress, un chef et play-boy notoire, qui excelle aussi bien au lit que derrière les fourneaux. Alors que son amant refuse toute forme d'engagement, comment lui révéler aujourd'hui qu'elle attend son enfant ?

Le bébé d'un rival, de Jules Bennett - N°1056

Impossible... Consternée, Morgan fixe son test de grossesse positif, résultat de la nuit torride qu'elle a passée avec Ryan Carter. Le rancher a beau l'agacer prodigieusement depuis toujours, il l'attire aussi plus que de raison. Alors qu'elle se résout, pleine d'appréhension, à lui annoncer qu'elle est enceinte, Ryan lui fait une proposition inattendue : se marier avec lui...

La passion à sa porte, de Marie Ferrarella

Daniel Stockton, sur le pas de sa porte ? Anne est émue au-delà des mots. Depuis que son amour de jeunesse a disparu douze ans plus tôt, elle a rêvé cette scène tant de fois... Tandis que les questions fusent et que ses sentiments pour Daniel resurgissent avec force, Anne se demande comment lui révéler l'impensable : sans qu'il l'ait jamais su, il est le papa d'une petite fille...

Une union de papier, de Shannon McKenna - N°1057

Série : Mariés par devoir 1/4

Un mariage sur le papier, un simple accord commercial. Voilà ce que Caleb ose proposer à Tilda ! A-t-il oublié qu'il l'a brutalement quittée neuf ans plus tôt, lui brisant le cœur au passage ? Hélas, alors qu'elle voudrait l'effacer de sa mémoire à jamais, Tilda n'est pas en position de force : pour sauver l'entreprise de son père, elle est obligée d'accepter ce pacte scandaleux…

Attirée par un *bad boy*, de Shannon McKenna

Série : Mariés par devoir 2/4

Maddie doit absolument se marier ou elle perdra le contrôle de l'entreprise familiale. Acculée, elle décide de présenter à sa grand-mère tyrannique le dernier homme que cette dernière aurait choisi pour elle : Jack Daly. L'ancien associé de son frère, considéré comme un traître par la matriarche, dissuadera à coup sûr celle-ci de se mêler de sa vie sentimentale ! Si toutefois Maddie parvient à convaincre Jack de se prêter au jeu…

Une liaison si grisante, de Jules Bennett - N°1058

Série : Idylles à Angel's Share 1/3

Propriétaire de la distillerie Angel's Share, Elise a toujours fait passer le travail en premier. Jusqu'à ce que, par une nuit d'orage, elle se retrouve coincée dans le domaine avec un client très important, le séduisant Antonio Rodriguez, et se laisse emporter par la passion entre ses bras… Dès le lendemain, Elise est tiraillée : elle, qui n'a jamais mêlé les affaires et le plaisir, a soudain très envie de poursuivre cette grisante liaison…

Nouveau départ pour Carissa, de Kerri Carpenter

Après une douloureuse rupture, Carissa vient se ressourcer à Bayside, sa ville natale. Or à peine arrivée, voilà qu'elle se retrouve nez à nez avec Jasper, son premier amour. Si autrefois elle a dû le quitter la mort dans l'âme, elle se surprend à éprouver des sentiments toujours aussi vifs pour lui… Et bientôt, l'espoir s'immisce en elle : Jasper pourrait-il lui pardonner d'être partie et leur offrir une seconde chance ?

Un père presque parfait, de Barbara Dunlop - N°1059

Lorsque Kate apprend le décès de sa sœur, elle est bouleversée. D'autant qu'à la douleur du deuil vient s'ajouter une angoisse irrépressible... Car c'est désormais Quentin, son beau-frère, qui veillera sur Annabelle, sa nièce de six mois. Quentin, un noceur invétéré dont Kate s'est toujours méfiée. Résolue à obtenir la garde d'Annabelle, Kate décide d'espionner Quentin, dans l'espoir de recueillir contre lui les preuves de son inconséquence en tant qu'homme, mais aussi en tant que père...

Sauvée par un milliardaire, de Joss Wood

Lorsque Jonas Halstead lui propose ce marché, Kat est troublée. Épouser le séduisant milliardaire avec qui elle a eu une brève aventure et incarner son épouse durant un an, le projet aurait tout pour la séduire. Tout, si le contrat ne stipulait pas qu'aucun sentiment n'était permis entre eux... alors que le regard de braise de Jonas lui fait déjà bien trop d'effet...

L'étau du secret, de Karen Booth - N°1060

Se réfugier dans les bras de Logan, son amour de jeunesse, pour se remettre d'une rupture compliquée était une très mauvaise idée, Julia le comprend à présent. Mais en revoyant Logan au mariage de sa sœur – si beau, si attentionné, à l'exact opposé de son ex-fiancé –, elle a senti son cœur chavirer. Pourtant, elle ne peut se permettre de souffrir à nouveau et doit quitter Logan au plus vite. Même si celui-ci est le père de l'enfant qui arrondit déjà son ventre...

Séduction passagère, de Katherine Garbera

Quand Will lui annonce son départ du ranch où elle le loge, Amberley ne peut calmer sa fureur. Comment ose-t-il lui faire cela après les délicieux moments qu'ils ont vécus ensemble ? Ne voit-il pas combien elle tient à lui et à sa petite Faye ? Bien sûr, elle sait depuis le début que Will n'est que de passage au Texas. Ce qu'elle ignorait, c'est que les dernières semaines passées avec elle signifiaient si peu pour lui...

AZUR

GLAMOUR. INTENSE. IRRÉSISTIBLE.

Poussez les portes d'un monde fait de luxe, de glamour et de passions. Ici, les hommes sont beaux, riches et arrogants ; les femmes impétueuses, fières et flamboyantes. Entre eux, le désir est immédiat… et l'amour impossible.

11 romances à découvrir tous les mois.